我们是矿工儿女

赵致真 / 策划　马乃英 / 主编

山西出版传媒集团 北岳文艺出版社

· 太原 ·

图书在版编目（CIP）数据

我们是矿工儿女 / 马乃英主编 . —太原：北岳文艺
出版社，2024.5

ISBN 978-7-5378-6858-7

Ⅰ . ①我… Ⅱ . ①马… Ⅲ . ①散文集—中国—当代
Ⅳ . ① I267

中国国家版本馆 CIP 数据核字（2024）第 083789 号

我们是矿工儿女

赵致真 / 策划　　马乃英 / 主编

//

出品人
郭文礼

统　筹
刘卫红

责任编辑
赵　勤
刘晓京

复　审
马　峻

终　审
刘卫红

装帧设计
王晓亮

印装监制
郭　勇

出版发行：山西出版传媒集团·北岳文艺出版社
地址：山西省太原市并州南路 57 号　邮编：030012
电话：0351-5628696 （发行部）　　0351-5628688 （总编室）
传真：0351-5628680
经销商：新华书店
印刷装订：山西人民印刷有限责任公司

开本：787mm×1092mm　1/16
字数：385 千字
印张：29.75
版次：2024 年 5 月第 1 版
印次：2024 年 5 月山西第 1 次印刷
书号：ISBN 978-7-5378-6858-7
定价：128.00 元

《我们是矿工儿女》编委会

策　划：赵致真

主　编：马乃英

副主编：张素萍　王万冬

编　委：（以姓氏笔画排列）

王绍涵　王根弟　石　斌

刘东生　闫补云　芦亮亮

李德全　时长青　武铭喜

段树平　郭效卿　薛文俊

西山五中七四届高中二班48年团聚

2022.8

2022年8月8日，西山五中七四届高中二班同学在阔别48年后，聚会于西山煤电集团公司杜儿坪矿桃花沟

前排自左至右：杨春香、马乃英、李金娥和她外孙、白喜林、赵荣莲、王玉梅、黄金花、
　　　　　　　王福仙、闫补云、康粉开、徐美珍
二排自左至右：李德全、徐国英、张忠宝、段树平、刘根生、芦亮亮、高英明、郭效卿、
　　　　　　　闫秀兰、陈维俊
三排自左至右：张保明、周四虎、刘东生、高改潮、孙 强、薛文俊、王绍涵、时长青、
　　　　　　　王慧平、王根弟、王万冬

一生兄弟姐妹
友谊地久天长

赵致真
2022.8.8

赵致真老师为本次聚会题写祝贺：一生兄弟姐妹，友谊地久天长。

西山五中高中七四届二班同学聚会

2005.5.4

2005 年 5 月 4 日，在太原神堂沟景区西山五中高中七四届二班合影

前排自左至右：赵荣莲、康粉开、李三梅、贾果凤、王玉梅、闫补云、李金娥、马乃英、
杨春香、闫秀兰、王福仙、黄金花、张素萍
中排自左至右：李德全、吴润清、高鸿建、段树平、贺余万、时长青、石　斌、高英明、
郭效卿、郭保旺、陈维俊、武铭喜
后排自左至右：张保明、赵补发、王万冬、高改潮、孙 强、王民国、王绍涵、薛文俊、
王根弟、王慧平、芦亮亮、刘东生

1973 年夏，西山五中高二班同学老师合影

一排自左至右：闫秀兰、闫补云、黄金花、赵致真老师、刘秀兰、马乃英、王福仙、
　　　　　　　王玉梅
二排自左至右：高鸿建、郭保旺、贺余万、张保明、郭效卿、刘东生、武铭喜
三排自左至右：王根弟、王万冬、王永如、石　斌、芦亮亮、李进贵、赵补发
四排自左至右：高英明、李德全、高改潮、王绍涵、孙　强、刘柱平、薛文俊

1972 年 12 月 3 日，西山五中高二班欢送段树平同学参军入伍师生留影

一排自左至右：李三梅、白喜林、徐美珍、刘秀兰、贾果凤、张素萍、康粉开、赵荣莲
二排自左至右：武铭喜、刘根生、张忠宝、段树平、赵致真老师、于慈霖老师、贺余万、
蔡同云、吴润清
三排自左至右：王永如、芦亮亮、高鸿建、李德全、王根弟、王慧平、赵补发、陈维俊、
周四虎、薛文俊
四排自左至右：李金娥、徐国英、马乃英、杨春香、闫补云、王福仙、黄金花、王玉梅、
石 斌
五排自左至右：王绍涵、孙 强、刘东生、郭效卿、王民国、李进贵、高改潮、时长青、
张保明、郭保旺、高英明

目 录

抚今追昔

家世回首

我们是矿工儿女

知青岁月

多彩人生

我们是矿工儿女

抚今追昔

忆念西山五中（代前言）

赵致真

一、"最高学府"

当年有人戏称西山五中是太原"最高学府"，也并非毫无道理。从地势来讲，西山是太原的"屋脊"，而西铭矿位于西山之巅，西山五中又坐落在西铭的山头上。另一方面，1968年夏天，20多个北大、清华、南开、武大、北师大、北理工、山东大学、华东师大、南京大学等名校的清一色应届毕业生被分配到西铭矿。开基创业、白手起家，筹办了西山五中。这种师资队伍的学历之高，文化之高，也是罕有其匹的。

1968年10月1日，赵致真参加太原市国庆游行后留影

1972年，学校粗安，声名渐起，四面八方的矿工子弟们翻山越岭，纷至沓来。其中一小群孩子走进那间新落成的教室，门口的白漆红字木牌上写着"高（2）"。这个班级从此诞生了！我便是他们的班主任兼语文老师。

转眼间50年过去了。2022年8月，这个班的33位同学在西

抚今追昔

003·················

1968 年夏，第一批分配到西铭矿的大学生
左起：于慈霖、赵致真、赵克诚、孙少堂

1969 年，赵致真（后排左 2）和学生在运输线把煤车翻倒进煤库

1970 年，赵致真在西铭山头和学生开辟西山五中地基兴建校园（1）

1970 年，赵致真在西铭山头和学生开辟西山五中地基兴建校园（2）。（红箭头标记者为赵致真）

山杜儿坪桃花沟隆重聚会，并发来他们的合影，请我题写一句祝福的话，让我受到深深的感动和震撼。"记得当年骑竹马，看看都是白头翁"，任凭我尽量放大和辨认这张照片，已无法说出每个人的名字了。特别让我惊讶的是，整整半个世纪，这个"班集体"竟然雁行不散，无一掉队，而且"建制"不废，"班长"和"班委"仍然循名责实，各尽其职。这样的亲和力与凝聚力从何而来？

看了他们在聚会上发言的视频和此后制作的"美篇",更加感慨万端。脑子里突然跳出一个念头：大家何不一鼓作气，各抒胸臆，出一本文集，永久留下这些共同的记忆呢？

我的建议立即得到了热烈拥护和响应。同学们说：分别快五十年了，80岁的老师给将近70岁的学生布置了"作文题"，大家一定要认真完成"作业"！

于是便有了这本书——《我们是矿工儿女》。

二、我和学生

览读学生们送来的40多篇文稿，早已不是当年"批改作文"的感受了。我是在怀着久别重逢的喜悦，走进他们各自的心扉。一个个曾经熟悉又被遗忘的人名，像旧梦般从记忆深处浮现出来。一个个久违而别致的地名，让人禁不住上网查找：大虎沟、茭子沟、化客头、三岔口、旧矿部、胡沙帽……竟然都还在卫星地图上醒目地跃动。《我们是矿工儿女》这本书展开的画卷，千真万确是我生活过11年的地方。

回想那个年代的教学是相当粗糙和随意的。没有正规的教材和大纲，老师还要隔三差五参加"高产"。记得我有次在井下干了一通宵，第二天早上直接从澡堂赶到学校，同学们都整齐坐在教室里了，我却脑子里一片空白。于是便点起一个同学提问："我们昨天讲到哪里了？"得到回答后不放心，又点起一个同学验证，这才找回思路，开始往下讲。有时根本来不及备课，全靠在堂上临时发挥，轮到总结课文主题思想时，便在黑板上写着前一句，想着后一句。颇有"七步成诗"的匆迫。看到大家认真地抄写，还互相辨识我潦草的字迹，心里难免会生出内疚。学生们跑几十里来求知，我即兴编出的这些语句，经得起他们"一字不苟"地记下和"奉若圭臬"地背诵吗？

1975 年夏，赵致真的母亲宋映雪、妻子高淑敏和一岁儿子在家门前

1975 年夏，赵致真和一岁儿子在家门口

　　而在《我们是矿工儿女》一书中，我却成了一位博学多识、和蔼可亲的老师。有人写到我上毛主席诗词课，乘兴大讲律诗的平仄；有人说起我教他们唱的英语《国际歌》至今不忘；有人记得我在班里开办写作园地《火星刊》，发动大家成立小图书馆；有人不忘我亲自担任主力，带领班级乒乓球队参加各种比赛。而最能唤起我美好回忆的往事，要数我组织同学们制作物理教具了：安装半导体收音机，把晶体管、电阻、电容、线圈、电位器等实物和线路图一起展示在三合板上；制作照片洗印箱和放大机；还有在矿修理部"学工"中设计简单的机械装置……这些花样翻新的课外活动，是我后来从事科普工作的早期热身和预演。

　　如果不置褒贬，那时候，与其说我是学生们的班主任，毋宁说是一个"孩子王"，一个大男孩带领着一群弟弟妹妹玩耍。我

1972年，赵致真在西铭矿乒乓球队

热爱他们，和他们打成一片，每天一起读文章、做游戏、侃大山、发异想。如果说我对他们日后的成长有所帮助，也主要来自平时的熏陶和濡染。

而学生们教会我的东西也格外珍贵。那些方言土语、民情风俗自不待言，他们的质朴善良、勤奋刻苦更令人难忘。我还从女同学那里学会了打毛衣，并且独立完成过一件毛背心。男同学则普遍懂得木工活，熟知红松、白松、椴木、桦木、水曲柳的特性。我的书桌便是他们找来废弃的坑木做成的。最感到愧疚的记忆，是我刚成家后立足未稳，几个男同学天天从遥远的"斜坡"皮带上为我担碳。寒假我回武汉探亲，仍是这些学生冒着零下十多度严寒为我看家——一间除了书别无长物的破房。想想他们的父母，对孩子既心疼又赞许的态度，我怎能不深深后悔和久久自责呢？

如果时光倒流，我一定会对我的学生再好些、更好些，教学再努力些、更努力些！

三、我和家长

学生们在《我们是矿工儿女》这本书中，用相当篇幅写到自己的父辈和家史，读起来格外亲切又贴近。我当年出于班主任的职责和"接受再教育"的真诚，曾经踏遍矿区，走门串户，对"家访"乐此不倦。但印象中淳朴忠厚的家长们大多不善言辞，很少谈及家庭往事和个人经历。而面前这本书，却弥补了我当年"家访"的不足和缺憾。时隔50年，才更多了解学生们的身世和经历。

掩卷之后禁不住叹息和感慨：新中国第一代矿工队伍是这样组建起来的；西山煤矿的几辈人是这样艰苦创业的；共和国最早的工业家底和社会财富是这样积累的；西山煤炭的生产方式是这样一步步演进和变迁的。《儿女》中留下了许多同学父辈们可敬的身影，共同组成了中国煤矿工人的群像。书中不同劳动场面的拼图，展现了解放初期建设高潮的长卷。

　　读着学生们笔下的家史，我还不由得回忆起当年"家访"的现场。相见之时，他们的父母除了表示对老师的感谢，便是对文化翻身的渴望。印象中每个家庭的小平房结构都大致相同，矿工生活开始富裕了，窗户下面放一台缝纫机，小心蒙着精致的外罩；锃亮的自行车则作为装饰挂在墙上。而最实惠的款待是留我吃"家常便饭"，盘腿对坐在炕上，一张小方桌，放着咸菜和山药丝，粗瓷大碗里盛满小米稀饭或玉米糊，还有窝窝头、压饸饹、擦圪斗、拨鱼、拨烂子、猫耳朵……多年来我尝遍了山西的各种"特色名吃"，也处处体验到家的温暖。

抚今追昔

　　有时看到学生家长身上留下的残疾，便会肃然生起敬意，知道这是为煤炭生产付出的牺牲。最初不懂得西铭矿礼堂座位间的过道为什么格外宽阔，后来才明白是为了让轮椅方便通过。

　　有了学生家长的呵护与关照，我在矿上就不会感到孤单。头发长了，就拐到学生家长开的小理发店；珍藏的青霉素、庆大霉素眼看快过期了，就找医院工作的学生家长帮着换成新的。我还曾经有过一次"大兴土木"的决策，在家门前盖一间十多平米的厨房。多亏学生家长们用毛驴车拉来红砖水泥，一群工匠呼朋唤友，挑灯夜战，天亮之前"整个工程"便一蹴而就了。

　　最难忘是小女儿患了急性肺炎危在旦夕，学生家长石大夫亲自联系太原市儿童医院的朋友，深夜陪同我们一家四口乘坐矿上的大卡车，奔波几十公里前往急诊，终于让女儿化险为夷。

　　感恩戴义，那里有多少我至今没来得及报答的人？行思坐念，

我们是矿工儿女

那里有多少温馨的时光，是我至今仍想再过一次的生活。

四、多彩人生

《我们是矿工儿女》这本书里，学生们少不了写到各自毕业后的所去所从和多彩人生。没有谁成为高官显宦和豪商巨富，但不影响他们有自己的追求、奋斗和成功，不影响他们成为优秀的教师、医生、军人、公务员、劳动模范、民营企业主、科研带头人、文化工作者，也不影响我为他们感到骄傲和自豪。可喜的是，学生们的下一代已经青出于蓝，他们有的考上名牌大学、有的远赴海外留学、有的担任企业高管。煤矿工人文化上的翻身，在他们的一代已经实现。

我 1979 年调回武汉后，就陷入永远的忙乱，除了两次回太原看望岳父岳母时见到几位学生，便和西山很少联络了。但心中

1989 年 5 月，赵致真在西山矿务局文化宫前和旧友合影
左一曹星星、左三郝光煜、左四刘瑞林、左六赵致真、左七孙少堂

1989 年 5 月，赵致真回西铭矿探望老领导、同事和朋友
左起：郝光煜、李补录、赵克诚、赵致真、石兴奎、李中朋、张向荣、邓可权、雷德庆、
于慈霖

1998 年 7 月，赵致真和儿子赵琦回西铭矿并到井下体验采煤劳动

1993 年夏，赵致真的儿子赵琦、女儿高洁回西铭矿大虎沟寻访旧居

却早已经把这里视为另一个故乡。当年西山收容了我、庇护了我。我在西山度过了最宝贵的 11 年青春，在这里结婚生子、教书育人、渐谙世事、初试文锋，我对西山的感情是刻骨铭心和根深蒂固的。后来在工作中每次遇到重大艰难险阻，就会习惯性地从心底冒出

1998 年 7 月，赵致真和西山五中同事任广惠（时任西铭矿副矿长）、张福祥（时任西铭矿工会主席）在西铭矿办公楼前合影。

一句自励的话："我是煤矿出身的，怕他个啥！"于是便沛然升起一股浩气和力量！

我的儿子、女儿都长大成人和远走高飞了，但也永远不会忘记西山，这里有他们的根脉和他们的童年。

五、"到此一游"

如果我 50 年前在课堂出一道作文题《五十年后畅想》，又有哪位同学能"畅想"到今天的情景呢？

人生的道路上，有很多同伴和朋友，不知什么时候就东走西散了。互联网时代不是也到处有人"退群"和"拉黑"吗？我们班级的同窗之情和师生之谊，能够一朝订交，50 年不变，无论顺逆穷通，不远天南地北，彼此永远亲如兄弟姐妹，这是任何乌集

抚今追昔

之交和势利之交所不能比拟的。我也曾思考过其中的原因，矿工子弟忠义无私的天性？"班干部"的人格魅力？看来最重要的，还是大家都格外珍惜一个共同价值，格外在乎一个共同身份——西山五中高二班的同学。

2023年2月，赵致真80岁生日和夫人高淑敏摄于燕郊

我们老了。不但老师老了，学生也老了。但我们不甘蹉跎，仍然以积极昂扬的人生姿态，践行着"老有所为"。

深深庆幸我们来到世上彼此相识的缘分，而在人间刻下"到此一游"的最好方法是编写一本书。我们正在做这件事——不仅是晚年的自娱，不仅是儿孙的纪念，这本书还将留下历史的记录和时代的佐证。

2023年5月1日

一份特殊作业

张素萍

一、等待的就是今天

身居大洋彼岸异国他乡加拿大，因肆虐的疫情阻挡了我回国聚会的梦想。但是阻止不了我跟踪和遥看 2022 年 8 月 8 日，西山五中高（2）班同学在太原市万柏林区西山脚下桃花沟聚会的视频，看到这些视频我不禁心潮澎湃，思绪难平。因时差原因，我耐心等候着北美时间的凌晨 4 点——北京时间下午 4 点。那动人的场景，我好似也参与其中。天空下着毛毛细雨，瞬间天气由阴转晴了。我一字不落地聆听了班长马乃英同学为这次聚会所做的致辞。从 2022 年 7 月 7 日筹备组成立，到 8 月 8 日同学聚会，历时 30 多天，他（她）们到处收集打听全班 46 名同学的联系方式，并亲自登门了解个别同学的情况，好投入啊！我听到了同学们那激情洋溢的演讲，诉说各自在阔别 48 年中的生活工作经历、对高中岁月的无比留恋和对这次聚会的朝思暮想，好激动呀！

聚会场景恰似一幅色彩斑斓的画卷，同学们相视之下亲切又感慨，面熟又面生。身背照相机的李德全同学，用他精湛的摄影技术，给聚会留下了美好的瞬间。徐美珍同学不顾天阴路滑，让爱人专程开车从寿阳前来参加活动，王绍涵同学是个热心肠，四处张罗，微信汇报给在京的班主任赵致真老师。赵老师挥笔题词

2022年8月8日，西山五中高（2）班在桃花沟相聚

摄影师李德全同学

"一生兄弟姐妹，友谊地久天长。"并将自己的新作《播火录》赠送给同学们。那是一本非常珍贵的科普巨著。同学们纷纷手捧《播火录》拍照留念。赵老师号召同学们，各人写一篇文章，讲述自己48年来的风雨人生，以及西铭煤矿的发展变迁。也许出于对故土和高中阶段生活不可磨灭的怀念，也许是身在异乡独有的那份孤单寂寞，少年时代的无限往事，在我心中早已默默成篇，等待的就是今天！

思索数日，我欣然提笔，完成了79岁的老师，给我们66岁的学生布置的独特作业。这真是我们高二班同学的喜事和荣幸。我怎能不珍惜这次机会，尽最大努力再一次完成好老师布置的作业？

我们是矿工儿女

2022年8月8日，赵致真老师在北京向西山五中高（2）班同学赠送新作《播火录》

二、我们的老师

1966年时，"西山矿中"是当时西山矿务局唯一的初级中学。白家庄矿、杜儿坪矿、官地矿和西铭矿的孩子小学毕业后，都集中到矿务局上初中。后来"文革"时停课，复课时各矿的小学开办了"戴帽中学"，基本由小学毕业班的老师跟班代课。大概到了1968年，几大矿都办起了中学，设立了学制两年的初中班。

办学一要有场地，二要有师资。搞基建盖房子，对煤矿来说不算回事，更何况哪家门口没有自己搭建的厨房或炭房！西山五中的诞生，蕴含着我们这一届师生艰苦创业的心血。为早日建成

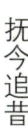
抚今追昔

学校，我们在初中时抬过土、搬过砖、和过泥、挖过操场上的石头，铲过地面上的野草。校园全部完工后，我们刚好初中毕业。

1971 年夏天，西山五中学生烧砖建校园

这个期间，矿务局分来一批高校积压了三年的毕业生。这些来自全国名校的年轻大学生基本都到各矿的中学当了教师。这样齐刷刷的师资水平，让山上的孩子不用下山就能受到高水平的教育，家长、孩子自然高兴和欢迎。特别是学校将开设高中班，对我们来说更是天大的好消息。

1972 年的春天，初中毕业后的我们。不久便又重回熟悉的母校。站在西山五中校园的高坡上，俯瞰着烟霭苍茫的太原城，心中波澜起伏。城里的学生肯定不用和泥烧砖搭盖教室，城里的校园我们也无法相比，但是一大批来自全国名校的青年才俊做我们的老师，却是我们得天独厚的优势。我下定决心珍惜机会好好学习，做一个出色的高中生。

西山五中首届高中，设有两个班级。堪称为西铭矿的"黄埔军校"，矿山未来建设者的"摇篮"。阵容整齐的师资队伍，让大家充满了信心。开学典礼那天，驻校工宣队队长杨文锁致贺词。杨队长是同学杨春香的父亲，他用浓浓的岚县乡音说："孩子们，你们赶上了好时候，遇到有全国各大院校毕业的优秀高才生当你们的老师，教你们学文化，你们一定要抓住这个机会，好好学习，为首届高中的创立打好第一枪。"我扯了扯旁边杨春香的衣角，低声说："你爸今天讲话挺流利，不像以前讲话总说，有啊、有啊的那个语气词。"春香说："他今天为咱们高兴。"

的确，我们的老师个个都出类拔萃。毕业于山东大学的于慈霖老师是我们的政治历史老师，健壮的身体，严肃的神态，讲课时说着浓重的"山东普通话"，在讲到《资本论》的剩余价值学说时，同学们都听得很入迷。后来于老师担任了西山五中的校长，直到光荣退休。

毕业于陕西师范大学的孙少堂老师，是我们两个班的数学老师（毕业于北京体育学院的岳文老师调走后，孙老师接任高一班的班主任）。高高的个子，佩戴一副600度的近视眼镜。上课时，手中的三角尺、圆规随同他有声有色的讲课，在黑板上不停地来回舞动。他经常和我们班的数学尖子石斌、王慧平、陈维俊、马乃英探讨数学公式的应用和解法。由于他教学有方，后荣升到西山一中担任校长。

毕业于北京外国语学院的马锡恒老师，是我们的英语老师。中等身材，佩戴一副500度的近视镜。他讲英语时发音标准，方法便于记忆背诵。马老师是我初中的班主任，又是高中的英语老师。有一次我迟到了，在教室门口边喊报告边推门，然后就直接坐到座位上了。马老师严肃地说："站起来，出去！没让你进来，怎么就坐到座位上了？"我脸红了，掉泪了。心里在想，马老师，你怎么一点面子也不给我呀，我还是您初中班的学生呢。他就是这样一个不徇私情的严师。课后马老师找我谈心，解释课堂纪律的重要，我也理解了马老师的做法。我们高中毕业后，马老师担任了西山五中副校长。

毕业于南京大学的邓可权老师。身材高挑，举止斯文，说话很带有逻辑性，风趣幽默。还有毕业于清华大学的王毓钟老师，精力旺盛，知识渊博，眉宇间透着刚毅和睿智。这两个物理老师让我们记忆深刻。在我们班开展的科技活动中，用他俩讲过的物理知识，在我们班主任赵老师的指导下，把正极、负极连接一条电线，灯泡就亮了。那场景至今难忘。日后邓可权老师担任了西山五中副校长，王毓钟老师调到山西九三学社任第八届委员会副主委。

毕业于太原工业学院化工系的任广惠老师。是我们的化学老师，讲课时带有浓浓的交城乡音。他做事雷厉风行，十分健谈，特别有亲和力，让我们把他当作好朋友。化学课给我们做的试验，新鲜又神奇，他指导我们怎样熟背化学元素周期表，讲解元素符号，元素名称，原子序数，原子量，令人记忆犹新。任广惠老师后荣升为西铭矿党委副书记、副矿长。

说起调离西山五中后回到首都师范大学的张志广教授，北京体院的岳文老师，都曾经在西山五中为我们带班授课，和我们朝夕相处，彼此建立了深厚情谊。

还有好多老师虽然没有带过我们班的课，但全校同学对他们个个熟悉。毕业于南开大学的赵克诚老师身材颀长，风度翩翩，因为写得一手好文章，和我们班主任赵致真老师齐名，人称"二赵"。他籍贯山西五台县，到西铭矿后处处有老乡，因此如鱼得水，能比其他老师更快融入矿山；毕业于北京语言学院的刘瑞林老师曾到西铭矿广播站"客串"，让我们误以为是在听中央人民广播

西山五中的部分老师和同学在大寨合影

电台。刘老师在矿上排练的《智取威虎山》中扮演猎户老常，一招一式都达到了专业水准；来自北京大学数学系的周培昌、彭嘉惠老师都是研究"数论""微积分"的，但从来没有觉得"教几个小小蒙童"屈了才。毕业于清华大学的赵康源、马小麓夫妇是"落难"的干部子弟，生活能力比较差，家里没有橱柜，锅碗瓢盆都一个个放在地上，但他们教课很用心。后来赵康源老师当了中国驻美大使馆科技参赞；印象最深的是上海来的袁利森和两位女老师许菊芬、潘金巧。她们穿着时尚，举止高雅，彼此说话时一口"吴侬软语"，我们听不懂，但觉得很好听。这些从"大地方"来的年轻老师们，不仅让学校才俊如云，气势如虹。甚至成了整个西铭矿的一道靓丽风景。

三、我们的班主任

赵致真（中）和于慈霖（右）、赵克诚（左）老师在大寨

我们的班主任赵致真老师身材高挑，充满朝气，骨子里透露着优雅。他知识渊博，毕业于武汉大学中文系。开课的第一天，赵老师严肃又和蔼地对我们说：从今天起，我就是你们高二班的班主任，并在新刷的黑板上写下"赵致真"三个苍劲有力的大字。是的，从那一刻，我们在他的教导呵护下愉快地度过了两年半的高中时光。

我们班学习氛围非常浓，自然得益于赵老师的倡导和营造。在赵老师的要求和指导下，我们开办了以郭效卿同学为主编的《火星刊》，贴在教室的后墙上。郭效卿同学初中喜欢钻研数学，上高中后却喜欢语文了，他说是受赵老师的影响。《火星刊》每篇文章都要经过郭效卿审稿修改，他也感到非常胜任愉快。"火星"两个字是于慈霖老师亲笔写下，巧手的女生将"火星"两个字贴在红纸上，再用剪刀剪好，贴在专栏的正中间上方，非常醒目，每周一期。同学们踊跃投稿，写心得、写体会、写见闻、写报道，这是我们班当年的"自媒体"，通过这个园地和平台，大大提高了同学们的写作水平和鉴赏能力。

此外，我们的赵老师把他家珍藏的各类书籍拿到教室。并号召我们每个同学将自己家的书收集起来，自做书架统一管理，建

我们是矿工儿女

王毓钟老师（右一）、赵致真老师（右二）、于慈霖老师（左二）、刘瑞林老师（左一）
在大虎沟

起了一个有模有样的图书阅览室，每周六下午供同学们借阅。由
王绍涵同学、王永如同学当图书管理员，登记每个同学拿来的书
名和数量，及大家借书、还书的日期。张忠宝同学、李进贵同学、
贺余万同学、郭保旺同学、王明国同学、黄金花同学、李金娥同
学家里没有像样的书，还专门到书店去买书捐到我们的阅览室，
也要贡献一份力量。班级图书阅览室的建成，让我们开阔了眼界，
增长了见识，学会了阅读。《火星刊》的专栏里贴满了大家的读
书心得和读后感。看今天，我们许多同学能有较高的文化素养，
工作中能取得骄人的业绩，乃至教导自己的子孙热爱读书，都能
从高中时代找到根源。我们常感叹地说：班级阅览室让我们受益
终生。赵老师您真有远见，20 世纪 70 年代，您就在培养我们的
阅读习惯了。

　　两年半学业中，虽然我们只参加一次"学工"，但印象永难
磨灭。46 个同学跟着赵老师到西铭矿的修理部，分别学习车工、
钳工、铆工、焊工、锻工。赵老师教我们制作电子集成线路板，

鼓励我们到矿上有关部门讨要电子零器件。还带着武铭喜、王绍涵两位同学下山进城到太原市五金交电商店，用自己的工资购买二极管、三极管、电位器等，给我们制作科技教材模板，引起我们对科学的兴趣和向往。记得同学们第一次看到自制的集成线路板灯泡亮了，第一次听到赵老师用标准的普通话从送话器播报"刚才最后一响，是北京时间 12 点整"我们一片惊喜和欢腾，向老师投去敬佩的眼光。

我们真是幸运啊！高二班有声有色的课外活动，轰动了西山五中，校工宣队杨队长号召全校向高二班学习，并分期分批组织观摩。我认为我就是一个受益者，记得 1973 年早春，我们班乘坐西铭矿解放牌卡车去文水县刘胡兰纪念馆参观学习，在爬西铭矿山的路上，我脱口背出"明净的车窗一尘不染，稳健的方向盘分毫不偏，我驾驶着解放牌汽车，飞驶在九曲十八盘的白云山间"。同学们问我，这是出自谁的诗句吗？我很骄傲地告诉他们，这是咱们班主任赵老师写的诗，贴在《火星刊》专栏里。

还有一件同学们都不知道的事，那是我参加工作后，在担任党支部书记期间讲的一次党课，题目为《加强纪律性革命无不胜》。最后我用这样几句话结尾："我们的力量为什么坚强无比，我们的军队为什么所向无敌，我们的声音为什么铿锵有力，我们的步伐为什么所向披靡。朴素的歌词唱出了伟大的真理，步调一致才能得胜利。红光闪闪一支歌，震响整整半世纪"。

听课的同志们说："你的结尾太好了，你是哪个学校毕业的？"我脱口说："五中"，五中！怪不得，厉害呀！我急忙补充，是西山五中，那里有我们最棒的老师，培育着他的学生，你们再猜，我又是背的谁的诗句呢？对了，是我们赵老师的诗。

四、我们的班级

说起我们的西山五中，既没有绿树成荫的校园，也没有整齐漂亮的建筑。从山头硬生生开辟出一片平地，约摸两个篮球场大小，几排简陋的教室，"前不着村后不着店"，孤零零坐落在光秃秃的石头地基上，这便是我们母校的校址。

我们同学的来源，可谓"四面八方皆有，远近高低不同"。每天从化客头的山顶，三岔口的山坳，小卧龙的狭路，二工地的沟底，荬子沟的乡间，旧矿部的山下，大虎沟的角落，一路翻山越岭走来。

谁也没想到，这群最松散和生疏的孩子，会在这座山头上，凝聚成一个牢不可破的集体，结下了终生的不解之缘。

这首先要归功于我们有一个大公无私、奋发有为的班委会——班长兼团支部书记马乃英，班委武铭喜、石斌、刘东生、高鸿建、段树平。我们选举"领导班子"，虽然按班主任赵老师提出的"原则"，但却完全是靠"票决"产生的。我们至今庆幸自己的见识和眼光。

同学间的友

西山五中同学比赛团体操

当年高二班男生

第一排左起：贺余万、武铭喜、段树平、石斌、芦亮亮、王慧平、吴润青

第二排左起：高鸿建、赵补发、王万冬、郭效卿、张保明、高英明、郭保旺、陈维俊

第三排左起：李德全、时长青、高改潮、王明国、孙强、王绍涵、薛文俊、王根弟、刘东生

谊，首先来自学习上的互相帮助。周四虎同学家住小卧龙，每天往返学校要走四小时山路，"早见星，晚见灯"，十分辛苦劳累。加上学习吃力，便萌生了退学的打算。家住茭子沟的马乃英在放学时有一半路程和周四虎同行，不仅热情鼓励他，还为他讲述当天的功课。并例行将自己的课堂笔记借给周四虎抄写。周四虎信心大增，学习成绩迅速提高，不仅圆满完成了高中学业，还在1975年进入山西矿院攻读采矿专业，毕业后分配到西山矿务局官地矿安监处任副处长。

高英明同学腿部有残疾，家住化客头，山高路远。班委会经过讨论，指定王万冬、王根弟每天上下学护送高英明。对于这一繁难使命，王万冬和王根弟乐此不疲，不仅全程陪伴，三人还组成了学习小组，结成了兄弟般的友情。毕业后，王万冬献身于煤

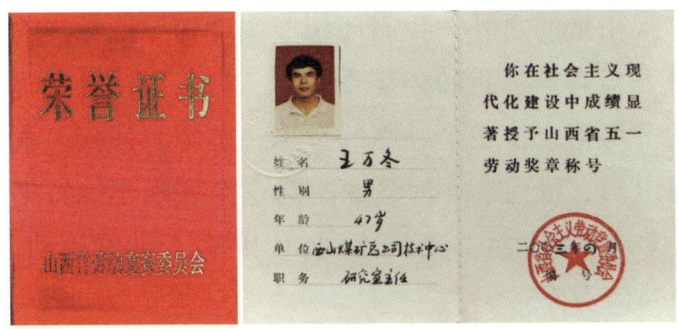

2003 年，王万冬获山西省五一劳动奖章称号

2003 年，王万冬当选
太原市万柏林区第二
届人大代表

矿事业，从基层干起，先后担任西山煤电集团技术中心开采研究室主任，采煤高级工程师。获得"省五一劳动奖章"和市、局"十佳科技标兵"、特级劳动模范、

2008 年，王根弟获得钳工技师资格证书

科技功臣等称号。王根弟毕业后，成为光荣的人民教师，此后又担任工厂技师。高英明同学毕业后，成功开办了一家小工厂。

在班委会的部署下，榜样的鼓舞下，我们班按居住地区，分片成立了课外学习小组，放学后，大家三三两两来到一位稍宽敞些的同学家，共同复习功课，完成作业，交流心得，讨论难题。使全班的学习气氛空前浓厚，平均成绩稳步提升。学习是我们求学的根本目的，学习好了，家长和老师皆大欢喜。我们课外学习小组的经验，也受到校领导的表扬和推广。

抚今追昔

除了本班同学互相帮助之外，我们还积极主动辅导低年级的困难同学。根据班委会安排，我和杨春香、李三梅、康粉开、赵荣莲负责帮助斜坡平房第二排一个姓周的女生。她腿有残疾，我们每天提早一小时出门，推迟一小时到家，为这个残疾学妹背书包，搀扶她上学放学，风雨无阻，寒暑无间。她的家长非常感动，夸我们是西山五中的活雷锋。

　　每天中午在学校吃的这顿饭，是一个有乐趣、有期待的时段。除了个别住得近的同学回家就餐，大部分人拿出自家一成不变的玉米面窝窝头，几块白萝卜咸菜，到锅炉房打杯开水，午餐就打发了。也有同学得意地拿出父亲下坑攒的"馍馍票"，到大虎沟食堂"兑换"，并花5分钱买上一份炒山药丝，这就算是豪华大餐了；而悬念在于发现谁家带来稀罕的食物，还有可能从慷慨的同学那里分一杯羹。

　　记得王绍涵和孙强同桌，便请求母亲同意，中午带孙强到家里休息。至于同学们的午休，更是各有风姿，有的趴在桌子上眯一会，有的靠墙坐着打个盹，还有的把四条凳子摆成一长溜当床，很觉惬意，缺点是"永世不得翻身"。而珍惜光阴的同学则利用午休时间背单词，看《艳阳天》《欧阳海之歌》这类大部头书。教室静穆而安详，无人大声喧哗，这也许就是我们早期的"教养"。

　　而群体认同感，集体荣誉感的萌生和觉醒，则来自各种班级活动和评比竞赛。

　　印象最深的是全班像一个家庭那样准备过冬。

　　我们西山五中的教室孤悬在荒山秃岭上，冬天来临时，北风长驱怒号，破窗揭瓦，寒冷刺骨。学校为每个教室安两个大火炉。在班委会领导下，男同学找来烧土、麦秸和好泥，为炉子套"内胆"；把铁皮烟囱一节节安上通到窗外，并且在后墙角垒起碳池，把箩筐、簸箕、铲子、火柱放得井然有序。每当学校拉煤炭的大卡车到了，没有时间和场地进行分配，各班便蜂拥而上，先挑大块，再拣中块，最后打扫小块和煤面。男同学用扁担挑，女同学用簸箕端，争先恐后，忙得汗流浃背。我们班里碳池总比别的教室堆得满，码得齐。

这时候再看大家的面容，个个脸黑得和父辈们出坑时差不多，手上、指甲缝里也满是煤屑。学校的自来水管白天上不来水，我们便一起来到桥东居民区的公用水管旁，班长马乃英买来两条迎泽牌肥皂，男女同学各一条；毛巾四条，男女同学各两条。还有三分钱一只的棒棒凡士林油十只。一共花了一元七角五分钱。这在当年是一笔不小的开支，家家都不富裕，我们又没有挣工资，全靠平日一分一毛攒点零花钱。武铭喜、石斌、刘东生、高鸿建闻讯后，坚持

马乃英担任古交药材公司经理

2015 年 10 月，马乃英（马梅梅）获中药学专业执业药师证

要几个班委共同分担。从马乃英班长当年的慷慨无私和集体意识，就不难理解她毕业后为什么能很快担任古交医药公司经理，此后开办书店，最终创建了名秀一方的舒康药店。

此后，每当班级活动需要筹集经费，班委会成员总是带头解囊，多出份额，几乎成了惯例和传统。包括这次出书仍是如此。

教室里有了火炉，整个气氛顿时变了，更有了家的感觉。班委会把我们分成六个组，分别担任一周的"司炉"（当时没有实行双休日）。轮到哪个组值班，便早早来到学校，带着预先准备好的桦树皮、油纸和干柴把炉子生着，让炭火烧旺，再叫烟雾散尽，等同学老师到来，一个温暖舒适的学习环境就准备停当了。

1998年，闫补云创办福利印刷厂时留念

1998年，闫补云与印刷厂职工合影

除了取暖。我们休息时围炉而坐，就像远古的祖先们围着篝火。总记得住在化客头的闫补云，家里有块自留地，每天总能给同学们带来刚从土里刨出的新收成。有山药蛋、胡萝卜、白萝卜、玉米穗、黄豆角，有时还有红枣和苹果。在铁炉子上烤山药蛋，是人人垂涎的美味，剥去烧焦的外皮，香气四溢的"烫手山芋"既是主食又是点心。闫补云同学以奉献集体为荣，款待同学为乐，她的心灵和容貌一样的美好。当我后来得知通过闫补云的不懈努力，让太原市的残疾人印刷厂起死回生，成功开办自己的"昌源福利印刷厂"，心想这一切都绝非偶然。

记得当年教室里火炉上烧烤的时鲜，还有徐国英从河北老家带来的花生，王福仙从晋祠老家带来的大米。至今令人余味回甘。

那时候学校经常开展一些班级评比活动。譬如广播体操竞赛，除了参加演练的队伍需要跟随着音乐节拍，展示出标准整齐的动作，连坐在土堆"看台"上充当观众的同学也必须保持肃静，正襟危坐，不得交头接耳和左顾右盼。我们班"内外配合"，直到列队回到教室，赢得了竞赛的冠军。

印象很深的另一次活动，是全校的大扫除。各班负责自己的教室，最后角逐卫生流动红旗。赵致真老师别出心裁，指示我们一改往日惯例，这次让男同学擦门窗玻璃，女同学擦桌椅板凳。大约是为了丰富我们的劳动体验和弥补各自的能力欠缺吧。面对"角色互换"，男女同学都兴趣大增并决心迎接挑战。

大扫除的首要困难是校园里没有水。矿自来水的压力白天上不了山，全校师生喝的水，都全靠锅炉房的龚大爷通宵不睡觉，把夜间勉强压上山的自来水"涓涓细流"接进锅炉。哪里经得起我们大扫除使用呢？于是武铭喜、高鸿建、薛文俊从家里挑来水桶，到桥东居民区的水管去接水。山路陡峭弯环，半道不能休息，边走边洒挑到教室里，一担水只剩下半担，吴润清、王绍涵、时长青、石斌从家拿上脸盆，芦亮亮、刘东生、薛文俊、高改潮、李德全、张忠宝带来了父亲的工作毛巾。王万冬、王根弟、高英明不知从哪里弄了许多旧报纸。阵容展开，根据个子高低，同学们分工负责里里外外、上上下下的工作区域，有的对着玻璃边张嘴哈气边不停擦拭，有的清洗毛巾抹布拧成半干，有的从不同角度眯起眼睛检查验收。很快把一扇大门、五个窗户，32块玻璃清洗得大放光彩，一尘不染。

女同学的扫帚不漏掉每一寸犄角旮旯，更是把所有桌子椅子颠过来倒过去，用男同学挑来的水，反复擦洗四次。当检查组来到我们窗明几净的教室时，都觉得分外开眼，那一排排的桌椅板凳不仅清洁整齐，而且明光锃亮。于是禁不住问我们有什么"秘

西山五中高二班班委
一排左起：段树平、马乃英、刘东生
二排左起：高鸿建、武铭喜、石斌

诀"。原来是闫补云同学把家中自留地的蓖麻籽采来捣碎，大家最后蘸在抹布上擦桌椅。那效果如同家具打了蜡。

这次大扫除评比，我们班毫无争议地赢得了第一名。

一个班集体是如何形成的？一个班委会是如何立威的？每一次愉快的切身体验，都胜过一百句溢美之言。

1974年夏天，我们毕业的时候到了，大家心中既有对未来新生活的向往，又有同学们即将离别的惆怅。赵老师和班委会商量，决定组织我们到太原市迎泽公园做一次游览。这是最后一次班级集体活动，同学们都格外重视和投入。

记得那是8月18日，我们的家长都破例给了一点零花钱，各自书包里装着白面馒头和玉米面发糕，男同学穿上平日分外爱惜的球鞋，女同学把小辫梳得干净利索，穿上自己最喜欢的裙子，分头从自己家中出发。我乘坐的16路车到大南门的票价是两角三分，越过汾河桥，穿过迎泽大街，一切都那么新鲜和诱人。因为我和许多同学一样，长到这么大，一直待在山沟里，别说去迎泽公园，连太原城都没有进过。等到售票员报站说大南门到了，我心中还有点紧张，这时候一眼就看到赵老师熟悉的身影。他正和先到的同学一起在车站迎候。等同学到齐了，赵老师掏钱为我

1974年夏，在太原迎泽公园合影留念（左起：武铭喜、王绍涵、李进贵）

1974年夏，石斌（左）和芦亮亮（右）在迎泽公园

们买了门票，记得是五分钱一张，领大家进了迎泽公园。

迎泽公园真不愧为山西的"皇家园林"，路旁的雪松和银杏树，青石建造的七孔桥，让我深深感到自己学过的那些词"风景如画""美不胜收""花团锦

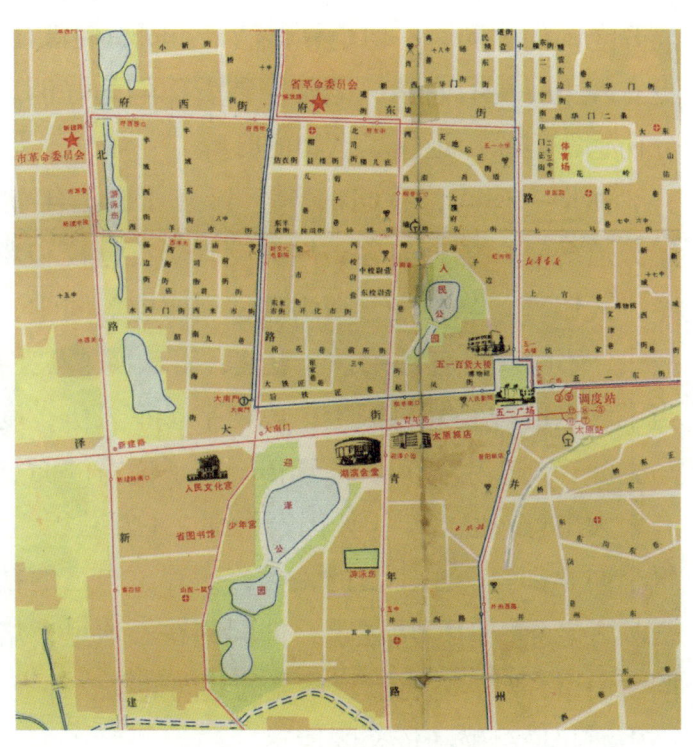

1974年太原市交通图（局部）

簇""碧波荡漾""流连忘返"……都远远不够用了。特别是站在藏经楼前，更被它的壮观和古雅所震慑。赵老师说，这座楼的原址在太谷县资福寺，已经有八百年历史。当初为了存放藏传佛经而修造。20世纪50年代兴建迎泽公园时，就把藏经楼整体搬

抚今追昔

迁过来了……我们都听得津津有味，赵老师还说，生活中处处都有学问，你们以后看景点的时候，还要多留心那里的碑文、匾额、楹联和书法。

在大家又累又渴的时候，几个班委出钱给每人买了一根五分钱的冰糕，"一片冰心"，让人感到贴心。我们痛痛快快玩了一整天，男同学循规蹈矩，谁也不打闹，女同学更是文文静静，谨谨慎慎，有几个胆小的还互相拉着手，生怕走丢了。分手的时候，赵老师很动情地说："你们马上就要走向生活，离开父母的呵护，离开老师的关照，一切全靠自己了。同学们都要学得大胆泼辣些，更有魄力、更有自信，老师期待着你们的好消息。"我听了有几分伤感，但深深记住了老师的叮咛。

弹指一挥间，我们都毕业48年了，当年朝夕相处的同学早就分道扬镳，各奔前程，但都没有辜负母校和老师的期待。王万冬、武铭喜、陈维俊、高鸿建、周四虎等同学，坚守在煤炭生产战线，不断获得各种荣誉和嘉奖；石斌换下矿工服，穿上白大褂，当了著名的神经外科医生；段树平参军入伍，度过了不平凡的戎马生涯；刘东生得到名师真传，成了优秀的面点厨师；我虽然没有太大出息，也多年担任国家干部，不断获得组织的肯定和表扬。每个同学都经历了丰富的人生，谱写了自己的精彩。如今大家都已步入老年，但历历往事，如同刻在心坎里，烙在记忆中。难怪同学们聚会时，总有倾诉不完的共同话题，补充不尽的有趣细节，心中涌起最温馨和依恋的情感。

我们这个班委会，不仅在当年凭着团结齐心，以身作则，把整个班级凝聚在一起，毕业后仍然各就各位，尽职尽责，成为同学遇到困难时的主心骨。48年来，高二班这个集体没有"散伙"，首先因为班委会没有"散架"。凭着多年威信、人格魅力和强大气场，只要班委会一声号令，大家都会心悦诚服，闻风而动。

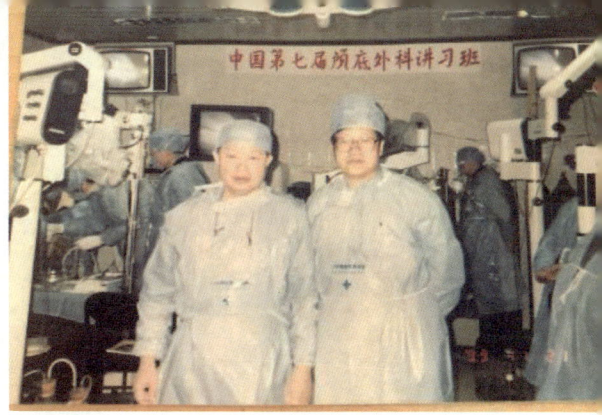

1983 年，石斌毕业于山西医学院　　　　石斌（右）参加颅底外科讲习班时与同事合影

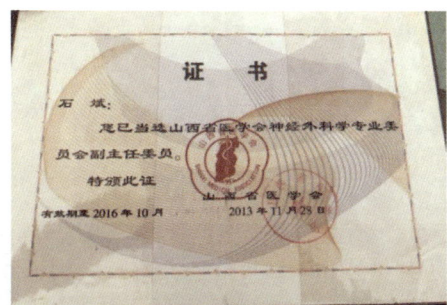
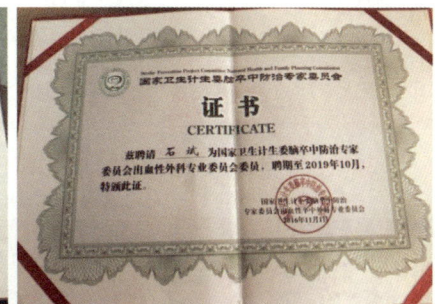

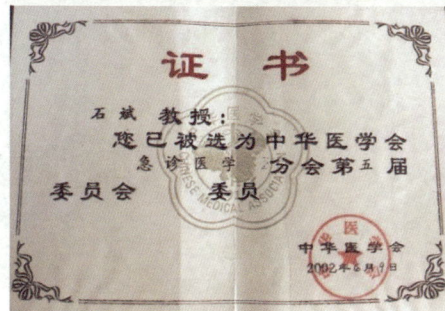
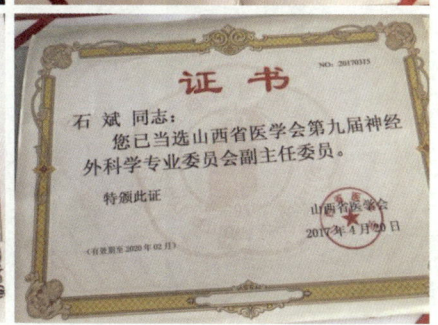

石斌获得的部分证书和奖状

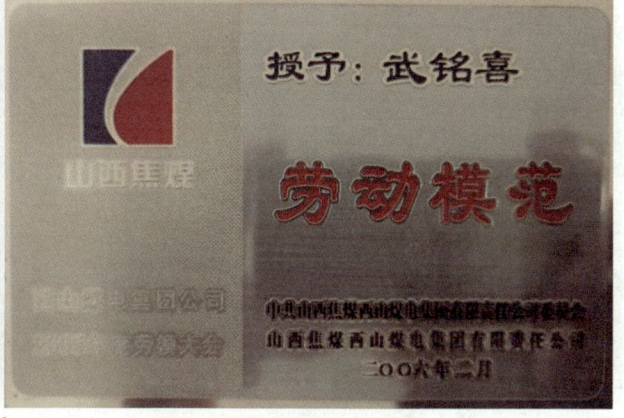

武铭喜荣获山西焦煤西山煤电集团公司劳动模范

抚今追昔

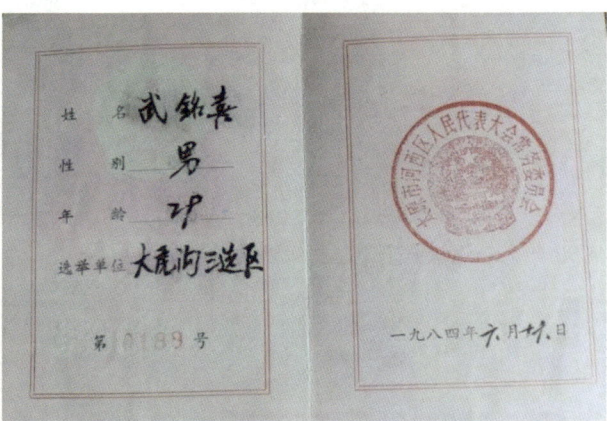

1984 年 6 月，武铭喜当选太原市河西区第八届人大代表

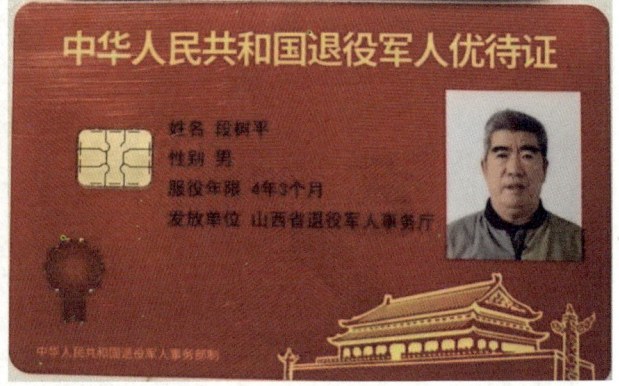

段树平的退役军人优待证

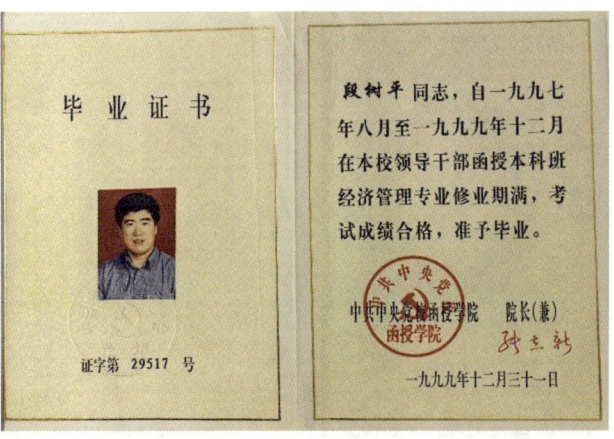

1999 年，段树平的中共中央党校函授班毕业证书

张素萍为太原市迎泽区第一届、第二届政协委员

段树平任太原市公交总公司保卫处处长兼武装部部长

张素萍任太原市迎泽区妇幼保健所党支部书记　　高鸿建在地面施工现场

五、往事琐忆

走笔至此，西山五中时代的许多鲜活画面还在一幅幅跳跃出来，使我心旌摇曳，欲罢不能。

矿区孩子扒煤车

记得每次上学，常常遇到惊险和刺激的一幕。我们三岔口同学几乎个个"身怀绝技"，因为出门后，要从一个山头走到另一个山头，中间还要跨过一座木制的小桥，再到七里沟坐上乘人车到大虎沟，爬过一个山坡，才能到达学校。发小李三梅是我的同学，她是个话不多的女孩，白皙的皮肤，黑黝黝的头发，扎的两个小吊辫。她每天早早地等候在我家门口，和我一同去上学。我起晚了，她无怨无悔地陪我一路快跑，去追赶按点出发的乘人车，真误车了，我俩就如同微山湖的铁道游击队战士一样，飞快地扒上拉煤的铁矿车，迎着扑面吹来的风，气喘吁吁略带着几声咳嗽，还觉得很爽。但常被铁路安全员制止，我俩被批评教育了好几回。

高中生活是丰富多彩的，两年半中，我们两次学农，一次学工。记得在春暖花开的季节，同学们个个喜气洋洋，扛着发给我们的工具铁锹，前往西山脚下的小西铭生产大队，参加第一次学农活动。调皮捣蛋的男生不知为啥惹怒了农民，农民们很无奈地说："你

我们是矿工儿女

们这帮煤黑子的子弟啊……"这种很不尊重的语言伤了我们的自尊心。大家怒气冲冲地准备去理论。赵老师先安抚我们，然后以平和的语气对农民们说："没有煤矿工人采煤，咱们的电灯怎么亮，冬天的家怎么暖，一日三餐的饭怎么做，这些孩子的父辈干的是最光荣的工作，他们的子弟应该引以为骄傲。"农民们听了都点头称是。我们看在眼里，记在心里，老师您真高明。让我们避免了一次后果难料的冲突。

西山五中同学参加学农活动

赵致真、赵克诚老师在学农基地

在秋高气爽的丰收季节，我们穿越车水马龙的城市，到南郊区（今晋源区）罗城生产大队第二次学农。过去从没有见过西红柿、黄瓜、茄子、白菜等农作物是怎

高中同学
左起：刘秀兰、黄金花、
王福仙、闫补云

么生长的，在好奇心驱使下，看到地里的西瓜就想尝尝。同校低年级的学弟们走到地里，把西瓜敲开了个缝缝，瓜农和学弟们发生了纠纷。先是舌战，后是肢体。带队的任广惠老师为保护学生上前制止，王永如、王绍涵两位同学看到此情此景，奋不顾身地冲上去，一为保护学弟，二为保护老师。被瓜农状告到派出所，最终任老师考虑到同学的过失和瓜农的不易，主动自掏腰包买下裂缝的西瓜，并赔了一件T恤衫，才化解了这场冲突。当年我们这些愣头愣脑的毛小子、毛丫头，捅过多少篓子，惹过多少乱子，这也是高中时代留下的另类故事。

我们还踊跃参加过西铭矿组织的坑下高产采煤活动，体验父辈们在采煤一线辛勤工作的情景。我们身穿新发的工作服，头戴有矿灯的安全柳壳帽，跟随着工人师傅走向矿井。我左手牵着贾果凤，右手拉着白喜林，乘坐隆隆的乘人车，穿过灯火通明的坑道二号井口，到达采煤第一线。大型的康拜因采煤机像一头势不可挡的猛虎把大块大块的乌金切割下来，自动装载到煤溜子上。男同学高改潮、张忠宝、薛文俊、吴润清眼疾手快，挥舞铁锹，将散落的煤炭铲到煤溜子上运出坑口。我们几个女生赞叹不已，同时也不甘示弱，学着男同学挥汗奋战。毕业后，高改潮同学成

我们是矿工儿女

石斌同学（大提琴手）参加文艺演出　赵致真老师（中）和王毓钟老师、岳文老师（右）领取西铭矿乒乓球比赛优胜奖奖状

长为西铭矿运输区一队队长，吴润清同学成长为西铭矿供应科库房主任，薛文俊同学在文水插队知青队伍中被评选为"十大知青标兵"，后回到西铭矿成为一名煤矿工人，直到担任西铭矿汽车运输公司生产经理兼书记。学生时代参加的高产活动，正是他们成为矿山接班人的预演和热身。

气壮山河
石斌　太原市中心医院
32×30cm

石斌画虎参加美术作品展览

　　每当西铭矿组织全矿家属，学校学生参加高产活动，我们便在班委会带领下，去各个食堂为职工们包饺子，包的饺子形状各异。徐国英同学、刘秀兰同学还会包河北饺子，而且煮到锅里，再捞到盘里，没有几个露馅的，我们包饺子的水平也是在那时提高的。

　　我们班的同学不仅团结友爱、学习努力，而且兴趣广泛、多

2023 年 8 月，赵克诚老师（前左二）向我班部分同学赠送新作《联花赋草》
前排左起：马乃英、赵克诚老师、武铭喜、张素萍
后排左起：闫补云、薛文俊、段树平、芦亮亮、王根弟、王万冬

才多艺。我们经常参加学校组织的诗歌朗诵会，节目主持人大赛。还有爱好体育的特长生，石斌同学的长跑纪录至今在西山矿务局的学生运动会上无人打破。我们班乒乓球爱好者经常在班主任赵致真老师指导带领下，代表学校去与外校争锋，甚至代表西铭矿参加比赛。我们班自组啦啦队前去赛场呐喊助威。

记得我还参加过西山矿务局举办的学生运动会，我是以初中生身份参加的，本来就没见过这么大的场面，到了运动场上，我想放弃，是芦亮亮同学给了我勇气。他在完成了自己的比赛项目之后，专门到我投标枪场地鼓励我："你行，你一定行！"当播音员报出，标枪第三名，西山五中初中组张素萍。真搞笑，殊不知，我已是高中二年级的学生了。

六、盛宴不散

每想起高中时代，便会久久沉醉在美好的回忆中。虽说统共

2022 年 8 月 8 日，班长马乃英在高二班毕业 48 周年同学聚会上致词

是 900 多天，但何止有 900 多个回忆？在高二班读书，我们度过那美好的时光，是终生快乐的源泉，是别人无法体会和享受的。

今天，我们早已不再年轻。秋霜洒满头，皱纹添年轮。回眸一笑间，往事已久远。50 年前，老师说我们是好学生，班里说我们是好同学，父母说我们是好儿女。50 年后，单位说我们是好同志，爱人说我们是好伴侣，儿女说我们是好父母。我们却要深情地说：西山五中是我们的好母校。我们人生的道路从这里出发。是西山五中为我们插上飞翔的翅膀。念师恩，思友情，我们对西山五中的热爱和依恋是刻骨铭心，终生不渝的。

50 年了，我们的班集体风吹不散，雨打不散，多么值得骄傲和珍惜。不是常听说"盛宴必散"吗？未必尽然，恐怕还要看友谊的成色和心灵的需求。"一生兄弟姐妹，友谊地久天长。"我们今天出版这本《我们是矿工儿女》，就是又一道主菜，献给我们 50 年友谊的盛宴！

茭 坑

——西铭矿变迁史

郭效卿

　　茭子沟坐落在太原市西山的一个山坳里，谁能想到这里就是现在年产 360 万吨优质炼焦煤的西铭矿最初的矿井——茭子沟坑口煤矿，也称"茭坑"。

　　父亲 1951 年参加工作来到这里，作为矿工子弟的我生于此长于此。小时候的我经常会跑到坑口去看煤矿工人出煤。第一次去坑口玩的情景至今还历历在目。

　　出了家门沿着山沟走二里路就到坑口了，坑口很简陋，就像是用青石垒起的一个大窑洞。向里望去是一条幽深的斜井，一条很窄的铁轨通向下面。偶尔听到有沉闷的隆隆声传来，那是井下

早期煤矿用人力运输

早期煤窑用牛车运输

出煤放炮的声音。

一会儿就看到有人拉着牛从下面走上来。牛喘着粗气嘴边挂着白沫，拉着用藤条编成的长长的煤筐，沿着铁轨缓慢地爬上来。离坑口七八十米远的地方有个简易的防雨棚，三四个工人在那里忙乎着。有人接过牛缰绳，把它牵到棚子里，工人们把煤筐翻倒，一筐五百来斤的煤就卸到下面的煤场里了。

从井下上来的工人把牛缰绳交给井口的人后，就去旁边的一座房子里喝水去了。他看到我笑了笑，"你是谁家的相公呀？（那时候对男孩的雅称）"我没有出声只是看着他。他的脸上除了眼仁和牙齿是白的，其他地方都是黑不溜秋的煤尘和汗水。哦，这就是人们说的"煤黑子"呀！他的头上戴着柳条编织的工作帽，端着瓷都快碰没的大搪瓷杯，搪瓷杯上残留着大红的奖字，粗糙的手上有好几处裂口，裂口里嵌着仿佛永远洗不净的黑……我不知道自己是怎样离开坑口的，心里想着这就是煤矿，这里就是"挖煤"的地方！

离坑口不远处就是那些拉煤的牛住的牛棚，有两头牛在槽里咀嚼着草，有人在给槽里放饲料。旁边是一处运输区（记不清是区还是队）的院子，院里的房子是职工自己打土坯建起的。十几名运输区的职工住在这里，他们的工作就是喂养那些拉煤的牛，负责拉着牛把井下的煤一筐筐运出来。我每次路过这里，总要从大门口向里观望一会儿。院子里经常晒着被褥和洗过的衣服，有人坐着马扎缝补下井穿的补了又补的帆布工作服；有刚从井下回来的人洗刷满脸满脖子的煤黑（那时还没有职工澡堂，职工澡堂是后来才建的）；有的在悠闲地拉着二胡……

那时候矿区有什么新鲜事，人们都会口耳相传。听说有位职工的母亲病重捎来话让寄点钱，区长知道后背着他给老人寄了几十元钱。老人康复后托人给他写来信，说要不是你寄来钱我这条老命也就交代了。那位职工很纳闷，一直不知道是谁给母亲寄的钱，过去很长时间知道后他感激不已！区长每个月拿着和其他职工一样几十元钱的工资（那时候职工的工资很少），却能默默地热心资助遇到困难的职工，这就是那个时代的煤矿工人，淳朴友善、助人为乐。

随着国家经济建设的飞速发展，荬坑煤矿也发生了很大的变化。坑口用牛从井下拉煤的历史结束了，取而代之的是用电动绞车拉煤。开动绞车，如手指般粗的长长的钢丝缆绳就把煤从井下拉出来了。载煤的工具由藤筐换成了便于翻煤的铁矿车，乌黑发亮的煤炭一车又一车地从井下拉出来。出煤的产量提高了，工人们的劳动强度也减轻了，煤场的煤开始堆积如山。

作为矿区的荬子沟也发生了翻天覆地的变化。一排排职工居住的瓦房建起来了，职工有了食堂、洗澡堂、理发馆、保健站，矿区有了小学校，还建起了偌大的俱乐部。

俱乐部总是很热闹，当年一些著名的演员都在这里表演过，像山西梆子名角牛桂英、程玉英、王爱爱等都在这里唱过戏。我印象较深的是演杂技，演员拿着一把长长的剑从嘴里插进喉管里；演员躺在满是铁钉尖的木板上，肚子上面再放上三四个人才能抬起的石磨盘，石磨盘上面还要站五六个人！现在的孩子已经很少能够看到这些了。

后来荬坑煤矿停止出煤，煤矿的井口改在了七里沟。

我还特意跑到七里沟看了看，比起荬子沟坑口变化真是大。井口大，运输绞车大，一吨的矿车！离井口不远处就是职工食堂，转个弯就是职工宿舍的四层楼房。再后来七里沟井口也停了，井口又搬到了玉门。从此，玉门坑口作为西铭矿的矿井一直沿用至今。

我高中毕业后响应国家号召到农村插队落户，1979年返城回

早期综合采煤机

到了西铭矿，成为西铭矿的一名矿工。

记得第一次下井，我手里拿着井下测绘工具，跟着师傅坐上乘人车。井下巷道里青石砌碹的坑道平直敞亮，两旁分支的巷道都标有醒目的地名，西三、西四……西七。一路上，听师傅眉飞色舞地给我讲述矿井的发展变化：咱们矿井下采煤已经不是过去的放炮采煤了，矿上引进了先进的综采设备，一按电钮，煤炭就像河水一样哗哗地流啊！

到站下车后，跟着师傅加快脚步到了采煤工作面，眼前的场景让我震惊！这里简直就是钢铁的洪流，两排粗大的液压支柱整齐地排列着，随着机器的轰鸣声，旋转的采煤机沿着煤层飞速地把煤切割下来，煤被下面快速转动的刮板运输机运往井下的煤库。我感叹道：机械化采煤就是厉害啊！师傅说的话一点儿也不夸张。

矿山在飞速发展，没过多久，井下运煤的一吨矿车换成了三吨矿车，再后来又换成了五吨矿车，巷道里一列列满载煤炭的矿车跑得那叫个欢！

抚今追昔

2005 年，西铭矿玉门坑口乘人停车场

改革开放后的这些年，西铭矿的煤炭产量更是突飞猛进！五吨的矿车也取消了，开辟了一条从井下直达地面火车站煤场的皮带运输巷道，井下的煤炭直接运送到西铭矿斜坡下的火车站煤场，装入火车运往全国各地。一座大型现代化的矿井屹立在省城太原的西山之巅！现在的西铭矿高楼林立，漫山公园植被，郁郁葱葱。弹指

西铭矿现代化综采机组

我们是矿工儿女

西铭矿办公楼

一挥间，人们不会忘记，这是几代煤矿工人辛勤付出与汗水浇灌的结果啊！

从菱坑年产十几万吨煤到玉门坑口 360 万吨煤，仅仅一个从1956年成立发展到现在的西铭矿，尤其是在这改革开放的40年里，依靠科技进步和管理创新，全面提升了矿井机械化、自动化、信息化水平，西铭矿实现了煤炭生产高产高效的快速发展。

如今我已退休多年，回想往事，感慨万千。我为自己能把一生投身到煤矿，并尽了自己的一点绵薄之力而感到荣耀，也对家乡这座美丽的矿山更加美好的未来充满憧憬与期待！

2022 年 10 月 4 日

抚今追昔

师恩如海

马乃英

老师，是我人生成长路上的引路人、启蒙者。我对老师的感恩，是无条件、无止境的。

我的故乡，古交市曹坪乡后沟大队泥儿沟村，我生于斯、长于斯，1964年开始，便在故乡红崖头学校上小学。学校设有一至三年级。离我家约有五里路，从家出来，爬上一座山，步行20分钟，才能到达学校。教室是大队一间简陋的平房，三个年级学生，统共不到20人。实行的是复式教育，一名老师代语文、算术两门课，因为没有条件，音乐、体育等副课，自然就不上了。

那年我8岁，家离学校较远，山村的路上行人稀少，若没人接送，家里很是担心。那时父亲在茭子沟煤窑下坑，弟弟仅仅3岁，

1974年，马乃英在西山五中的高中毕业证书

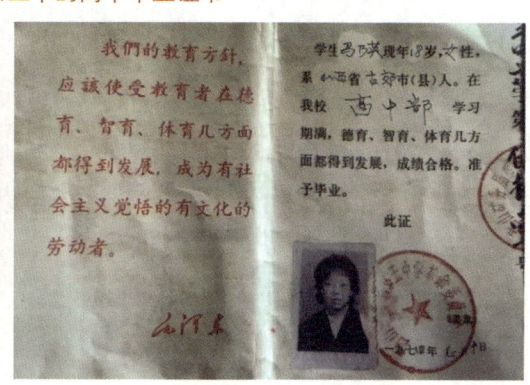

离不开妈妈。爷爷早已去世，送我上学的担子就落在奶奶的身上。奶奶是小脚女人，走路很是艰难，拄着一根木棍，既当拐杖，也为了防身，万一路上野兽出没，好有个抵挡。我进了教室，奶奶便在学校外坐着等我（春天、夏天、秋天村民下地干活家里无人，冬天家里有人，就在村民家等候）。下学后，奶奶陪我一同回家。三年来，无论严寒酷暑，从不耽误。遇到下雨下雪天，路滑难行，我与奶奶多次摔倒了再爬起来。曾记得有一次，我在放学回家的路上不小心滑倒，从坡上滚了下来。满身是泥，书包甩到路边，里面装的书和笔撒了一地。石板也摔成了两半。我不禁号啕大哭，用沾满泥巴的双手擦泪，变成了一个"花猫脸"。奶奶情急之下，便坐在泥坡上溜下来，抚摸着我的头和脸，从头到脚检查一遍，见我没受伤，这才捡起撒落在泥中的书包和文具，祖孙相拥，流下了辛酸的眼泪。

20 世纪 60 年代，家境贫穷。我上学的书包，是母亲用父亲下坑发的帆布手套拼集而成的，很是漂亮耐用。学习用具也很简单，妈妈用花布给我缝制了一个长 6 厘米、宽 2 厘米的铅笔袋，装有用切菜刀削好的三支铅笔、半块橡皮和一块擦石板的碎布。书包装的这块石板，是最昂贵也是最沉重的文具，四边镶有木框。每天背着上学很吃力。那次不小心摔成两半后，我便在半块石板上做习题。看看本村的同学，书包大都是母亲用碎布拼成的。花花绿绿，也很好看。家家父母都是用平日积攒的鸡蛋，去供销社给孩子换购必备的学习用品。算术本和拼音本买不起，石板和石笔就是学生的"标配"，用完的月份牌，

20 世纪 60 年代，小学生使用的石板

反面能写字，装订起来便是最好的练习本。

我的小学启蒙老师叫张德云，一米八的大个子，瘦削的身材，清癯的脸颊，一双浓眉大眼。张老师见到我们总是板着脸，十分严谨，不苟言笑。来到教室总随身带一根教鞭。既是讲课时指引学生念字用的，也是用于惩罚不听话的学生的。

小时候，我们见到老师都很胆怯。上课稍不注意听讲，就会挨打。虽然张老师给我们留下不友好的印象，但他对教学兢兢业业，一丝不苟。从语文的每一个字，每一个拼音字母，每一道算术题，每一句乘法口诀，都对我们严格要求。不仅要会认、会念、会背，而且必须都能默写下来。如果谁不听老师的话，不认真完成课堂作业，就会挨教鞭。

曾记得，有一次上算术课，在课堂上背诵乘法口诀，张老师挨个叫起来考，平日除个别同学不会外，大家都会，唯有这次同学们全都不会。因为这次张老师提问用的是方言，六（六的方言念 luò）七多少？同学们你瞅瞅我看看，全都傻眼了，什么是六（luò）呢，怎么没有听讲过。不会背，老师就是一教鞭，这次我也不例外，同样挨了一鞭。平日里，我学习成绩是很好的，乘法口诀对我来说，已是背得滚瓜烂熟了，怎么就不会呢？当时也不敢问老师。

下课后，我反复背着七的乘法口诀，哪个数是六（luò）呢，怎么也琢磨不出来。

放学回到家，我很委屈地对妈妈说："不会背乘法口诀挨打了。"妈妈好奇地说："乘法口诀你都倒背如流了，怎么能不会呢？"

"老师提问六（luò）七多少，我没听说过，也蒙不来，六（luò）是多少？"

妈妈告诉我，六（luò）是方言土话，村里人习惯把六念六

早期的西铭矿荻子沟小学

（luò），于是我明白了。

第二天，我兴致勃勃地来到学校后，同学们都互相问会背了没有。有个男同学说，我父母不识字，就连1、2、3都不认识，哪能知道是多少，老师说等于几就是几吧。反正我是不会的，准备挨打吧。

我自信地告诉了同学们正确答案，顿时大家都豁然开朗，高兴得跳了起来，由此避免了挨打。一到三年级，我学习的基础很扎实，得益于张老师的严加管教。

三年级读完了，四年级要到十几里远的后沟小学去上。往返要爬一座山，绕过一道梁，步行十多分钟再下山，才能到达学校。我那时还小，父母不放心。我的父亲是在西铭矿荻子沟下井，母亲与弟弟随父亲在那里住。就把我转入西铭矿荻子沟小学。这下给了我很好的学习环境，还有很好的老师，让我高兴极了。

荻子沟小学四年级有三个班，我被分配到二班。班主任是位女老师，叫耿珍芳。耿老师中等身材，大大的眼睛，梳着两条长长的辫子。性格温柔和蔼，对学生关心备至，疼爱有加，讲课有条不紊，通俗易懂。

60 年代，西铭矿茭子沟学校师生，在茭子沟俱乐部"六一"儿童节文艺演出留影，这张花环图中间的老师从左到右依次为：高淑敏、周翠云、崔静茹、郝光煜、赵桂林、郭效珍、徐秀兰

老师讲的是普通话，我一个山里娃第一次听到时，很难听懂。语文作业有词组，日记、作文，我也从来没有做过这样的作业。这里教学知识面广泛，方法简单易懂，不像村里那样死记硬背。刚开始我很不适应这种教学方法，学习很是吃力。

除了学习以外，同学们课后玩耍得也很有趣。打沙包、跳皮筋、踢毽子，真让人羡慕。而我们山里娃玩得就不一样了，在河边淌水，逮蝌蚪，捉青蛙。在山上追追打打，在院子里撩鸡斗狗，整天搞得家宅不安，灰头土脸。

来到茭子沟，我好似来到了另一个世界，一切都很好奇。但却难以融合，与同学们格格不入，很是孤独落寞。这样在学校郁郁寡欢，回到家闷闷不乐，于是就不愿上学了。父亲听母亲讲了我的状况，很是着急，想尽一切办法，帮我走出困境。父亲作为一名井下工人，每日早出晚归，工作很辛苦。我与父亲见面很少，有时父亲下班回到家，我都睡了，有时我还睡着，父亲已上班走了。而父亲在百忙之中拜访了耿老师，谈了我不愿上学的原因，请求耿老师帮助。

耿老师满口答应了父亲的请求。每天上自习课和下学后，都给我再次讲解课堂的内容，直到我完全听懂为止。还告诉我写日记就是记一件事，和做这件事的想法与过程。让我记忆最深的是写作文，记一次扫雪劳动，耿老师指导我怎么去写，启发我在这次劳动中做了什么、怎么去做的、同学们在劳动中的表现怎么样，这样记录了劳动的全过程，就写成了一篇作文了。于是我按照老师教的方法，很快完成了作业，老师给我打了4分。

会写作文了，我心里很高兴。从此我对写日记、写作文也不惧怕了，甚至产生了兴趣。课间时，耿老师带我和同学们一起玩游戏，跟不上的地方，就让同学们教我，还动员同学们与我打成一片。我的学习成绩很快提高了，与同学们相处也融洽了，我以优异的成绩小学毕业了。我永远忘不了耿老师慈母般的关怀和教导，我常常想念她和感激她。

1969年，小学毕业后，我来到了西山五中上初中。从菱子沟到学校，经过弯弯曲曲的路也需要40多分钟。中午不能回家吃饭，有时带些玉米面饼和咸菜，有时去大虎沟食堂买个窝头，5分钱的炒土豆白菜。父母怕我吃不好，身体受影响，于是把父亲下坑补贴的细粮票给我，能够买个油丝饼，5分钱的菜舍不得买，手里拿着饼子边走边吃回到教室。夏天困了，将凳子并到一块休息一会儿，冬天坐到火炉旁，边学习边暖暖身子。

我们这一届共有四个班。我被分配到了初中四班，班主任老师是徐林福。徐老师是广东人，毕业于中山大学，讲课方言重，当时不太听得懂，后来慢慢也习惯了。他中等身材，衣着不讲究，很朴实节俭，经常穿着军绿上衣、蓝裤子、绿球鞋。对学生以诚相待，体贴入微。初中时我们经常参加建校劳动，他怕累着我们幼小的身子，特别是对女同学更是照顾有加。

记忆最深的一次，是去古交区曹坪公社拉练学农，从学校出发，路经大卧龙，沿途来到荄子沟，爬上一座山，再下山到达王封、磺厂，翻山越岭，同学们都很累。徐老师轮流着给我们背行李。前行中有一条湍急的河，河上架有一座小桥，离水面高10多米，长20多米，宽1米。小桥用四根平行的钢丝绳固定在河床的两边。其中下端两根平行的钢丝绳上，用铁丝捆捆着木板，上端两根平行的钢丝绳供行人手扶，走在摇摇晃晃的桥上让我们心惊胆战，于是徐老师一直牵着我们胆小的女生过桥。

1970年，徐老师住在大虎沟石头房，冬天家里很冷，他又挑不动炭，终因多病而英年早逝。我们很怀念他，他是我们可敬可爱的老师。

初中二年级，由赵致真老师担任班主任，一直到高中。在初中我团结同学，学习努力，成绩优异。赵老师非常认可我的学习成绩和思想品德，让我担任了学习委员。于是我学习更加努力，经常帮助班里的同学共同进步。得到了老师和同学的赞扬，初中时我与武铭喜、高金梅等几位同学，经赵老师介绍加入了共青团，成为一名光荣的共青团员。上高中时赵老师仍是我的班主任，让我担任了高二班班长、团支部书记。

1972年，我们这一届是西山五中首届高中班，有两个班。高一班班主任最初由岳文老师担任，后改为孙少堂老师，同时代两班的数学课。高二班班主任老师赵致真，代两班的语文课。英语老师马锡恒，政治历史老师于慈霖，他们都是各大院校的高才生，知识渊博，视野开阔，我们享有得天独厚的师资力量。

赵老师毕业于武汉大学中文系，讲课栩栩如生，通俗易懂。他授课与众不同，模仿课文中的不同人物说话和行动，让人感到身临其境，仿佛这些角色都一个个地出现在面前，他将课堂的知识带到课外，帮我们一起进行社会实践活动。一边学，一边玩，老师和蔼风趣的话语就像快乐的音符一样，奏出美妙的歌曲。我们毕业后不久，赵老师调回武汉，担任了武汉电视台台长，出版了小说集，报告文学集，还撰写编导了许多电视片。他的科普作品《科技与奥运》《造物记》《播火录》等获得了许多奖项。直到如今耄耋之年，仍笔耕不辍，作品不断，赵老师在文章中说："我已经过了古稀之年。早该走生命的下坡路了，却还在坚持年年爬坡。人们用钱买黄金为了保值，我想用时间换作品，也是生命的保值。"就在今年他又主编了15本《北极熊科普佳作丛书》，赵老师的精神令我们十分敬佩，永远是我们学习的楷模。

孙老师毕业于陕西师范大学，文质彬彬，书生意气，高大的身材，戴一副高度近视的眼镜。每次进教室，胳膊下夹着直尺圆规，在黑板上画出各种几何图形，并写出了代数的分解公式，几何、函数等公式。带领大家去解析其中的奥妙，使同学们对数学产生了极大的兴趣，并取得了很好的成绩。我们毕业后，他被调入西山一中担任校长。

马老师毕业于北京外语学院，中等个头，笔直的身材，走起路来昂首挺胸，气质阳光，佩戴一副高度近视眼镜。平日很严肃，教学认真负责，他的英语教学有方，记忆有规律，发音有窍门，使我们对英语单词记得快念得准。他经常对我们班比较爱好学英语的石斌、王永如等同学给予课外阅读辅导。由于工作能力强，被任命为西山五中副校长。

2019年6月，马老师从北京回到西铭矿工资认证时，专程来到古交看望他曾带过的学生。当时有我们二班的闫秀兰、王玉梅同学，学长郝爱成同学，学妹王有办同学，我们师生欢聚一堂，共同回忆学校的美好时光。我与爱人和闫秀兰同学带他到山西芦芽山汾河发源地，万年冰洞，悬空寺等景区，观赏了三晋美景。回到家我亲手为马老师做了古交的美食，土豆拨烂子，磨山药疙瘩。

1972年2月2日，马乃英在初中二年级毕业时与老师同学合影

前排左起：黄金花，李兔儿，徐秀英，罗林凤，胡灵梅，贾巧仙

二排左起：张谈计，杨本位，高改潮，刘忠义，班主任赵致真老师，段树平，刘根生，武铭喜，郭贤科

三排左起：李淑萍，薛兰琴，张秀珍，王和平，高金梅，张保英，刘润叶，马乃英，郭冬梅

四排左起：杨乃旺，郭保旺，王成科，闫成成，王炳伟，冯元明，周四虎

邓可权老师和郭玉明老师

赵致真老师和石兴奎老师

于老师毕业于山东大学，是我们高中政治历史老师，他健壮的身材，严谨的神态，讲课时山东方言，语速快，同学们笔记

于慈霖老师和师母刘淑芳及女儿　　1977年，赵致真老师在太原迎泽公园

记不全，课后找他再补。他讲
的生产力与生产关系的辩证关
系，剩余价值理论，课堂上同
学们聚精会神，听得十分入
迷，直到现在我们还记忆犹新。
他平日心直口快，性格急躁，
看起来不是很好相处，但对同
学们和蔼可亲，提出不懂的问
题，讲解很耐心。他德才兼备，
知识渊博，是一位认真负责的
好老师，后被任命为西山五中
校长。

左起：康裕增、闫秀兰、马乃英、马锡恒
老师

　　从小学到高中，一直到步
入社会。自己不论是工作生活还是事业上所取得一些成绩，无不
凝聚着所有老师的心血与付出！老师是阳光雨露，温暖滋润着我
的成长。

　　敬仰老师，感恩老师，如有来世，盼望还做你们的学生。

2022 年 12 月 25 日

抚今追昔

怀念有老师有同学的日子

徐国英

2022年8月8日，在杜儿坪桃花沟举办的西山五中高二班毕业48年的同学聚会，让我意犹未尽。说一句心里话：真想让那天的聚会时间再延长一点儿，真想让那天的聚会在以后的日子里经常出现。

在京的班主任赵致真老师得知他的学生们久别重逢的消息，感慨万千，语重心长地为我们题词"一生兄弟姐妹，友谊地久天

2022年8月，徐国英参加高中同学聚会
前左起：王玉梅、赵荣莲、徐国英

长"。并亲自邮寄赠送给我们每个同学一本他倾注心血的科普新作《播火录》。我难以用语言表达此刻的心情。只有感恩眷恋那段悠悠岁月里高二班的师生情谊。

记得1972春天，在西铭矿最高的山顶上建起了我们的学校——西山五中，我们是学校创建后的首届高中班。

开学的那天，从化客头、荬子沟、小卧龙、北头、王封的山顶上走下来16个意气风发的男生女生。从三岔口，二工地走过来15个朝气蓬勃的男生女生。从旧矿部，八吊沟，清徐走上来4个活泼快乐的男生女生。从大虎沟的桥西、石头房、红楼走来11个青春焕发的男生女生。我们一起相聚在西山五中高二班的教室里，在这里将要开始我们学习新知识的征程。

29个生龙活虎，精神抖擞的男生，17个天真烂漫，青春靓丽的女生。紧紧围绕在班主任赵老师的身旁。我们的班委由马乃英、石斌、武铭喜、刘东生、高鸿建、段树平6位同学组成，在班长马乃英的带领下，他（她）们以身作则，勤奋好学，乐观向上，温暖体贴。总之，他们是我们全班学习的榜样。我全身心地融入到这个班级，这个班级给我带来了许多温暖与感动。在这个班级里，发生在我身上的故事至今难以忘怀，同学和老师的情谊一直温暖着我的心房。

我们高二班的学习氛围很浓，除了每天上课外，下学后，还要在同学们居住地参加课外学习小组活动。我住在大虎沟桥西，我们小组成员有贾果凤、李进贵、时长青、吴润清和我共五位同学，学习地点轮流在我们每个小组成员家，学习内容不仅要完成老师布置的作业，还要讨论如何提高学习质量，从对新掌握的一个知识点开始，我们小组人员轮流发言，有不懂的地方反复推敲，如还没有弄懂，到第二天上课前，请教班里学习好的同学，或者再请教老师。直到弄通学懂为止，我特别怀念高二班的学习氛围。

抚今追昔

记得 50 年前，我家居住在大虎沟桥西坐北朝南一排房子最边上的三间平房，平房旁边是一个公厕。因为我奶奶眼睛不好，父亲特意申请要的这一住所。

1973 年冬天的一个周末，雪花飘落了一整晚，母亲对我说："国英，早点起，把门前的积雪清除到老虎嘴的坡下，要不你奶奶出门会滑倒的。"我应声而起，上前开门，门前的雪没有了，院内的雪没有了，通往厕所的路上撒上了厚厚的灰渣，我惊讶极了！邻居大婶才告诉我，是你的同学们天不亮就悄悄地来到咱排房，拿着扫帚、铁锹，把雪清除了，刚刚才走。我和家人很感动，同学们啊，你们在我家小组学习时，看到我家上有老下有小，母亲体弱，父亲有病，我奶奶眼有残疾，在寒冬大雪天，帮我的家人清出了一条安全通道，我们全家都万分感谢。邻居夸我的同学好，还夸老师教育得好。

赵老师教学有方，脑子里装满了知识，在语文课堂上，声情并茂，寓教于乐，大家喜欢听他讲课，同样一篇课文，我们可以比别人学到更多的知识。当然对赵老师的建议大家非常拥护并且很支持。例如我们班的课后组织的学习小组，就让其他班的同学很是羡慕。

我的成长比一般孩子多了不少苦难，在我最不幸的时刻，是赵老师和同学的温暖让我坚持挺了过来。

记得 1974 年 3 月，我 17 岁生日刚过，父亲因病离开了我们，那年父亲才 45 岁，留给我母亲的还有 12 岁、8 岁、4 岁三个未成年的孩子和双目几乎失眠的婆婆。今后日子怎样往下过！

父亲突然离去。让我实在难以承受，五雷轰顶，痛不欲生，妈妈已成泪人，年迈的奶奶还蒙在鼓里，没敢告诉她老人家，悲痛和无助把我们全家几乎要击垮时，班主任赵老师倡导全班为我父亲做花圈以示慰问，在班委的带领下，男同学用木条钉起方圆

高中同学

左起：贾果凤、张素萍、徐国英、闫补云

一米的支架，女生用白色、黄色的纸做了 47 个花朵，用铁丝加固在用绿纸做底的圈架上，赵老师亲自书写了挽联，由马乃英、武铭喜、李进贵、时长青、吴润清、贾果凤、郭效卿代表全班同学前来祭奠。我泣不成声，眼泪止不住地往下流，一是对父亲的思念，二是对师生情谊的感激。

　　在我的内心深处，在那痛苦难熬的日子里，是同学们给予了我及我们这个家热情的帮助。同学们为我家买粮、买菜、打煤糕，天阴下雨还记得来担水。体弱的母亲，双目几乎失明的奶奶，将我们老家河北亲戚寄过来的带壳花生，烤在铁炉子的盖子上，烤好一拨，再烤一拨，用铲子铲到瓷盘里，放到同学们面前，让同学们吃，以示感谢，同学们婉言示谢。后来才听王绍涵、武铭喜、李进贵、时长青说：闻到烤花生味，特香、特馋。但看到三个小弟弟围在烤好的花生旁，忍住了馋的口水，留给他们吃吧。看着眼前的同学，语气柔和，笑容温暖，我真幸运能遇到高二班亲如兄弟的同学们。

　　父亲的去世，给我们家庭带来非常大的打击，生活没有了来源。

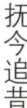

抚今追昔

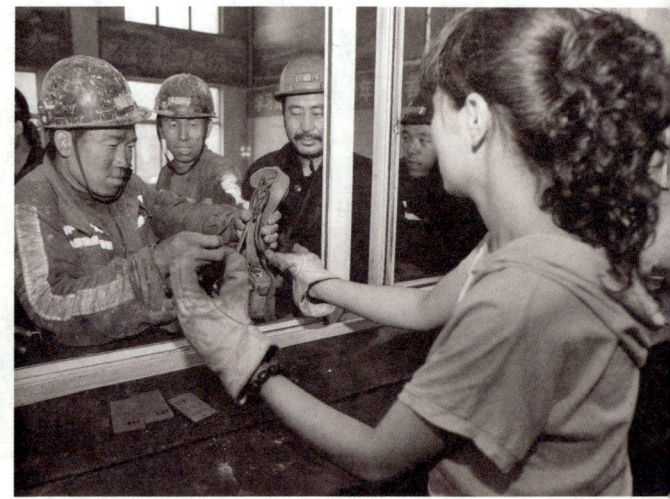

为矿灯充电　　　　　　　　　　　　　矿灯房发放头灯

又是班主任赵老师向西铭矿有关部门推荐我早日参加工作，解决家庭生活困难，我十分不情愿地放下了还有四个月即将高中毕业的书本，扛起打扫卫生的工具扫帚、簸箕去西铭矿医院做清洁工。挣钱养活一家六口人。在那段时间里，我哭过很多次，我多么渴望再回到高（2）班的群体里，享受有老师有同学的幸福日子！

记得高中毕业后，同学们纷纷报名到农村插队，接受贫下中农的再教育。我羡慕极了，当我前去欢送他们时，同学们说：国英你已经有工作了，我们下乡去锻炼，不知什么时候才能回来，你安心好好工作吧，我们要常联系哦。我心里在想，宁愿没有工作，也愿意和同学们在一起啊！同吃、同住、同劳动。能和同学朝夕相处，是多么美好的一件事情啊。

同年的12月份，西铭矿录取我为正式职工，分配到西铭矿充电室工作，我的工作来之不易，是父亲英年早逝换来的，是我牺牲未读完的高中学业换来的，是高二班的师生友情让我走出低谷换来的，我倍感珍惜。工作中，我认真负责，勤奋好学，没有放弃高二班勤奋学习的好习惯，经常看书、记笔记，充实自己，

2023 年 5 月 20 日，高（2）班部分同学在山西寿阳方山国家森林公园合影

2023 年 5 月 21 日，高（2）班部分女同学在山西昔阳大寨虎头山留影

期间我做了会计的工作。直到 1998 年退休。

　　在记忆的长河里，有些事情随着时间的流逝，渐渐地淡出了人们的视线。唯独这份师生情谊让我刻骨铭心难以忘怀！那种在艰难困苦中建立起来的友谊，那种深深眷恋在心底的感激，敬爱的赵老师，亲爱的同学们，我永远都不会忘记。

2022 年 12 月 26 日

六十六年漫回首

时长青

时光如梭，岁月荏苒，转眼我已在这个世界走过了66个年头，回头寻找走过的脚印，许多往事就会涌上心头。

一、快乐的童年

1956年9月4日，我出生在西铭矿旧矿部的平房中，几年后从旧矿部搬到了山上的大虎沟。那时小，不咋记事，就记得桥西一排排平房，我经常和几个年龄差不多的男孩子们玩耍。上小学是在西铭矿子弟学校。

大虎沟是由桥东、桥西、石头房三处居民区的统称。学校离得桥东最近，学校的围墙外面就是桥东居民的平房了。从学校往下走到坡底，就是西铭矿的商店、菜站、粮站，每家店面占地不到两间教室大。山上居民的所有商业活动全部在这里进行。所以这里算得上是矿区最热闹的地方。同时这里也是我们上学的必经之路。放学路过“商业区”我们常会从这个店铺出来钻进另一个店铺，在百货柜特别喜欢问价钱却什么东西都不买，图得一个高兴。

那个时候上学一点儿压力都没有，放学回来就知道玩耍。小男孩们玩的就是一些滚铁环、弹蛋蛋、拍烟盒、打陀螺等游戏。

男孩最喜欢的是滚铁环。就连上学都会把铁环斜挎肩头，只要有平路就会哗啦啦地推着跑。弹蛋蛋时打得准的人把对方的玻璃球打中算获胜；而拍烟盒是我们自己动手折叠的，把大人丢弃的纸烟盒拆开，然后折叠成三角形或梯形，有的地方把它们叫作"元宝"。拍烟盒也叫作"拍元宝"。这种游戏用的是巧劲，随着掌起掌落，元宝就翻了面即为赢。那时候大人们很少给孩子买玩具，不过我们每天都玩得很高兴。稍大一点儿，我自己动手做了个冰车，隆冬季节在冰面上飞驰，比长着翅膀的鸟儿还自在，太痛快了！

现在的孩子拥有成盒成箱的玩具。而一套铁环把手，一把彩色的玻璃珠，一张丢弃的香烟纸盒，给我们童年带来的快乐，成为我永久的记忆。

那时生活条件差，跟着姐姐们捡过炭、挖过野菜，基本上家家的孩子都是如此，谁也不笑话谁家穷，除了个别双职工的家庭条件稍好点外，大家都差不多。物质匮乏就是有点儿钱也买不到东西，因为在那个年代粮、油、蛋、菜、肉、布都是按人头比例供应的，基本上都一样。买粮用粮票、买布用布票、买肉用肉号。那时的市场没有流通开放，不像现在有钱基本上啥都能买得着。

那时小孩就是盼着过年，穿新衣、穿新鞋、戴新帽，吃好的、放鞭炮。谁也没体会到父母亲的难处，小孩子盼过年，大人发愁过年，因为孩子多，钱少安排不过来，当时真不知道大人心中的苦衷。

小时候不懂事，母亲给做的新布鞋，我还嫌不好看，还想让母亲给我买双新鞋穿，哪知道那是母亲费尽千辛万苦、没日没夜给我们一针一线做出来的。

那时母亲天天搓麻绳、打袼褙、纳鞋底为我们做新鞋。我还帮着母亲打过袼褙，小孩的好奇心啥也想学学。方法就是找一些破旧衣服不穿的或烂得没法补的衣服剪成一块块的布，打上一锅糊糊，在案板的反面平铺一层布，刷一层糨糊，再铺一层布，再刷一层糨糊，得要进行四五层才能打好。刷好后放到外面晾干备用。记得我家炕席底下铺了许多打好的夹被袼褙。

母亲的手很巧，给我们几个孩子做的鞋各式各样，有方口鞋，有懒汉鞋，面料大多都用灯芯绒做鞋面。记得奶奶还健在时，母亲给奶奶做的鞋也非常好看。奶奶是从清朝末年过来的人，还是裹的小脚。我母亲也裹过脚，但没像我奶奶裹得小，原因是到了民国时期了，妇女们放开脚不裹了，所以母亲裹成了半大脚。我想说的是，我母亲给我奶奶做的鞋非常精美独特，小鞋尖尖的三寸多长，要是保留到现在能进博物馆了，能算手工制作的"非物质文化遗产"吧。

父亲在矿上工会上班，工作比较忙，一切家务事都是母亲操劳。我还小，又是个男孩，正在贪玩年纪，自然没有帮母亲做多少家务事，幸亏有两个姐姐帮忙，减轻了母亲的一些负担，为此我一直对姐姐们心存感激。

二、求学之路

在上小学时，记忆中的几位老师有李端莲、吕孟博、任反生、顾家瑞等。他们都是非常称职的好老师。

那时候的小学生都渴望早点加入"少先队"，鲜艳的红领巾戴在胸前是很大的光荣。

在二年级的"六一"儿童节，我要入队戴红领巾了，当时高兴得不知道怎样才好，蹦蹦跳跳也忘了是什么原因，和同学侯拉明打闹起来了。有同学报告了班主任李端莲老师，李老师过来后我俩才松手。老师把我俩批评了一顿，并吓唬我俩说："今天不让你俩入队戴红领巾了，等下一批吧。现在你俩在教室里好好反省"。当时我被吓住了，啥话也说不出来。知道自己做错事了，后悔也来不及了，估计侯拉明的心情也和我是一样的吧。

外面大喇叭里放着儿童歌曲，我俩在教室里的心情别提有多么着急和难受了，盼了一年入队戴红领巾，因为自己打闹不让戴了，真是后悔极了。

这时外面广播里突然播报，全校各班开始整队啦，都到指定的位置排好队。这时我俩在教室里急得头上都冒出了汗，不知道怎么办才好，站到靠墙的课桌上从窗户向外看。这时教室的门突然开了，李老师进来了，问我俩说："你俩今天做得对吗？"这时我俩都低着头，异口同声地说，"不对，我们错了。"并且保证今后不打闹了。老师看见我俩都承认了错误，叮嘱道："今后不许再发生这样的事了啊！今天是你们的节日，快出去到班里排队去吧。"我俩同时说了声"是"，开门跑出去找队伍去了。

在少年先锋队的队歌声中，我俩激动地戴上了鲜艳的红领巾，多么的光荣啊。

矿区不大，坑口、办公楼、学校和矿上的几处居民点相距不远，像一个分散几处的村落。各家的大事小情传播很快。我们小孩子从大人嘴里对学校老师的情况都了解一些。

李老师当年20多岁，端庄秀丽，对每位同学们都和蔼可亲，从幼儿班将我们带到三年级。她家就在学校西面的坡上住，其爱人是当兵的，李老师当时还没有孩子，将全部的心血和爱都倾注给我们，对我们关怀备至、疼爱有加。她爱人转业后，李老师也随着调到矿务局了，临走告别时很多女生都泣不成声、男生也泪流满面，至今我还能想起她那亲切慈爱的模样。

三年级李老师调走后换上吕孟博老师任班主任代语文课，他中等身材、稍胖，戴着一副深度的近视眼镜，对我们管理较松，从不严厉批评人、和风细雨、以说服教育为主。讲课时慢条斯理、中规中矩、一副老学究的样子，将自己的精力全部放在如何教育我们的身上，致使 30 多岁了也顾不上结婚的事。在当时就是妥妥的大龄青年，剩男一个。后来矿教育科的领导树立他为模范教师典型，帮他牵线做红娘，才找到合适的对象得以成家，后来吕老师调矿职教办工作。

五年级换上任反生老师任班主任，同时也代语文课，他中等身材、时常板着脸、不苟言笑，他是本矿子弟，年轻还没成家和父母在桥东住，等我们小学毕业后，任老师当了学校的校长了。

教算术课的是顾家瑞老师，上海人，大个子，爱好多样，兴趣广泛，为人风趣、幽默，爱开玩笑，尤其爱好打篮球，每年代表中学队参加矿篮球比赛。教学很有经验，是小学校里知识最渊博的老师之一，教小学算术纯粹是大材小用，浪费人才。后来调到西山五中教初中数学。1957 年曾经被错划为右派，到学校当电工。苦脏累活全干。直到平反后，调到了矿务局高级中学当了老师，才又重新发挥了自己的聪明才智。

可以说我们还是很幸运的，碰到的老师都是很不错的，对儿童和少年时代的我影响很大。1969 年我升入初中。我们这届是四个班，我在三班，当时的班主任尹锐华老师兼代数学课，尹老师中等身材有点儿瘦，我记得好像是安徽人，眼睛不大挺有精神，记忆中上数学课老是拿着三角板、量角器、圆规等教具，说话有点快还是用的方言普通话，有些地方还是听不太清楚，后来我们慢慢才习惯了。

副班主任是戎真理老师代语文课，戎老师是老三届毕业的高中生，在当时的学校老师中学历是最低的，他自知不如其他老师的文凭高，他勤奋努力学习、七七年恢复高考，他考入了山西大学，毕业后没有回西山五中，而是去太原 21 中当了校长。当时我去21 中看过他，他还是我上初中时的模样，戴着一副眼镜、白白净净、文质彬彬、说话和蔼可亲。

我们四个初中班的同学分别来自旧矿部、菱子沟、大虎沟、三岔口等地，其中大虎沟的同学为主。那时刚搬到新的校园（西山五中）也就是刚盖好的一所大的四方院。我们边上课学习，边平整校园，挖掉操场上凸出来的大小石头，从老远的地方拉来土垫平，干了一年多才把操场平整好了，安上了两副篮球架，学生们有了玩篮球的场所。

初中毕业后，有些同学上了中师、有的参加了工作，还有的下乡插队。剩余的同学和比我高一届的学长们进入了西山五中创建的首届高中班，高中班设有两个班，我分在高中二班，赵致真老师任班主任，高一班是孙少堂老师任班主任。

西山五中这个建在高高山头上的中学的老师，基本都是从全国各大名校分配来的，师资队伍特别优秀。

我们班主任赵老师是从武汉大学毕业后来到西山五中的，赵老师年轻精干、知识渊博、说话干脆利索，各方面都很优秀，二十多岁血气方刚，一身正气，一头短发很精神，是一名标准的帅小伙。赵老师给我们上课时很少在黑板上书写，这是同学们公认的，的确是听他讲课就像听故事一样，课堂上他迈着轻盈的步伐，在教室的过道上不紧不慢地前后移动，轻松自如，感觉到老师不用备课就能讲得这样好，哪知老师知识渊博，就这点儿高中书本上的知识也就是小菜一碟，在他讲课时教室里鸦雀无声，大家都在静静地听着，他那声情并茂的描绘，让学生产生身临其境的感觉。

赵老师讲的英语也非常好，他还很喜欢唱歌。记得有一次学校组织大合唱比赛，他教了我们一首用英语唱的（国际歌）至今我还能唱几句，他的多才多艺令人敬佩不已。

成为这样老师的学生我常常感到骄傲和自豪。

在我的记忆中，还有两项"课外活动"记忆深刻：第一项活

1972.9.秋天

1972 年 9 月秋，去太原选煤厂学校参加西山各校乒乓球友谊赛，荣获男子单打冠军，男子双打亚军。
前排左起：邓可权老师，岳文老师、时长青、孙传孝老师
后排左起：石斌、于慈霖老师、王毓钟老师、班主任赵致真老师、段树平

动是学校开展自己动手做教具，在赵老师的指导下我做了一个洗相片用的印相盒子，受到他的夸奖，说我做得非常好。因为赵老师酷爱照相，他懂得这教具的使用，做好后还把教具集中起来在学校展示。

第二个活动是因为赵老师乒乓球打得非常好，带领我们去打友谊赛，当时有石斌、段树平，我们去的是太原选煤厂学校，使我在乒乓球的技术上有了很大提高和进步。在以后的工作单位，这成为我的一个特长。

我二姐时内红比我大 3 岁，也曾经是赵老师的学生，她热爱劳动，孝敬父母，帮助妈妈操持家务，她聪明伶俐，学习优秀，我学习上遇到疑难问题，经常向她请教。二姐同时也是文艺爱好者，记得矿上每年春节在大虎沟俱乐部举办晚会，她都登台独唱

《红梅赞》《绣红旗》等革命歌曲，演唱得如醉如痴，陶醉其中。由于她优美的歌声和端庄稳健的台风，每次都能换来经久不息的掌声，深受观众喜爱，是矿宣传队的保留节目，并多次参加矿务局文艺调演，荣获一等奖。后来在文艺演出中，赵致真老师写了一个"韵白小话剧"《矿山新工人》，我二姐扮演女主角，想不到一炮而红，成了矿上的"明星"。赵老师接着又写过好几个小话剧，在西铭矿排演后深受好评，让人耳目一新。有的还在矿务局会演中获奖。我们毕业后，赵致真老师被调到西铭矿工会当宣传委员，和他能写剧本和会抓文艺演出是分不开的。

作为赵老师带过的第一批高中学生，大家在不到两年的学习中受益匪浅，真正领略到他那种无私传授知识的精神，现在回想起来那段高中生活记忆犹新，我很感谢赵老师，他是一位德高望重的好老师。正因为如此，让我常常产生一丝遗憾——跟着这样优秀的老师，如果当年我们能更勤奋一些，班里每个人的学习都应该更好一些。

三、融入社会

1974年3月，我提前离开学校参加了矿山建设，当了一名矿工，分配到官地矿运输区。每天除了工作外，就是参加一些体育锻炼，打打羽毛球、爬爬山、玩玩扑克等。那个年代能有的，也不过这些活动，最多就是看看电影。

一个偶然的机会，学校当时的师资力量不够，教育科的领导要从工人中挑选一批有文化的工人到学校任教。我有幸被选中当老师，在1978年1月被抽调到了河龙湾学校。那时我还不到22岁了，年轻、活泼、爱运动，校领导就安排我代了体育课。河龙湾学校是个"戴帽"学校，即学生小学毕业后留在本校上初中。小学对外叫"西山九校"，初中叫"西山六中"。而学校领导是

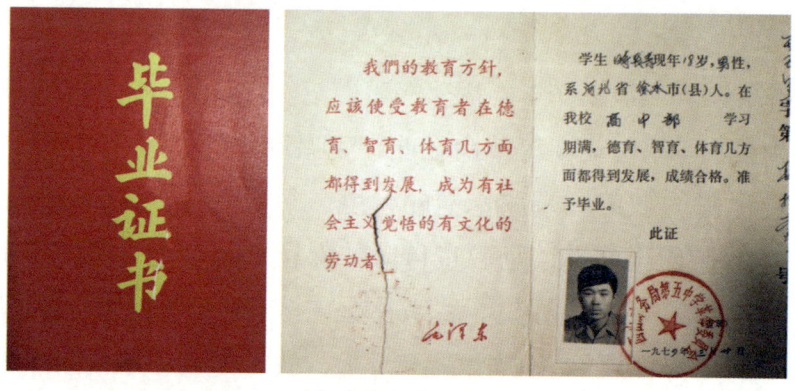

时长青的高中毕业证

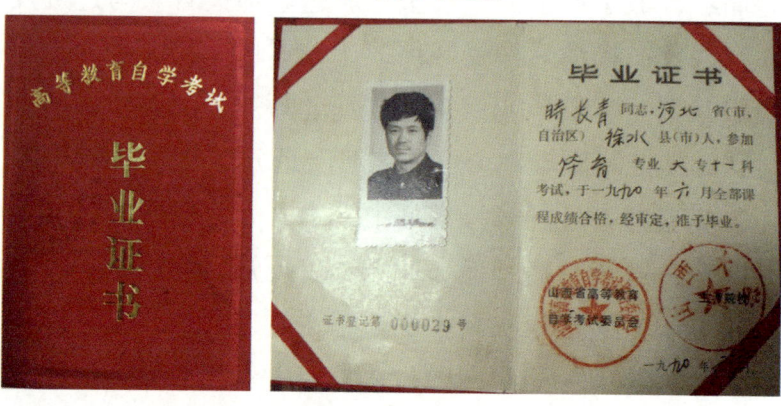

1990 年，时常青在山西大学体育大专的毕业证

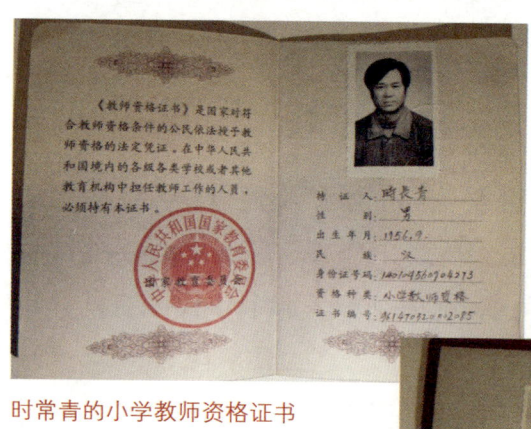

时常青的小学教师资格证书

时常青的小学教师任职资格证

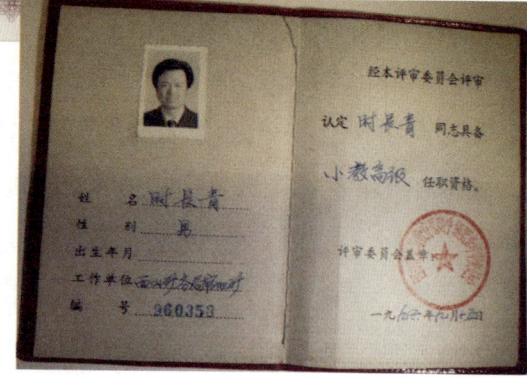

同一套班子。我的教师生涯从这里正式开启。

后来我调到了西山七校任教，当时评职称，高中生和中师是一个待遇，被评为小教一级。升小教高级时，有大专以上的学历级别升得快。为了提高自己的综合素质，1988 年到 1990 年，我参加了山西大学体育系的专业自学学习，两年中通过 11 门功课考试合格，取得了山西大学体育系专业大专毕业证，也评上了小学高级职称。

30 多年的教师生涯，为人师表是我遵从的一个原则。我把所有精力和才智，奉献给了自己热爱的工作。

四、步入老年

后来成家立业、照顾孩子（积极响应当时国家号召只生一个孩子的政策，育有一女现在外地工作），现在过着平平淡淡、无忧无虑的生活。

真是此一时彼一时。当年因为师资短缺，我从生产一线支援学校。30 年过去，我决定 50 岁时"内退"了。当时局教育处有文件规定，年满 50 岁或工龄满 30 年的可以提前内退，工资照发。等到了正式退休年龄时办理退休手续。这样就可以把岗位提供给年轻人。后来听说全国很多城市早已推行了提前内退的政策。2006 年 10 月我告别了自己热爱的教师工作，回到了家中。

说是在家休息，其实我一直就没有休息过。2005 年没休息之前就参加了矿务局退管办组织的各项活动，开始学习打柔力球、跳健身秧歌、打健身球、跳广场舞等。代表西山参加全国在云南昆明柔力球比赛，参加全国在四川夹江的健身秧歌比赛，均获得一等奖，在北京举办全国柔力球中老年人竞技比赛个人取得第三名。后来到了市、省老体协柔力球专项委员会当了教练，开始学习并教学指导，从 2014 年起，我经常参加全国柔力球的培训和

抚今追昔

2015年，时常青在全国体育指导员健身技能展示会上，荣获健身秧歌一等奖。

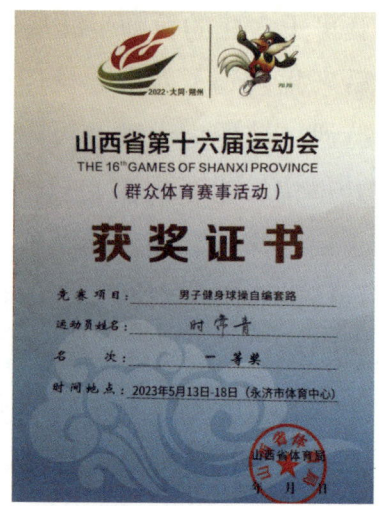

2023年5月，时常青在山西省第十六届运动会上，荣获"男子健身球操自编套路"项目一等奖。

时常青的"健身秧歌、柔力球"项目国家级社会体育指导员证

时常青的"柔力球竞技"项目国家级教练员证

比赛，后来我任太原市老体协和山西省老体协柔力球专委会的副主任，我既是参与者也是组织者和执行者，又是引领者，最后就是奉献者了。

我在十几年的教与学的活动中，经过自己刻苦努力与付出，得到了同行及组织的认可，得了许多专业技能证书。2015 年，获国家级社会体育指导员；2015—2016 年，连续二年获全国老体协柔力球竞技国家级教练员；还获得山西省健身秧歌一级裁判员、山西省广场舞一级裁判员。

　　从 2009 年到现在，一直不间断参与了省健身秧歌、广场舞、广播操、柔力球的裁判工作，以及全国健身秧歌和柔力球竞技的教练、裁判、评委。我把多年在体育运动中积累的经验与体会，无私分享给了老年体育运动爱好者。回顾几十年的成长历程，自己所取得各项成绩与各种奖项，更增加了我对体育事业的热爱。健康运动，老有所乐，强身健体，老有所为。参与其中，我很享受这份体育运动带给我的喜悦与快乐。

2022 年 11 月 26 日

抚今追昔

回忆我的老师

郭效卿

很多年没有老师您的音讯了。听人说您退休离开武汉电视台后搬到北京居住。今年您虚岁应该有 80 高寿了吧。

记得和老师的最后一面应该是 1985 年的夏天，老师回太原探亲，我们几个同学得知后陪您一同去探访了家住下元的于慈霖老师。在于老师的"家宴"上，西山五中的几位老师和您的两位武大同学谈古论今，引经据典，使我感受到"谈笑有鸿儒，往来无白丁"的意境。

忘记是哪年，武铭喜同学送我一本老师写的报告文学集《黄鹤百年归》，我爱不释手！捧在手里连着读了几遍，仍感觉意犹未尽，需要重新再读，才能一次次领略到老师文学的深厚底蕴和驾驭文字的得心应手；才能让自己在纵横捭阖的文字里追随着老师的思绪，探究黄鹤楼的古往今来。

1972 年，我们有幸成为西铭矿的第一批高中生。现在仍依稀记得我们上高中第一节课老师站在讲台上的样子，清癯高挑的个子，一双乌亮的眼睛闪烁着敏锐，身着深蓝色小翻领的上衣。老师讲话不紧不慢，温文儒雅。老师用粉笔在黑板上写下了自己的名字——赵致真。我惊奇地发现老师写的字潇洒飘逸，一笔一画都是那么精致得体，那是我生平第一次见到的绝美书法！在之后

1985 年夏，赵致真老师（右二）在下元于慈霖老师家合影

老师写的每一个字我都会反复体会默默跟着学写。到如今学生我也是六十六岁的人了，退下来以后虽也胡乱学了些书法，但在我的心目中，老师的字永远都是最漂亮的！

在高中，我最喜欢也最期待的课是语文课。我喜欢老师讲课时手捧着书，一只胳膊架着另一只胳膊，一边讲一边踱着步；从前面走到后面，再从后面走到前面。老师讲课总是娓娓道来，轻松自如。老师偶尔也在黑板上写几个字，绝少见老师长篇的板书。听老师讲课简直就是一种精神上的享受。

在我的记忆里，老师对我帮助最大的有两件事，至今记忆犹新。一件是学校举办过两次作文比赛，两次比赛我均获得第一名。老师每次都会在班里点名表扬，及时给我以鼓励鞭策，激励我再接再厉。另一件是我在班里创办了《火星》写作组，于慈霖老师专门为我们火星组书写了"火星"二字。老师您不仅抽时间来和作文组的同学座谈，还支持我们在教室后面的墙上设立"火星专栏"。在您的支持下，大家学习写作的积极性更加高涨，就连其他年级的好多同学都来观摩学习。在这里我只说了对我帮助较大

抚今追昔

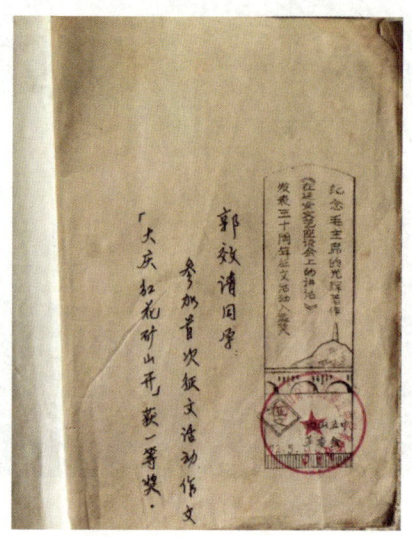

郭效卿获西山五中首届"大庆红花遍地开"征文一等奖

的两件事，老师对每个同学的关心帮助岂止是两件三件啊！

可能是年龄大了的缘故，经常会让我回忆起那个时候和老师在一起的情景：修理部学工，您让我们分清了镗钳铇铣；罗城村拉练，让我们懂得了什么是艰苦；小西铭村学农，让我们亲身体会到了农民种田的不易；在一块三合板上画好电路图，指导我们安装半导体收音机，手把手教我们学习无线电知识，当喇叭里传出清脆悦耳的声音，同学们是多么的激动。还记得您一遍又一遍地教我们学唱英文《国际歌》，虽然时隔近50个年头，直至今天我们还能唱出几句……

今年的8月8日，我和班长马乃英组织了高（2）班同学48周年聚会活动，活动举办很圆满成功！同学们在聚会的时刻都非常想念老师您，只是想着老师年近八旬且路途遥远，不敢贸然打扰。没想到老师得知此事后专门写来贺词："一生兄弟姐妹，友谊地久天长。"勉励大家注重同学情义。您还把呕心沥血编写的巨著《播火录》，通过王绍涵同学赠送给聚会的每位同学，让我

赵致真老师教我们唱的英文《国际歌》

们怎能不激动万分，感激不已！

  敬爱的老师，虽然我们好多年没有和您联系和交流，但您在每个同学的心里永远是最亲切最值得敬仰的老师！我们为一生中有您做老师感到无比的骄傲与自豪！

  学生才疏学浅，不知用怎样的文字才能表达出心中对老师的敬爱之情。唯愿老师心怀高远、寿比南山！

2022 年 9 月 6 日

抚今追昔

岁月匆匆去，母校依依情

芦亮亮

时间过得好快呀，这一晃，高中毕业都快50年了。岁月匆匆去，母校依依情。有两件事给我留下了最深刻的印象。

第一件事情发生在1974年。

我们高二班在赵老师的带领下，来到了西山矿务局西铭矿修理部学工。班里的同学被分配到了不同的岗位，在工人师傅们的带领下学习。还记得当时青涩的我们，什么都不懂，什么都不会，只是傻傻地看着师傅们在忙碌着。我当时是被分配到钳工组，跟着组长童师傅学习。这位童师傅是南方人，中等个头，偏瘦的身材，说话细声细语，和我们北方人的身材还有说话的口语都不一样。我在和师傅一起工作时，发现童师傅做事非常地认真、细致。他耐心地指导我工作，记得第一份工作是在铣车上铣工件，即把一个长500毫米、直径20毫米的圆柱形工件，在两边铣下5毫米的槽口。刚开始童师傅给我做了示范，然后，告诉我进刀时要由浅入深，不可一开始进刀过深，这样很容易把刀头损坏。每一步每一个细节都仔细地给我讲解，这样学习了半天，童师傅问我想不想尝试一下？我很紧张但还是回答：想试试。

童师傅抚摸着我的头，鼓励我说别害怕，只要认真地按师傅所讲的程序进行操作就不会有问题的。顿时我增加了信心，走上了操作台，学习着师傅的模样小心翼翼地开始了铣工件的工作。慢慢地，我在童师傅的指导下，可以自如地下刀进刀了，我感到非常高兴。童师傅看到我可以单独操作了，也给予了肯定与认可。我一下午就把一筐工件做完了。

第二天，又开始了新的一筐工件的加工。因为有前一天的工作经历，我慢慢大意了，忽视了工作程序，想快一点儿完成任务，结果不小心把铣刀碰掉了一个缺口。我很不好意思地找到童师傅说明了情况，童师傅笑了笑，很快就把刀磨好，并不断安慰我，大意说这是初学者很容易犯的错误，虽然铣工件看着简单，实际是一个细活，下刀要轻、进刀要慢才能出好活。有了这个告诫，每当工作的时候，我就会提醒自己要认真、细致，每一步都必须按照工作程序来做，保证经自己的手加工过的每一个工件都能够达到技术标准。

过了几天，赵老师来看望同学们了，看到正在铣工件的我干活弄得一脸油污，笑眯眯地问我感觉工作累不累啊，有没有做小私活啊？我一脸蒙圈。

后来问别的同学才知道，很多同学在师傅们的指导下，或者锻打做个小刀，或者翻砂浇铸做个熨铁，我听了别提有多羡慕了。

可能是童师傅听到了我们的对话，一天，童师傅在休息时问我，你的同学们都有点小私活，你想不想也多学一门技术呢？我看着他点了点头。

童师傅要教我怎样磨刀，我高兴地跟着师傅来到了砂轮机旁，童师傅嘱咐我要仔细观察。首先，要把铣刀找好角度，要将刀顶在砂轮上，然后再按刀的角度进行刀刃精磨，把磨刀的里刃稍微多磨一点，最后要回刀轻轻磨一下。磨刀的重点是角度和手感。在童师傅的多次指导下，我终于掌握了这门磨刀技术。同时童师傅还教了我钻头及车刀的磨刀技术，这些知识都让我参加工作后受益匪浅。

日子过得好快啊！渐渐地同学们和工人师傅们都熟悉起来了。有一次，小赵师傅和我聊起童师傅那精湛的技术，给我讲了两个故事。一个是钳工组的一位师傅是在日本人手里干过活的，日本人不把中国人当人看，每天定的工作量非常大。老师傅的技术在组里是最牛的，甚至可以拿着锯弓，在锯工件时睡觉，而锯弓在工件上还不停。

在我们去学工之前，童师傅向全钳工组的师傅们宣布一个消息，他当时在工具柜做了一把暗锁，谁要是一个星期能把他的工具箱打开，里面的工具随便挑。虽然说，钳工对开锁配钥匙那算是一个最基本的简单活计，但童师傅的锁硬是没有人能打开。听了这两个故事，我对童师傅的敬佩之心更是油然而生，庆幸自己跟了一个技术过硬的好师傅！后来，我参加工作后，童师傅教给我的技术，在实际工作中得到充分的应用，并得到了车间领导和工人师傅们的认可与表扬，给我的学徒生活加分不少。

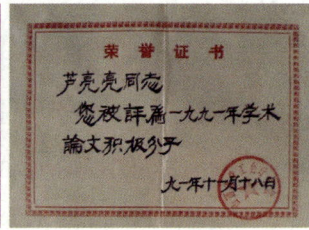

卢亮亮的获奖证书

第二件事情发生在我留校代教时期。

当时，同学们都响应党的号召，准备上山下乡接受贫下中农的再教育了。恰在此时西山五中校领导找我谈话，要求我留校当一名体育代教老师，我和高中同学石斌商量后，高高兴兴接受了学校的安排。

因为我们毕业后，学校篮球队后续队员断档，校领导要求组

学校女子篮球队集中训练

女子篮球小队员刻苦训练

建新生篮球队伍，我的任务就是组建一支校女子篮球队。通过自愿报名，加之一段时间的训练观察，从中选拔出15名各方面素质条件较好的学生。

那段时间是比较辛苦的，学校没有居住条件，我家是在西铭矿荚子沟居住，距离学校较远。因早训时间是早晨6点，所以，我每天早上5点多就要起床出发。下午的训练是下课后开始，等训练结束后，我回到家都是在晚上7点以后了。日复一日，虽然辛苦，但心情是愉快的。

清晨迎着朝阳赶往学校，望着红彤彤的朝霞和日出，走在山

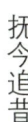

抚今追昔

路上，脚下的路感觉走得很轻松，呼吸着清新的空气，总能提前赶到学校了。

经过一段时间的训练整合，女子篮球队开始像模像样了。西铭矿教育科来学校检查工作，看了我们的日常训练，给予了充分的肯定。当询问了训练的细节和我的情况后，得知我住得比较远，为了方便训练，多出成绩，西铭矿教育科的梁干事，直接让我搬去和他一起住，这一下解决了我跑家的问题。

梁干事中等个头、微胖，戴一副近视眼镜，山西晋南人。他不但喜欢教育工作，而且对篮球运动情有独钟。他的宿舍是在西铭矿虎窝办公楼（就是以前那个"U"字形办公楼的四层），我成了梁干事的室友后，离学校近了很多，减少了我来回路上的时间，对保证篮球队训练的时间和质量有很大的帮助。由于住在一起，我可以经常向梁干事汇报训练心得，并得到他的指导和帮助。我除了带队训练外，还代初中的体育课。当时我们代课老师有5名，除了我，另外4名全部是女同志，还都是外来招聘的。作为一个土生土长的当地人，我很满足，也有小小的优越感。

记得有一次，我们在大虎沟俱乐部开完会后，班主任赵老师和邓可权老师带着我去王毓钟老师的宿舍。他们的聊天让我获得很大的收获。有些关于人生、哲学的问题听得我一头雾水。当时赵老师和二位老师讨论说，我们要把英语这门语言学好，以后能派上大用场。听到这番讨论，我为之一振。当时我想他们都大学毕业，当老师了，还想着学习英语，对自己真是要求很高，有志向。我想自己也应该像老师们一样坚持学习一辈子。我想到当年班里的学习园地中，赵老师书写的一篇英语短文，书写流畅字母结构漂亮，特别像是印刷体，作为语文教师，赵老师通过言传身教影响着我们一生对学习的追求。

当时全国的教育系统掀起学大寨的浪潮，有一句口号：要让红旗飘万代，重在教育下一代，全国各地的教育系统都去学习大寨精神。

我是第一次坐火车出差去了大寨，心情是非常激动的。出差回来后，我给小队员们讲了大寨人改造虎头山、狼窝掌、七沟八梁、自力更生、艰苦奋斗的事迹。

小队员们听后很是兴奋，纷纷表示要加倍努力。通过系统的刻苦训练，小队员们成绩一天比一天好，队员们的自律性和坚韧性得到了进一步的提高。

每当训练出现困难时，我都会拿"大寨精神"鼓励同学们，要吃得苦中苦才能出现更好的成绩。

记得当时运动量很大，仰卧起坐一组20个，她们至少可以做到3—5组；蛙跳运动在篮球场来回为一组，每次至少5组；晨跑是每天至少5000米，每周二和周五另外加大运动量。终于，西山五中的女子篮球队名声大振，成为了全局全区最强的一支女篮劲旅。

2022 年 2 月 20 日

抚今追昔

念念此心，遥寄吾师

王绍涵

今年的两节（中秋节、教师节）在同一天。这也许是一种巧合，却也恰好让人在这个特殊日子里思念家人，同时也思念自己的老师。教海如春风，师恩似海深！

特别想念我的高中班主任赵致真老师。如今赵老师已经79岁高龄，早过了古稀之年，而做学生的我也66岁了，两鬓斑白、面容苍苍。半个世纪过去了，老师对我的培养、教育、帮助，依然历历在目。

1972年夏天，我就读于西山五中高二班（这是西铭矿首批高中班）。高中期间，老师精心指导我制作的教具"微型小电机"荣获学校教具制作一等奖，得到同学们的一致好评，大家纷纷写作文："电机终于转起来了！"不知赵老师记不记得，这可是他和我合作的第一个小小成果啊！

1973年，也是夏日。为了方便同学们阅读课外读物，老师号召同学们将自己家的图书收集起来，自做书柜、统一管理。我和王永如同学作为图书管理员，为同学们服务。每周六下午开放。班级图书馆提高了大家的阅读能力和写作水平。小小的年纪，我体会到了工作的乐趣，不知赵老师是否还记得他信赖的两名小管理员。

王绍涵的高中毕业证书

1974 年 6 月，高中毕业前夕，我通过努力学习、遵守纪律，被评为德智体全面发展的好学生，并光荣地加入了中国共产主义青年团。这些都是在赵老师的培养教育下实现的。

同年 8 月份，我们完成了两年半的高中学业。赵老师亲自带领我们，去迎泽公园举行毕业纪念活动。在天气晴朗、绿树成荫的藏经楼旁，同学们兴高采烈、喜气洋洋，饱含着依依不舍的心情，感谢老师两年多的关心、爱护、教育、培养。此时此刻，赵老师也双喜临门：他收到西山矿务局医院妇产科产房传来的喜讯，喜得贵子，取名虎子，升级当父亲了；今天，他还要送一批亲手培养的学子，奔赴社会主义建设岗位了。俗话说，"一日为师，终生为父"。我们也都把自己视为老师的孩子。

1978 年夏天，我插队三年多。被抽调到公社机关脱产担任知青专管员，同时兼任公社团委委员和公社农建大队大队长，被评为出席太原市北郊区的先进知识青年。当年很想加入党组织，但发愁不会写申请书，赵老师结合我的实际思想情况，替我草拟了一份饱含激情的入党申请书，让我作参考。老实说，我不敢改一字，就誊写后交给党组织了，当年我加入了中国共产党。

1979 年夏天，老师工作调动回到武汉，不久后担任武汉电视

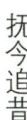

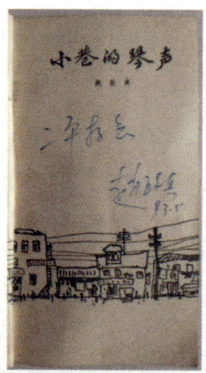

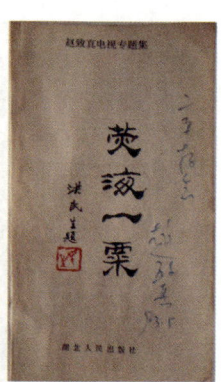

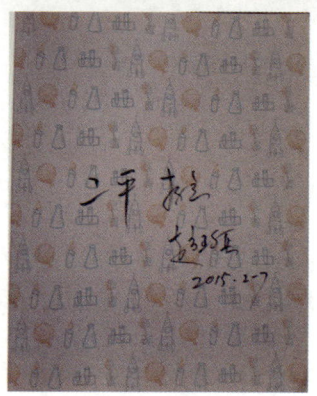

赵老师赠送作品并签名

台台长。虽然远在千里之外，但我们一直都有联系。老师不管工作多忙，都会时不时地写信来。还给我寄来他的小说集《小巷的琴声》、电视专题集《荧海一栗》、报告文学集《黄鹤百年归》、科普电视片《凯丽阿姨讲科学》（100集）、《科技与奥运》《神奇科学》等等，可见老师多么刻苦和勤奋。

1982年夏天，老师陪同师母高老师回白家庄度假省亲，我和爱人怀着急切的心情前去看望老师！重逢时，我已不是少年，但在老师的一言一行中，好像觉得我们永远都是孩子。

1985年夏天，赵老师从武汉回太原探亲，我有幸参加了在太原二十中于慈霖老师（时任西山五中学校校长）在家中为赵老师举办的接风家宴。到场的有王毓钟老师（时任山西省九三学社副

主委）、邓可权老师（时任西山五中学校副校长）。同席的几位老师同样可敬可爱，看到他们知识渊博、出口成章、谈吐幽默风趣，我非常敬慕，如同又上了生动的一堂课！

　　1993 年夏天，我参加了太原市企工委在市委党校举办的各厂（矿）组织部长培训班，外出考察期间途经武汉，老师在百忙之中抽时间，亲自驾车和高老师一起，接我去他家做客，共话师生之情。赵老师几乎挨个询问每个同学的现状，各自的工作和生活，包括许多同学家里父母的情况。临别时，送了我许多礼物，特别是将亲自编撰的《凯丽阿姨讲科学》，赠送给我 11 岁的儿子，

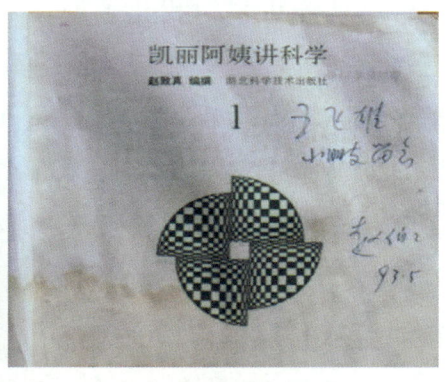

赵致真老师赠送给我儿子王飞雄的《凯丽阿姨讲科学》

1998 年，赵致真老师回西铭矿时在七里沟合影
左起：雷德庆、赵致真、王绍涵

并亲手为孩子写下赠言。同行的学员们无不羡慕地说："你的老师对你真好！"

1996 年夏天，赵老师和高老师来太原出差，入住迎泽宾馆，邀请同学武铭喜（时任西铭矿供应科科长）夫妇和我及爱人共进晚餐，再续师生之情！1998 年夏天，老师和儿子虎子（中央电视台工作）从北京驾车到太原，专程回大虎沟故地重游，由我和武铭喜同学陪同，到他们曾经在大虎沟住过的家和玉门、七里沟等地流连，又换上工作服，去参观了井下生产。中午在矿虎窝食堂就餐，由张福祥老师（时任西铭矿工会主席）、任广惠老师（时任西铭矿副矿长）陪同。路上，我对虎子讲："我儿子在太原五中上高中，将来也希望能上武汉大学。"

其实我也早对我儿子说："赵老师伯伯和他儿子虎子、女儿二桃，三人都是毕业于武汉大学，你要好好学习，爸爸也希望你能考入武汉大学。"

2001 年夏天，儿子果然争气，顺利地考上了武汉大学，了却了我多年的心愿。报到那天，老师亲自驾车和高老师到学校看望并祝贺，老师接着还乘兴驾车和高老师带领我们游览了武汉东湖，1998 武汉抗洪的险段龙王庙，紧接着又去了黄鹤楼参观，黄鹤楼上有一口 21 吨重的"千年吉祥钟"，是武汉市政府为迎接 21 世

我们是矿工儿女

纪到来而铸造的。整个工程委托武汉电视台完成，由赵老师总负责，大钟上的铭文也是赵老师撰写的。我站在大钟前默默诵读，心想，赵老师这篇美文铸在大钟上，可以长久流传了。

2002年3月，我去武汉大学给儿子送电脑，又一次上老师家登门拜访，受到了热情款待。老师的老母亲身体康健、热情好客，问候家乡亲人好。高老师介绍：老奶奶文学功底特别强，《红楼梦》能整段整段地背诵下来！临别时又送给我不少礼品！没想到，这一别就是二十年。

2003年，赵老师从武汉广播电视局局长岗位上退休，住在北京从事科普创作。我的工作和生活发生很大变化。但无论在成功时还是挫败时还是顺境中还是逆境中，老师对学生的关爱都是永远不变、始终如一的。每想到老师的鼓励和期待，我心中就会充满了温暖，顿时升起勇气和力量。

2022年8月8日，同学聚会。我们想到老师年事已高，工作又忙，没敢轻易打搅。事后才向老师汇报了情况。老师十分高兴，为我们的合照题写了祝词："一生兄弟姐妹，友谊地久天长"的贺词，并将自己的新作《播火录》赠送给同学们，让大家非常惊喜和感动！

左边：儿子王飞雄，右边：孙子王查理

我儿子王飞雄和孙子王查理看到老师的《播火录》，如获至宝、爱不释手，迅速扫开二维码，观赏赵老师编导的科普大片。孙子由衷地感叹说："我要向赵爷爷学习，长大后也要做这样的人！"

2022年9月9日

抚今追昔

西铭矿旧貌换新颜

王福仙

我出生在山西省太原市小店区晋祠镇的赤桥村。从小我未见过大山，只见过悠悠汾河水从我家门前流过，只见过村里绿油油一望无际的稻田，只见过晋祠三绝——周柏，宋代彩壁，难老泉。

父亲是西山矿务局西铭矿的一名采煤工。1972 年，我初中毕业了。一天夜里，听到父亲和母亲说，西铭矿要创建西山五中首届高中班。还听说，是从新招的工人里，选择全国知名各大院校毕业的高才生任教师。咱们给福仙报个名吧。

于是，我随同父母从晋祠镇的赤桥村，搬迁到了西铭矿旧矿部的八吊沟。从八吊沟向西望去，我第一次看见西山顶上白云缭绕松柏苍翠，多么美的一幅风景画啊！

父亲告诉我说："爸爸就在这座大山里一个叫玉门的坑口井下采煤，这里就是爸爸平日早出晚归给你们挣钱的地方——西铭矿。"在我的心灵深处，早已对眼前这座高耸入云的西铭矿山，有了朦胧的向往，那是从父亲平日的言谈中得到的。我很想看看它到底是什么样子。

一、父亲是"导游"

我开学前的一个周末，恰好父亲也休息。我对父亲说："爸

我们是矿工儿女

爸你今天能带我去西铭矿大山里转转吗？我想看看它长的是啥样。"在一旁洗衣服的母亲帮腔说："是啊，再过几天学校就开学了，你就带她上山去看一看吧。"

父亲在天安门广场留影

旧矿部八吊沟是西铭矿的一个职工家属区，居住着南来北往的矿山建设者。我家邻居是一位河南籍的叔叔，早饭后，我和父亲出家门，邻居叔叔问我们做啥去呀？父亲回答："领我家大丫头上西铭矿遛遛去。你不领你家丫头上去看看吗？"叔叔笑着说："中。"

随后我们一行四人结伴出发，跨过一座木搭的小桥，行走在泥沙碎石颠脚的河槽上，途经斜坡下储煤场的火车站。来到了西铭山脚下的斜坡，在这里等候乘坐轨道缆车（俗称高车）。

缆车有两节车厢，铁皮制作的外壳，铁壳里有三排用木板钉成的座位，没有司机，只有一位安全员，跟随着高车来来去去，负责管理秩序。在斜坡的最高处，有一座缆车房，房里有一个工人叔叔在操控，用一根很粗的钢丝绳，拉着缆车上下往返。

缆车缓缓地从高山上下来，停在我们面前，我紧张地拽着父亲的手，很吃力地爬进高车的铁皮壳里。只听一声电铃响，高车沿着双轨，加速直上，我的心怦怦跳，紧张得手心都冒出了汗，紧拉着父亲的衣角。短短的几分钟，缆车停在了西铭矿山的斜坡顶。

当我站在西山之巅，俯瞰着云雾缭绕的太原城时，心情特别的激动！西铭山真的是很高，它是我16岁以来见过的最高山峰了。

踏上西铭山，父亲手指着又高出一截的山头，告诉我说：西

山五中高中班就在那山上面。我仰望着这座山顶上的学校，很兴奋地在想，再过几天，我就是这所学校的高中生了。

看着满山遍野的鲜花盛开，山桃花、杏花，还有山丹丹花在微风中摇曳着。西铭山峦真是漂亮啊！我随着父亲在一条很窄的马路上行走，看到马车装着白菜大葱从身边过去，有汽车的笛声提醒行人避让。父亲告诉我说："这里叫大虎沟，是矿区最繁华、最热闹的地方，有商场、有粮店、有菜市场，有邮局，还有一个饭店。

"再往前走是桥西，它的底下是老虎嘴，你看到了吗？最高处的那座建筑，红砖红瓦，它就是西铭矿俱乐部。放电影、唱大戏、开大会都在那里。最底下的一排平房，有个制冰糕的机房，西铭矿的冰糕最好吃，是用牛奶，梨罐头做的，5分钱一个，一会儿给你们买一个尝尝。"

俱乐部对面是桥东，山坡上错落不齐的房屋有几十间，离西山五中很近。向西的方向是石头房，石头房不仅是用石头垒盖的，就连崎岖不平的人行小道也是用石头砌成的。石头房下坡处，是西铭矿的职工医院，斜对面是职工食堂。

说着说着，沿马路走到了玉门坑口。我看到有很多矿工与我父亲打招呼，"王师傅，今天你休息，怎么又上来了？"父亲指指我：
"丫头还没有来过西铭矿，想知道咱们矿是啥样子，就陪她上来
了。"我抬头看了一眼父亲说："爸爸，你每天上班也和这些工
人叔叔们一样吗？身穿工装，头戴安全帽，顶着矿灯，脖子上围
着一条白毛巾，脚穿高筒胶鞋。"父亲笑着说："是的，下井采
煤工人都是这样的穿戴。"

　　时间已到中午了，父亲说："我领你们到玉门职工食堂吃饭
去，尝尝那里的手艺。"父亲给我们每人买了份过油肉和油丝饼。
我们吃得很香，禁不住问父亲："你平时也给我们往家带，为什
么没有现在这么好吃呢？"父亲笑着说："给你们带回家的都放
凉了，现在咱们吃的是食堂师傅们现做的，才出锅。"

　　饭后，父亲站在食堂门外，眺望着远处的一个山坡，对我们
说："你们看到那里隐约的行人了吗？在山坡的顶上，有一条通
向古交后山的太古公路，公路北侧下面有一个村庄叫化客头村，
村的西面500米处，就是一个叫菱子沟的职工家属区。那应该是
西铭矿山最高处了，等你将来有机会，一定要上去看看。"

　　父亲又指着正前方说："绕过玉门的修理部，可以沿着乘人
车轨道去七里沟，二工地。再翻过一座山后就是三岔口职工家属
区了。"我惊讶地问道："西铭矿还有这么交通不便，全靠两条
腿走的地方？"

　　脑海里记录了一天的矿山之行。对西铭矿山有了大概的印象。
父亲带着我们，头一次从玉门坐上双轨的乘人车，穿越了一个近
千米的漆黑隧道，在洞口停了下来。这就是大虎沟站，车上下去
了几个人，又上来了几个人，乘人车一路向北驶去，直达斜坡高
车房。然后，沿着来时的路我们一起回到了家中。

二、初上菱子沟

高中同学左起：张素萍、王福仙、闫补云

读高中的两年半中，我利用节假日，相约张素萍，闫补云同学一起，实现了攀登菱子沟山顶的愿望。我们从玉门坑口出发，按照父亲当时指点的那条路，一路爬坡来到了菱子沟。在路上我们还看到了肩挑矿灯的女人们，她们是为菱子沟附近沟南的家属小煤窑运送矿灯的，女矿工的工作更是辛苦。

菱子沟位于西铭矿的山顶上，菱子沟职工家属区三面环山。我们看到了菱子沟小学，有退休的老矿工们在大礼堂门前下象棋，看下棋的人围了一圈。有几个青年人在操场上打篮球。我们又一起去了菱子沟旁边的化客头村，去了家住化客头村的闫补云家，吃了中午饭后，请闫补云同学带我们到村供销社转了一圈。村里的自然景象和我晋祠老家大致相同，唯一不同之处是被周围大山包围着。

又一个星期六，还是我们三人，一起去了吃粮靠骆驼运送的三岔口。三岔口也很美，三面环山，有向西、向北、向南的三个岔口。那条向南的岔口有条小河，流淌着碧绿的河水。

山上的马露露顶着黄白色的花冠十分耀眼。岩石中生长开放的映山红婀娜多姿，我们会连根拔起带回家，装进罐头瓶子里浇

沙棘（醋溜溜）　　　　　　　　　马露露

水观赏。开着黄花的蒲公英，歪斜着细细的颈枝在微笑，好似在
说：等我头顶长出圆圆毛球，风一吹就会洒向群山。

春天来了，在矿区阳面的山坡上，到处都能看到开满鲜艳花
朵的马露露，一丛丛一簇簇，浅黄色的花朵格外艳丽，空气中散
发着甜蜜的馨香……

到了秋天，尤其是过了霜冻以后，人们会三三两两结伴去远
处人烟稀少的地方剪折醋溜溜。经过霜冻以后的醋溜溜更好吃，
酸里透着甜，让我们吃一口不仅滋味难忘，汁液还会在嘴角留下
黄黄的印渍。

我在两年半的高中学习期间，利用周末的时间，了解并知道
了在西铭矿这座大山里，有一个最大的出煤坑口叫玉门坑口，有
四个沟（大虎沟、七里沟、莜子沟、八吊沟），六个职工家属宿
舍区。有四所小学，分布在大虎沟、三岔口、莜子沟、旧矿部。

三、重返西铭山

高中毕业几年后，我再次攀上那高高的西铭山。斜坡脚下的
缆车已被 330 路公交车取代，而且直达玉门坑口和"虎窝"。西
山五中、莜子沟、三岔口，已看不到了它们旧时的模样。矿山的
楼房拔地而起，石头排房和崎岖不平的小道也不见踪影。特别令
人印象深刻的是，原来狭窄的土马路，已被宽敞的柏油公路代替。

抚今追昔

西铭矿以前职工家属上下山交通枢纽缆车　2018 年专为西铭矿区服务的 330 路公交车
开通

857 路公交车，330 路公交车，先后深入西铭矿居民点，豪华的大轿车出没隐现在盘山公路上，成为西铭矿一道靓丽的风景线。而往返于"斜坡"上的缆车，作为中国唯一的"通勤—观光"两用交通工具，经过升级改造，仍然在 400 多米的坡道上升降往返。

当年的西山矿务局，早已更名为山西西山煤电股份有限公司。西铭矿的煤，已经不从地面上贯穿矿区，一路招摇了，全部实现了地下巷道运输，没有了矿车穿梭，没有了煤尘飞扬，西铭矿山更绿，水更清，空气更新鲜了。这里春有山花遍野，桃杏芬芳；夏有柳树成荫，鸟语花香；秋有层林尽染，天高气爽；冬有银装素裹，雪压青松。俨然一座美丽的大自然公园。

我们的父辈在这里开创基业，劳苦终生，我们又在这里茁壮成长，奉献了青春年华，我们的下一代将继续在这里承前启后，大展宏图。西铭矿，永远是我魂牵梦绕的地方。

2022 年 12 月 19 日

我们是矿工儿女

遥忆故园三岔口

张素萍

生于斯，长于斯。即使身居省城闹市几十年，也总怀念着养育我成长的美丽故园——三岔口。

2022年9月6日，夏日将尽，相约发小杨春香、李三梅、阴莹，我们一行四人驱车前往童年生活的地方。

故园当年的踪影，早就难以寻觅。只有伟岸的大树、翁郁的灌木、繁盛的花草，还能提醒我们记起这里当年的大自然风貌。

三岔口，位于太原郊外西铭矿的西南角，坐落在三山相拥的一面坡上。坡下向南、向东、向西，有三个岔口，流淌着三条小溪。也许是因为这样的地理环境，人们才把它命名为"三岔口"吧。

20世纪50年代，来自五湖四海的建设者们，操着不

左起：杨春香、李三梅、张素萍、阴莹

同的乡音，怀着满腔热情和对未来生活的期望到这里安家。他们有的只身一人，有的举家随迁，他们就是我们的父辈。我就出生在那个艰苦而奋发的年代，那个荒僻而美丽的山庄。

地无三尺平、出门就爬坡。这里的第一代开拓者依山就势、跨沟越坎，建起30多排住房，有土坯打的，有石头垒的。没有在三岔口居住过的人，永远难以体会生活的不便和行路的艰辛。而对于孩子就是另一种感受了，住在那些高低错落的房子里，却尽情享受过迷宫游戏的新奇和爬上爬下的乐趣。大概只有从小在这些坡坡上玩、沟沟里耍的孩子，才会有着终生难忘的三岔口情结。

傍晚站在高处，看着暮色苍茫中，山坳里左邻右舍的炊烟次第升起，灯火也先后亮了。下班的人们陆续向家的方向走去，那是一幅多么温暖而幸福的画面！淳朴善良的矿工们，和睦相处，守望相助。工作之余在房前屋后的乱石之中、陡坡之上，凡是有土壤的地方开荒种菜，来弥补三年困难时期时的粮食短缺。

矿区的人们大多是城市户口，但却过着地道的田园生活。春天，当和煦的暖风吹拂大地，孩子们会随同大人，扛着农具，戴着草帽，揣着干粮，背着水壶，徒步爬坡蹚河，到地里耕作、种瓜、种豆、种谷物。当秋天的太阳照射在成熟的庄稼地里时，大人们便在地边架起篝火，烤上土豆、玉米，来庆祝一年的收成。孩子们欢呼雀跃，纵情品尝着盼望了一年的劳动果实，整个山谷呈现出一派欢乐喜庆的景象。

曾有一段时间，矿工各家开垦的土地归三岔口居委会所有。当时成立了"三八红旗农场"，大家集体耕种、集体收益，过着挣工分的生活。

随着时间推移，"三八红旗农场"的家属转战到矿山建设中，她们扛着镐头到玉门坑口，七里沟坑口的煤库。跳进长两米、宽一米的铁矿车内，用镐头将黏结在车底的煤一镐一镐刨松，再由两名矿工用双手将矿车翻成底朝天，把煤翻到煤库中，除了增加煤的产量，更提高了矿车的运载效率；她们戴上帆布手套，坐在煤溜子两旁，将混杂在煤里的矸石捡出，提高煤的质量；她们手握钳子，在斜坡家属工厂编织井下支护用的金属网，每月三班倒，每天工资 1.3 元，有效缓解了职工家庭的生活困难。

三岔口给我留下太多的快乐和美好的记忆。那时物质不富裕，但精神却很昂扬。生活虽然艰苦，但心中充满幸福。生长在这里，我们从小就会唱《东方红》《没有共产党就没有新中国》《我们是共产主义接班人》。清楚地记得，三岔口学校是一个四合院，教室很简陋，是用土坯垒成的。当时我还不到入学年龄，因为父亲是学校的一名教师，我便提早一年上了学。他一个人带着一至四年级的学生，共有 26 人。学生们非常尊敬老师，他们长大参加工作后，见到我父亲都称"张老"。

也许是受家庭教育的影响，我很尊敬学校的老师。每天我们自带小板凳去上课，大部分同学的书包，是用自己父亲发的帆布手套，由妈妈一针一线缝制而成的。书包里有语文书、算术书和劳动手册。

我第一批加入了少先队，虽然考试成绩没有名列前茅，也照样自告奋勇保管教室钥匙，早早来校给同学们开门。夏天教室通风，洒水扫地，擦抹课桌；冬天拿来自己捡的木柴，到教室里生火炉，柴湿的时候还要撕下本子上的纸引燃。等到老师和同学们来上课时，教室里已经烟雾散去，暖暖和和，所以经常受到老师和同学们的赞扬。

我们的校长郝秉直操平遥口音，非常严厉。我们平时都不敢单独见他，碰到他时总是紧张地立正、站好、行队礼，叫声"郝校长好"，然后赶快溜走。我们的班主任是一位拄着拐杖的男老师。他说着满口的五台话，有时和蔼，有时严肃。同学们经常帮他家抬水捡炭，买菜购粮。那时候虽然有公用的自来水管道，但因山高坡陡水压不够而经常断供水，要去很远的一个山脚下去接山泉水，但同学们都抢着为老师家送水。

有件小事现在想来还好笑，因为我们老师讲的都是家乡话，所以同学们也都不会讲普通话。每每朗读课文、回答问题，大家都会把声音提高，当时我们认为，只要声音高，就是在讲普通话了。

左起：李三梅、张素萍、杨春香、阴莹

记忆中，这里有一座宽3米、长6米的小木桥，是我们走出三岔口的必经之路。每遇天阴下大雨河水泛滥时，滚滚的洪水就会淹没，甚至会冲垮小桥。我们只能等待河水退去，或者由家长们背着过河到对岸。那时我们常到小河边玩耍，看水中的小青蛙、小蝌蚪游来游去，我们赤脚在小河里嬉戏奔跑，溅起一簇簇水花，好快乐、好开心啊。其实我们有时是在等待从这条岔口里出现的骆驼队伍。在那交通不便、运输工具匮乏的年代里，我们三岔口的职工、家属每月的粮食供应主要靠骆驼来运输。我们从小就目睹这盛大的场面，在体型高大的骆驼背上，驼峰两侧夹着两块木板做成的驼架，驼架上绑着一袋袋粮食，从几十里的山外驮回来。卸货时，骆驼的主人先让骆驼晃晃悠悠、慢慢腾腾地前腿落地跪下，接着两只后腿再跪，这时粮店的工作人员一齐动手，小心把粮食卸下。早已等候的大人们兴高采烈地排着队，用粮本买粮。

左起：妹妹张素英、张素萍、姐姐张素卿

如果遇到河水泛滥，骆驼来不了，我们就翘首以盼，期待河水快点儿退去。

在我们的心中，每年的"六一儿童节"都是和过大年一样最隆重的日子，每个孩子身穿白衬衫，蓝裤子，系上鲜艳的红领巾，在火红的少先队队旗下，排着整齐的队伍，聆听校领导的讲话，齐声高唱："我们是共产主义接班人……"随后庆祝活动开始。因我们有得天独厚的自然条件，生活在山里，成长在山中，山就是我们最好的运动场所，爬山比赛是我们最喜欢的运动项目。

六月的天气，晴空万里，繁花盛开。我们时而如小蝴蝶般飞入山光水色，时而又像小蜜蜂似的涌进百花丛中。山巅上飘动的队旗指引我们前进，个个汗流满面争当第一。现在想起来心里还充满了向往。一块橡皮、一支铅笔的奖品都能让我们欣喜若狂。

每逢大年三十，家家户户在自家门口垒上煤炭旺火，预示来年家庭兴旺。大年初一，吃过了盼望好久的过年饺子，姐妹们穿起妈妈缝制的小花布外套衣服，穿着妈妈做的红条绒布鞋，梳着我们各自喜欢的辫子，在院子里旺火旁急切地等候着照相的师傅，给我们合影留念。那时的我5岁，姐姐8岁，妹妹3岁，照片留下了我们童年成长的足迹。随后，我与姐姐妹妹蹦蹦跳跳来到了左邻右舍的邻居家拜年。每到一家，邻居们都给我们拿糖块、红枣、葵花籽，有的给我们拿核桃、大豆和白面捏的小动物，口袋塞得满满当当的，两手也不空着。我们高兴地拿回家，各自摆放在抽屉里，不时地看来看去，害怕姐姐妹妹给我拿走。童年的天真活泼，

抚今追昔

盼过年的快乐至今难以忘怀。我就是那个时候学会包饺子的。

几十年过去了，三岔口的住户都搬到了山下。但那山峰，那绿树，那如诗如画的风景还在等候我们。我们认识这里的山水树木，这里的山水树木也认识我们。犹如一起长大的发小，彼此一生都不会相忘。

夏末的微风吹过车窗，也轻轻吹拂着我的心。再见了，三岔口！不管走到哪里，我都是三岔口的女儿。

2022 年 11 月 9 日

我们是矿工儿女

永远的兄弟姐妹

王绍涵

1956 年，我出生在一个煤矿工人的家庭，当我呱呱坠地时，西铭矿也正式成立了，可以说，我与西铭矿同龄。66 年来，西铭矿在一代代矿工辛勤劳动的建设中，发生着翻天覆地的变化。我的父母就是这支建设队伍中的一分子。矿山的每一点变化都伴随着我成长的过程。当我翻开褪了色的相册，看着泛黄的老照片时，记忆的闸门瞬间打开了……

西铭矿大虎沟子弟学校 1969 届小学同学
左起：时长青、苏铁柱、刘润叶、段树平、张秀珍、张桃花、王绍涵、史桂花、吉素英、贾果凤、刘智

西山五中 1971 届初中一班同学
左起：苏铁柱、张秀珍、裴亮丹、
戎真理老师、芦亮亮、贾果凤、吉
素英、王绍涵

西山五中 1974 届高中二班同学
左起：李德全、王万冬、李金娥、
张素萍、时长青、王绍涵、刘东生、
芦亮亮、段树平、贾果凤、郭效卿

　　相册里有亲人的照片，也有父母与矿工工友的照片，还有我小学同学、初中同学、高中同学的照片。看着同学们的照片，突然间有了一个想法，什么时候能组织同学们聚会一次呢？

一、故园大虎沟

　　2008 年春节，正月初九，我邀约组织了一次同学聚会。参会的同学私底下和我说："这个男生我不认识，那个女生也不是咱们班的同学吧？"我笑着统一回答了同学们的疑问。"是的，这次同学聚会，跨越了十二生肖的轮回，是我小学、初中、高中同学的一个缩影。"

　　我对同学有一种割舍不断的情结，各阶段同学相处的往事，

我们是矿工儿女

如同久违的画卷一幕一幕呈现在我的眼前。

小时候随父母从西铭山下的旧矿部，搬迁到了大虎沟的石头房。大虎沟是西铭矿的"政治经济文化中心"。建有职工医院、职工俱乐部、职工食堂、邮局、饭店、粮店和综合商店。

职工俱乐部位于大虎沟桥西的顶端，是西铭矿召开重大会议和放映电影的场地。我记得每年的"六一"儿童节，庆祝大会在这里举行。我曾在舞台上表演过男声小合唱《我们是共产主义接班人》《学习雷锋好榜样》等节目，聆听过矿劳模的模范事迹报告，还为矿劳模献过花。

《上甘岭》《苦菜花》《小兵张嘎》《地雷战》等电影常在这里放映，5分钱一张票，对号入座。我不敢向父母要钱买票看电影，只能邀约李进贵、武铭喜、高鸿建、段树平几位同学一起去俱乐部。走到靠近厕所的围墙处，用我们的老办法，你驮我，我拽你，偷偷地翻进俱乐部去，又悄悄地溜到银幕的后面，蹲在那里不敢吱声，直到看完电影。走出电影院时几个人才开怀大笑，享受着没买票看电影的乐趣。

印象中居住在三岔口、二工地、荬子沟的同学都要到大虎沟采购东西。当时物资十分匮乏，尤其是蔬菜水果，不仅需要定量，而且排队的人群一眼望不到边，有时排队到跟前了，蔬菜水果却卖完了。我们居住在大虎沟的几个同学就早早地为三岔口、二工地、荬子沟的同学去排队，这件小事直到现在我还记得很清楚。

武铭喜同学小名"铭子"，和我家同住在大虎沟石头房。石头房的房子是用石头建造的，崎岖不平的路也是用石头垒起的。铭喜同学家住在最高处的那两间东西朝向的房里。

我经常看到铭喜与弟弟抬水，山坡陡，弟弟身材小，抬一桶水，就会洒掉半桶。弟弟哭着对铭喜说："哥，水缸满不了，我们还得再去多抬几桶。"我看在眼里，急在心里，就主动上前说："铭喜，让弟弟休息一下，我和你一起抬水吧，把你家的水缸抬满为止。"铭喜后来总记得我当年助他"一肩之力"。

我和高鸿建是从小一起长大的发小。上小学期间，一次意外事故中，他的脚被乘人车铁轮子碾轧了不能正常上课。那时我们才10岁，我俩不仅是同学，而且还是只有一墙之隔的邻居。我每天下学后，就背着书包去他家为他补习功课，把老师当天讲的课，认真地给他讲一遍，让他与我们同步学习。

有一次，俱乐部放电影《小兵张嘎》。我非常想去看，就没有去给他补课。看完电影后心里非常自责，生怕他不高兴。我让父亲用木块做了两把木头枪，送给他一把，算是补偿。他很开心，对我说："你真是我的好同学。"

上了初中后，有一段时间我很厌学，对上课和做作业都提不起兴趣，是班委高鸿建耐心劝导我，说我们这些煤矿工人的后代，

1971 届初中一班老师和同学合影
第一排左起：郭月玲、赵君然、李三梅、班主任彭嘉惠老师、任希乔、李怀斌
第二排左起：秦淑芳、贾果凤、李永红、王绍涵、郭芳亭
第三排左起：王庆寿、王玉香、芦亮亮、王二小

我们是矿工儿女

太原市公交总公司门前同学合影
左起：武铭喜、段树平、薛兰琴、高金梅、王绍涵、马乃英、李淑萍、刘根生、
郭贤科

左起：王绍涵、马乃英（前）、
石斌、段树平

左起：侯晋忠、王绍涵、
段树平

要好好学习才能文化翻身。从此让我端正了学习态度。

二、相逢高二班

从小学到初中,我和高鸿建、段树平、李进贵、时长青、贾果凤、徐国英是同学。上西山五中时,在初中一班和芦亮亮、薛文俊、蔡同云、高鸿建、李三梅、王玉梅、贾果凤是同学。1972年,我们又一同进入西山五中高(2)班读书。

高(2)班是我最难忘、最留恋的时光岁月。因为我们有博学多才、受人尊敬的班主任赵致真老师。有以身作则、朝气蓬勃的马乃英班长及石斌、武铭喜、刘东生、高鸿建、段树平同学组成的班委会。

同学中各有特长,给我留下深刻印象:郭效卿、张素萍、王永如、王万冬同学头脑灵活、成绩优秀;王根弟、王惠平、陈维俊、杨春香、闫补云同学勤奋刻苦、学习扎实;芦亮亮、段树平、时长青、薛文俊同学热爱体育、多才多艺;李进贵、周四虎、高改潮、张保明、高英明同学忠厚朴实、热爱集体;还有贾果凤、李三梅、黄金花、王玉梅、王福仙、徐国英同学对人关心备至、体贴入微;张忠宝、康粉开、李金娥、徐美珍、孙强、郭宝旺同学性格阳光、举止坦荡;刘秀兰、吴润清、赵荣莲同学爽爽朗朗、潇潇洒洒……在两年半学习文化课的教室里,在学工学农的社会大课堂里,在老师的辅导教育下,同学们互帮互学、团结友爱的精神,为以后永久的同学情谊打下了非常牢固的基础。

三、一次"饯行宴"

大虎沟唯一的饭店是在商店的坡坡下面。1972年12月初,段树平同学在参军入伍前夕。我和武铭喜、石斌、李进贵、高鸿建、时长青、芦亮亮同学在这唯一的饭店为他饯行。

1972 年 12 月，欢送段树平同学光荣参军入伍
前排左起：高鸿建、段树平、武铭喜
后排左起：芦亮亮、王绍涵、石斌

王绍涵（左）和武铭喜（右）合影

记得当时饭店最好吃的，是 8 分钱一根的麻花，1 角钱一碗的老豆腐，2 分钱一碟的小盐菜，4 分钱一个的馍，5 分钱一个的花卷，3 角钱一份的过油肉，1 角 2 分钱一份的白菜炒粉条。那次共付了 3 斤山西省粮票和 2 块

当年的零钱和粮票

4 角 6 分钱的饭费。我们几个同学还赠送给他硬皮笔记本，英雄钢笔作为留念。并叮嘱他去了部队听领导的话、团结同志、刻苦锻炼自己、做一名合格的军人报效祖国、要常常来信联系等等。今天想起来感觉特别有意思，那次矿山小饭馆简陋的"饯行宴"，胜过了日后经历过的许多美食大餐。

四、无处不在同学情

我和高中同学张素萍都在太原市北郊区插队。她在化客头公社任计划生育助理员兼分管知青工作。我在马头水公社分管知青工作。很幸运，我们都是脱产以农代干的公社干部。我每月工资

30元，她每月工资25元1角。在当时来说，已相当不错了。那时我们有更多的话题，通过公社的电话交流工作方法，互相鼓励，共同进步。

有一次，我俩参加北郊区召开为期三天的知青工作大会。我光荣地评选为区先进知青，当我戴着大红花走向领奖台，她用劲地为我拍手鼓掌，并情不自禁地对与会知青讲："这是我高中的同学。"

会议期间我俩放弃了看电影的机会，坐在电影院门前便道的路沿上，共同回忆起同学们。当我从笔记本里拿出段树平同学身穿军装、手握钢枪、精神抖擞、守护在北疆的照片，拿出薛文俊同学在文水县荣获全县"十大知青标兵"的照片，她惊讶地说："你怎么知道他们的。"我笑着对她说："我还用我的工资买了个军用式水壶送给薛文俊同学呢。"

我还告诉她，武铭喜、李进贵、刘东生曾经步行到马头水公社庄头村来看望过我。给我带来西铭矿职工食堂特香、特好吃的油丝饼子，我还和在一个村插队的同学刘根生分享。当天晚上，武铭喜他们三人和我挤在知青宿舍的大通铺住了一宿。我们有说不完的话，畅谈着我们高二班的老师同学们，怀念我们的班集体，感叹大家都各奔东西了。

后来听说马乃英班长去古交插队，分配到药材公司工作了；班委石斌如愿考入了山西医科大学；班委武铭喜已是西铭矿供应科副科长；班委刘东生在太原市实习饭店任面案大组长；班委高鸿建高中毕业后在矿上机电科外维队工作，成为第二代矿山儿女；班委段树平复员后，脱下军装穿上了工装，被分配到了太原市公交总公司。

又谈到上高中时，我们一伙同学，夏天去三岔口高改潮家玩，看到他家在院子里养的一头小花猪，我们好奇地问："你家为啥还养猪呢？"他腼腆地说："我们家的猪肉票不够用，就养了一头猪。弟弟妹妹都有任务，每天下学后要到山坡上拔猪草，我父亲每天下班后要去七里沟食堂担两桶泔水。等冬天杀了猪，我请你们来吃现杀的猪肉。"

记得吗？那年春节，我们真的吃到了现杀猪肉，那现杀的猪肉真香。李进贵还比我们多吃了一碗。临走时潮潮父母还给我们每人带了一块猪肉，真是吃了一顿，还带了一顿。我还告诉潮潮，我家想在房后开垦一片空地，盖一间房子，他说到时候我一定去帮忙。潮潮同学言语不多，为人特别实在，每天下午5点下学后，帮我干活到晚上8点多，连续干了半个多月，直到小房建立起来。你们是否还记得？高中毕业的那年秋天，阴雨连绵，张素萍家自建房子被水灌了，积水淹没到了脚脖子上。当时我们几个正在进贵家玩，不知果凤怎么知晓，她告诉了我们。

张素萍家自建房在斜坡煤库旁边低洼处，房后就是运煤的火车站，遇到下大雨时积水就很容易倒灌进家里。大家火速跑到斜坡底下，直奔张素萍家。一进屋，看到那又黑又脏的雨水，还在不停地往里灌。同学们蹚在黑水中，用脸盆、瓢往水桶里舀，用水桶往外倒。用了一个下午，才将她家的脏水清理干净。

这一夜，我们几个人整整聊了一个通宵。越说越兴奋，真是同学有说不完的话，道不完的情，讲不完的故事。次日我给他们带了马头水庄头盛产的又大又红的国光苹果，我们最珍贵的礼物也就是这些了。

1979年夏天，我要回城了，陪我一起下乡的一个大木箱子无法带回来，多亏张保明同学，刚拿到驾驶证，下班后开着改装过的嘎斯车。在漆黑的夜晚，盘曲的山路上，来到我插队的地方，把那又笨又重的木头箱拉回到大虎沟石头房我的家中。

保明笑着说："我以为是樟木箱子，你舍不得丢掉呢，原来是木头板钉的箱子。"我也笑着对他说:"丢了我可舍不得,这是我下乡前,铭喜、鸿建、进贵用了两星期给我做的箱子。虽然这木箱子不值什么钱,但它饱含着同学间浓浓的情谊,是我不舍丢掉的主要原因吧!"

记得分配工作了,我买了双皮鞋,兴高采烈地穿着去报到。不料皮鞋很不合脚,把脚后跟磨得皮开肉绽,疼痛难忍,不能行走。正在读大学的石斌同学,告诉他的母亲佟阿姨,每天到家里给我换药,没用多少日子就好了。佟阿姨给我换药的情景,至今记忆犹新。

记得厂里准备开职工代表大会,不巧打印机坏了。我立刻想起刘东生同学在西山矿务局文印室工作,随即一个电话打过去,没用了多一会时间,门卫打电话告诉我说,厂门口有人找我。走到门口时,看到刘东生同学,李进贵同学正在门卫处登记。他俩用了一个多小时帮我修好了打印机,使我们职代会资料顺利如期打印完成。我的成长是离不开同学们,同学之间的感情也不断地在一件件小事中升华着。

五、永远的兄弟姐妹

2017年7月,我老母亲病逝,武铭喜、李进贵、刘东生、李德全不分昼夜,不辞辛苦将我老母亲送回我老家和父亲合葬。

在此期间,家住市区工作繁忙的石斌、段树平同学专赴西山来祭奠。我不能忘记同学们在我有事时,伸出手来给予我的帮助与支持,感谢同学们浓浓的爱意,更感激同学们这么多年来不离不弃的深厚情谊!

2022年8月,我们高二班李进贵同学因病离开了我们。第二天,多年没有摸过方向盘的我驾驶着汽车,拉着同学李德全、刘东生、郭效卿、张素萍前去和顺县弓家村祭奠。刘东生同学还主动留下来，为贾果凤同学（李进贵的妻子）分担料理各种事务。

班长马乃英代表全班同学，乘坐着高改潮驾驶的汽车送去鲜花做的花圈。李德全和张素萍第二次陪同前往。返回太原时，马乃英回古交的长途车已误，又是高改潮同学一句话："我送你回去。"往返几十里，就像送到自家门口一样随便自然。

在我们这次完成班主任赵老师布置的"特殊作业"中，班长马乃英逐一给全班同学打电话，鼓励大家务必尽快完成"作业"，争取一个同学也不落下。当同学们陆续交来"作业"，马乃英又多次召开视频会议，组织成立编辑组审改"作业"。当作一项"班级"工程来抓。

有一天，周四虎、张保明专程来看望编辑组的同学们，他俩被眼前的一幕惊呆了。看到编辑组的同学们，正聚精会神认真修改着同学们的文章。个个都戴着老花镜，逐字逐句认真推敲。当年在课堂上认真学习的情景又回到了眼前。

尤其是看到王万冬同学两眼紧盯着电脑，生怕错漏一个字。看到张素萍和王根弟，正讨论着文章中存在的问题，他们那认真探讨的劲，仿佛又回到了当年放学后的学习小组。另一边，刘东生、闫补云忙着在厨房为编辑组的同学做午饭。让大家享受到专业厨师的高超手艺。

四虎同学和乃英班长说："我以为你们随便改改，交差就行了。看到你们的认真劲头，我好感动啊。"随即掏出500元钱留下，用来补贴伙食，让大家吃好。此时的张保明同学，也立即起身出门为编辑组同学买来了水果、饮料、矿泉水，并嘱咐我们不要上了火，记得多喝水。同学们发自内心的话语与他们的实际行动，深深打动了编辑组的每一位同学！

在寿阳生活的徐美珍，看到王根弟为她审改的文章后，感觉非常满意。高兴之余发送红包以示感谢！王根弟婉言谢绝了。

2023 年 5 月 20 日，高二班部分同学在山西寿阳龙栖湖景区合影

薛文俊说："你们工作中，如遇到什么困难，及时与我联系，我都会尽力帮助。"贾果凤说："李进贵虽然离开了我们，他在病重期间说过，为高二班顺利出书，筹资他也算一个。"贾果凤同学讲到此时，我们已是满眼泪花，深感浓浓的同学情真是天长地久啊！

的确，为了《我们是矿工儿女》这本书的质量。编辑组的五位同学不厌其烦，克服重重困难，为每篇文章认真把关，反复修改，从早上八点，一直工作到晚上八九点钟，陆续工作了58天。这还不包括他们自己在家的加班加点。张素萍、王根弟、王万冬同学，经常为修改文章，熬到凌晨一两点。

为了把"作业"完成好，远在北京居住的班委武铭喜同学，不顾身体欠佳，经常视频询问"作业"审核进展情况，并三次乘高铁回太原，和编辑组一起研究。班委高鸿建同学远在青岛。频频通过微信，鼓励全班同学完成好这次特殊的"作业"。大家彼此点赞和加油的话语和表情符号充满了微信群。

张素萍同学，为了这次在编辑组与同学们共同修改作业。不惜多次推脱远在加拿大女儿的邀请。班委段树平担任资金筹备组组长期间，大力宣传我们编辑出版这本书的价值意义，在他的动

我们是矿工儿女

员带动下，同学们同心协力，顺利完成了出书的资金筹集。

　　时间在不经意间已悄然走过了 66 个春秋。回头来看，人生的道路上，擦肩而过的人不计其数，有缘相识的却寥寥无几。我很庆幸，这辈子结交了那么多志同道合的好同学好朋友。心里总是在默默地祝福着他们幸福快乐，愿我们的同学情谊地久天长。

2022 年 12 月 31 日

听我讲那过去的事情

武铭喜

一、"一口清"和"百事通"

1956年1月1日西铭矿建矿，从此这个由地方经营的茭子沟小煤窑变为了国有煤矿。这是一件大喜事，那些日子，喜气洋洋的工人们把锣鼓敲得震天响。对于我们家来说，更是喜上加喜，因为那一年我出生了。父亲为我取名叫"铭喜"，寓意是纪念西铭矿诞生之喜。

我1974年高中毕业，正好年满18岁。这一年矿上有了招工计划，根据政策——多子女、家庭生活困难这一硬条件，我当上了煤矿工人。

我在西铭矿连续干了42年，直到退休没离开过。父亲武福盛也是矿上的老人，算上在地方小煤窑干活的年限，工龄比我的更长。我出生时，父亲就在西铭矿房管室工作，退休时，父亲仍从房管所回到了家。工作岗位从"室"级到"所"级，有人也把房管所称为"房管科"，这样推算下来，一辈子也提升了半级。父亲一辈子和房子打交道，和住房人打交道。矿上家属区分布，建筑年代，住家情况，维修状况，无不"一口清"。算得上西铭矿的"百事通"了。

我小时候曾跟着爸爸到过全矿的所有辖区，长大了常听爸爸说起今年雨季要查哪些地方的房屋，提前准备修缮房顶的油毡布；洪水来了山石滚落要安排困难户，要连夜抢修遭损坏的房屋——父亲不分昼夜在居民点奔波，我小小年纪就开始牵挂他的安危。每次父亲平安回家，总会先问一句："人们都没啥事吧？"久而久之，我对西铭矿家属区的布局像父亲一样熟悉。再大些，我的同学们多了，他们来自矿区的四面八方，还有矿外的同学，当他们还被矿区的奇特地名：大虎沟、玉门、茭子沟、七里沟、八吊沟，这个沟，那个沟弄得晕头转向时，我却早就能算出每位同学老师从家到学校所经过的路段和所用的时间长短。每逢坏天气，便格外为远道的同学担心。

　　按照地理高程，西铭矿家属区分为旧矿部、大虎沟、三岔口和茭子沟。地势最低的是旧矿部，穿过乱石遍布的干河滩步行到斜坡。斜坡是西铭矿成立后，依山势修建的一道从山根到山顶的窄轨道，专供高车也叫缆车使用。据说坡度是35度左右，坡长不到200米。像火车铁轨一样，高车的铁轨也固定在水泥枕木上，间隙用枕石填充。一趟可以牵引两节车厢，最多可坐20人。高车房的操作员按下电门，那根粗钢缆就会把高车拉到斜坡的顶端，或放到斜坡的山脚。

　　遇到停电或机器故障，人们可以顺着缆车道上下。上山不易，人

西铭矿斜坡缆车道

人弯成了虾状，弓着身子慢慢向上挪动双脚，爬上去后就势坐到一块锃亮的大石头上喘喘气。下山更不易，坡太陡根本收不住脚，下得山来，人的双腿又麻又痛，发抖不已。当然不走缆车道，顺着盘山公路绕上去也行，只是公路太长，又仅够一辆卡车通行。万一遇上错车，人就要坐靠山坡静等两车腾挪。

但缆车虽然快捷，却也有风险。多年来曾经发生过事故，比如倾翻和"跑野车"，这让初来乍到的乘客下车后仍心有余悸。来到大虎沟，还得再翻一道山才能到达西铭矿的最高点——茭子沟。要想去，一是站在盘山路旁拦截拉煤车，搭个顺风车；二是靠双脚爬上山头到达茭子沟。1970年河西区劳动局招收了一批年轻的小学教师，其中5个分到了茭子沟小学，特别是白家庄的高老师和徐老师，最害怕周六回家和周一上班，当然对于"跑家"的干部，是有优惠的。从矿务局到各矿的办公楼，每天早晚都开

旧时的西铭矿办公大楼（工字楼）

1977 年，西铭矿机电科刘仁应征入伍，矿领导汪明友、赵考顺、张华、魏玉臣、亢学坤等欢送留念

1979 年，西铭矿欢送地质科安俊奇参军
前排左起：祁建中、张建西、安俊琦、杨怀森
二排左起：任德广、李顺明、宋满福
三排左起：赵致真、赵克诚、耿有定、李补录

西铭矿宣传骨干在办公楼前欢送画家黄华榜调离西山
左列自下至上：黄发榜（下一）、任宝吉（下二）、赵致真（下四）
右列自下至上：荆杰（下一）、李元生（下二）、赵克诚（下三）

出一趟"交通车"，这辆大轿子车大概不到30座。按时接送干部上下班。所谓"干部"是对矿办公大楼上班人的统称。乘坐大轿车需要凭证。有证的人不算多，干部们都有自选的座位，后排的通座基本空着。矿上有两辆吉普车供矿领导使用。有时下班早，恰巧大轿子车还没开走，也坐大车下山回家。领导上了大轿车，有人会让出座位，有人会凑向前去汇报自认为重要的事。整个车厢一片静悄悄的。

虽然干部坐不满，但是每趟车都是满满当当的人，主要是1972年矿上又分来一批矿务局师范毕业的学生，杨红、猴猴、胖丫，还有矿医院的李秀莲等一排人，每天搭乘这辆车回家。司机是个好心人，体会到矿上交通的困难，从来不查票。年轻人也可安安心心蹭个顺风车早点儿回家。天气不好时，交通车无法上山，司机会通过交换总机把电话打到办公楼，干部们得到消息，就在候车的地方喊一嗓子"车停斜坡下面了"大家立马向高车房奔去。以防被甩下，赶不上回家的车。

当然有时超员太多，为了安全，持证人会在前一天得到通知，第二天换个地方候车，于是被甩掉的无证人只能站在通往西铭矿的丁字路口拦车。这里距离开往斜坡的 16 路公交车站不远，看到公交车露头，来得及马上冲刺到矿务局俱乐部大门正对的车站，从人缝中钻上车。

西山矿务局有四个矿，杜儿坪矿有与 7 路车相接的有轨电车，白家庄矿从桃杏村到九院的居民区都建在了河滩两侧，地势比较平缓，公汽能直接开到矿区，官地矿也是如此——只有西铭矿乘车最为艰难，但是当年人吃得苦，没谁觉得是大不了的事。

二、苂子沟

西铭矿的三个家属区都属房管室的工作范围。当时的房管室在大虎沟办公，从斜坡下的旧矿部到山顶上的苂子沟，谁家的屋顶漏了雨，谁家的土墙裂了缝，谁家添丁加口要调房，谁家出了工伤要考虑出行方便。事事要调查走访，安排施工、验收和落实。这样的交通和住房环境，房管室没人叫过苦和累。我的父亲在这里干了一辈子，从来没抱怨过一次。

矿山顶上的苂子沟，是西铭矿最早的坑口，也是西铭矿最先发展起来的家属区：有食堂、有医务室、有澡堂、有篮球场、有电影院，还有一所小学，生活相当方便。居民住房也不错，青砖砌墙，青瓦盖顶的排房，宽敞而明亮。排房根据地势决定长短，长的有七八家，短的有四五家，左邻右舍只隔一堵墙。排房的间距很近，前排厨房炒菜，后排也能闻香。大家和睦相处，今天我

抚今追昔

康拜因联合采煤机

家吃饺子给你家送一碗，明天你家吃油糕给我家送一盘，彼此亲如一家，爬上山进了沟仿佛来到了世外桃源。

茭子沟的好名声是矿工们挣来的。这里住着两位全国闻名的劳动模范。20世纪50年代，中国煤炭行业从苏联引进了联合采煤机康拜因，只要一按电钮，钢铁牙盘就能把煤啃下，自动破碎后装到运输机上。过去依靠手工苦力出煤，现在新中国的煤矿工人，终于领略到了机械采煤的威力。

西铭矿第一台康拜因操作手名叫郭团章，虽然没有高的文化却敢说敢干，在坑下受过伤，但照样坚守在采煤第一线。1959年被选为全国群英会的劳模，上过天安门城楼，受到过周恩来总理接见。听到小劳模来自山西，周总理说郭兰英也是山西人。郭团章从北京回来做了很多次报告，矿务局的工人很受鼓舞。他称得上是一位从茭子沟走出来的矿山英雄。

摄影杂志劳模英姿：郭团章曾任荚子沟坑口采煤 62 组组长，全组使用顿巴斯采机创全国采煤队记录，1959 年代表全组职工参加全国群英会并登上天安门参加国庆观礼

1959 年，参加国庆观礼后在北京天安门前留影

　　在荚子沟排房居住的，还有参加过中国共产党第九次全国代表大会的代表李生义。当我们在大虎沟俱乐部听他做报告，说到在人民大会堂见到伟大领袖毛主席的时候，全场掌声雷动，还有

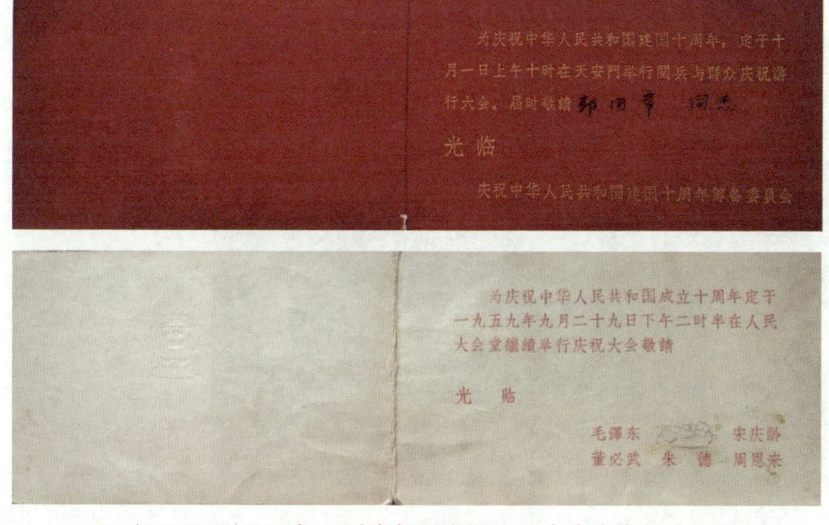

1959 年 9 月 29 日下午 2 时半郭团章赴人民大会堂参加庆祝新中国成立 10 周年大会请柬

1959 年，郭团章参加全国工业交通基建财贸方面社会主义建设先进集体和先进生产者代表大会纪念册

郭团章全家福

1969 年，西铭矿茭子沟坑口李生义（右一）当选为中共中央九大代表

128

人流下了幸福的热泪。

茭子沟坑口关闭后，一部分住家搬到了大虎沟，一部分搬到了斜坡山顶，一部分舍不得离开茭子沟，就留在原地没挪窝。1974届高二班的马乃英、卢亮亮、徐美珍、白喜林、王玉梅、孙强、刘秀兰、郭效卿等，直到上高中还居住在那里。

老英雄郭团章家已搬到了大虎沟。当年工人们对康拜因的赞美溢于言表：有人感觉"有了康拜因，越活越年轻"，但是英雄郭团章没有"越活越年轻"。

1970 年郭团章作为工宣队的一员，被委派到茭子沟小学当书记。在井下他的头部受过伤，一侧面部留下黑色的伤痕，大概是有后遗症，坐在办公桌前，左手常常按住太阳穴。腿部的伤也让他无法再爬山下沟。时间不长就离开了学校，再也没能爬上茭子沟的山头。

茭子沟小学的学生一年比一年少。郭团章走后，学校没有书记没有校长，领导只有郝光煜一个人。郝主任住在矿务局，每周只能回家一次，三个孩子都由爱人带，孩子们都很争气，儿子现任山西省煤管局的部门领导，两个女儿也在煤炭行业工作。

后来一场连阴雨让食堂塌顶，幸好专门为八个教师做饭的留守师傅住在小房间里，躲过了一劫。房管站上来一群人，决定"只做局部加固"。旧矿部的楼房盖起后，茭子沟做了彻底搬迁。从此这里渐渐寂静下来。

抚今追昔

如今老人们仍在怀念茭子沟，想念高山上安居乐业的日子，还有让矿山赢得光荣和自豪的英雄，以及默默奉献的一代矿工们。

三、三岔口

当你乘坐从斜坡开往七里沟的绿皮乘人车，途经大虎沟、玉门后，下一站就达到了窄铁轨小铁轮乘人车的终点站七里沟。70年代前后，西铭矿招来的新工人，就居住在这里。已故的西山五中初中语文老师袁利森，还有西山五中的外语老师马锡恒，以及后来成为外交官的赵康源老师和马小麓老师，当年就住在这座红楼里。至今红楼仍然存在，只是觉得不像从前那么靓丽了。

从红楼后面上个坡，有两排居民房，20多户人家，每户都是七八口人，进了房间显得拥挤。门外也不宽敞，前后排间隔一米多。孩子们追跑玩耍常常会碰撞摔倒。幸好红楼的一层设有医务室，皮外伤去涂抹点红药水，是不收费的。我的同学贺余万、赵补发、李金娥在这里居住。

这里还有一个美名远扬的亮点，是七里沟食堂一年四季美味飘香。毕业于西山五中的学生，以田素娥、贾巧仙为首的"三八

早期七里沟坑口　　　　　　　　　　　1990年代的七里沟，左上方为红楼

矿工食堂

女子炊事班"厨艺高超。她们多年被矿评为先进集体。他们做的过油肉，矿工回乡探亲都要买上一份带给老家人品尝。

在七里沟下了乘人车，翻过小山越过小河，三岔口映入眼帘。这里居住着我高中的同学高改潮、薛文俊、李德全、张忠保、王明国、刘根生、杨春香、康粉开、赵荣莲、李三梅、张素萍和开学不久就随父亲调到阳泉煤矿的蔡同云。

三岔口风景独特，三山环抱，三条潺潺小溪四季长流。住宅区依山坡地势而建，错落有致。家庭人口多的住双倍宿舍，即一门二间，每家每户都带有1.5平方米的厨房。勤快的人家，把自带的厨房改造成能住人的卧室，而在门口随意搭一个小厨房，仅供做饭用。随着审美能力的提高，门口的厨房建得越来越讲究了，有的还打地基，灌水泥，用砖块白灰垒墙，用木板钉成的门窗再用红油漆刷一下，厨房顶上用瓦片压得密如鱼鳞，即便是天河决口也不会漏进半点儿雨水。无能力却讲究的，至少也在门前垒起了黄泥墙，小厨房顶上用炉灰渣配白灰打实抹光，厨房里摆放着

抚今追昔

锅碗瓢盆和大水缸。很显然，自盖的厨房暂时缓解了一大批职工的住房紧张。

三岔口住宅区，小桥北面T字型的石头房，建在七里沟的半山坡上，石头房的前排就是粮店，粮店几乎没有库存，全靠骆驼运粮食供应居民。只要远处隐约传来驼铃声，人们就闻风赶到粮店排队等候。粮店最东面一间房子是个小卖铺，不大，只有十平方米，摆放着火柴、纽扣、松紧带、顶针、缝衣针，一缕一缕的白线、黑线，和八分钱一盒的战斗牌香烟，还有一部通过矿交换室的手摇电话机，这间房子住着一位近60岁的单身大爷，承担着三岔口居民与外界的联系。贾果凤家有一年失火，就是这部手摇电话，把她的父母从工作岗位呼叫回来的。

小河的雨季河水泛滥，学生们无法过河不能去上学。特别是小河西面半山腰建的土平房，每当暴雨从山顶流下，雨水汇成巨流，会冲刷土平房的木门，有时甚至会推倒房子。所以夏季听到暴雨的预报，房管站就会早早做好防洪准备。

再向山顶爬，穿过红瓦房的单倍宿舍、双倍宿舍再往上走，就到了一个叫土圪垯的山头。

土圪垯很有名。山太高，体力不济的人是难得上去的。弯弯曲曲没有二尺宽的羊肠小道上，一边是悬崖，一边长满了刺人的马露露。蝶飞蜂舞，脚下的草丛中，蝈蝈不知疲倦地叫成一片。这里的人一年四季都生活在荒郊野岭中。

土圪垯大多是窑洞，属自搭自建自管的私房。在矿区，地下的煤炭是国有资产。至于每座山头、每条小溪，谁家有力量，在上面刨一块地，搭一间房，解决了工人的住房，何乐而不为？

土圪垯上的住户大部分是一门三窗的土窑洞。三个窗户代表有三眼窑洞，窑洞与窑洞之间没有门相隔，只挂个布帘，一家人从中间的窑洞出入。窑洞的窗户不能打开，它的上半部分是用麻纸糊的，下半部分安的是玻璃。如同延安窑洞的样子。住在自建的窑洞不仅宽敞，而且还省下了公房每个月的房费，和每家按房间收 15 瓦灯泡的电费。窑的外面还用树藤和木棍围成小院，院里盖有小厨房，稍远是茅草搭建的茅坑，院子里的桃树、杏树年年挂果。都说煤矿养穷人，六口人住三眼窑，还有比这更好的居住条件吗？

和土疙垯上的三眼窑同样别具一格的，是一座山顶上的四合院。来到东山坡上，就会看到星罗棋布的小小四合院，它们没有门牌号数，没有户主姓名，这里居住的家庭，大部分是从后山远离矿区 20 里路的胡沙帽、骆驼脖迁移过来的西铭矿老职工。他们长年从事坑下开拓和采煤，搭个小房子真是小菜一碟。谁家要动土，招呼一声，班组的工友就全来了，几天时间便大功告成。

从外面拉根电线到家中，晚上屋里亮堂堂的。从山涧挑来水，就能开始自得其乐过日子。一套套四合院自行其是。只要没有重大事故，职工可以无忧无虑住下去。但是万一发了山洪，房管站的人不论私房还是公房，照样一视同仁，负责抢修和救人。矿工都是公家的人，都是一般般的亲！

人少山高，这里的工人过着亦工亦农的日子。不仅开荒种地，养鸡下蛋，放羊挤奶，还有人养猪杀肉吃。1973 年春节，高二班的高改潮邀请我和王绍涵、李进贵、刘东生同学去他家吃"现杀猪肉"。当年几个半大小子，如今都成了爷爷，提起这顿肉，还是香得直咂吧嘴。

进到三岔口，会看到有很多人家的门上只有门搭搭，松松地搭在一起，中间插了一根木棍棍，主人就放心离家外出。今天想起，很是感慨，那时的社会治安真好，精神文明程度真高。

三岔口景美人好，住房宽敞，而且小孩子上学离家门不远。但是学生上初中后，除了和工人一起去挤正点的乘人车，再无他法。

中学四年半每天上学的路上浪费很多时间，所以有的人家就想法子把家搬得离学校近一些。高中最后一年，张素萍同学终于下决心离开这里，动员家长在斜坡底下的火车站旁自建住房，我和班里的几个男同学王绍涵、李进贵、薛文俊、刘东生前去帮忙，当起了泥瓦工。用长1尺5、宽1尺的木板钉成一个框框，就地挖土，拉上水管和泥，将和好的泥用铁锹铲到木板框内，用双手抹平，再取出木板框，一个长方形的土坯成型，太阳晒干后就可以垒墙了。

高中毕业后，张素萍家建好了三间小平房。三岔口那吃粮靠骆驼运，吃水到山沟沟里抬，用炭到七里沟煤库挑的日子也终于结束了。后来山下建起了小高层，把三岔口的居民都动员下山，现在的三岔口已成为绿树成荫、风景宜人的旅游区。

四、大虎沟

从缆车下来，踏上斜坡顶端，就算是进入大虎沟的地界了，向东望去一马平川，大半个太原城尽收眼底。往西可看到"老虎嘴"，过去还没有修筑斜坡时，人们是顺着沟底十来米宽的河道，贴着一侧的山崖爬到老虎嘴的。有了缆车，从河底爬山的人很少见了。下了缆车再坐一站的乘人车就到桥西了。桥西、石头房和桥东是大虎沟的三片居民区。

西铭矿的坑口从七里沟搬到玉门后，大虎沟的房子多了，人也多了，桥西成为大虎沟"高档小区"，原因之一是，矿俱乐部修建在老虎嘴排房的最上面，看电影、看戏、开大会都在俱乐部进行，这里红火热闹。第二是矿俱乐部与旁边山脚之间是矿区的主干道，直通玉门坑口。路的最宽处可以容纳两辆卡车错车。从桥西步行十多分钟可到达办公大楼，再用几分钟就走到玉门坑口了。上下班省时省力。第三这里每排有3户人家，排房的间距两米多，每家住房面积约摸30平方米，在矿上算是大房子了。办

我们是矿工儿女

1970 年代西铭矿大虎沟鸟瞰

1972 年，高淑敏老师在西铭矿大虎沟入口牌楼处留影

公大楼的工作人员大多在桥西住，还有一些是多子女户，显得格外热闹。

桥西离炭场近，能雇人担碳。有托儿所，但只收机关人员的孩子。还有冰糕房。相当一段时间房管站也在桥西办公。这里集生活、服务、交通、娱乐为一体，是大虎沟的精华和枢纽。

大虎沟桥东居民区

早期坐落在大虎沟的
西铭矿职工医院

大虎沟桥西居民区

西铭矿大虎沟俱乐部后面侧门

大虎沟食堂员工，前排中为雷德庆同学

大虎沟桥东居民区

赵致真老师的儿子虎子在大虎沟桥东区玩耍

1975 年，大虎沟小学的部分教室

大虎沟石头房和东楼

我们是矿工儿女

居住在桥西的人有着很强的优越感，不谈身份，只说每周的电影，桥西学生都要比别的片区学生看得多，因为当俱乐部放映完电影，住在其他地方的人们还在回家路上，而桥西的孩子们却已入睡，绝不会影响到第二天的学习。班里住桥西的同学李进贵、贾果凤、徐国英、时长青、吴润青看电影就比一般同学多。

桥西虽被称为"高档小区"，但许多方面和其他小区并无区别。一是上公厕排队，二是遇到大雪天，各家都靠做饭取暖积攒的灰渣垫路防滑。大人们抄起铁锹，在自家门口的小路上铺炉灰，特别是上厕所的那段路，要铺得更宽更厚点儿，让老人孩子能安全地上个厕所。

石头房和桥东两个居民片分别建在相连的两道山梁上，房子随坡就势，排房的朝向，长短，高低好像随意从盒子里倒出来的积木，摆放不成款式。但真要放炮炸山不是做不到，一是成本太高，二是大大减少了山坡的容量，把山削平才能盖几排房？

石头房住宅区位于臭气熏天的硫磺洞北面。在大虎沟的矿职工医院后坡上，用就地取材、不同形状的青色和乳白色石头，修建了房子和道路。遇连阴雨或冰雪天，崎岖的小道极为难走，孩子们很是遭罪：上学迟到、给家里抬水抬炭摔倒了都爬不起

1993 年，赵致真老师的儿子和女儿回西山探亲时在大虎沟小学（西局十一小学）门前

来，急得哇哇大哭。好在这种情况都会有人主动帮忙。我和弟弟抬水抬炭爬不动了，高中同学王绍涵、高鸿建、王永如只要看见，就会立刻跑过来伸出援手。

石头房的左下方，是西铭矿唯一住宅楼房，称之为红楼。矿上的有些名人住在这里。石斌的爸爸是外科医生，他们家就住在三层。楼里有自来水，既不需要排长队等接水，也不需要大冬天点燃劈柴把冻实的公共水管融化。不过水管接进红楼，住户并没有养成卫生习惯，用完水还像往常一样，往外一泼了事。菜叶子饭渣子堵住下水管，一层楼经常积水，住户只好扔些砖头垫脚通过，日子久了房管站就要请人做一次清理。

石头房山梁的背面是大虎沟商店和粮店，起初购物、买菜、买粮，只有靠马车、驴车运输。粮店的上面是大虎沟小学，山上缺水，有人想了个办法，从食堂要来一个大炒菜锅，在小学办公的窑洞前面挖了一个大坑，把炒菜锅安放进去。每天矿上送水时间，学校锅炉房的老焦把锅炉放满水，再把管子扯到大锅里把水注满，以供各班打扫教室泼洒地面。当时学校的托儿所已取消，幼儿园从没有开办过。有一天，赵致真老师3岁多的孩子虎子在大水锅旁探着身子，想捞起锅里的一个小纸船，却一头栽进大锅，幸亏体育老师吴振华经过，才把虎子一把捞起来。从此学校的大炒菜锅只敢装小半锅水，以防意外发生。

一道山梁两面坡。而家门前的坡称为"灰渣坡"。在矿上人们都把垃圾叫作"土"，"倒土"即倒垃圾的意思。土和烧剩的炉渣煤灰随手从坡上倒下去。日积月累，整个坡变成了一片灰色。遇到大风天，浮土和煤灰把山沟沟搅得昏天地暗，打得人眼睛都睁不开。

当然大雪天景致全变，山坡变得柔和洁白。为防滑各家门前都铺了一些草垫子，但在坡上扔个草垫就会随浮土、浮灰、浮雪

1998 年，在赵致真老师旧居前合影　　　　1977 年，和赵致真老师在太原迎泽公园

滑动。雪天的灰渣坡上，原来的小径不见了踪影，下山人找不到落脚地，只好手脚并用蹲着往坡下蹭。有时一个屁股蹲儿，滋溜一下会滑好远。引得对面坡上驻足观看的人哈哈大笑。生活中的步履艰难，有时也能引以为乐。

　　向右看过去是桥东住宅区，我们高（2）班班主任赵致真老师就曾经在这不足 20 平方米的排房里居住。因家小，且养育着一双儿女，没有写字桌，只能卷起铺盖，坐在用木板钉制的小板凳上，备课、改作业和写文章。当时《西山矿报》《矿工文艺》《太原报》上刊登的多篇文章，都来源于桥东这间小屋。今天忆起，使我更加敬佩我的班主任赵老师。

　　我的初中、高中同学段树平一家 9 口人也住在此区不足 40 平方米的双倍宿舍。它位于大虎沟商场、粮店的上方。我的母校西山五中的右下端，是我们上初中，读高中的必经之路。每当熙熙攘攘的学生从最低处的排房爬高上坡，走过七横八竖、曲里拐弯的排房。便看到每户人家都院落整洁，门前打扫得干干净净，老人还经常和学生们打招呼，"去上学了，下学了"，成为来去

抚今追昔

路上一道美好的风景。

五、旧矿部八吊沟

从高高的斜坡顶上乘坐缆车后，经过装煤的火车站，木料场，就来到素有"西铭矿平川"之称的旧矿部，八吊沟。这里的排房整齐，排房间距也不宽敞。可能全矿盖房子的图纸出自同一个人手笔，排排一样，户户相同，但生活在这里的人们却很安逸从容。我的同学黄金花、王福仙、刘东生就居住在这里。黄金花的父亲因为工伤一条腿截肢，新生活给了这个家些微慰藉。金花的母亲常常推着坐轮椅的父亲与邻居们谈笑聊天。旧矿部八吊沟拆迁后，又第二次搬迁到政府补贴的有电梯的玉门河高层楼房了。楼房公寓的房子越分越大，金花一家居住条件也进一步得到改善。

六、房屋和交通的变迁

如今大虎沟的桥西、桥东、石头房、红楼，都已拆掉旧房，在原址上陆续盖起了高楼。

楼房如雨后春笋般竖起，矿房管站的老工作人员，一方面继续关照着老居民区的房屋安全，一方面要对新小区的住房安置拿出方案。跑一线的人，最知道谁家最应该优先解决住房困难。然而这批房管站的老人真的老了。我父亲从来以身作则，总把最差的房子留给自己。他也分到了山下的新居，可是没有电梯，上楼还是像爬山一样艰难。矿上的人住进了新楼房，高档的楼盘不用再劳驾矿上的房管所了，因为正规的物业公司成了管理者。我父亲为他人奔波一辈子，也该好好享受一下他人的服务了。

回顾西铭矿所有的建筑历史，自然不会忘记自己的学校。"文革"时期，西铭矿一度改名东方红矿，我们学校也叫东方红矿中学，后来西山矿务局对各矿中学统一命名，矿务局、白家庄、杜儿坪、

我们是矿工儿女

官地矿中学分别命名为一至五中。有人问，当年把西山五中建在最高山顶上，这个决策是否有些欠妥？此处前不着村，后不着店，孤零零地悬在高高的山顶上，夏天烈日当头，冬天北风呼啸，这所"太原最高学府"，除了受热挨冻，学生每天爬山求学，耗费了同学们很多的宝贵时间。如果选址在矿区的中心地带就好了。

但谁能够对前辈过多苛求呢？当年能在"抓革命、促生产"的大形势下，老一代矿山开拓者白手起家，为我们建造起像样的中学，安放下平静的书桌，应该说，他们以非凡的高瞻远瞩和胆识魄力，展示了对儿女的深情关爱，尽到了对后代和历史责任。

现在，上一代的奋斗已成为下一代的传说。如今矿区宽阔的柏油路车水马龙，私家车也能开到家门口。道路的变化给矿山的人们提供了许多方便，上学不再艰难和遥远。三岔口、二工地也

西铭矿缆车是中国唯一的通勤旅游结合的缆车

西铭矿下水平坑口
出煤

太原市330路公交
车的终点站西铭矿

144

有了宽畅的道路。西铭矿每天有数百辆汽车，穿梭在四通八达的山间公路上大型轿车就有28辆，除专门接送职工上下班，还有专线保证西铭矿到矿务局和太原市的往返。太原的公交车每15分钟就有一辆从斜坡16路的终点站开往山上玉门虎窝。

我高中毕业后，先当煤矿工人。扛过木料，背过沙子，下过矿井，挥过大锹。后来成了西铭矿供应科的当家掌门。我出生在西铭矿，学习工作在西铭矿，退休在西铭矿。我和父亲两代人，付出了毕生的心血和情感，见证和亲历了西铭矿60年的变迁。同学们开玩笑说，你也快成了西铭矿历史的"一口清"和"百事通"了，那可不敢当！特别西铭矿近年来日新月异的发展变化，我都看得眼花缭乱了。

但我却愿回忆起西铭矿过去的点滴故事，说给今天的青年人听。

2022 年 12 月 28 日

西铭矿选煤厂

家世回首

有功不居，此生无憾

——记忆中的父亲

徐美珍

我的父亲徐久厚生于 1922 年，于 2001 年离开了我们。如果父亲健在的话，该是百岁老人了。

父亲是我最尊敬的人！

父亲是一名解放军战士，他参加了解放大半个中国的战斗和抗美援朝战争。

父亲给我们讲过解放太原的故事：这是三年多的解放战争中，所有城市的攻坚战里，持续时间最长，战斗最惨烈，敌我双方付出代价最大的一场战役。太原是国民党在华北的最后据点，从我军包围开始到攻克太原，长达 6 个月之久，这在 1948 年之后的解放战争中，是非常罕见的一幕。

太原作为阎锡山的老巢，经过长达 38 年的苦心经营，城内易守难攻，自称"固

父亲在解放战争中获得小功臣奖状

若金汤"。父亲在解放太原的战斗中，勇敢杀敌不畏牺牲，在这场"血与火的史诗"中做出了自己的贡献，受到了所在部队的嘉奖，并荣获小功臣。

1950 年 10 月，父亲入朝参加了保家卫国抗美援朝战争。父亲和战友们唱着"雄赳赳，气昂昂，跨过鸭绿江，保和平，为祖国，就是保家乡。中国好儿女，齐心团结紧，抗美援朝，打败美帝野心狼"的战歌，与朝鲜人民军一起抗击美国侵略者。

1951 年的冬天，父亲所在部队参加了激战无名川的大桥抢修任务。美帝国主义仰仗着强大的空中优势，不间断地疯狂轰炸我志愿军后方运输线，父亲所属铁道兵九连担负着无名川大桥的保卫和抢修任务，连长郭铁率领全连官兵，在敌机空袭的缝隙中，抢修被炸毁的路基和桥墩，每当他们刚刚修好，还没有运行一天，便又遭到敌机反复轰炸，形势十分险恶严峻，父亲和战友们克服了常人无法想象的困难，战胜了敌人一次又一次的狂轰滥炸，谱写了一曲不畏艰险不怕流血牺牲的英雄凯歌！

父亲不怕牺牲、英勇杀敌的事迹受到了部队的嘉奖，荣立了三等功。

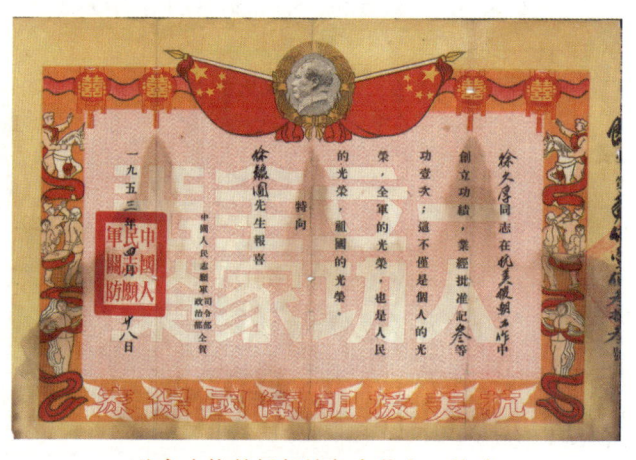

父亲在抗美援朝战争中荣立三等功

朝鲜战争结束后，父亲光荣退伍回到了老家山西省寿阳县孙家村。他没有居功自傲，向组织提出任何要求，而是安心在家务农。一年后，听说太原西铭焦炭厂招工，就和两位老乡一起报了名。由于文化程度不高，当了一名井下采煤工人。一年后调整为井下运煤矿车司机，专门负责将煤运到地面煤库。运输工是辛苦又危险，而且责任十分重大的工种，机头驾驶室内四面灌风，坑下阴气重，小矿车风驰电掣地在地层下穿行，寒风刺骨，很容易得风湿性关节炎。

小矿车铁轮，铁轨，轮子小，防震装置不好，噪音非常大，长年开车，心脏处于高强度刺激中。父亲常年坐在仅容一人的矿车机头驾驶室内，必须全神贯注，技术炉火纯青，稍有麻痹大意就会造成脱轨或其他事故。巷道内若遇到煤车追尾，车轮从道轨上脱落，还需司机和跟车的搬道工一起，用圆木棍把车轮翘到轨道上。

当时由于交通不便、工作繁忙等原因，父亲很少回家。一个人自己做饭吃，再去上班，非常辛苦。后来，父亲把母亲和我接到了西铭焦炭厂茭子沟。在附近的化客头村，租赁了一间房子住下，就这样，我们全家在西铭矿平凡而安静地工作着、生活着，

矿车司机在运输煤炭

一晃就是几十年。

我小时候很少回老家，对老家的印象非常模糊，但依稀记得我家大门上挂着一块很精致的红底黑字的牌匾，上面写着"保家卫国"，四个苍劲有力的大字。当时听我姑姑说，这就是父亲抗美援朝的荣誉见证，还有奶奶柜子上放着几个相框，上面摆放着父亲穿军装的黑白照片，还有父亲的立功奖状，奖状上用毛笔记录着父亲的姓名、年龄、地址等信息，还有密密麻麻的两行文字，是我父亲写下的保卫祖国的誓言。奶奶身边还有一个天天使用的白色搪瓷缸子，上面印着"抗美援朝，保家卫国"八个红色的字，也是父亲复员带回来的。父亲还获得了许许多多的军功章，奶奶一直珍藏着。

父亲徐久厚参军照

父亲的这些珍贵东西我也是后来才见到的，看到这些功勋章，就仿佛看到了父亲当年在战场上出生入死，浴血奋战的场景。

父亲是个不善言辞的人，在我的追问下，偶尔也讲讲他在战场上的见闻，和敌人短兵相接，押送美韩战俘的经历。父亲还给我讲过一件事情，他说在行军中碰见了一个邻村的儿时伙伴，在另外一个部队当战士。他俩匆匆说了几句话，分别时伙伴说：你要先回去了，就说我在部队很好，让我父母亲放心。他俩见了这一面，就急急忙忙跟着各自的部队走了，父亲说，后来这个伙伴牺牲在朝鲜战场，至今骨灰都未能找到。说起此事，父亲就会深深地低下头，声音也充满悲伤。也许是父亲不想太多回忆那些残

我们是矿工儿女

2023 年 5 月 20 日，高二班部分同学在山西寿阳"三代帝师"之称的祁寯藻故里留影

酷血腥的战争场面吧。有多少战友征战沙场，把年轻的生命献给了祖国和人民。父亲一生淡泊名利，不争不攀不比，为人谦和低调，大约因为经历了太多严酷的考验，经受了太多战火的洗礼吧。

细想父亲的一生，出生于一个贫苦农民家庭，长大后参加了革命队伍。父亲常说一句话："我这辈子值！"因为，他为祖国的解放事业及保家卫国的朝鲜战争奉献了自己的青春与力量。在别人眼里，他可能是一个没有本事的老好人，可在我心中他却是个无私无畏、正气凛然的大英雄，是我一生学习的榜样！

细想我的一生，和煤矿结下不解之缘。我现在生活的地方是

寿阳县黄丹沟煤矿，现在归了阳泉煤业集团。这里的地形地貌和西铭矿明显不同，儿时记得西铭矿沟沟岔岔的，这里地势基本平坦，离县城有二三十里地，以前去城里骑自行车，现在什么车都很方便。煤矿位于寿阳县平舒乡镇，周围风景秀丽，民风淳朴，人文荟萃，气候宜人，是养生的好地方，也是旅游的好去处。

这里有许多名胜古迹，保存完好的古村落。最有名的景点是"三代帝师"之称的祁寯藻故里，离我家很近。期望同学们有时间来寿阳旅游，那将是我最高兴和最盼望的事。

2022 年 11 月 28 日

我们是矿工儿女

不违父训，不坠家风

——回忆父亲段斌贤

段树平

2017年9月10日，我们敬爱的父亲段斌贤走完了人生的87个春秋。留下了他未竟的事业，永远离开了我们。作为儿女，有责任记述父亲平凡而光辉的一生，以继承遗训，教育子女，让父亲的高尚人格和优秀品德世代相传。

一、烽火岁月

父亲1930年10月16日出生在山西省武乡县型庄村一个贫苦农民家庭。武乡县是革命老区，抗日战争时期的八路军总部所在地。朱德总司令就住在武乡，指挥着抗日战场上的千军万马。日本帝国主义的残酷暴行，激起当地穷苦百姓强烈的国仇家恨，纷纷抛家舍业投入到民族解放战争中。爷爷段金保随同几个村民一起南下，成为一名抗日战士，1942年在与日本人的一场战斗中，不幸光荣牺牲。爷爷的死，更激发起父亲对日本侵略者的仇恨和投身革命的强烈愿望。年仅14岁的他不顾家人的阻拦与反对，义无反顾地于1944年5月参加了民兵组织。

村子里，父亲在同龄的孩子中，是一个非常有威信的"孩子王"。他经常领着一群手持木棍，上面系着红布条的小兄弟，在村口为八路军站岗放哨，查询每一个陌生可疑的人。有一次，他看到一个人，戴顶破草帽，衣衫褴褛，低着头，走一步，停一步，四处张望。父亲看到非常可疑，立即上前盘问。你是哪个村的，找谁。那个人支支吾吾答不上话来。父亲聪明机智，立即和两个小兄弟一起，用红缨枪将他押送到村公所，果然他是个汉奸密探。

还有一次，离我们村不远有一场战斗，父亲正在村口放哨。看到有个人一瘸一拐向我们村走来，父亲警惕地跑上前盘问，那个人看到父亲的红缨枪，脸上露出了笑容。急忙从上衣缝制的口袋里，取出一封带有血迹的信，告诉父亲，你赶紧将这封信送到八路军指挥所。后来才知道，那封信，是关乎我们与日本鬼子一场战役的情报。就是那封信，让我们提前做好了战斗准备，减少了不必要的伤亡，取得了战役的胜利。

父亲积极投身抗日进步组织活动。支援前线，救护伤员。到战斗的最前线，抬担架，护运伤员。在战火纷飞的壕沟里，他们两人一组，冒着枪林弹雨，跨过炮弹炸断的山路，深一脚浅一脚，一趟又一趟地往返。有一次，在抬伤员的途中，父亲不慎摔倒，但他还是死死地紧握担架的两边，没有将伤员摔下来。忍着疼痛，将伤员护送到救护站。回到家后，才看到自己的腿上流出的血已经凝固了。

父亲骨子里渗透着太行山根据地的革命精神。小小年纪，赶着马车往八路军驻地送公粮。有一次，马车上的粮食超载，气喘吁吁的马在爬坡时拉不动了。父亲就将车上的粮食扛在肩膀上，一次又一次送到山坡的平缓处，再将马车推到山坡上，确保完成好运送公粮的任务。就这样，父亲不怕吃苦，不怕流血牺牲，在战火中度过了少年时代，直到1945年抗战胜利。

1946年，蒋介石悍然发动了全面内战，中国人民再次陷入水深火热中。父亲毅然投身于解放战争中。1948年，他担任了村武委会主任，并于同年光荣加入了中国共产党。

父亲参加抗日战争和解放战争历时六年。在战斗中经受了血与火的考验。

2015年，在纪念抗日战争胜利70周年之际，父亲作为抗日老战士，获得了抗日战争胜利70周年的纪念勋章。

父亲段斌贤佩戴奖章

2015年，段斌贤荣获抗日战争胜利70周年纪念章

二、勇闯新路

父亲14岁参加革命，20岁时解放战争结束。以父亲的资历，他留在家乡会发展得更快一些，一辈子都能吃上安稳饭。但是父亲没有躺在功劳簿上等待晋升，而是于新中国成立后的第二年春天辞别了母亲大人和父老乡亲，告别了生他养他的故乡，来到了西山的西铭焦炭厂（西铭矿的前身），投身到火热的社会主义建设之中。

父亲刚到矿上时，被分配到井下当工人，工作不仅苦累脏而且非常危险，但是这一切都没有吓倒他。他是一个惯于吃苦耐劳的人，工作中哪里的困难大，父亲就会出现在哪里，很快得到了工人师傅的信任和领导的肯定。

1953 年，父亲被任命为矿坑口主任。当时他只有 23 岁。父亲在担任矿领导职务后，没有忘记生产一线的工人。常常下坑和矿工同吃同住同劳动，了解职工家庭的困难。及时给予帮助与解决。

十年后，父亲担任了矿工会主席。他经常深入全矿困难职工家庭走访，摸底排查，登记造册，对情况了如指掌。曾经顺利为三岔口特困户张永德解决了三个小孩上学免学杂费的问题（张永德系西铭矿运输区职工，当时月工资 32 元，五个孩子，其中一个得病常年住院）。

矿工会的主要任务，除搞好广大职工的生活福利外，还要组织行政后勤人员，到井下生产一线支援高产。老父亲经常亲临各基层单位走访调研，合理安排人员到一线生产队组配合工作，确保全矿生产任务的顺利完成。

1967 年，父亲在"文革"中担任了矿"革委会"副主任，负责"抓革命促生产"。他勤勤恳恳，任劳任怨，为国家和企业工作了一辈子。

大哥段正平，姐夫杨庆林都在坑下生产一线工作过多年。作为矿工的子弟，都为矿山生产建设出过力，流过汗。回忆起这段往事，心里总会感觉十分自豪与光荣。

那个时代的干部，工作作风踏实，干群关系和谐。当时流行一种说法就是"干部，干部，先干一步"。各级领导干部给人们留下的普遍印象就是，不讲衣着打扮，更不讲什么形象派头。父亲总是身披一件外衣，冬棉夏单，不套衣袖，不扣衣扣。和工人们打成一片，亲如一家。钻到工人堆里，谁也认不出他是个领导干部。

父亲之所以能一心扑在工作岗位上，一方面是他对待工作有一种特殊的情感，另一方面因为他有一个默默无闻支持他的"贤

西铭矿工会合影
前排左起：申承德、段斌贤、武全儿
二排左起：周志义、梁维跃
三排左起：李元生、王毅、曲会明

内助"。我的母亲李水仙，一生勤劳朴实，操持着家庭九口人的生活起居。为了贴补家用，报名到矿上当了临时工。分配到斜坡煤溜子上，捡混杂在煤炭中的矸石。每月三班倒，每天按时上下班。每天用双手去抱出大块矸石。她的手伤痕累累，刺在指缝的炭黑难以洗掉。有一次，一位工友阿姨，看到一个约有西瓜大的矸石，从远处的煤溜子上摇摇晃晃滚下来，大叫一声："猴孩（我的小名）妈，躲开！"说时迟，那时快，母亲却一个箭步冲了上去，用机灵的双手将矸石抱下来，避免了从煤溜子上滚下来扎伤人的事故。阿姨们说："猴孩妈，你真行！不过，这种又脏又累又危险的工作，你有条件，让他爸给你挑选一个好工种吧。"母亲笑着说："你们能干的活，我就能干。我和大家一样，干部家属也不应该有什么特殊。"

那时候全国对煤炭的需求量逐年不断增长，为了确保生产任务按时完成，矿上经常组织高产。矿工会挑头承担组织工作，无论是行政管理部门，还是后勤保障部门，各单位人员齐上阵。不分男女，一齐下井到生产第一线支援高产。

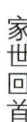

西铭矿医护人员积极参加全矿高产活动

我父亲是工会领导，当然要身先士卒，甚至还有我那20出头、在矿医院当护士的姐姐建平，每逢高产都毫不例外。头戴安全帽，身挎矿灯，脚穿高腰胶鞋，到井下生产第一线参加劳动。和工人们一起干活，坐在煤块上和工人一起共进午餐。

那个年代真是干群同心，一起为建设社会主义而出力流汗。

当时西铭矿，上万名职工家庭分散居住在大虎沟的桥西，桥东，石头房，还有三岔口。另外山上的荬子沟，山下的旧矿部也有部分矿工家庭。我家最早住在大虎沟桥东一排简陋的平房中。

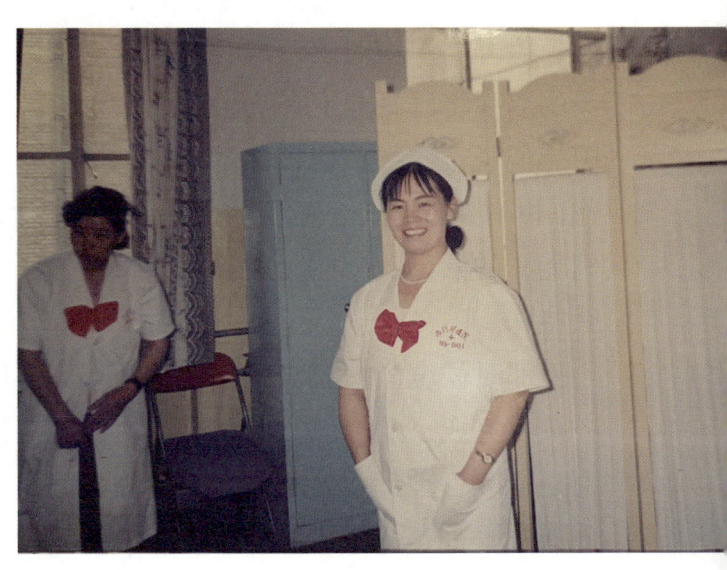

在西铭矿医院当护士的姐姐段建平（右一）

我们是矿工儿女

160

后来，在大虎沟矿医院旁边盖起了红楼，1970年我家搬到了红楼。这是当年矿上最好的住房。

三、严谨的家风

当时矿区生活设施很简陋，家属区的小道基本是土路。狭窄的地段两个人相向走时，必须有一个人侧身才能通过。烧炭吃水，柴米油盐一切生活用品都靠肩挑人扛。要爬不少陡坡才能搬到家中，很不方便。庆幸的是西局十一小学就在我家附近，上下学都很方便。

从20世纪50年代初，我们兄弟姐妹七人陆续出生。父母亲分别为我们取名正平、建平、树平、治平、忠平、小平、生平，老人家是希望他的子女终生平平安安，一帆风顺。父亲曾跟母亲说过："我们一生最大的财富是七个儿女和孙辈。"孩子们可能一生平凡，但教导孩子们善良乐观，自尊谨慎，正直敬业，这些品格能让他们"平平安安"。父亲做到了，他的后代们，都已经成长为他所希望的人。

在对孩子的培养方面，父亲一向为我们姊妹设定很高的人生目标。要求我们首先要具有为人民服务的本领，要脚踏实地为社会多贡献一份力。

参观刘胡兰纪念馆
前排左起：郝永庆、段树平
后排左起：郭文虎、石斌

父亲规定我们，个人的事情一定要自己做，家里的事情要大家共同做。老人家对各种家务活，考虑得非常周到，安排得非常仔细，形成了一个井井有条的秩序和一丝不苟的家风。为我们长大以后的学习工作，成家立业打下了良好的基础。

　　有一年的冬天，为了储存过冬的蔬菜，老父亲让我们在住房前挖一个简易的菜窖。我和弟弟忠平因年龄尚小没有经验，不知其中的门道无从下手。老父亲就跳到挖了一半的坑里，亲自动手示范。说挖菜窖里面一定要呈拱形，保持一定的弧度，才能抗压，不易坍塌。

　　父亲平时让我们节约一滴水、一度电、一粒粮食。当时我把父亲理解为小气，后来才知道这是最宝贵的艰苦朴素，勤俭节约的精神。就是这些生活中点点滴滴的言传身教，使我们学到了很多知识，懂得了不少道理。

　　到了70年代，国家的重点工作转移到了以经济建设为中心。我和大哥正平，三弟忠平也都先后长大成人了。老父亲就以一个参加过抗日战争，解放战争老革命的觉悟和胸怀，先后把我们兄弟三人都送到了部队，成为光荣的中国人民解放军战士。继承革命光荣传统，成长为光荣的中国共产党党员。为我们退伍后参加工作，在人生的路上勇往直前打下了良好的基础。父亲为我们这

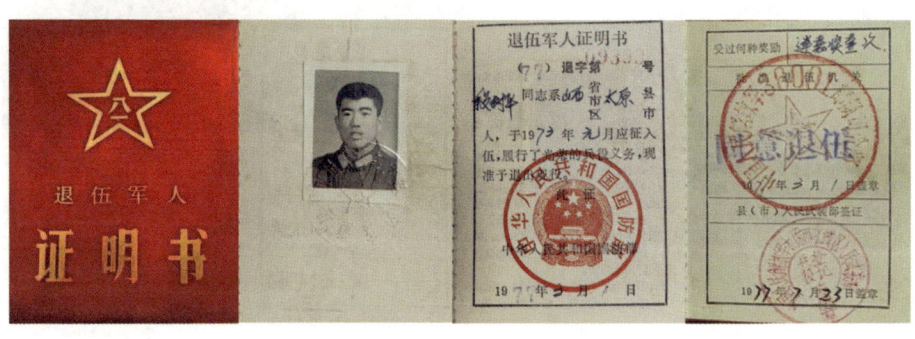

段树平退伍军人证明书

我们是矿工儿女

个九口之家含辛茹苦数十载，让我们兄弟姊妹七人都健康地长大成人。我们没有辜负父亲的希望，我们的孩子也没有辜负爷爷的希望。父亲的儿孙们都不愧为优秀的矿工儿女。

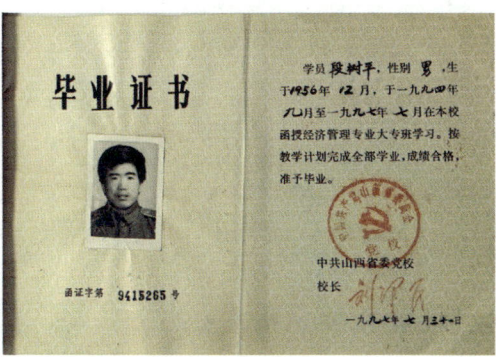

段树平的山西省委党校毕业证书

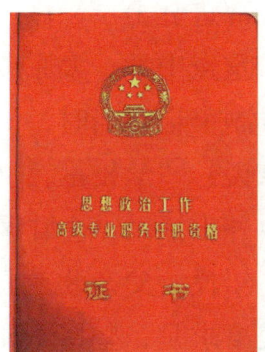
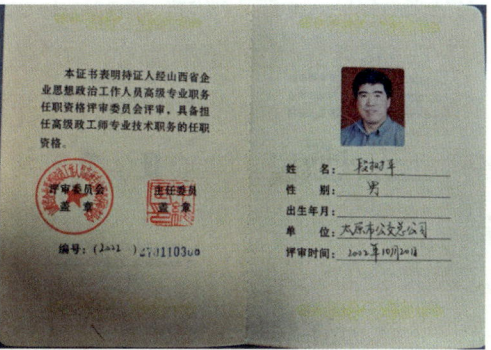

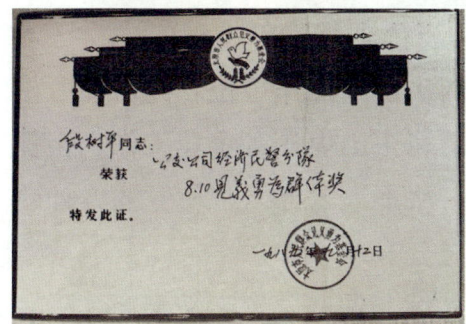

段树平历年获奖证书

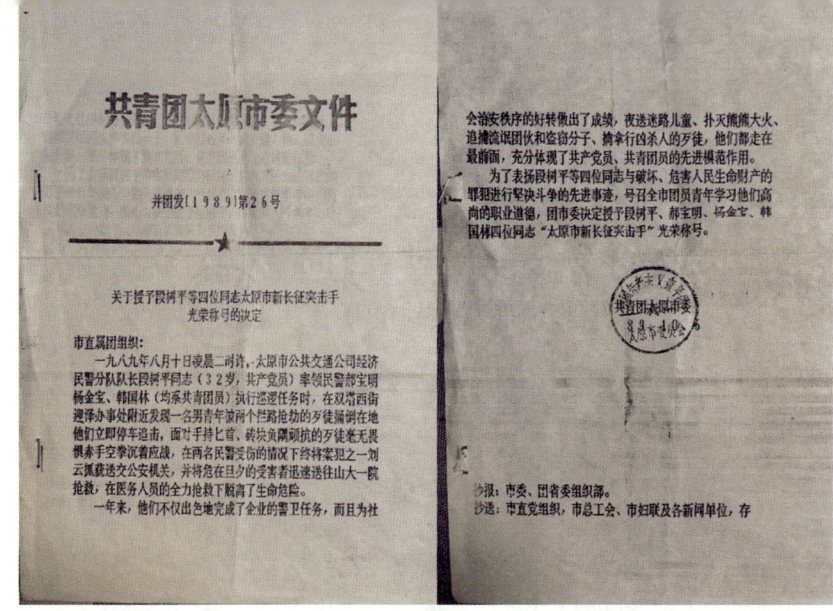

四、胸有定识

父亲是一个头脑清醒，勇于担当的真正的共产党员。"文革"中，曾经提出工人阶级领导一切，工农干部进驻上层领域。1970年初，上级部门又把老父亲调到当时的市重点中学，太原市第十中学（现在的省实验中学），担任校党委副书记，当时，学校盛行组织学生野营拉练，学工，学农，父亲说："学校是教书育人学知识，培育人才的地方，经常组织学生外出活动，会耽误学生学业，误人子弟，很不好。"在"文革"年代，父亲敢于提出自己的观点，充分体现出一位老共产党员实事求是，坚持真理的精神。由此，学校采纳了父亲的意见，尽量减少了学生过多的课外活动，使学生们能安下心来，在课堂读书。

后又因工作需要，老父亲又两次调整工作单位。先后在万柏林区王封煤矿、太原市地方国营所属东山煤矿等企业工作，担任领导职务。他一直奉行坚持真理，从不人云亦云，使党的方针政策得到贯彻落实。

1990年父亲到龄办理了离休手续，回归家庭。父亲离休后，积极参加了社区党组织的活动，自费订阅报纸，关心国家大事。

我们是矿工儿女

全家福

全家福

父亲在 70 多年的革命生涯中，虽然调动频繁，但他始终以一名党员的标准严格要求自己，勤勤恳恳工作，清清白白做人。父亲对党的无限忠诚，对事业的执着追求，对人民的无比热爱，贯穿于他整个的革命生涯。他用他崇高的人格魅力，为我们后人树立了榜样。

晚年的父亲依然对我们要求十分严厉。做事精益求精，一丝不苟，待人接物要文明礼貌，举止得体；衣食起居要朴素大方，实用节俭——我们敬畏他。然而，他又慈祥和蔼，温暖体贴，诙谐幽默，豁达大度——我们喜欢他！

美德传后世，浩气炳千秋。我们能有这样的父亲，心中充满骄傲和自豪。

不违父训，不坠家风，是我们段家后人共同的意志和决心。

2022 年 11 月 20 日

我们是矿工儿女

父亲的传奇故事

李德全

我们家是矿工世家。1952年父亲和他的两个弟弟一起来到西铭焦炭厂，为了一日多赚一斤小米，选择从事矿井最危险的采掘工。"文革"中带队完成更为危险的下层煤的采割任务。作为他的儿子，我一参加工作，就加入父亲领导的这个不怕辛劳不畏艰险的战斗队伍。

如今父亲已经93岁高龄，我也退休多年，从父亲的零星回忆和两个叔叔的断续交谈中，我感叹父亲的人生，真是一部传奇。

我的父亲

一、一斤小米的决定

1952年2月1日（农历正月初六）阴冷的清晨，星星依然在闪耀，东方渐渐开始发白。

山西省晋中专区寿阳县一个小山村村口，站着三个二20岁左右背着行李的年轻人。他们是住一个院里的异姓兄弟。其中一个身材不高，体形偏瘦，肩挎一个日本军用水壶（1947年解放战争支前模范获得奖品），背着用灰色军用绑腿带捆起来的被子。这就是我的父亲李树新。

他们回头望着静静沉睡的村庄，听到那里传来的一声鸡鸣，父亲说"柱儿、三成咱们走吧，迟了怕误了火车"，随后三个人头也不回走向改变命运、远离村子一百多公里的太原西山焦炭厂七里沟坑口。

从村里要翻山越岭走30多里的羊肠小道，才能到石太线上的小火车站芦家庄站。乘火车到太原火车站后，还要步行四十多里才能到矿区（当时没有公交车）。下午六点多，父亲三人经过艰难跋涉、风尘仆仆地走进了西铭焦炭厂七里沟坑口一间简陋的办公室。经过介绍人白喜珍担保，坑口负责人陈祥则审查乡政府开具的证明书后，询问了一下家庭情况，就录用了。并当即说好第二天上早班，然后就让白喜珍领上父亲三个人，住到远离坑口十多里的宿舍区井儿沟。

井儿沟位于斜道村（现改名新道村）南面的山坳里。它四面环山，靠山根的西面，用石头、土坯建了十来排小平房。每间房一门一窗，门用木板钉的，窗户糊着麻纸。对着门用烂木头支一个通铺，窗户下用石头垒有一个又做饭又取暖的灶台。墙皮被烟熏得黑黢黢的，已看不出原来白灰刷过的痕迹。

房子的东面一条小河，南面山脚下有一堵用山石砌的墙，和一口一米多深的山泉水井。从井里舀一桶水，眨眼间又会涨满，水满后沿着井口石缝隙流入小河。20世纪70年代杜儿坪矿采煤破坏了水系的脉理，那眼山泉水井从此断流了。北面是原井儿沟坑口竖井、煤场。地名应该是因井而起。这里居住着七里沟坑口的工人，来自不同地区，说着不同方言。

白喜珍领着父亲兄弟三人来到一间空房子说："你们三个从我家里先拿点用的东西，收拾一下就住这间吧。"那时候没有钟表，

我们是矿工儿女

早晨靠鸡叫或看星星月亮，白天看太阳估摸时辰。白喜珍又补了一句"明天早上我喊你们一起去上班"。兄弟三人拿来笤帚、铁锹、水桶，分别打扫屋子、担水、捡炭（北面煤场好多炭块，工人可以随便捡回来生火用）。不一会儿就把屋子收拾好了。

火生着后屋里也暖和了，三人喝着热水，吃了点儿从家里带来的干粮、咸菜后早早入睡。

第二天早晨，天还黑着，就听外面有人大喊"上早班的走了，上早班的走了！"吱吱扭扭的开门声接连响起。迎面的寒风，呼呼地撕扯着人们的衣服，掀起的积雪打在人们的脸上，面颊几乎失去知觉。走在路上不时有人摔倒在小河冰面，有人会边往起爬边自嘲地骂几句。父亲他们三个跟随上早班的工人深一脚浅一脚赶到了坑口。

这时天空开始蒙蒙发亮，来得早了，还不到交接班时间。坑口主任喊父亲兄弟三个谈话，"说每个班九个小时，包括半个小时接班，掌子面干八个小时，半个小时交班。两个工种，一个是采掘工，一个班九斤小米。一个是运班工，一个班八斤小米（当

早期矿井用牛运输煤炭

家世回首

169

时工资是依小米结算），半个月一结。新来的工人可以先预支些米面"。

父亲他们三人商量了一下，采掘工虽说又累又危险，但为了多挣点，决定选择了采掘工。坑口主任叫来了三个老工人，分配一个老师傅带一个新人，带父亲的师傅是一个大高个，叫张根昌。

当时坑口分三个组，每组50来人。组内又分甲班、乙班、丙班，实行三班倒工作制。每班十几个人，两个人打眼放炮；六个人干支护、刨煤、装煤工作；四个人赶牛，把木料驮到井下后卸下木料，再把煤装进筐里，赶牛运出坑外。工人在井下时间最少九小时，但只算八小时工作时间，交接班及进出坑的路上，都不算工作时间。

张师傅是父亲这个班的班长，他带着父亲去领了一套工作衣、一条白毛巾、一盏电石灯、一把镐、一张锹、一顶柳树枝编的安全帽，工人习惯叫它柳壳帽。就这样，父亲开始了从一个头顶太阳面朝黄土的农民，转变成一个钻进山洞挖掘煤炭的工人。

二、井下第一天

当时的井下巷道高低不平，从井口到掌子面，顶板用木料支护，照明就靠工人头顶的那盏电石灯。井下一片漆黑，烛光般的电石灯，照到一两米远的地方。

张师傅问父亲："这四块石头夹块肉的营生，你咋也来干？"父亲说："哎！为了生计，老家山区靠天吃饭，辛苦一年也打不下几颗粮食，想出来闯闯。"张师傅叮嘱父亲说："既然来了那就好好干吧。记住，多注意安全！"这是师傅对新来徒弟最要紧的叮咛和关怀。

在进坑的路上，张师傅指着井壁支护顶板的柱子对父亲说："听见吱吱的声音，要看看柱子有没变形，要是柱子变形，就是压力大，就得赶紧加强支护。看到有渗水，听到轰隆轰隆像打雷声，就要注意附近有老山空水，容易会冒水，发生水灾。师傅知道什么话最重要，一路上给父亲讲的都是安全常识，生产工序，尽心尽力教给徒弟，学会保护自己的人身安全。

张师傅还介绍了工作流程。采煤队打眼放炮由人工完成：两人一组，先打眼，然后往里填黑火药和放炮。每次放炮后，采掘工就用十字镐头刨松煤层，再用大铁锹把煤装在牛驮车的筐子里，运班工人负责赶牛把煤驮出坑口。

听到"叮当、叮当"敲击铁器的声音时，张师傅说："快到掌子面了，带你去看看怎么打眼。"进到掌子面，只见两个工人师傅一个人掌钎子，一个人抢大锤在打眼。父亲见抢大锤的师傅满头大汗，便上前对他说："师傅我来试试。"张师傅说："干活还着急，一会儿有你受的。"父亲回答："力气是奴才，使了又来。"说着接过大锤抢了起来，很快就打好了。要装火药了，张师傅喊大家都去警戒线外面等着。

不一会就听见"轰一声"，炮响了。过了片刻，张师傅说"好了进吧"，到工作面后，张师傅用灯照着顶子仔细观察了一会儿，又用小探镐到处敲敲，确认顶、煤帮没有隐患后，才说"大伙干吧"。

这时众人刨煤的刨煤、装车的装车，忙成一片。工人们手中的十字镐和大铁锹是坑下的劳动工具。不过装煤的大铁锹很有点儿大，能铲起30多斤重的大煤块。

父亲走到哪，都是干活的好手，再加上坑下温度常年20摄氏度左右，不一会父亲身上就出汗了，于是便脱了棉袄接着干。经过几番放炮、刨煤、装煤，半中间，运班工带进干粮（玉米面窝头）和水，趁着打眼工干活的时候，众人吃了干粮。张师傅问父亲咋样？父亲笑了笑说："还行，活不累、就是有点儿害怕，"张师傅和其他师傅七嘴八舌说："没事，一开始谁也害怕，干上

井下采煤用电钻打眼　　　　　　早期煤矿靠手工挖煤

几天习惯了就好了。"父亲笑着点点头。就这样，父亲怀着紧张
又兴奋的心情上了第一个班。

三、父母同年入党

当时坑口没澡堂，工人都是回家热水擦洗。工人洗澡用的肥
皂按季度配给。刚发的肥皂有点软，别人告诉父亲，发软的肥皂
先不要用，因为稍一用力就会挤掉一坨，不几天就会用完了。所
以领到肥皂要放到通风处吹干变硬，才能经久耐用。

出坑后父亲草草洗了下脸。等上那俩弟弟相跟着回井儿沟。
三个人回到家，累得都不想动了，肚子饿得咕咕叫，又都不会做饭。
这时白喜珍大哥过来叫三兄弟去他家吃饭。白大哥说："你们也
不会做饭以后就到我那吃吧。"三人一商量，决定带米面去白大
哥家先吃上一段时间。

过了半个月，新工人们从害怕、紧张到逐渐习惯坑下工作。
父亲兄弟三人感觉咋也比在农村收入好，发了工资后，兄弟三个
商量，觉得老在白大哥家上灶不合适，决定让父亲回寿阳把我母

我们是矿工儿女

亲接来给他们做饭。

父亲很早就参加了革命工作。1947 年已经是区民兵中队队员。所以他回家先到区政府把枪、子弹、手榴弹上交了。2月 18 日，三天假刚满，父亲担着行李粮食，母亲抱着两岁的姐姐来了井儿沟。

母亲来了后，父亲和两位叔叔又收拾了一间房子。母亲每天按时给父亲兄弟三人做好饭。如果三兄弟上早班，天不亮母亲就早早起床做饭；上二班，半夜回来也有热乎乎的饭菜。直到第二年两位叔叔成了家，才结束了吃大锅饭的生活。

母亲除了做饭看姐姐外，一有空就参加井儿沟家属们的文化扫盲班，打扫居住环境卫生、帮工人缝补下坑穿的帆布工作服，以及坑口送温暖等活动，年底母亲就被大伙选举为居委会主任。

1953 年 10 月，忠厚勤劳的母亲光荣地加入了中国共产党。母亲来了以后，父亲生活有了保障，便一门心思上班。当时好多工人家乡有地，一到春种、秋收季节，请假人就多了。有的班人员少了，生产拉不开套，父亲就顶班，一连班就吃住在坑口。有一天，焦炭厂支部书记陈祥则看到在坑口睡觉的父亲，问坑口主任"小李咋不回家睡觉"？坑口主任说父亲连了班，回井儿沟太远，时间都浪费在路上了，所以就在坑口将就睡觉休息。陈书记告诉坑口主任，等父亲醒了到办公室找他。

在书记办公室，父亲汇报了家庭情况。当听父亲说，他 1947 年 9 月至 1948 年年底在寿阳三区投身解放战争，曾是支前民兵参与破坏正太铁路，阻止敌人的进攻；解放太原战争中在太原杨家峪看守军火库；还在榆次区长峪村、榆次北站看守俘虏，火车押送俘虏，在寿阳石板沟看守棉花库。因服从分配、吃苦耐劳、圆满完成任务，获寿阳县支前模范称号，并被吸收为中国共产主义青年团团员。

听到父亲不平凡的经历，书记说"小李，你是共青团员，工作不怕苦不怕累，又肯学习技术，好好干，要靠近党组织，积极争取早点入党。你写申请，我给你当介绍人"。父亲不好意思地说："书记我不会写字"陈书记接过话说"不会不怕，你慢慢抽时间多学习，申请书我帮你写，你好好干就行了"。

在张师傅言传身教下，父亲吃苦耐劳、苦活累活抢着干，从不惜力。经过短短十个月时间，井下打眼放炮、敲帮问顶、顶板支护等工作都能轻松拿下。张师傅逢人就夸父亲是个好徒弟。年底评选为七里沟坑口先进工作者。经过一年半的考验，1953年8月26日父亲和几个工友在入党介绍人陈祥则书记带领下，面对中国共产党党旗庄严宣誓，光荣地成为中国共产党这支伟大队伍的一员。

1954年3月，矿上为了解决职工上下班及班中餐的问题，在各个井口成立了食堂，且从职工家属中抽选一部分人充实到职工队伍。我母亲因在居委会工作出色，又是共产党员，被选拔到食堂当了炊事员，成了一名矿山后勤职工。母亲把1岁多的哥哥托付给刚结婚的婶婶照看，每天早上与上早班的人结伴，翻山蹚河行走十多里的山路去上班。每天往返近30来里，那份艰辛可想而知。

四、矿难的教训

1956年1月1日，是西山矿区一个值得纪念的喜庆日子，随着新的一年到来。西铭焦炭厂及所属七里沟、菱子沟、胡沙帽等坑口红旗招展锣鼓喧天、鞭炮齐鸣，整个矿山沸腾了。一千多名职工喜气洋洋地分别聚集在各自单位的空场和坑口。国家为了工业生产的需求，将西山各个煤矿集中整合，成立了西山矿务局。把西铭焦炭厂及所属七里沟、菱子沟、胡沙帽等坑口改扩为西山矿务局西铭矿，并由地方国营煤矿升级为国营煤矿。

随着西铭矿的建立与扩展，昔日矿山迎来了新的生机和新的使命。管理机构和人事编制也相应发生了变化。父亲由一个农村后生，经过了四年多的学习和井下艰苦锻炼，成长为一名带领十多人的采掘班班长。

可就在全矿上下一心一意抓生产的时候，厄运降临了。6月16日，七里沟井下发生了局部瓦斯爆炸事故，烧伤两名工人。

紧接着8月20日胡沙帽井下又发生了更为严重的矿难，因瓦斯爆炸致使23人死亡，1人重伤。

突如其来的灾祸，让全矿顿时笼罩在悲痛和恐惧中。一时间人心惶惶，有的职工弃职离矿，有的职工不安心井下生产。父亲对同班的工友说："哪里黄土不埋人，哪行哪业都有危险。只要咱们认真接受教训，真正注重安全，事故就能够避免。"父亲认真地给班组成员做了思想工作，稳定了军心，全班没有一个人离职。

这次事故后，还有一部分职工抱着"不骑马、不骑牛，骑着毛驴走中游"的态度。不当落后，不挨批评、不要表扬，不求先进。父亲却带着一个班的兄弟们加强管理建规章、刻苦学习新技术，在全矿开展的"热爱党、热爱社会主义、热爱祖国、热爱矿山、热爱本职工作"五热爱劳动竞赛活动中出满勤、干满点，每个月都超额完成生产任务。从1956年起，一直被评为矿先进班组，父亲连年都是矿先进生产工作者。1958年、1959年荣获矿劳动模范、太原市先进生产者称号。

我于1956年11月份出生，和西山矿务局同龄。父亲在喜悦中，也感到又多了一份担子和责任。而母亲因为要照看哥哥和我，只好辞去了心爱的食堂工作。全家人的生活重担都压在了父亲一个人肩上。

五、坚守岗位

1966 年，父亲始终留在矿区，坚持采煤第一线，带领他的班，每天坚持八小时生产。有时出勤人员少，为了赶循环多出煤，父亲就上连班。那时的矿灯，充一次电只能照明 8 小时。他便让接班的工友多为他领一盏矿灯带到井下，供自己在下一个班照明。"身为国家的矿工，生产煤炭就是天职"。在这样艰难的时刻，父亲凭着最朴素的认识和直觉的选择，始终坚守了一个共产党员的党性和原则。今天说起来容易，当年能做到这一点，是何等的不易，何等的宝贵啊！

六、开采下层煤

1966 年，矿上为采下层煤，特别组建了采煤五队。煤矿下层工作面是最难啃的工作面，高处两米左右，低的地方仅半米高，人们空手爬着都难以通行。

下层工作面常常遇到漏顶、滚帮等险情。出了事故，人根本没处跑，危险程度非常大。连有经验的老工人都畏惧三分，矿领导点名抽调父亲去任副队长。

当时矿革委会主任支文虎找父亲谈话，把矿党委的决定告诉父亲，并提醒今后工作上更要注意安全。父亲坦然地表示："一个共产党员、组织让去哪就去哪。再说煤矿工作哪个工种也有危险。请领导放心自己一定带好工友。"父亲不愧为一个铮铮铁汉，把当时矿上最危险的工作担子勇敢地挑到自己的肩头。

我从参加工作，就是去的这个队，当时柳壳帽早已换成了又轻又抗击打的铝合金安全帽，高腰的厚底胶靴快到膝盖。支撑工作面顶用的是几排金属支柱，上面用柱帽（长短、厚薄不一的木板）支撑着金属网。不时会听到柱帽被压得咯吱咯吱响，好像顶子马上要破碎并倾泻下来。没见过这种场面的新工人可能会不寒而栗。我也紧张和害怕，但还能沉住气，因为父亲提前给我传授过经验，让我减轻了不少心理压力。

井下采煤既要有技术还要有力气。在掌子面，常常一边是"煤帮"即将要采的煤，另一边是俗称"落山"的几排金属支柱。金属溜子紧贴在煤帮的下面，每放完一茬炮，炸下的煤面煤块就堆在溜子上。到此时带班的队长和有经验的老师傅，立马去查看顶和帮，确定安全后，开溜子师傅就按下电门，溜子哗啦啦地响起，

为支柱制作柱帽

井下用大锹攉煤

矿工用电钻打眼进行炮采

井下用卷扬机驱动溜子运煤

上面的煤块经掌子面的煤溜子运到转载机上，然后通过皮带机，快速送到远处的煤库进口。

父亲参加工作时，生产的煤是靠人工一锹一锹装进筐，赶牛驮出洞口。现在不一样了，快速运转的溜子及运输皮带代替了慢腾腾的老牛，省时省力。当然工人们同样还是分成两人组，他们分站溜子两边。其中一人手持一个铁叉子，一人双手抓住硕大的簸箕形铁锹，不过这个大铁锹没有木手柄，一根钢丝把叉子和簸箕铁锹连接。叉子顶着溜子上的刮板，带动了大铁锹把滚落四周的煤块送到溜子上，再转载到皮带上直接运送到地下采区煤库，然后通过矿车运到地面煤库。

当一节节可承载 30 吨的火车皮停稳，煤库被打开，煤炭便在瞬间倾泻而下。

西铭矿的煤质好，供不应求，自然看重采下的每一块煤，包括放炮时飞落在金属支柱中的。采煤作业要求是不能浪费一把煤，可要把落山的煤装到溜子里，只能用井下的方锹，一锹一锹铲进溜子里。父亲下班检查，发现有人偷懒，没把落山煤清理干净，就会迟出井，自己加班清理。

父亲还把井下的金属支柱看得很金贵，当老顶来压时，容易将压倒的金属支柱掩埋在落山，父亲都要亲自带工友去挖回来。几年来，采煤五队没有丢失一根金属支柱。

父亲虽说是副队长，可每天上班像井下机电工一样，背着个白帆布工具包。有矿领导下井碰见父亲问："老李，你还兼机电工？"父亲说"这是坑下随手捡的螺丝、蛤蟆嘴（连接溜子铁链子的物件）一些小零件，说不定什么时候还用得着。"这个工具袋陪伴父亲工作直到退休。而父亲精打细算、克勤克俭的好名声。令人至今难忘。

七、"小气"和"大方"

熟悉父亲的人，在议论他的为人处世时，也会有不同见解和评价。有人说父亲"小气"，也有人称他"大方"。说"小气"的人，最雄辩的根据，便是父亲来矿数十年不买炭票。

1958年，矿上为了解决职工住宿，在离七里沟坑口三里的三岔口建起了三百多户的宿舍区。我家从井儿沟搬到三岔口，住进了新家。

俗话说，靠山吃山。煤矿，最不缺的是煤炭。在家属区，房前房后各家都有自己搭建的炭房房或炭池，里面堆满价格便宜的"照顾炭"，当然有人出坑时，或直接从煤库挑出个几十斤重的大炭块，用炮线绞成的绳子一捆绑，就背回了家。有人家烧煤从来没有花过一分钱。

宿舍区只有我家门口堆着煤面和红胶泥土，唯独我家门口烧的是煤糕。所谓煤糕就是用煤面和红胶泥土加水混合成泥后，用模具脱成一块一块，干了替代炭块。

邻居都知道碎煤面是父亲从五里外早已废弃的东大窑担回的，有人和父亲开玩笑："老李，你爬坡跨河担这些没人要的，还不值一双鞋的磨损费呢！"父亲乐呵呵地答道："图省这几个钱，我才不受这份罪。我是看到这些煤面风吹雨淋白白糟蹋，可惜了。掺点红土打下煤糕自家用，省下好煤让火车运走国家用。"

哥哥和我年龄大点后，休息日都去东大窑煤厂担过煤面。秋天要准备一冬的取暖和做饭用的煤糕。

有一天，在坑口澡堂烧锅炉的邻居张大爷对父亲说："我们锅炉房的锅炉有好多烧不尽的煤核，全都倒沟里了，真是可惜了。老李你上班把扁担和箩筐放我那，下班后你来捡吧"。父亲很高兴，煤核像焦炭，不仅好烧而且还没烟。平时马路上汽车拉煤撒下煤块煤面只要被父亲看见，也会清扫担回家，在他眼里不收回使用，就是浪费。有人却因为这类事，说父亲"特别小气"。

夸父亲大方的同志也有"铁证"。1977 年，因父亲工作突出被推选为煤炭部劳动模范，特奖励晋升一级工资。父亲知道后和劳资科领导商量。把这次晋升的机会转让给了队里一个因工致残的不能下井的"半边户"。所谓的"半边户"就是老婆孩子没有城市户口。一家四口吃一个人的粮食和定量的副食供应，不够吃还得买高价的，再加不能下坑，没有了进坑费，粮票补助收入减少，家庭十分困难。我家虽然五个人都是城市户口，但当时只有父亲一人上班，日子并没有多么富裕。但是父亲毫不犹豫把奖励给自己提升一级工资的机会让给了更困难的工友。这不是一次性的接济，而是一辈子的利益。父亲的决定，岂是一个"大方"所能概括的。

1978 年，矿上搞夺煤会战，父亲跟班进坑，到工作面顺手操起大铁锹准备攉煤，怕把心爱的瑞士手表碰坏，就摘下来用手绢包好，塞进了上衣口袋。干了一会儿，父亲直起腰掏表，想看下时间，发现手表不知什么时候已经滑落。当时好几个工友认为是掉到溜子里了，提议立即把五部溜子停下寻找。父亲却摆了摆手，不同意这样干。工友们都觉得非常可惜，父亲却对工友们解释说："个人丢块表，不过损失 200 多块钱。溜子要是停一会儿，国家就要少出好多煤，因小失大的事咱们不能干。"

八、"有出息的孩子靠自己"

还有一个故事是关于"转让奖品"，也为工友们津津乐道。父亲因为工作出色、吃苦耐劳，连年被评为省、市、局、矿及部级的劳动模范和优秀党员，经常会领到钢笔、笔记本这类的奖品，（那个年代以精神鼓励为主）。父亲想，队里的青年娃娃们学技术、

我们是矿工儿女

学文化用得着这些东西，还是送给他们才能物尽其用。用过父亲奖品的青年工友开玩笑说："李师傅，听说过搞技术转让，现在对我们搞的是'奖品转让'！"

1967年的一天，两个操河南口音、提着提包的中年男子到我家来，说找我的父亲。我叫醒熟睡的父亲，原来这两人是某省一家金属支柱厂方代表。他们厂的金属摩擦支柱在父亲队里试用，这两人是来询问父亲使用情况，有什么改进建议。顺便拿来花生、香油、一条烟，（在那个物资匮乏、购物要票的年代，这些东西很稀缺）。说"老李你也挺辛苦的，这点儿土特产给你，意思意思"。

父亲笑了笑，说："你们的产品质量很好，柱子性能可靠，我已经报告矿调度了，矿上肯定用。东西你们拿走，咱们不兴这样。"俩人坚持要留下土特产。父亲讲："用不用你们的产品，直接关系职工性命，可不是拿点东西能做交易的。"最后劝说两位师傅拿上东西走了。

20世纪70年代社会上曾流行这么一句口头禅："学好数理化，不如有个好爸爸。"父亲当然疼爱自己的孩子。我们兄妹四人也一直认为工作分配不是问题，父亲认识那么多矿领导，更何况有些还是父亲原先的同事、徒弟。谁知我想错了。

1978年，矿上要在知青插队点招工。我在文水插队四年，满怀信心告诉父亲，我想回矿当个机电工。父亲却说："这次矿上招你回来，已经够照顾了。你要服从组织安排。"说来也巧，我回矿后竟然分到了父亲所在的采煤五队。队领导还打算把我分配到父亲带的那个班，以便照顾，可父亲没答应。他和队领导说："孩子大了，有没有出息，要靠自己努力，不能像小鸡老靠母鸡的翅膀遮着护着。"于是，我被分到另一个班。

弟弟初中毕业后，一直在矿上干临时工，想让父亲找找人，转为正式工。可父亲说："搬门子、抱粗腿、找关系的坏风气咱们不能沾。"最后弟弟一直等到父亲退休，才按政策接班转正。

九、拜年的饺子

1977年、1978年，父亲获部、省、市劳动模范和全国、省级、市级五届人大代表后，虽然参加各种会议多了，但每年累计一个月工作在井下，是干部中井下出勤天数最多的。有人好奇：他也是一个普通人，既要值班、开会，又要参加社会活动，哪有那么多时间下井？父亲有自己的办法。值班后进坑，出坑后值班；每次开会回来直接去队办公室了解井下情况，换了工装就下井了。

进工作面，父亲总要捎带着扛几根料。新工人搭下的棚子不合格，就当场示范，言传身教。见老工人打眼太劳累了，就上去接过电钻顶着干。从工作面出来时，不是抱回收楔子、柱帽，就

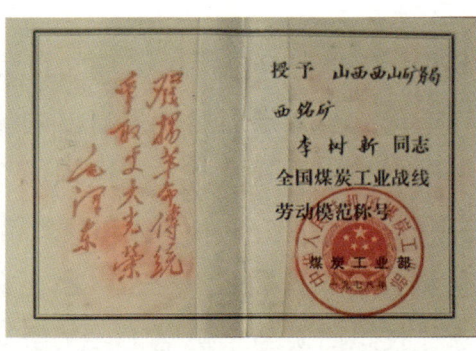

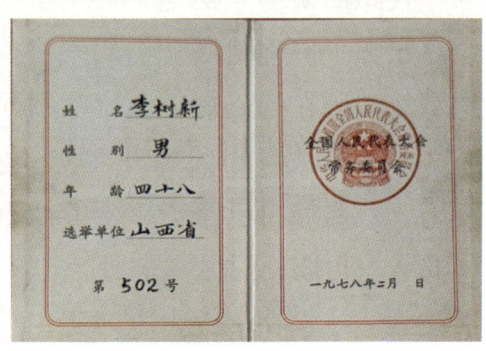

父亲的劳模证书和全国人大代表证书

是背着被丢弃的大链、刮板。公家的东西无论大小在父亲眼中都是宝。

1979 年 1 月，矿党委调父亲担任掘进二队党支部书记。当党委副书记赵考顺，二采区总支书记刘吉和找父亲谈话时，父亲急了："咱一没能耐，二没文化，又生就的拙嘴笨舌，可不是管人的料。"当两位领导指出，这是矿党委从工作需要决定的。父亲只有横下心来，挑起这副重担了。

在任职的两年零三个月里，刚开始的烦心事真不少。掘进二队上班人员不足，产煤任务完成不了，按计件工资，矿工收入自然不高，还有人泡病假。队里几个领导研究后决定，队长和副队长主要抓安全、抓生产，父亲和团支部书记抓工人的思想教育工作，一家一户上门做工作。

1979 年春节，父亲年三十跟着二班进坑，初一凌晨两点才回家。睡得正香就被窗外的鞭炮声惊醒，一看表 5 点多了，忙从床上爬起，边穿衣服，边催母亲煮饺子。不一会儿，一大盘热气腾腾的水饺端到父亲面前。父亲却拿过一个饭盒，就往里装，母亲说"时间还早了，你吃了再走吧。"父亲笑着说："我先去医院看个人。"说着，把烫手的饭盒揣进大衣里，急匆匆走了。

大年初一的病房，显得格外宁静。能走动的伤病员，都临时离院回家和亲人团聚了。只有掘进二队单身职工王三利，因受伤躺在冷清的病房里。一声"三利，我给你拜年来了"。同时看到冒着热气的饺子和书记慈祥而又疲惫的脸庞，三利双眼噙满了泪水。他紧紧地握住我父亲的手，连连说："谢谢书记，谢谢领导把我放到心上！"

有一次，队里一个劳教回来的矿工子弟，找到我家和父亲说，他有胃病不能上班，让给他批病假。父亲也了解他确实有病。劝导他说："你还年轻，吃病假不是个长远办法，你回来上班，负

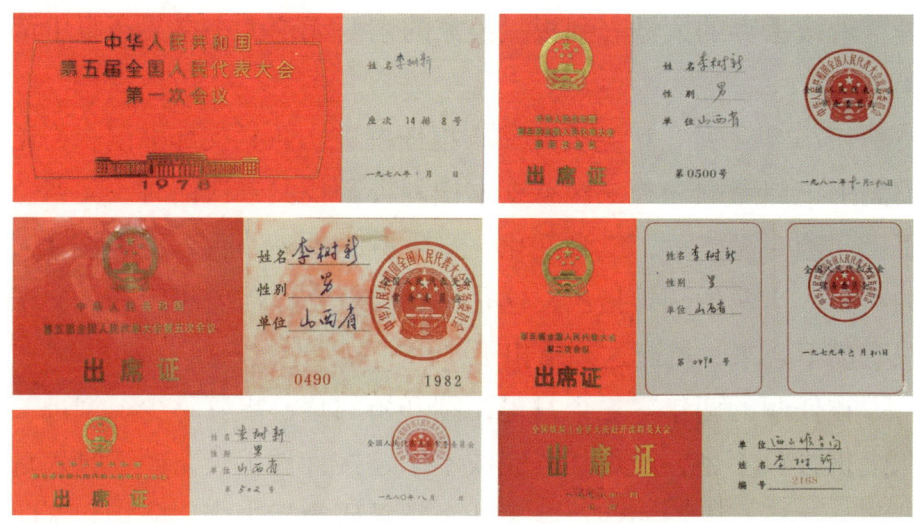

1978年—1982年，父亲获得全国第五届人大代表（参加了第一至第五次会议）及全国煤炭工业学大庆赶开滦群英大会出席资格

责给井下送水送饭，工资咋也比休病假高，老婆娃娃生活也会好一些，你看咋样？"经过父亲的劝导，小伙第二天就上班了。

队里出勤率低时，每逢父亲值班，安排好坑外工作，就背起三四十斤重的大水壶，提着干粮袋，准时把热水干粮送到工作面。趁工友们吃喝的时间，了解当天的生产、供料、机电等情况，出坑后就联系有关单位解决井下棘手的问题。有一个月里，父亲23天没回家，吃住在办公室。队里的同事劝父亲注意身体，父亲却又笑着说他那句口头禅"力气是奴才，使了又会来"。不久生产就走上了正轨。年底保质保量，超额完成了矿上布置的生产任务。

当区总支书记刘吉和与掘进二队工人谈起父亲，工友们总是不约而同地说："老李没架子，干活不论分内分外，既是队里的当家人，又是编外的勤杂工。"

十、回归本色

年龄不饶人。1980年底，父亲提前五年先后向组织递交了两

我们是矿工儿女

份"辞官"报告，并推荐队里一名年轻有为的同事来接班。父亲没有看走眼，那个年轻书记一直干到局里，当了一个部门的正处。当时矿党委批准了父亲的请求，做出的决定是："老书记去地面工作不再下坑。"父亲却坚持干老本行——回队组当采掘工。

区、矿领导只好退一步安排父亲上大班，任务是下井检查安全。第二天，父亲到十一队报到。在分配工作时，梁书记就把领导安排的话转告了父亲。父亲恳切地说："老梁，你我兄弟在一块，干了二十多年了，别把我当外人。今后需要我干啥就哈声，别作难。"

父亲到了井下，路过皮带巷，两旁堆积的煤面、杂物、矸石，低的有两尺厚，高的少说也有一米。父亲出坑后就找梁书记，说："给我领把锹，我明天开始下井把皮带巷清理了。"就这样父亲用了半个月，就把三部溜子、皮带巷清理得一干二净，整理得有条不紊。

有一段时间，父亲发现工作面金属支柱丢失较多，又主动捎带管理起支柱。父亲把柱子分段编号，仔细核对，发现短缺时，或找人查询，或用随身携带的三齿耙，在落山碎石里刨，在煤帮浮煤中搂，由于父亲的精心管理，工作面支柱堆放井然有序。就这样，父亲在井下干到1984年退休。

现在父亲已93岁高龄，他是我心中永远的英雄。

2022 年 12 月 26 日

父亲和他的年代

杨春香

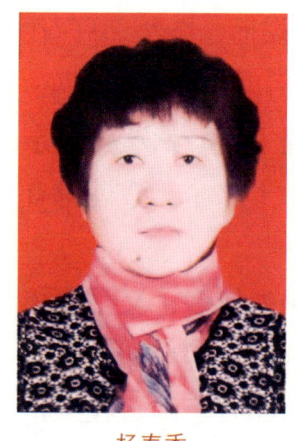

杨春香

1921年，父亲出生在山西省岚县一个人烟稀少的小山村，因祖父祖母去世早，家境贫寒，父亲从小跟着哥哥嫂嫂，过着食不果腹，衣不遮体的生活。

8岁开始，父亲跟着哥哥给地主家做零工，13岁独自给地主家放羊。有一次在荒山野岭上，突然蹿出一只野狼，凶狠狠地直逼羊群，父亲吓呆了！怎么办呀？如果野狼吃了羊，地主家肯定不会饶过他，哥哥嫂嫂拿什么去赔地主家？如果与野狼搏斗，肯定被野狼咬伤，甚至会丢掉自己的命。父亲灵机一动，把羊迅速赶到沟壑的赤壁岩石处，鼓起腮帮，用尽全身力气，吹响了口哨。利用山谷的回音，把狼吓跑了。智胜野狼，父亲小小年纪真的不简单。

1952年，三十一岁的父亲带着母亲和不满一岁的哥哥离开家乡，顶替了一个名叫范好拴大的同乡，来到七里沟焦炭厂做工。直到我入小学报名，奇怪地发现我怎么姓杨，父亲却姓范，还是邻居叔叔告诉我，那个姓范的同乡听说下坑挖煤很辛苦很危险，所以不敢来了，于是我父亲顶替他来到了矿山。

1956年西山矿务局西铭矿正式成立，父亲才改回真名杨文锁，并成为一名正式职工。1958年在大炼钢铁运动中，成长为一名中国共产党党员。1965年经西铭矿党委批准，任三岔口小学工人阶级宣传队队长。1968年冬天，组织抽调他去参加社会主义教育运动，到山西省方山县任工作队队长。1972年又经矿党委派遣进驻西山五中，任工人阶级宣传队队长。

父亲见证了西铭矿建设的发展与壮大，亲身经历了建矿初期的艰苦创业。那时没有先进设备，没有专业技术人员，全靠冒着危险，用镐头和铁锹，连班奋战在掌子面。矿上的煤炭任务是他们用汗水换来的。

出了坑，这群生死相依的伙计们会拥挤在简陋的工棚，围坐在用石块垒起的炉灶边，天南海北地聊个够。红彤彤的炉子中间蹲着一个大水壶，是工友们自己用铁皮做的，那个时候没有茶，大多数工友也不知道茶是什么味道，每个人拿着碰掉瓷的缸子，喝着白开水，侃着大山，很是热闹。这中间，有文化的工友会告诉伙计们下井采煤的知识要领和安全注意事项。有老工人会谈一些亲身经历，传授躲避危险的经验。这是正经事，是天大的正经事，棚子里会变得安静。

父亲每月工作是十天早班，十天二班，十天夜班。早班是早上6点到下午2点，二班2点到晚上10点，夜班晚上10点到清晨6点。一年365天没有休息日。上下班时间是按在掌子面的工作时间算的，坑下交了班后，走出坑口回到家又需要两个来小时。

上夜班的人最辛苦。整晚上干活，白天睡觉。邻里大声说笑，摊贩长长的吆喝，孩儿们的撕破嗓子的哭闹，根本睡不踏实。家里有上夜班的全家都紧张。只要外面有个大动静，立马会窜出屋子劝阻。

父亲上班要"带饭"。经常是炒白菜或萝卜丝，偶尔会有点肉丝。那时候肉是凭票供应，好像是每个人每月定量1斤。父亲是家里的顶梁柱，全家吃喝都靠父亲一个人出苦力维持，母亲自然想把父亲的伙食搞好一点儿。主食是玉米面和白面混做的蒸发糕。工作四个小时，到饭点了工友们一拨一拨地轮着吃自带的饭。尽可能不要让镐头，铁锹闲下。

工人们很实诚，有十分力不出八分。有一次看到父亲的手用绷带裹着，我问怎么啦，父亲说是磨起了泡，泡破了，流血了。后来才知道是用镐头过度劳损造成的。每个工人手掌都有厚厚的茧子，都是起泡，磨破，再起泡再磨破，一层一层最后变成"死皮"。才不会再打血泡。

随着矿山的发展，矿工的福利待遇在逐渐提高，父亲的工作餐不用母亲做了，工作中间，每个职工可享受免费的工作餐——每人两个油丝饼，一杯热水，是由专门"送饭工"送来的，所以大家吃到口时还热乎乎的。

油丝饼是一种美味，父亲总是给我们留点带回家，让我们也解解馋。一个在井下出大力、流大汗的矿工，从饥肠辘辘中省下"美食"带给孩子们，在当年，这是多么厚重的父爱。

十年如一日，父亲就是这样头顶着矿灯，乘坐轰隆隆的矿车来到井下，抢起大镐，将煤炭从煤层中刨下来。挥舞铁锹。把煤铲到溜子上。运出井口，运到国家需要的地方。

1965年的秋天，我上小学三年级，组织上选派父亲担任工人阶级宣传队队长，进驻西铭矿三岔口小学。

学校是土坯房建成的四合院，父亲每天天不亮就要去巡视，在九个教室中间看看木制门窗上的玻璃是否安全，桌椅板凳是否坚固，总是手拿锤子，口袋里装着钉子，修理破损的门窗和快要散架的桌椅板凳。学生们称他为修理工。

冬天父亲顶着刺骨的寒风，在我们上学必经的崎岖山路上铲雪，撒灰渣，保护我们的安全；雨天他身披雨衣，护送没有雨具的学生回家，学生们称他为保育员，父亲像照顾自己的孩子一样照顾着每个学生。父亲到这里不是当领导来了，而是深入基层，为大家服务来了。

1972年的春天，父亲作为工宣队队长，带队进驻西山五中。记得他用浓浓的乡音，在全校开学典礼的大会上说："孩子们，你们赶上了好时候，能坐在这自建的教室里学文化知识，能有来自全国名牌大学生的老师给你们传授知识，你们多幸福啊，你们一定要珍惜，我作为工宣队一员，一定给你们在学习的道路上保驾护航。"他的话不仅赢得了热烈的掌声，连年轻的老师也被感动了。没想到背着"臭老九"名声的大学生，却在山沟的学校受到工宣队队长的肯定，怎样不激动？我们的班主任赵老师说，当年工宣队杨队长对我们最好。父亲不仅仅善良，而且有担当，敢于说真话，同学们都羡慕我有一个好父亲，我也为有一个好父亲而骄傲。

早在1968年春天，父亲就曾被派到西山矿务局中学（矿中）为工人阶级宣传队队员。同年冬天，组织抽调他去搞社会主义教育运动，他又听从召唤，奔赴山西省方山县偏僻的小村庄，一待就是四个月没回家，把家里的重担留给比父亲小12岁一字不识的母亲，父亲认为我们已经长大，要分担家务。他按照自己的方式教育我们兄妹四人。

听父亲讲述，在农村，白天与村民们高举农业学大寨的旗帜，大搞农田基本建设，晚上在煤油灯下组织村民们学习党的文献政策。雨天还要走家入户了解村民们的需求。两年时间，帮助村里建起一所小学校，解决了孩子们上学难的问题。当时，父亲的工作餐，就是到村民家里吃派饭，经常工作忙起来，忘记了饭点，有好几次都是村民端着热腾腾的土豆焖莜面满村找我父亲，父亲

家世回首

189

不好意思地道歉："给你们添麻烦了。"

父亲一生都对母亲充满了无微不至的关怀和钟爱，每次从方山县回来，都要给我们买一些土特产，炒黄豆、炒玉米、大红枣、大黄杏，父亲还给母亲买过黑色的条纹裤子及时兴的平绒方口鞋。我们兄妹好羡慕母亲有福气遇到我父亲。

父亲的座右铭是以理服人。在日常生活中，他说不讲理的人和事是有的，但多数人是认理的，比如邻里之间琐碎小事闹矛盾，他总是循循善诱地去谈心，记得有一天天色已晚，于慈霖校长急匆匆地找到父亲，让他去调解数学老师赵春华夫妻家庭纠纷，父亲连忙披上外衣。赶到赵春华老师家去劝说，制止了矛盾扩大。父亲处理问题是以情动人，他常给我们讲：无论对同学还是对同志，首先要坦诚交心，说心里话，尊重别人，承认人与人之间是平等的。我常为自己出生于"红五类"家庭感到优越，父亲看出后，很严厉地批评了我。你们自己的路，全靠你们自己走。对于我们要求格外严格。

杨春香与文水县南齐公社妇女干部留影（二排右一杨春香）

父亲的行为准则是以身作则，记得那一年的冬天，我哥哥从学校回家说：他要报名参军，当一名中国人民解放军，保家卫国，妈妈听后，哭红了眼睛，不想让去。父亲举双手赞同，反复劝导我的母亲，他是贫下中农的后代，是工人阶级的后代，他不去保家卫国，谁去！父亲的一席话，我母亲含泪同意了。

全家照

哥哥很争气，入伍后不久，就当上了新兵连的班长。一年后，父亲和母亲带着我和妹妹去部队探望了哥哥。父亲鼓励他，要刻苦锻炼，加强学习。在部队这个大熔炉里锻炼成长，争做一名不怕苦、不怕累，报效祖国的合格军人。两年后哥哥光荣地成长为一名中国共产党党员。

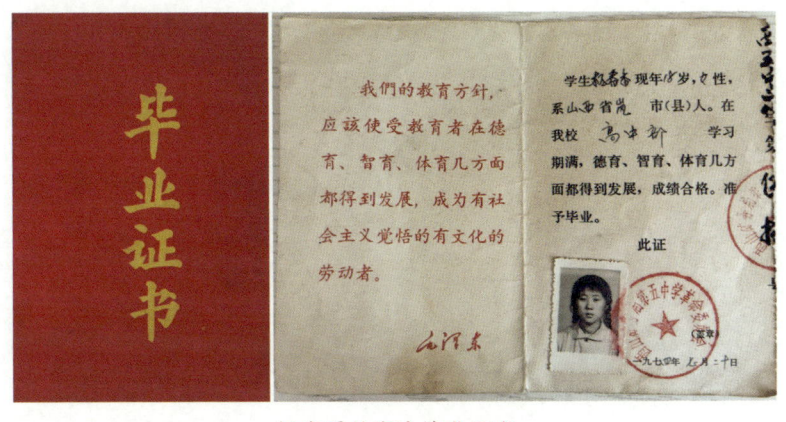

杨春香的高中毕业证书

1974 年我高中毕业，应该享有留城待遇参加工作，可父亲毅然决定，让我去接受贫下中农的再教育，到艰苦的地方锻炼自己，我也没有辜负父亲的期望，听了他的话，到山西省文水县北齐村插队落户。

父亲常教育我们，好好学习，认真学习。由于父亲从小家境贫穷，未能读书，他仅有的一点文化是在解放后扫盲班学的，是在工作中自学的。记得小时候每逢过年，我们居住的三岔口能写春联的，就是同排居住的张素萍同学的父亲，她的父亲曾经当过老师。每当看到红红的春联贴在我家门口的两侧，父亲总是目不转睛地凝视着，喃喃自语道："有文化真好。"

我的父亲非常尊重有知识有文化的人。他非常渴望自己能有知识，能为国家建设，能为西铭矿建设添砖加瓦是他一生的愿望。如今父亲离我们而去，再也看不到父亲酷似焦裕禄身披外衣的背影，睡醒时再也听不到父亲的谆谆教导了。父亲静卧在泥土深处，他的音容笑貌飘然远去，但他的精神和品质将永世长存。

2022 年 11 月 28 日

我是矿山的女儿

贾果凤

1960 年的初夏，父母亲将远在老家的我和妹妹，接回到了他们身边，那年我五岁，妹妹两岁。

我的老家在山西省五台县一个小山村，爷爷奶奶在家务农。父亲在西山矿务局白家庄矿下坑，是一名煤矿工人。母亲在太原重型机械厂工作。经老乡介绍，父母从相识相知，到结婚组建了家庭。由于父母工作忙，我和妹妹一出生，就生活在爷爷奶奶身边。

我与父亲和妹妹

母亲和父亲

当年还不怎么记事，是母亲向我讲述了和爷爷奶奶离别时的情景。母亲说，接我的时候，我哭闹着就是不愿意离开爷爷奶奶，一边走一边哭，一步一回头，看着到村口送别的爷爷奶奶。此时爷爷奶奶已是老泪纵横，心里万分的不舍。爷爷奶奶大声地嘱咐："你们如果工作忙，再把俩娃送回来——"父母应道："知道啦——"就这样父亲抱着两岁的妹妹，母亲牵着我的手，踏上了回太原的路程。

当时交通不便，父母带着我们先坐驴车，后乘长途车。到达太原后，又坐马车，一路颠簸来到了西铭矿的山脚下。

山脚下是一条长长的干河滩，满目乱石。河床一侧，还有一条长满杂草荆棘的羊肠小道通到高山上。山路弯弯曲曲又陡又窄，当一家人终于来到了三岔口的住处，天色已晚，每个人都又渴又饿，又困又乏。

爷爷奶奶给我们带在路上的干粮，土豆泥拌莜面烙的烧饼也吃得精光了。回到家中，看到用泥土和石块砌成的土炕，上面铺着带有花的绿色油漆布，便一头倒在土炕上睡着了。

回到父母身旁，才是我逐渐成长的开始。虽然没有生在西铭矿，但我是在西铭矿长大的，先是在三岔口上了三年小学。随着居住环境的改善变迁，又转到西铭矿大虎沟上小学，在西山五中读初中，上高中。然后成家立业，我爱人李进贵也是西铭矿的职工，而且我们俩还是发小和同学。

60多年来，作为矿工的女儿，亲眼目睹了矿山日新月异的变化，亲身感受到了父母在矿山建设中的辛勤劳动与无私奉献的精神。

我的父亲当初在白家庄矿工作，因母亲调动工作到西铭矿，为了方便照顾我和妹妹，父亲也调回了西铭矿。当时，正值1958年"大跃进"时期，西山要组建矿山救护队。父亲通过单位推荐，层层选拔，成为一名矿山救护队队员。

在如火如荼的矿山建设中，父亲在矿山救护队，坚守职责，随时待命。哪里出现事故，救护车拉着警笛，队员们就全副武装

矿山架线式电机乘人车

冲向哪里。救护队不仅仅要解除西铭矿井下发生的矿难，还要援救全西山矿务局各矿，乃至山西省境内的紧急险情。因此，父亲很忙，半月20天才回家一次。可想而知母亲会更辛苦更累了。

母亲在西铭矿的第一份工作，是跟着一名姓侯的师傅学习开乘人电机车。这项工作技术性强，而母亲由于没有文化，只能凭眼看、心记，多问勤练。

每天围着电机车，转着圈念叨所有的设施："机头刷""车厢前后端板"和"金属厢架"，车体外部两侧安装的"防爆型指示灯"，列车尾部挂一盏矿灯作为"安全警示灯"。

附属设施比较容易记，而坐到电机车上动手操作才是重点。乘人电机车驾驶室内两面透风，出入没有门，只能乘坐司机一人，没有方向盘，只有手柄。管着启动，调速、制动和换向四种操作。

行驶时需要注意调速，出现紧急情况要随时制动。驾驶室前窗外有一条麻绳，拉着铁铃铛发出叮当叮当的声音，警示人们注意安全并及时避让！

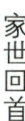

家世回首

最难理解的是电机车沿轨道运行的工作原理：电机车上部，靠受电弓顶着一条架空线获取电能，下部则利用车轮与轨道接触，构成一个回路，使电机车牵引乘人车工作。当电机车运行时，受电弓沿着架空线滑动。如果架空线掉开，或者停电，乘人车就不能行驶了。乘人车靠车轮行驶在铁轨上，若开车技术不好，或者麻痹大意车就会脱轨，造成事故。这样的一套理论，从文盲的母亲口中说出，真让人难以置信，但是我的母亲终于掌握了这门关乎工友生命安全的技能，顺利出徒了。

乘人电机车相当于铁路运输中的火车头，一般要牵引8—10节车厢，每节车厢有八人座，每次可乘坐80个矿工。驾驶员责任重大。母亲的任务是把上班的工人分送到井下各自工作面附近的停靠点，然后把下班的工人拉到地面。

涂着黑色防锈漆的乘人电机车及墨绿色的车厢里除了座位上加了几条木板外，其余全部都是厚铁板制成。车厢的样子有点儿像如今风景区的游览车。大概为了减少车的自重量，人的上半个身子有一半无遮无挡。车顶是个厚铁棚子，人们上下要九十度的弓腰才可防碰头。车厢没有门，把固定在出入口处一端的铁链拉起挂在另一端，就算"关门"可以安全出发了。

轨道很窄且有明显的水平误差，销链连接的车厢下面，铁轮子在巷道地面铁轨上颠簸行进，人随车厢不停抖动。车身四面透风，有时乘坐者会冻得缩成了一团。母亲工作三班倒，一年四季都是穿着棉衣棉裤，帆布手套不保暖，有时手指冻得伸不直，但她从不叫苦。一路拉着警铃把工友安全送去接回。

矿上不乏女职工，但是我的母亲是从事坑下固定工作的唯一女工，她像许多顶天立地的男子汉那样，奋战在地球深处，为满足国家和民众对煤炭的需求贡献着自己的那份力量。

母亲还开过从七里沟通往玉门——大虎沟——斜坡的轨道乘

我们是矿工儿女

人车，这是矿区唯一的公共交通工具。每天担负着矿区职工，学生和职工家属来来往往地接送。

许多人从画报上见到过矿区拉煤的电力机车，它那黑色的长方体状的铁板外壳非常抢眼。机车的发动机就安放在里面。铁板外壳左后方的凹陷处，是司机的专座，上面有伸手可及的操作台。

我坐过母亲开的乘人车，她像男司机一样戴着安全帽，顶着头灯，穿着厚衣裤大头靴，脖子上系着一条白毛巾，用来擦汗，防尘、保暖。脸上总有一层黑煤面。

开地面轨道车上的是长白班，在这几年里，母亲几乎没有机会穿一件自己喜欢的花衣服。我也只记得母亲穿工作服的样子。

和行进在笔直的大马路上的机动车驾驶员比，矿区的电力车因为山区的道路弯弯曲曲，机车行进中，司机的视野范围很小，大大小小的转弯，使意想不到的行进障碍不能提前发现，如果处置不及时就会发生翻车和伤亡事故。"行车专注"是他们的最大特点。我们知道母亲工作的重要，即便坐着母亲开的机车，也从来不去打搅她。

母亲开乘人车非常谨慎小心，下班后，高度集中的神经终于放松了下来，拖着疲惫的身子徒步翻过一个小山头，蹚过一条小河，再爬上一个小山坡才能回到家。回到家中也顾不得休息片刻，马上生火做饭，还得料理杂七杂八的家务事。父亲看在眼里，疼在心上。觉得这样长期下去母亲的身体会拖垮，决定从老家请一个亲戚过来帮忙。

1963年，家里又添了一个小妹妹，母亲的担子就更加沉重了。记得那年我已在三岔口上幼儿园了。有一天，我家着火了，被子和褥子全部被烧着了，我从幼儿园回到家，看着熊熊的火焰从家里蹿出来，吓得直哭。只见邻居们在七手八脚帮我家灭火，有的用扫帚扑打火苗，有的用铁锹洒土压火苗。当时吃水还挺困难，仅存的半缸水也被取出来灭火用了。

有位邻居叔叔急忙跑到坡下的供销社找电话，因为那里有唯一的一部手摇式电话，及时通知了我的父母。电话并不是一拨就能接通，还要通过西铭矿交换总机，再转到父母单位。等到父母回到家时，火是被扑灭了，但炕上的被褥已经烧得面目全非。母亲哭了，我也还在哭。起火的原因，是土炕连接灶火的麦糠混泥土墙遇高温燃着了。这场火灾烧光了家里仅有的几条被褥，母亲急火攻心病倒了。

组织上了解到我家的情况后，特派房管室武叔叔（同学武铭喜的父亲）调研，最后决定分配给我家位于大虎沟桥西俱乐部下面，老虎嘴上一排平房的两居室住宅。一排住着三户人家，我家在中间，一出门便是不足一米宽的窄路和一条水渠。担水，抬炭只能通行一人，倒垃圾灰渣自然形成了一个灰渣坡。厕所和三岔口有所不同（因三岔口的厕所不分男女，是用烂木材，或者石头垒起的，挖个坑，也没有顶子）。厕所坑少，住户人多，有时还得排队才能如厕。有时厕所坑内粪便满了，还得等待附近化客头的农民，赶着毛驴车装着木粪桶，用木棍扎一个胶皮勺子，一勺一勺地从粪坑里掏出往桶里倒，将装满的粪桶运回到化客头村的农田。

住房问题解决了，父亲依然是一心扑在矿山救护队的岗位上。他不辞艰险，不怕劳苦，一次远赴大同煤矿抢险，他一马当先，背着沉重的仪器，来不及乘坐下坑的乘人车，硬是爬上装煤的铁矿车赶赴工作面，车还在前行中，因救人心切，跳车时被矿车轮轧过脚面，受伤后才回到家里养伤。伤好后又急忙回到他热爱的矿山救护队岗位上。真是哪里有险情，哪里就有父亲的身影，每当救护队的警笛响起，我们全家人的心就紧绷在一起，不敢说一句不吉利的话，不敢想今天的救援结果如何。只有等待西铭矿有线广播播出平安的消息，才松了一口气。

记得有一次，官地矿井下施工现场有险情，父亲仍然冲在前面，现场的地质条件差，环境恶劣，救护队里有年轻的，也有年长的，父亲很严肃地说："我有经验，我先进去。"那是一次明知山有虎偏向虎山行的行动。在施工事故点处理完险情后，父亲在工作面的煤堆里发现了一个遇难矿工，他不顾一切用双手将煤堆刨开，将遇难矿工拉出来，迅速背在背上，艰难地一步一步背到平峒大巷的乘车处。

他不畏艰险，敢于担当的精神，受到了领导和同事们的一致赞扬，救护队领导报告了上级单位，给父亲请功。父亲婉言谢绝，"我是共产党员，这是我应该做的事。"是的，父亲是一个合格的共产党员，他不为名不为利，对工作满腔热情，就像弓上的箭，随时准备离弦而出。

西山矿务局矿山救护队队长，赴唐山地震灾区救援总指挥胡生盛全家

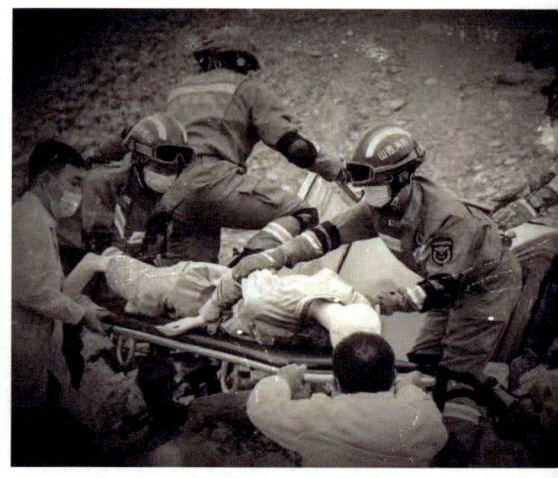

2016 年唐山大地震 40 周年，西山矿务局救 西山矿务局矿山救护队在唐山地震灾区
护队部分队员回唐山祭奠遇难群众和战友 救援中

　　1976 年，河北省唐山大地震。西山矿务局救护队接到煤炭部紧急命令，开赴唐山参加大救援。那时候父亲已经四十多岁，工伤的脚还在恢复期，却奋不顾身踊跃报名，并获得批准。根据西山矿务局领导的部署，由救护队胡生盛队长带队，分别率领局直属救护队抽调的一中队和由西铭矿救护队、杜儿坪矿救护队、古交救护队混编的二中队火速出发。当时，母亲和我们弟妹七人，目送着父亲乘坐大红色的救援车誓师出征。半个多月中，我们全家人提心吊胆，忐忑不安。每天从广播里聆听唐山余震的消息，时刻牵挂着父亲的安危。直到唐山救援队凯旋后，父亲才回家。整个人瘦了一圈，头发很长，蓬乱的胡子爬在黝黑的脸上，手上缠着发了黄的白绷带，最小的妹妹见到父亲的样子后，哭着不让父亲抱。

　　后来听父亲讲述，才知道当初西山矿务局的两个救援中队奔赴机场后，因指挥机构在忙乱中调遣出错，只有局直属一中队顺利登上飞机抵达唐山，父亲的中队一直没有等到飞机，上级便临

我们是矿工儿女

时决定回矿务局就地待命，并宣布纪律不许回家，不许和外界联系，同时挑起赴唐山战友的工作担子。在那段时间里，他们天天和衣而眠，没有洗过脸，烫过脚，父亲还把身上仅有的 49.5 元钱，捐献给了地震灾区。

父亲之所以能一心扑在工作上，除了他说自己是个共产党员外，背后还有一个比他付出更多的母亲。母亲不仅是支持父亲工作的动力，更是父亲安心工作，免除后顾之忧的保障。如果说妇女能顶半边天，而我母亲却撑起了我们家整个的天。

1965 年，我们家又添了一个小弟弟。此时母亲已调到玉门福利澡堂工作，早上 5 点就去上早班，二班要晚上 10 点多才能回到家。当时的澡堂没有淋浴，只有大池塘，三班倒的矿工们洗完一拨，水就黑得和酱油一样。母亲总是穿上高筒雨靴，站在池塘内将黑水放掉，用胶皮管冲洗池塘，再戴上胶皮手套用抹布将池边上留下的污渍擦洗干净，然后放满清水，迎接下一拨洗澡的矿工。那个年代，西铭矿经常掀起多出煤、出好煤的高产活动。除

矿工澡堂

了井下的矿工以外，还有后勤人员，各级领导干部，家属，初中高中的学生，教职员工全部投入到高产中。这就加大了母亲的工作量，有时加班加点不能回家。虽然母亲一字不识，但在工作中吃苦耐劳，老实做人，踏实做事。这一年里，母亲成长为一名中国共产党党员。

1968年，西铭矿为拓展服务，成立了洗衣缝补组，为坑下的工人免费清洗和缝补工作服。我母亲的双手每日泡在洗衣膏水里，搓着黑脏油腻的工作服，双手总是皱巴巴的。给矿工们缝补衣服钉扣子，有时手指都伸不直，不听使唤。我作为家中的老大看在眼里，疼在心上。决心为母亲多分担一些家务事。这年我小学毕业了，在家照顾着四个弟妹的生活起居。尽管父母亲忙，也没有放弃我们的学习和教育，该去幼儿园的、上小学的、上初中的，我们都如期入学，不曾耽误。

1972年，我家已经有了姊妹七人，为了减轻父母的家庭负担，让他们安心工作，我想放弃学业，专门在家照顾弟妹们。父母知道了我的想法以后，断然拒绝了。他们决定让我上高中。并且说你去读高中就是对我们最大的孝敬，家庭困难再多是暂时的，是可以克服的，读高中的机会来之不易，错过了就永远补不上了。

贾果凤的高中毕业证书

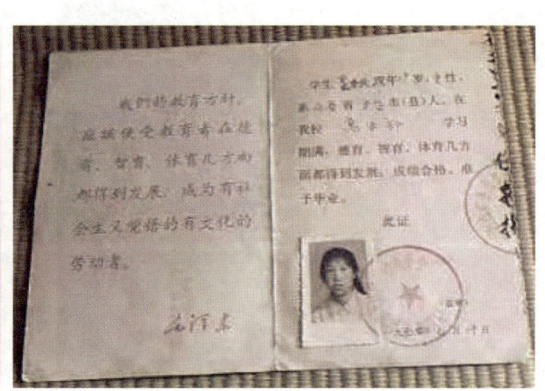

我们是矿工儿女

202

西山五中高中班是西铭矿创办的首届高中班。配备的老师都是全国各大院校毕业的高才生。我怀着感激父母的心，就读于西山五中高（2）班。受到尊敬的班主任赵致真老师的熏陶，感受到以班长马乃英同学及班委成员的关爱，与全班46个同学共享了其乐融融相处的美好时光。

我敬爱的父母亲，为矿山建设鞠躬尽瘁，劳苦终生。我继承了父母亲的事业，一直生活

贾果凤全家照

工作在矿山，1975年初，被大虎沟商店招聘为售货员，一直为矿工服务直至退休。和爱人都拥有西铭矿四十多年工龄。如今我的儿子也已经在矿山接班，愿为祖国的煤炭事业奉献出青春年华。

我是父母的女儿，也是矿山的女儿。

2022年12月26日

家教是我成长的源泉

武铭喜

孝道是中华民族的美德，感恩父母是人的天性。父母给了我生命，哺育我成长。无论遇到多少艰难险阻，父母那份爱，永远是最博大无私、不求回报的。从小到大，父母的爱融化在我的血液中，永远是我做人的根基，成长的源泉。

我的父亲于1932年2月出生于太原市河西大虎峪村一个贫苦家庭，3岁时失去了父母，跟着爷爷奶奶到9岁，爷爷奶奶也相继去世。在村里靠着乡亲们帮扶接济，"吃百家饭，穿百衲衣"，12岁就在村里的煤窑干活了。

解放后，1952年到西铭焦炭厂（西铭矿的前身）参加工作，1956年成立了西铭矿后，父亲在荬子沟坑口通风队干过两年。那是当年矿井最远的通风口。然后又去工会搞宣传，1963年调到西铭矿房管室，在大虎沟桥西和托儿所旁边办公，后迁到大虎沟西楼一层。

西铭矿的地形很特殊，方圆面积不大，高程落差却十分明显。分布在旧矿部的家属区，坐落在一条干河滩旁，爬上一个山头，则分别是大虎沟和三岔口两个居民点。

而我们家住在更高山头的荬子沟，父亲到大虎沟上班一趟，要走一个来小时。遇到下大雪，半个多小时都翻越不过山头，所以很多工人无论下山上班，还是爬山回家，都会手持一根木棍，既当拐杖又可防身，这样深夜回家万一碰上野狼，手上也有个家伙壮胆。

贫穷铸就了父亲坚毅的性格。对生活和工作中的任何困难，父亲从来没有叫过一声苦。1966年8月我家从菱子沟下了山，搬到大虎沟石头房，父亲不用再翻山越岭上下班了。家中日子过得从容多了。

我的母亲1937年9月出生于河西大西铭村一个贫苦家庭，母亲3岁时，我的姥姥因病去世。1943年母亲6岁时，姥爷参加八路军离开家乡，母亲一直跟着她的爷爷奶奶生活，直到1953年姥爷转业回乡，全家团聚。

母亲是一位慈祥善良的家庭妇女，是典型的贤妻良母，每天默默无闻地操持家务、相夫教子，任劳任怨地支持着父亲的工作，一辈子勤劳节俭，掏心待人。在我的记忆中，母亲从没和人红过脸、吵过嘴，和父亲相濡以沫，和和睦睦地过了一生。

我于1974年7月高中毕业后，矿上为照顾困难职工，安排一部分子弟就业。我有幸来到西铭矿供应科工作。在一年的试用期间，我扛过井下做支柱的木料，卸过火车运来的料石，烧过石灰，挖过玉门沟的河砂，修理过电煤钻发炮器——凡是生产一线和矿工生活用的原材料，都看过眼，经过手。我像父亲那样，再苦再累都不会吭一声。

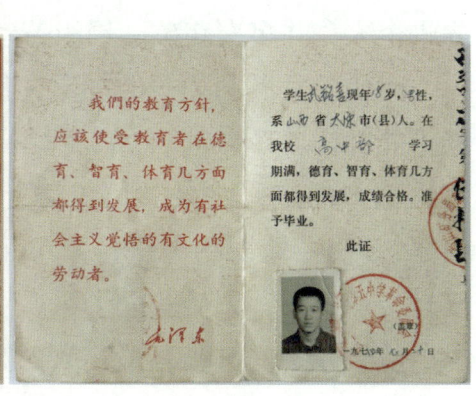

武铭喜的高中毕业证书

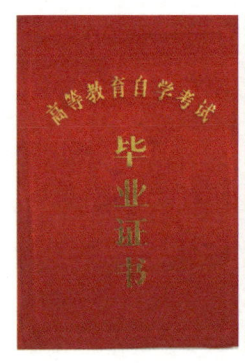
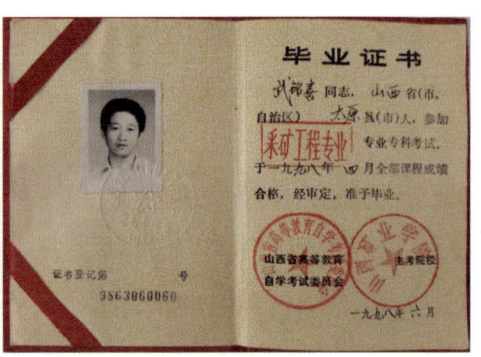

1998 年，武铭喜通过自学考试取得采矿工程专业专科毕业证

没想到一年后领导找我谈话，让我回科业务组搞物资供应统计和财务结算。一个不到 20 岁的年轻人，参与到整个矿的超千万资金的核算和采购，我深深感受到领导和同事的信任。暗中利用一切时机，抓紧分分秒秒，学习物资供应和财务结算的基本知识。我下定决心，争取早日做一个合格的煤矿物资管理者，回报领导和同事的厚爱。

随着专业知识的提高和工作业绩的增长，八年后我担任了计划组组长，同年被评为西山矿务局十大青年标兵和首届太原市新长征突击手，并当选为出席河西区的人民代表。1984 年光荣加入了中国共产党。1985 年被提拔为供应科副科长。1991 年转为正科长，全面主持供应科的工作。我曾荣获山西省煤管局物资供应先进个人，并多次获矿、局级劳动模范荣誉称号。

时代的发展和担子的加重，使我深感自己高中程度的文化已经不能胜任。1994 年开始，我用了两年时间参加全国成人自学考试，繁忙的工作之余，见缝插针挤出时间学习，我硬是全部通过了 15 门专业课程考试，拿下了采矿工程大专毕业证书和物质管理专业证书，先后获取了采矿工程师和企业管理经济师职称。

看到儿子的进步，最高兴的是父母，特别是父亲。他小时候没条件学文化，自然对后代有更高的期待。同时还希望我作为长

我们是矿工儿女

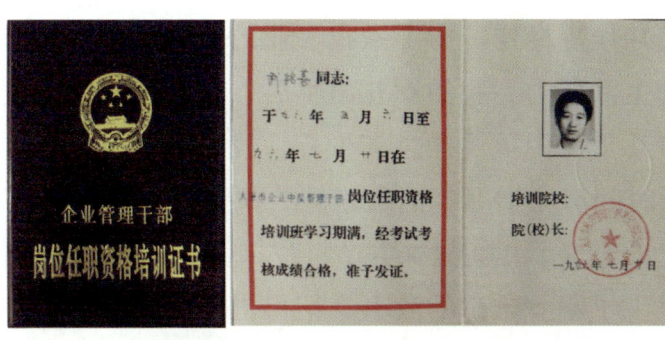

武铭喜企业管理干部岗位任职资格培训证

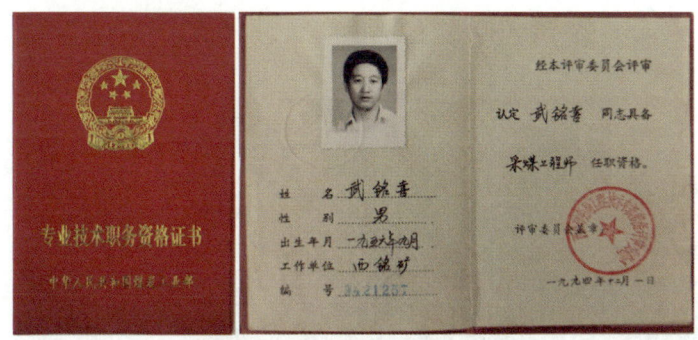

武铭喜采煤工程师任职资格证

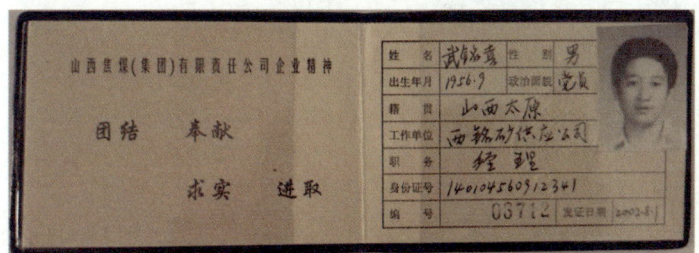

武铭喜担任西铭矿供应公司经理证书

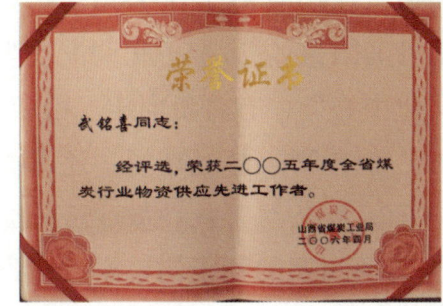

武铭喜获得的部分荣誉证书

子，能给弟妹作出榜样。为了做我事业的坚强后盾，父母亲长年分担着我的生活压力，我的女儿出生后，就是跟着奶奶长大的。我们小两口几乎没为孩子操过多少心。我们也懂得珍惜这份"闲暇"，抓紧时间努力学习。把西铭矿的物资管理提高到新水平。

　　我的父母养育了我们兄妹五个，我排行老大。父母文化不高，但从小给我讲了不少难忘的故事。记得讲孔融让梨后，父亲要我在家中当好大哥，带好弟妹。我们兄妹直到现在，都还像小时候一样相互关心，亲密无间。

1974 年全家合影

　　从1963年开始，直到退休，父亲在房管室工作了几十年。他从荛子沟调到大虎沟，分管着矿上职工的住房维护和调配。当时的大虎沟就是西铭矿的"商业文化中心"，有百货商店、粮店、邮电所，饭馆、矿医院、子弟学校、俱乐部、灯光球场，还有派出所、职工家属澡堂。交通设施方面，有按时开往斜坡、玉门、七里沟的乘人车。那时我多么想从偏远闭塞的荛子沟，早日搬到"繁华热闹"的大虎沟啊。但这个"美好的愿望"，却是等到

我们是矿工儿女

208

1966 年我都上小学三年级了，才得以实现。

都说"近水楼台先得月。"但对分管房屋的父亲，却是行不通的。当时他完全可以给自家分配一套地理位置好，相对宽敞舒适的房子，可父亲不但没有这么做，反而让我们住到了大虎沟石头房，最高坡、最偏僻、面积最小、朝向不好的东南房。生活非常不便利，抬水、抬炭、背粮、买菜，别人家用十分钟即可做完的事，而我们要花几倍的时间。

那时候石头房有一个水管，按点供水。住户要早早排好队，等候自来水的总阀打开。工人们上长白班的人占少数，那些工作三班倒的矿工家庭，吃水都是由孩子们分担的。我家的水由我和弟弟抬回家。小路不好走，走到陡坡处，前面的人比后面的人要高很多，于是水桶会顺着扁担向下滑到后面的一方。想放下，脚下没有平路，往上走，桶遮住了视线。真想大哭一通。如果不慎摔倒，水会从头顶浇灌下来。

不仅抬水，我和弟弟还有抬炭的任务。累了无处休息，有时连人带筐滚落在半坡上，弟弟哭了，我也差点哭出来，想到自己是哥哥，我总是强忍眼泪。

坐在坡路上，不知该怎样来安慰弟弟，心里不由得埋怨父亲，自己就是管分房子的，那么多好房子不分，偏偏把这样的房子分配给自己家。还有好几次，因坡陡路滑，下雨下雪上学还迟到过，甚至还挨过老师的批评，委屈得哭红了眼睛。母亲看了很心疼，她用各种方式来逗我高兴，一会儿摸我的头，一会儿摸我的脸，紧握着我的小手低声告诉我："铭喜，你爸爸工作不容易，如果我们住上好房子，别人就会有意见，他就不好做事了。"从此我从心里知道，爸爸是一个公而忘私、以身作则的人。

在石头房住了十三年，一直到 1979 年，我们家才搬到斜坡高车房旁边不足六十平米的小楼房。父亲总是那么忙，基本上没有节假日和休息日，从事房管工作时间最长，从1963年一直至1992年退休，将近三十年。他用双脚丈量着西铭矿职工的居住环境，三岔口、二工地、荛子沟、旧矿部，大虎沟的桥东、桥西、石头房，哪个地方下雨滑坡，哪个地方房屋危险、漏雨、墙裂，父亲了如指掌，及时上报领导，火速解决。

随着西铭矿的发展壮大，楼房成片竖起，我们兄妹们相继组建了家庭，尤其我作为老大，结婚后一直与父母挤在不足六十平米小楼房，生活起居很不方便。我和父亲说："分配给我一套房子吧？"我第一次为房子向父亲提出要求。得到的回答是："矿上还有不如你的人家呢。"我只好体谅父亲的难处，放下了这事。

有一次亲戚聚会中，我的姨妈、姨夫、舅舅、舅妈来到我们家，看到我们住房不仅不方便，我蹒跚学步的女儿没有平地可走，跌跌撞撞很不安全，便求着父亲说："铭喜一家三口和你们同住确实有困难……"不等下句说完，父亲严肃地说："听你们的话，同样的条件，大家都找我怎么办？"我一看，这次又泡汤了。

女儿长大了，我工作也很忙，楼房越盖越多，我又一次通过组织，以无房户提出住房申请，父亲说："经过研究讨论，分配给你一套虎窝盖的楼房。"我喜出望外，急忙随同爱人去看，结

武铭喜、爱人和女儿全家照

我们是矿工儿女

果爱人失望地说："楼层不好，光线也不好，对女儿学习很不利。"回家我问父亲，能不能换一套？父亲却说："知足吧！还有好多年轻人没分到房子呢！"我劝导了爱人，住了下来。

当矿上楼房一栋栋拔地而起，房产室也更改为房产科，父亲的工作量随之增加了好几倍。不少的同乡、同学、同事、知心朋友、亲戚、老上级纷纷登门拜访，甚至拿一些礼物，让父亲给他们解决住房。父亲总是动之以情、晓之以理，耐心细致地一一做好解释工作，但是拒收任何礼物。

有一次，父亲刚回到家，就听到有人敲门，用辨别不出的嗓音说："老武，我来看您，给我开开门吧。"父亲急忙打开门一看，却是二弟玉喜捏住嗓子在和老爸开玩笑。我们兄弟们见状后都捧腹大笑。父亲却半生气、半好笑地说："儿子，不可以开这样的玩笑！你是觉得爸爸每天不忙不累？还是不知道爸爸最怕有人找上门来？"我觉得爸爸这个工作真是不好干，很心疼爸爸。

眼看矿上居住环境越来越好了，我们同大家一样想下山搬迁到西山矿务局西铭矿 412 小区居住。这个小区已属于矿务局的地界，平展展的马路，有好几路的公交车，大剧院大饭店，和太原市中心差不了多少。

当时，我正在北京学习，其间去看望了我的高中班主任赵老师，他问到了我的家庭居住情况，我忍不住向老师诉了一番苦。说父亲虽然在房管处工作，却根本不考虑我的住房问题，赵老师听出我对父亲怨言很大，感慨地对我说："你要设身处地，体谅父亲的工作，他这样的岗位，一举一动都在聚光灯下，必须处处行得正立得直，经得起群众的议论和挑剔。"赵老师的一席话，增加了我对父亲的理解。

但我的住房问题也不能一直久拖不决。恰逢当时矿上安排山上的住家能下山的尽量搬家下山，入住矿工宿舍新区。这次我不

想再让父亲为难，决定"公事公办"，自己出面向组织申请住房，向矿领导谈了家庭住房困难、我的工龄、职称、业绩等。这些"硬指标"不说大家也都知道。领导直接把电话打到房管科说："老武，这次分房，给供应科的武科长分一套吧。"并且立马为我点了一套房子。电话那头说："知道了，那是我儿子。"等到张榜公布，我傻眼了：根本不是领导为我安排的那套房子。在大规模分配住房中，不仅是我，还有我弟弟家、妹妹家全都是不好的户型。兄妹几个没有一家分到楼层和采光好的房子。

二弟武玉喜在矿地质科工作多年，完全够分房条件，至今还住在大虎沟山上旧楼的最高一层，当时我跟父亲说："哪怕不好的层次，让二弟搬到北寒 413 小区也行，离我们近点，互相也好有个照顾，不然的话，这次分完房，明年你就退休了，以后就再也没有机会了！"但父亲始终不松口。外人可能不相信，父亲直到退休，也没有给自己分一套理想的房子，看到他日渐衰老的身影，每天拖着行走不便的腿，在老旧的楼梯上爬上爬下，心中难免百感交集。

我们兄妹们在年夜饭时问："爸爸，你手中有权，为什么我们不但沾不了光，反而受了拖累？"父亲第四次做出了回答："孩子们，爸爸手中的这点儿权力是为西铭矿矿工服务的，你们是爸爸的儿女，你们应该支持爸爸的工作，不要让别人说三道四有意见。"听了父亲的肺腑之言，我们都默默认同。这就是父亲对我们最朴素的家教。

虽然父亲在工作中对我们铁面无私，近于苛刻，但生活中却对我们关怀备至、疼爱有加。上学的第一天，父亲就教育我们好好学习、认真读书、听老师的话、做一个好孩子。在学习中，我们兄妹们比学习、比听话、比谁是父亲的好孩子。记得父亲总在工作之余陪我们写作业，帮我们查字典、为我们削铅笔……在偶尔休息的日子，陪我们去爬山，去大西铭村姥爷家认识农作物长啥样，给我们讲雷锋的故事，制作铁滚圈让我们玩耍。

一个家庭的和睦兴旺，离不开一个忠诚贤惠的妻子。而我们的母亲就是这样的"贤内助"。她18岁嫁给我的父亲，一生任劳任怨、无怨无悔。随着我们逐渐长大，才认识到善良、朴实、勤劳、节俭的母亲，于孩子于家庭的重要。她用自己的巧手让全家人享受到了更多的生活美好。家中的粗茶淡饭，在妈妈手中总能花样翻新：槐花拨烂子和红辣椒土豆丝，那香辣可口的滋味，

2006 年，赵致真老师、师娘与我和爱人在武汉合影

家世回首

213·····················

胜过人间所有美味佳肴。特别姥爷家是近郊大西铭村的，若秋季去看姥爷，庄稼地里收割完毕，我们就会去捡那些洒落的土豆、干豆角、玉米棒。回家后妈妈就会把它们变成美食新炊。这些"稀罕"妈妈也会分送给左邻右舍，品尝过的人都赞不绝口。有时我还带到学校在同学中炫耀，我的发小同班的二平，吃了一顿没有解馋，还和我约定下次再给他带些吃。

为了省钱，我家一直用着15W的灯泡，母亲经常夜晚在昏黄的灯光下，在一家人熟睡的呼呼声中，给我们兄妹们纳鞋底、做鞋帮、裁剪衣服、补补丁。记得我小学快毕业时，母亲为了贴补家用，到矿上报名当了一名临时工人，和邻居雷德庆的母亲到位于斜坡运输区的煤溜子旁，从一米多宽的皮带上面快速地拣出或抱下混在煤炭中的矸石——只有含矸石低的煤炭才会获得更高的等级。

"捡矸石"是个危险活，快速运行的皮带，一不留神就会有挤伤手、砸伤脚的危险。而且还是三班倒。母亲从不迟到、早退，总是正点接班、晚点交班。每天在班中用餐时，女工们从各自的铝制饭盒中互相品尝张家的豆芽拌饭、李家的土豆酸白菜、甜窝头，母亲和大家相处得很是融洽。走出家门，来到姐妹中，母亲得到了另一种快乐。但这个工作

妇女在运煤皮带上拣矸石

我们是矿工儿女

实在不适合母亲干，劳动强度太大，而她实在是太瘦小了。清楚地记得，母亲每次下班回家，我们都不敢认她，瘦弱的身体还要顺带背一兜子小炭块，手黑、脸黑、全身衣服黑，只有两排洁白的牙齿，让我们认出来这是母亲。我们兄妹们赶紧在家中铁炉上烧了一盆又一盆的热水，让母亲洗洗涮涮……

有些了解我们家的人说："铭喜妈，你让铭喜爸爸找人，给你换个工种吧。"母亲总是含笑谢绝。母亲舍不得为自己的事让父亲为难。她天生就是来助父亲一臂之力的。父亲懂得母亲的深情。两人一辈子相亲相爱。父母亲的言传身教，潜移默化，逐渐成为我的人生标杆。我的妻子素琴也如我的母亲，永远站在我的身后，在我遇到困难时，送来勇气和力量。

如今，父母虽然已离开了我们，原以为父母离我们而去后，留给我的最多的只是思念。而实际上，我却能清晰地感受到，父亲仍然在我的身边，指点着我们的一言一行。

供应科是西铭矿的要害部门，它关系到整个矿区的生产生活，前方后方的协调发展，关系到煤炭生产的效率和质量，全矿工人的安全福利等……从小到一个螺丝钉，大到几百万元的重型设备，都要做到心中有数，不浪费国家的一分钱、一袋沙子、一袋水泥。每天忙忙碌碌，无片刻之闲。但每当矿上组织地面科室和辅助工种人员下坑参加高产。我总是自报做带队。有同志劝我留在办公室坐镇，并保证他们不会让供应科落后。我感谢同志们的关心，每次仍坚持带队，深入矿井第一线，出了坑口再加班完成本职任务。我常会默默地想，如果父亲在，他会叫我怎么做？他一定会称赞自己的儿子做得对、做得好。

在矿上所有工种里面，供应科是一个既有钱又有权的部门，自然想挤进来的关系户不少。而我是土生土长的西铭矿工人，抬头不见低头见的发小，同学、同事、老乡随处可遇，走在路上，

武铭喜与同事在井下掘进工作面

跨进办公室，以致下班回家总有人候着，都是同一个意思，让我开绿灯进供应科。"铭喜，把我家亲戚调到你供应科吧。""铭喜，同学最知根知底的，让我到咱供应科的某某岗位吧。"甚至有领导也跟我打过类似的招呼。我该怎么办？我首先想到的是，如果父亲在，他会怎么办？答案当然是任人唯贤！

我在供应科科长的岗位上，一干就是20余年，有些小辈们先后提拔了、升迁了，有些同志们劝我说，你在供应科名声这么大，年年获得红旗标兵单位，还参加过各种脱产学习和专业培训班。特别是连续两届当选万柏林区人大代表，上上下下都有很好的口碑，你完全可以再上一个台阶，你不去找组织汇报思想，我们去帮你汇报。

我婉谢了同志们的心意。了解和关心我的局领导也曾经问过，有没有想法再上一个台阶？我立刻就想到父亲，他老人家的态度是一定不会让我求人帮自己上台阶。于是我平平静静地工作，直

我们是矿工儿女

武铭喜全家福

到平平静静地退休。

　　感谢亲爱的父母亲，你们将继续伴随和指引我，走完正正堂堂的人生历程！

2022 年 11 月 18 日

祖孙三代矿山人

薛文俊

　　我父亲叫薛拴弟，1932年出生在山西省太原市古交区草庄头武家湾村。在西铭矿还没有成立之前的1947年，他就告别了家乡，来到山西太原居住的一位老乡家。后经老乡介绍来到西山一大户人家做零工、管吃住、没工钱。为了生活，父亲一干就是三年多。

　　听父亲讲：1950年初，他在西铭山上找到一处小煤窑工作，小煤窑是地方政府办的，就坐落在西山七里沟南侧的山沟里。这个山沟就叫三岔口。顾名思义三岔口就是有三个岔口，它三面环山，向西南方向延伸的一条沟叫井儿沟。父亲就在这个名叫井儿沟的小煤窑，开始了下窑挖煤的生涯。

　　父亲说，当年的小煤窑有主、副两个坑口，是一座新挖掘的煤窑。主坑为竖井开拓，井口直径为2米多、深25米左右，用于提升运煤。井底沿煤层掘进巷道，用木棚支护；采煤区巷道用木点柱支护；采掘掌子面打信号木支柱，支柱数量极少。

　　副坑斜巷掘进，坑口高不足两米，宽也就是一米多。用于运料，通风、人畜行走，斜巷从坑口向下延伸一段距离是缓坡，木棚支护。

　　矿工进出煤窑时，头戴一盏"电石灯"，到掌子面巷道拉煤时，要低头弯腰。一手拿着赶牛的鞭子，另一手扶着用藤条编织装煤的长型筐子。这就是运煤的工具，俗称"拖儿 tuō er"。

我们是矿工儿女

当时，小煤窑采用残柱式采煤法，井下通风条件极差，回采率仅有30%。矿工们进到采煤区的掌子面后，将"电石灯"挂在巷壁或木支柱上照明，从"电石灯"灯头喷出的火苗有一寸多长，忽闪忽闪的电石火苗照射到挖煤的地方。

采掘面有3—4人作业，2人负责破煤，2人负责装运煤。采掘工首先在煤壁上凿壕、刨根，接着用手锤打钎，再用手镐斩脚、把炭块落下来。在开风贯时，也用手摇钻打眼，装黑色火药爆破，一般打一个中心眼作为掏槽，两帮都用手镐刨。工人将用镐头将煤刨松后，装运工用铁锹将煤一锹一锹地铲到藤条筐子里。装满后，赶着牛拖车把煤运到坑底煤场，通过辘轳提升到地面翻转倒入到煤场里，由木制马车沿盘山土路运送出去。

小煤窑整个掘巷，挖煤、运煤过程，全靠人工完成。牛拖车运煤在当时来讲，就算先进了。从前，往外运煤得靠人背或拖，煤窑工人的劳动强度可想而知。牛拉"拖儿tuo er"运煤的方式，大大减轻了工人的劳动强度，也促进了煤炭生产安全，加快了运煤的速度。

父亲在井儿沟小煤窑当过采掘工、运输工，刨煤支护打眼放炮样样工种都干过。苦活，累活、危险活抢着干，运输工干的时间最长。

听父亲说：他非常心疼他赶的那头牛。牛费劲地从坑下拉着筐子里的煤，在漆黑的巷道里，呼哧呼哧地喘着粗气往外拉着煤。

他从来不舍得用鞭子抽打它，干完工作出坑后，父亲总是用手抚摸着牛背，好似在说："你一定累了吧。"而父亲不觉得自己累，下班后，就到山坡上割青草去喂牛，还要储存冬天的牛草，就这样在井儿沟这座小煤窑干了五年多。由于他在工作中吃苦耐劳，积极肯干，赢得了党组织的认可，被吸收为中国共产党党员。

1956年，西山矿务局西铭矿成立，由地方国营企业变为煤炭部所属国营企业。我父亲成为一名正式的西铭矿采煤工人。我们家也就安置在矿上为职工盖在三岔口的宿舍区。起初，在西面坡上的中段只盖有十几间土平房，完全是用土坯盖起来的。

后来，在小河的南面盖起了石头房。随着职工家属的不断随迁，在西面的山顶上又盖起了平房和红瓦房。随着职工子女的不断出生，又盖起了一户两间的宿舍。我家也就从土平房搬到了山顶上的瓦房里了。

1961 年，父母亲与我合影

当年我出生了，父亲给我取的小名叫"牛牛"。也许是父亲对牛有一种特殊的情感吧，至今无论是发小，同学、同事、朋友都用"牛牛"这个小名称呼我，很少有人称呼我的大名——薛文俊。

1959 年，西山矿务局职工庆祝新中国成立十周年

我们是矿工儿女

可能是在录用的新工人中间，领导知道了我父亲曾有五年的挖煤经历，就将父亲分配到西铭矿采煤火箭队，虽然这里的采煤条件比在小煤窑挖煤先进了许多，但仍然是一种相对落后的采煤方式。

1955年前，矿井还在沿用残柱式采煤法。采煤用人工打眼放炮落煤，小铁锹往矿车上装煤，从工作面一直到大巷都是靠人推车、牛拉车运煤。从井底用绞车提升到地面；采场用坑木支护顶板。工人劳动强度大，生产效率低。

1956年后，随着科技的进步，国家对煤炭需求的增加，安全生产的重视，不断对井下生产系统进行改造，应用采煤新技术新装备新工艺。采煤面用上了采煤机割煤，煤电钻打炮眼，安全型炸药配电雷管，摩擦金属支柱配铰接顶梁支护顶板。由原来小铁锹变为了大铁锹往煤溜子上擢煤的工具，煤通过工作面溜子转至皮带上运送到地下采区煤库。再用电机车将煤车运至井底，然后由绞车提升到地面。

每当工作面爆破时，父亲总是抢先在前，父亲脖子上用红绳绳系的一个发了黑的口哨，那条红绳绳是母亲专为父亲选的，寓意平安。

父亲吹响第一声口哨，是提示在工作面的职工躲到安全的地方，吹响第二声口哨，是提醒职工们不要走动，开始炸药爆破了。第三声口哨是解除警戒爆破完成了。

那时的工人们在井下作业基本不戴口罩，只能任由煤粉尘吸入肺部，很多职工得了煤矽肺职业病。工人们也没有班中餐，上班时只能靠自带干粮充饥。

西铭矿还有个七里沟坑，是斜井开拓。我父亲也在这里工作过。当时，七里沟坑下巷道中布置了窄轨，一开始的运煤方式是从采掘面开始将一吨煤车靠人推，牛拉运到井底车场，再由钢丝绳绞车提升到地面坑口。

1957年元月，西铭矿七里沟至斜坡的电车路建成通车后，各坑口的煤全部由电车牵引煤车运至斜坡，再由绞车下放后翻入煤库装火车外运。

1961年2月，西铭矿七里沟平峒投产后，开始使用了电机车运输。1966年10月，西铭矿玉门平峒建成投产，全矿原煤运输系统从七里沟改为由玉门平峒统一运输。

1984年11月，矿井生产出的煤从井下采区煤仓通过电车牵引3吨底卸式矿车运输到玉门井口卸载煤仓。通过井下胶带输送机运至斜坡皮带峒口，再用胶带输送机运至山下煤库外运。从而加快了矿井运煤速度，改善了矿区地面环境。

后来，我还特意跑到七里沟坑口看了看，井口大，提升一吨矿车，绞车运输功率大！离七里沟坑口不远处就是职工食堂，转个弯就是职工宿舍的四层楼房。至七里沟坑口不再提升煤炭，改由玉门平峒运输后，从此，玉门平峒作为西铭矿的矿井一直沿用至今。

父亲就是这样为了让全家人过上好的日子，为了国家的煤炭事业，不论炎热的夏天，还是严寒的冬天，辛勤的汗水与煤尘交融，身上每个毛孔都被嵌进黑色的煤粉尘。井下那么闷热，耳边响彻着采煤机、运输机、通风机等设备运转时发出的噪声，沉闷的环境，他年复一年工作在采煤第一线。父亲为煤矿建设在井下工作了41年，于1988年光荣退休。

记事以来，我从小就贪玩，同年龄段孩子玩过的游戏，我无不精通。经常口袋里装着用烟盒折叠成的三角形，称为"元宝"，用来和小伙伴们玩拍打"元宝"的游戏。家里放着我用铁丝自制的弹弓，专打树上的麻雀。还有冬天玩滑冰的冰车。我和小伙伴们还到石千峰山的树林里采过蘑菇，挖过野菜，摘过野桃野杏，捡过地皮菜，割过醋溜溜等等。儿时这些丰富多彩的经历，自今都记得非常清晰。

1974年夏天，我高中毕业。西铭矿照顾困难职工家庭，我家符合招工条件，父亲给我报了名，我被录取了。但我没有穿工作服去上班，而是选择了戴草帽、背水壶到农村锻炼。毅然和高中毕业的同学，李德全，张忠宝，王玉梅一起，奔赴山西省文水县梁家堡村接受贫下中农再教育，一干就是四年。

插队走时，我对父亲说："我一定会回来接你的班。"我走后，母亲为了贴补家用，到了离家较远的斜坡金属网厂做临时工。为坑下防止顶帮煤岩体脱落编制金属护网。

1978年12月，我回到了生我养我的西铭矿工作。上班的第一天，父亲以一个老党员，老矿工的身份教育我说："牛牛好好干，不要给我丢脸，因为你是矿工的儿子。"我被分配到采煤三队，做了一名采煤工人。

由于自己年轻，精力旺盛，又踏实肯干，一年后，我被调到了西铭矿新成立的综掘四队工作，参加了局里组织的综掘机技能培训，后来担任综掘四队机电队长。肩负重任，在掘进生产中，分管掘进工作面的供电，设备维护、检修等项工作。保证掘进设备的正常运行。

1986年，我从综掘四队调入保运队任队长。当时虽然井下采煤运输机械化程度有一定提升，但在井下千米以上巷道深处作业，对自己身体和心理都是极大的考验。

我带着保运队工人，检查煤溜子及皮带运行中存在的安全隐患，运作是否畅通。如煤溜子上的煤撒在地面上，工人们便用铁锹铲到煤溜子上，保证运输环境干净利落。

在保运队工作期间，由于我勤勤恳恳，埋头苦干，不计个人得失，得到了领导和工友们的好评。于1990年光荣加入中国共产党。

随着科技的进步，综采工作面安全生产得到了质的提升，液压支架顶部的自动喷雾，有效地控制了粉尘，改善了工人的工作环境，推行煤尘注水，瓦斯提前预抽，防尘防爆成为采煤工艺的重要组成部分，采煤工人在工作面戴有专用的防尘口罩，减少了

煤矿工人用大锹装煤

煤矿工人用电钻打眼装炸药

井下用金属支架支护顶板

水力采煤

粉尘吸入量，降低了煤矽肺的发病率。

1992 年，我调到公安保卫科任管理车辆组长。主要管理全矿车辆审验，保证行车安全。2000 年，调到矿汽运公司当生产经理。任务重、责任大，管理着数百辆车，有铲车、吊车、卡车、推土机、挖掘机、服务矿山的建设。

其中有大型接送车 28 辆，接送职工上班下班，专线西铭矿到太原，专线西铭矿到矿务局往返线路。管理工人 160 多人，有司机、有修理工、有后勤人员、有保洁人员、有保养汽车打蜡人员、有跟车服务人员等。

在我任汽车运输公司生产经理的 13 年里，西铭矿交通运输有了很大的改变。从斜坡下通往斜坡上的盘山公路，用水泥石头加固了，路修宽了，弯道也不那么急了。

从斜坡到玉门办公楼修了一条宽敞的公路，从玉门办公楼到七里沟中段的修理部，路也畅通了很多。二工地到三岔口虽然是不太重要的地方，也有了能通汽车的公路了。到西铭矿办公楼，到大虎沟桥东，桥西，职工医院可在西山脚下乘坐公交车顺利到达。

2013 年，我退居二线后。山西雨光鼎盛建筑工程有限公司的领导，得知我在井下一线工作多年，并具有很好的管理经验，对工作非常认真负责，特聘我为公司副总经理。负责井下掘进施工，深入到临汾，寿阳、阳泉、长治等煤矿发挥我的余热，为煤矿建设贡献自己的一份力量，预计 2023 年才正式退休。

我的儿子，大学毕业后，应招到西铭矿当了一名正式职工。

分配到地销办。专搞外销，就是把西铭矿的煤用火车和汽车运销到祖国的四面八方。

儿子第一天上班时，我也像当年父亲那样，嘱咐我的儿子："儿子好好干，不要给我丢脸，要记住你是矿工的儿子。"站在

一排中间薛文俊、右一孙子，二排左二儿子

我一旁的孙子说："爷爷我长大了，大学毕业了，也要回西铭矿当工人。"

孙子的一句话，让我十分高兴。我摸了摸孙子的头说："好，你将来就是咱们家矿山建设的第四代。"孙子看着我兴奋地点了点头。

2022 年 12 月 12 日

寸草春晖

高鸿建

　　我的父亲高三和，三叔高三货，兄弟两人是西铭矿的采煤工。他们是矿山的建设者，也是矿山历史的见证人。他们为矿山发展壮大奉献了毕生精力，他们的功绩已经载入了矿山史册。

　　我的父亲，三叔，都出生在山西平遥县洪善镇曹冀村一个贫苦的农民家庭。木讷的父亲，一心想要跟着父母长兄，在家安心种地，娶妻生子，安安分分过一辈子。

　　1949年4月，太原解放了。结束了阎锡山长达38年的统治，山西的历史车轮进入了人民当家作主的新时代。战后重建的太原市，重工业快速发展，急需大批人员参加到轰轰烈烈的社会主义建设中。大伯由老家来到了太原西山西铭焦炭厂（西铭矿的前身），生活过得还可以，就把我的父亲也带过来，人多好照应，生活也比农村富裕些。

　　至此，我父亲离开了老家平遥，来到了太原西山西铭焦炭厂。此后，父亲先后在胡沙帽、七里沟、玉门等煤矿下过井。从一开始为生计劳作，到后来为祖国煤炭事业贡献力量，他劳动的热情空前高涨。第二年把我的三叔也带来了矿上，由于特殊原因，父亲高三和，三叔高三货几乎像同一个名字，当时，矿上老一辈的矿工都知道，"矿上两个高三货（和），一个更比一个强，二人

我的大伯高树茂（左三）任西铭矿煤库火　大伯高树茂（前排中）和工友们
车站站长

本是亲兄弟，你追我赶不相让。"两人同时入了党，又几乎同时提了干，在矿上传为佳话。

父亲埋头苦干，任劳任怨，入党后在工程二队当队长，能圆满完成矿上下达的生产任务。

三叔高三货，工作能力远远超过父亲。当年他带的西铭矿采煤三队，是煤炭部树立的典型样板队。由于他工作能力强，表现突出，局里曾委任他为杜儿坪矿副矿长，但他是个执拗的人，担心自己能力有限，觉得应该把这样重要的岗位留给更强的人。他是从采煤三队干出来的，他在三队与工人们朝夕相处多年，有着深厚的感情，队伍凝聚力强。他也不想把自己的队伍抛下，甩甩手就走，于是婉言谢绝了这次"升迁"。最后三叔还是留在了西铭矿，担任三采区区长。

1956年1月，国家为了工业生产需要，将西山西铭焦炭厂、七里沟煤矿、荄子沟煤矿和胡沙帽煤矿集中，成立了西山矿务局西铭矿，并由地方煤矿转为国营煤矿。

同年8月，我出生于荄子沟，我的出生给父母带来了欢乐。那些年，母亲忙着操持家务，父亲在胡沙帽上班，早上四五点，

我们是矿工儿女

天还不亮，就要去上班。当时路很远，人们都是要一步步爬上山再下山才能到井口。工人的工作餐自己带，吃饭也没个点，只能等工作安排妥当后，抽空借着那昏黄的矿灯，扒拉着已经冰凉的饭。父亲一直有胃疾，这样的生活，不仅磨炼了他刚毅的性格，也损害着他那薄弱的肠胃。隔一段时间，他就会难受一阵儿，但咋也不能耽误上班，就只能在回家时多吃点热的，自己调养。母亲一天到晚在家忙活着做饭洗衣，缝缝补补。平时全家省吃俭用，好吃的都留给父亲这个主劳力。母亲还要积极参与各种家属活动，她一向乐于助人，常常帮助困难的邻居。我的出生，给家里艰难的生活平添了忙碌，但也许在父母心里，更多的是带来了喜悦和慰藉吧。

1960 年，我们家搬到了大虎沟石头房，虽居住条件好一些，但父亲上班的路离家更远了。当时正赶上三年困难时期，物资匮乏，家里经常饥一顿饱一顿。母亲曾经告诉我，那些年，能吃的东西大都留给父亲和我了。一次母亲从菜站捡了点儿白菜帮子，

西铭矿采煤三队领导研究工作
左起：李炳全（采煤三队党支部书记）、高三货（采煤三队队长）、李世兴（采煤三队副队长）西铭矿采煤三队当时荣获全国红旗采煤队称号

煮来给我吃。但我也是饿极了，端来一碗还没来得及吃，就不慎将碗打翻了。母亲说她那次没有打我，只是自己找个地方哭，大概连我父亲也不一定知道这事。艰难的日子总是让人心酸，但挺过来后就会更加坚强。后来家里条件渐渐好些，母亲在公社居委会帮忙，多少有些补贴。由于母亲对家属工作认真负责，当上了副主任，也光荣地加入了中国共产党。家境宽裕后，家里又陆续添了妹妹和弟弟，日子过得其乐融融了。

1966 年，在回家乘坐矿区乘人车时不慎摔倒，车轮从我的左脚上轧了过去。我记不清当时的疼痛，但依稀记着那一刻的恐惧怕以后可能也要瘸了。

但是真正的痛苦，却是我母亲承受的。当时组织上给了我们家极大的帮助，但是我的伤还是给家里带来了沉重打击。母亲平日照顾好一家的饮食起居，剩下的时间都用来带我去疗伤。矿上的医院条件差，医疗技术落后，只能勉强把我脚上的伤口缝合，每到冬天，伤疤便开始皲裂，里面也开始溃烂。看伤只能到矿务局医院。那两年我无法独立行走，每次去治疗都必须由母亲背着。父亲当时已提拔为队长，本来就一心扑在工作上，挑起担子后更不能放下队上的事。虽然很疼爱我，但也只能在下班后尽点力。所以我每次看伤都是母亲背着。我已经不是儿童，而是好几十斤重的半大小子了。趴在母亲背上，看她踏过石头房蜿蜒崎岖的小路，步态蹒跚，汗流浃背，送儿子去做效果并不明显的治疗。我心疼母亲，责怪自己，常不禁暗暗流下眼泪。

偶然有一次，大伯正好遇上一位见多识广的朋友，介绍我去省人民医院看病。母亲眼看有了新的希望，背着我，一路背到斜坡，乘缆车到斜坡底，再步行半小时后到达西铭公交站，乘着 7路（1983 年后变为 16 路）公交车到五一广场，再倒 3 路电车，来到省人民医院。多次往返后，那条漫长而陌生的路，对母亲来说已经是轻车熟路了。"谁言寸草心，报得三春晖。"靠着伟大的母爱，我终于在一次次手术和治疗后渐渐康复。

父亲一个人的工资支撑一家七口人的生活，原本就很拮据。我受伤后，高额的医药费更让家里不堪重负，居委会看在眼里，便特许我母亲售卖冰糕。母亲非常珍惜这次机会，每日背着装有30多斤冰糕的木箱，再覆上小棉被，游走于大虎沟的桥西、桥东、石头房。有时生意不好，也会多走些地方，甚至走到虎窝、玉门等地。回到家就很迟了。平日吃饭也没个时间。夏日酷暑，骄阳似火，热得人几乎喘不上气来。人们坐着还出汗，但勤苦的母亲宁愿天更热，好能多卖一些冰糕。自己渴了也舍不得吃上一根，这和我们课本上的诗《卖炭翁》写的"心忧炭贱愿天寒"，都是同一个道理啊。当时我也是不懂事，如果和同学遇上母亲，都会和母亲要上些冰糕，送给同学吃。长大了再回忆起来，问母亲，当时你生气不？母亲说："你因为脚伤耽误上学，与同学相处时间少，妈妈赔上几个冰糕，看到孩子们都乐于和你玩，能不开心吗？"

而卖冰糕是分季节的，不管你如何辛苦，进入秋季天凉就没人买了。为了一年四季都有活干，多挣钱，更好补贴家用。一次偶然的机遇，母亲有了出去学习理发的机会。待到理发学成归来，母亲和邻居家属合伙，在大虎沟西楼一层开了一家理发店，母亲早出晚归十分辛苦。我便每天放学后去大虎沟食堂茶炉房挑热水，供母亲理发洗头用。并且主动回家照顾弟弟妹妹，帮助母亲做做家务。当好大哥哥，给弟弟妹妹做榜样。母亲理发成了她心爱的事业，一干就是好些年，直到后来还给她调皮的孙子理发。

我因看伤，经常不能到校上课，小学基础不扎实。初中阶段努力学习，奋起直追，终于迎头赶上。我不但加入了红卫兵，了却了我少年时的心愿，而且还加入了共青团，成为初中一班的学习委员。上高中后我依然是班委一员。高中期间班里学习氛围很浓，下学后，按居住地成立了学习小组。我们大虎沟石头房学习小组有武铭喜，石斌、王永如、王绍涵和我。彼此学习成绩大大提高。我们班之所以有这么强的学习氛围，得益于班主任赵老师超前的教学理念，精心的组织引导。

1972 年，与同学在大虎沟合影
左起：高鸿建、王绍涵、武铭喜

1974 年冬天，我参加了工作，家里日子过得很不错。父亲退休前，担任了工程十三队的书记，他言语不多，工作中的事，更很少和我们说。父亲对儿女要求很严，叫我们认真做事，正派做人。退休后父亲和朋友合伙开了个饭店贴补家用，我那个馋儿子，有时就偷偷跑去混一顿过油肉吃。后来母亲因身体原因，就不再去理发了。从母亲口中知道，父亲几十年就知道干活，从来不带家里人去玩玩。这一辈子进城仅有两三次，连城里的路都不一定认识。我父亲退休后，为了看看最近挖出的文物，带着我儿子一大早徒步走到闫家沟，我得知后不禁感慨万千。父亲再不用上班了，才算有了闲情逸致，领着小孙子出去溜达溜达。

儿子高保峰小时候，我经常以赵老师的品德操行为榜样，严格要求他。鼓励他看赵老师编撰的《凯丽阿姨讲科学》，教育他从小爱科学，学科学。儿子从小学到高中刻苦努力，成绩在班级名列前茅。高考时由于失误，一本线只差两分，二本不愿意上。看到同学们个个都考取了重点学校，于是他下决心选择了补习，争取考取重点学校。去补习学校那天，我和他二叔两个老头为他扛着行李，一路累得满头大汗，气喘吁吁，他觉得再不努力学习愧对父辈，于是格外奋发，志在必得。第二年终于过了一本线，考取了山东大学。毕业后，应聘到山东航空公司（青岛）工作。

人啊人，年轻时候总以为能把握自己的一辈子，我父亲以为会在家种一辈子地，却年纪轻轻离开平遥老家，在太原西山过完了后半辈子。我以为自己能在太原西山安度晚年，但是老了老了还来到青岛。

山东青岛位于山东半岛的胶州湾内，有着得天独厚的海岸和海岛，环境气候非常好，不愧为"人间仙境"。这里能看到汹涌澎湃的大海，风景秀丽的崂山，更有传说中八仙过海的蓬莱仙境，是一座美丽的城市。现在我和老伴贵金在青岛带孙子，虽然累但儿孙绕膝，其乐融融，共享天伦之乐。最近我和老伴也喜欢上了体育锻炼，抖空竹，打太极、八段锦，过着神仙眷侣的生活！靠着这运动还认识了好多从五湖四海来到青岛带娃的朋友，闲时聊聊家常，谈谈时代的变革，当

高鸿建和妻子在青岛体育锻炼近照

前的大好形势，生活过得轻松自在。

  而怀旧，总是我和老伴说不完的话题。想到我可敬可亲的父亲母亲，想到学生时代的老师同学，这份情谊永远是我们心中最温馨的记忆和最绵长的思绪。

2022 年 12 月 1 日

我的父亲母亲

王绍涵

父爱如高山，母爱似大海。父亲就是慈祥、憨厚、朴实的象征，母亲就是善良、睿智、勤劳的诠释。他们用全部的心血和精力，生养教育我们兄妹五人长大成人。

父母没留下多少物质上的东西，但父母淳朴善良的品行，却成了我们五个儿女的传家之宝。

父亲王致镛（1922年11月21日—1995年2月18日），小名宝宝，别名王歧荣（据说是由于刻名章失误而一直沿用），山

父母合照

父亲王致镛

西省孝义市新庄村人。在堂兄弟中排行老十，亲兄弟中上有五个哥哥、一个姐姐，下有两个妹妹。

说起父亲的一生，可谓时运不济、命运多舛。因其姨姨家只有一个表姐（叫孙金凤）没有男丁，在他年幼时，便被送到城关镇桥北南巷给姨姨家顶门，姨夫孙世环还为其改名为孙生虎。1930年3月14日，爷爷九畴公就去世了，当时父亲八岁，他回新庄村奔丧，认祖归宗后便再未回孙家。幼年送人、少年丧父，确是人生中的一大不幸，但父亲是个懂得感恩的人，记得他生前常对我们兄弟姐妹说："孙家对他不错，尤其是姨夫膝下无子，对他疼爱有加、视为己出。"在我们小时候，因姥姥家和孙家离得很近，桥南、桥北只间隔一条马路，在当时父母合计月收入百元的情况下，交代我们每次放暑假回姥姥家时，一定要捎给孙爷爷、孙奶奶十元钱，以尽孝心。当孙爷爷过世时，父亲也亲自回去披麻戴孝，为其送终，以报孙家抚育之恩。

父亲十八岁时生了一场大病，属于青春期抑郁，吃了很多草药都不见好转。我奶奶听信了别人的话，让自己的儿子信了"耶稣教"，却没见成效。最后是家人的关爱，使得我父亲的病情逐渐好转。在和母亲成婚后，父亲的病居然痊愈，从此他的命运也彻底改变了。

父亲病好后，只身来到太原求学，报名考取了阎锡山创办的青年军官教导团，并被任命为上士班长。父亲回忆说："青军团训练很苦，每天早晨必须绕城墙跑一圈，回来才吃早饭。"后来太原解放，父亲转为中国人民解放军战士，一年后复员回孝义老家务农。

1951 年，时任西山煤炭所（西山矿务局的前身）生产调度室主任的姑父介绍父亲到西铭焦炭厂（西铭矿的前身）参加工作。寄居在四伯父家坝陵桥 15 号院。现已保留下来成为太原市历史民居。恰巧我现在居住在附近，时常去瞻仰故居、缅怀双亲。

1954 年，父亲搬到西铭焦炭厂旧矿部的小树林宿舍居住，1956 年 9 月阴历二十七，我在此地出生。父亲则在西铭焦炭厂七里沟东坡上叫"骆驼脖"的地方上班，炼焦炭，任管理员。父亲很珍惜这份工作，对工作认真负责、和工友关系很好。小时候大哥和平曾经多次带我到此地捡焦炭，还依稀记得父亲工作的破旧小屋。

1955 年矿上成立土建队，任命父亲担任队长，给职工在大虎沟的桥东、桥西、石头房的山坡上建造职工宿舍，父亲带领工程技术人员实地勘察，绘制图纸。又和工人们一起平整山坡，一排排平房宿舍，拔地而起，解决了 600 多户职工的住房问题，使他们能安心地投入到矿山建设中。父亲的工作，受到了领导的表扬和职工们的好评。随着矿上的发展，1958 年，我家也从山下的旧矿部搬到了石头房的两间半（小双倍）宿舍。

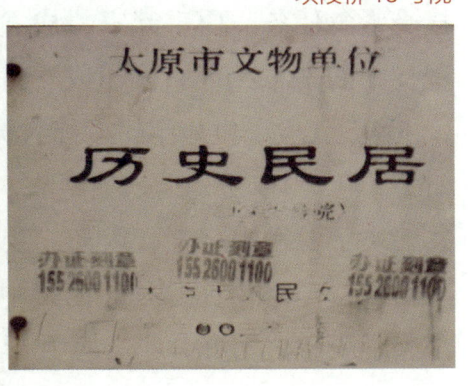

坝陵桥 15 号院

自从房子建成后，四十多年间这些宿舍一直是西铭矿的主要家属区。许多工人再也不需要奔波十多里路，乘坐斜坡的缆车，从山下的旧矿部到半山腰的玉门坑口上班了。

1958年，父亲因工受伤被送到山大一院，情况十分危险，大姑王根兰放下家里的事情，和母亲轮流照顾父亲，直至彻底痊愈。父亲伤好上班后，调任供应科木场管理员，工作勤勤恳恳、任劳任怨，得到了科领导和职工们的一致好评。

1966年"文革"中，父亲因为年轻时加入过耶稣教和青军团，被遣送回孝义老家。为此，父亲十分郁闷，甚至产生过轻生念头。只因心中牵挂家庭，五个孩子都未成人，最大的儿子和平13岁，最小的女儿王艳嗷嗷待哺不到1岁，才没有走这一步。半年后回矿，到山下木场劳动。

1969年，在矿工会主席，矿革委会副主任段斌贤（我小学，高中同学段树平的父亲）的亲自安排和多次督促下，父亲落实了政策，得到平反并补发了工资。父亲调到矿基建科当施工员，这是他擅长和热爱的工作。由于表现突出，1974年提拔为副科长。我还记得年少时，夜已经很深了，父亲依旧伏在灯下看图纸、查资料、看书学习。在施工现场定方案时，只有父亲能凭着经验拍板定稿，被誉为"土工程师"。

1979年知识青年大返城。为了解决本矿知青就业问题，父亲接受紧急任务，白手起家，成立矿劳动服务公司，并担任分管工程技术的副总经理。公司成立时，分为机关（办公室，财务组，劳资组，工会，供应组，工程组）、综合厂（有机加工车间，车工，钳工，电工）、土建队、土产队、缝纫厂、商店，还有七里沟煤窑，共解决了二百多名知青就业，稳定了职工情绪和社会安定。在父亲的带领下，将大虎沟东、西楼中间的臭水沟旋起涵洞，上面填平，盖起了服务公司办公小二楼和旱冰场，后来成了职工文化活动中心。在矿办公楼对面挖山填沟，整出平地，盖起了虎窝食堂和综合公司办公楼。这些业绩，被写进了西铭矿史。

1982 年到龄退休后，因为父亲的光明磊落和与人为善，在业内口碑甚好，被西山建安公司高薪聘请，继续发挥余热。

父亲在矿区工作了 34 年，他把一生最好的年华奉献给了矿区和矿工，超龄返聘，也算是对父亲多年工作的赞许和好评。

父亲是地地道道的农家孩子，完全凭着自身的努力，走出了那个小村庄，见识了外面世界的精彩。作为一名工程技术人员，他几十年的走南闯北，在工作中积累了宝贵的经验，具有丰富的阅历。虽然在社会各层面参加工作多年，但始终不忘农民本色，家中床底下放着两把镢头、两把锄头、一把十指钯、一把地刮子、两把镰刀。多年来，为了改善家庭生活，勤劳的父亲带领我们全家，在附近的山坡上开垦了好几块荒地，春天种上玉米、豆角、土豆、南瓜、胡萝卜、谷子，还有向日葵、洋姜等。等到了秋天收获的季节，我们全家都兴高采烈地到地里掰玉米、摘豆角、摘南瓜、挖土豆。每年我们吃不了，还会给北寒的大姑家和城里的二姑家送一些，共享劳动成果。

父母和三兄弟

父亲心灵手巧，会编制筐篓。"编筐挖篓、全在收口"。上山割下荆条，加温烘软，一根根荆棘条在父亲手里不一会儿就变成了一个箩筐。

父亲还会织毛衣、钩帽子。记得有一年父亲用了一晚上就给我姥姥钩了一顶帽子，姥姥高兴得整天合不拢嘴，直夸父亲手真巧。

父亲还会理发，家中备有一整套理发的工具，还会自己磨理发的推子。我们弟兄三人一直都是父亲给理发，从来不去理发店，逢年过节父亲还会给左邻右舍的邻居免费理发。

父亲会钉鞋，家里备有钉鞋掌和锤子。父亲做得一手好菜，做饭也是一把好手，炒、烹、煎、炸，样样精通，尤其是炒的山西过油肉非常好吃。面食多样，粗粮细做、花样翻新，最擅长的是刀削面、刀拨面，拌凉菜、蒸馒头、打饼子、蒸窝头、包包子、捏饺子，可以说样样精通。在那个大男子主义盛行的年代，父亲做这些一点也不难为情，反而乐此不疲，非常开心。如母亲说的："你爸爸惯着妈妈！把所有的事情都抢着干完了。"有人说，父亲的爱像太阳，照亮我们心灵的每一个角落；有人说，父亲的爱像月亮，永远散发出纯洁的光芒；还有的人说，父亲的爱像星星，布满天空而又无处不在；父亲的爱像大山，既厚重又威严；父亲的爱像磐石，稳固又稳定……

我们所体验到的，正是博大深厚，完美无缺的父爱。儿时以为父亲永远不会老，长大发现父亲老得太快了。有了儿子，还没把他带大，父亲竟离我们而去了。

时间真是不经过，算算父亲离开我们已经整整二十七年了。岁月见证了父亲的伟大。父亲虽没有像母亲那样常有温馨体贴的话语，没有牵手领步的温情，但父亲的爱真挚厚实，毫不做作，寡言少语里带着默默的关怀，严厉不苟中透出深深的爱怜，这种爱是崇高的、无私的。

记得1971年上初中，我觉得上学无用，不想上学了，父亲循循善诱地对我说："知识改变命运，应该多学习！"在父亲的开导劝说下，我不但顺利地读完了初中，而且还上了高中，参加工作后，又上了山西大学成人大专班。

山西大学成人大专班毕业证书

记得 1976 年初刚插队，父亲陪我去城里给知青点集体灶买了一口直径一米的大铁锅和配套笼屉，我发愁没法拿，父亲二话不说，扛起铁锅就走，我的眼睛一下子模糊了，瞬间感到了父亲的高大……

记得 1980 年我参加工作后带女朋友来家做客，见家长、认家门，父亲很高兴，因为他不仅看到我这个儿子立了"业"，而且马上就要成"家"，父亲那个高兴劲儿就别提了。第二年父亲亲自陪我去女方家商量结婚事宜。

记得 1982 年我爱人生下儿子，和父亲一个属相，"老狗和小狗"，爷孙相差整整 60 岁，星期日我和爱人抱上儿子回大虎沟，父亲知道我们要回来，早早就来到大虎沟商店门口等我们，并且抢着抱上孙子往家走，路上碰到熟人，逢人就说："我的小孙子！"充分体现出"隔辈亲"的喜悦之情！

难忘的 1994 年中秋节，这是我们全家团圆的最后一个中秋节。前一天，父亲突感身体不适，母亲陪父亲去医院检查，发现是食道癌早期。为了让全家过好中秋节，母亲故意隐瞒了父亲的病情，第二天通知我们急忙联系山大三院，请了最好的大夫，做了微创手术。家中的孩子包括我的二姑一起轮流照顾。但亲情未能挽回父亲的生命，1995年正月十九，父亲永远地离开了我们，留给我们无限伤感和思念。在父亲人生的最后日子里，母亲强压心中的悲痛，寸步不离、细心照料，虽然病痛的折磨无法代替，但父亲直到离世的那一刻，都面露幸福的笑意。父亲在一个寒风凛冽的初春，走完了73年的人生旅途。古有云：故土难离，叶落归根。父亲在亲友们的帮助下，最终回到了生他养他、魂牵梦绕的故乡——孝义市新庄村。游子回家，入土为安。

我爱父亲！并写下此文来祭奠父亲，愿父亲在地下好好安息！清明回故乡，物是人已非，生死两茫茫，何处话凄凉？唉，少年夫妻老来伴，父亲长眠于地下，母亲只能独受孤雁之苦，唯一欣慰的是子孙绕膝尚可得一时之欢娱。

母亲邓玉兰（1932年2月16日—2017年7月31日），小名金梅，山西省孝义市城关镇人。她姊妹五人，排行老大，有一个弟弟、三个妹妹。记忆中的母亲，一双睿智的眼睛仿佛会说话，永远是笑容满面、和蔼可亲。

母亲和父亲的结合颇有戏剧性，据老辈人讲，我姥爷邓文炳

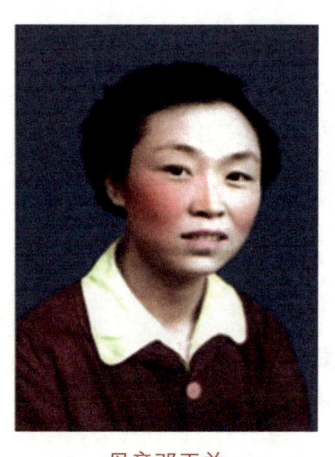
母亲邓玉兰

是河北省束鹿县（今辛集市）人，13岁跟随师傅到山西孝义做皮匠，结婚生子定居孝义。姥爷和我的二伯父有生意上的合作，曾经多次见过我母亲，有一次趁着酒兴，二伯父对我姥爷讲："把你家大姑娘嫁给我家六弟吧！"并拍着胸脯保证说："现在弟弟生病了，但是今后只要自己有吃的，就不会不管弟弟！"姥爷也考虑王家是书香门第，口碑好。

我们是矿工儿女

左起：三姨邓雪兰、母亲邓玉兰、姥姥杨秀英、四姨邓青兰、姥爷
邓文炳、舅舅邓振琦、二姨邓梅兰

竟然醉眼蒙眬点头答应。于是在 1947 年，15 岁的母亲嫁给了 25
岁的父亲——这里应该特别感谢二伯父，是他的一壶老酒成就了
一段美好的姻缘，同时也成就了我们一家人！

父母亲成亲七天后，父亲回太原上学，留母亲在孝义三年。
在父亲的要求和努力下，奶奶为了却父亲的心愿，力排众议，送
我母亲上学。奶奶对我母亲极好，她在孝义的时候，我母亲衣服
破了帮缝补，放学回家给我母亲做好饭菜。

三姑王桂兰比我母亲大一岁，当时还没有出嫁，和母亲特别
要好，两人住在一起，有说不完的知心话，高兴了还一起唱歌，
不知谁给三姑的零花钱，三姑送给母亲买纸笔。后来三姑出嫁，
随三姑夫张继文去天津上班定居。1983 年夏天，我和大妹丽萍、
小妹王艳去天津看望她，提起和母亲的情谊，还泪眼模糊、激动
不已。

我母亲是一个聪明好学的人，三年时间跳级上学，考上了汾
阳师范学校，后因离家较远，又怀上孩子，只好放弃。母亲在家
庭里极能任劳任怨，她性格温和，没有打骂过我们，也没有同任
何人吵过架。因此，虽然在这样的大家庭里，长幼、伯叔、妯娌
相处都很和睦。

1951 年，母亲随父亲来到太原，刚去时没有住的地方，是四

伯父王致镐收留父母住在坝陵桥四伯父家。到太原后，母亲不断自学，父母相敬如宾、携手共度了 48 个春秋。1951 年诞下的双胞胎姊妹花不幸夭折后，母亲陆续生下五个孩子。我的哥哥小名叫和平，我叫二平，弟弟叫三平，长女王莉萍（瑞瑞），次女王艳（阳阳），共我们兄妹五人。这是一个热闹的大家庭。

1956 年的夏天，因父亲在西山矿务局西铭矿工作，全家已于 1954 年搬至旧矿部小树林宿舍居住。当时正逢矿上招聘女工，母亲想报名参加，同在西铭矿工作的二伯父对父亲说："女人应该在家洗衣做饭带孩子，不必抛头露面找工作。"但要强的母亲不听父亲劝说，仍积极报名应聘。领着不满 3 岁的大哥，肚里怀着即将临产的我，和邻居步行十几里路去白家庄矿参加考试，结果

左起：大妹王莉萍（瑞瑞）、王绍涵（二平）、二姑王金兰、大哥王绍澍（和平）、三弟王绍渊（三平）、小妹王艳（阳阳）

我们是矿工儿女

邻居落选了，母亲由于学习基础好，轻而易举地被录取，成为西铭矿为数不多的正式女职工。母亲高兴得逢人便讲："是二平给我带来了好运，找到了工作。"由此可以看出，我的母亲是位坚韧、独立的新时代女性，也正是因为母亲有工作，"文革"期间父亲被遣送回孝义新庄村时，我们兄妹们才没有一起遭遣送。

母亲被安排在矿总机做交换员，一开始工作单位在旧矿部，离家不远、很方便，而西铭矿随着工作重心逐步向大虎沟转移，总机也搬迁到大虎沟桥西最下面的一排，上班路途较远，工作三班倒，还得上夜班。当时我哥和平4岁多、我1岁多，原来委托小树林宿舍邻居王四吧（是我初中、高中同学王玉梅的四伯父）帮忙照看我们弟兄俩。他爱人没工作、不生养，照顾我们很周到，

煤矿总机交换室

父母亲很放心。突然有一天王四吧两口对我父亲说："你们已经有了和平，就把二平送给我们吧。"我父亲开玩笑地说："你们拿辆新自行车交换吧。"老两口信以为真很高兴，我母亲知道后把父亲好一顿埋怨，说："二平是我的福气，给我带来了工作，怎么能随便和人交换呢！"父亲说："我只是开个玩笑而已，不能当真，不算数！"告知人家后，对方不给看了，说："看得亲了，舍不得离不开了，又不给我们！"无奈，母亲只好抱着我去上班，寒冬腊月抱着孩子步行十多里实属不易！

1959年，母亲被调到矿医院挂号室工作，平日兢兢业业，认

真负责。不管刮风下雨、冰天雪地，从不迟到早退，晚上还经常值夜班。领导看在眼里，觉得母亲踏实肯干、靠得住，调母亲到药房工作，这是个专业技术很强的岗位，来不得丝毫的马虎和大意。由于没有系统地学过相关知识，加上药品名字拗口难记，琳琅满目的瓶子盒子看得母亲眼花缭乱，品名都搞不清楚，何谈它们的功效作用，真是困难重重！

但母亲坚信，"有志者事竟成！"不论上班，还是回家；不管白天，还是晚上。背药名，记说明。功夫不负有心人，通过她的不懈努力，并在工作中虚心请教老同志，从生疏到熟悉，她很快成为药房工作的业务骨干，得到了领导同事和病人的一致好评。

为了更好地方便职工治疗取药，母亲主动请缨到玉门坑口生产第一线去开设医护保健站。玉门离大虎沟较远，每次去还要按时坐乘人车，才能到达坑口保健站。乘人车车棚是铁皮做的，车身是绿色的，座位用窄木板制作，每节车厢乘坐八人。由车头牵引着几节带铁轮的车厢，在两条平行的窄轨上行驶。母亲还需搬运较大的药箱，保证药品来源不断。如若遇到职工碰破手脚，母亲也会很认真地为其擦抹，消毒，耐心包扎。不论刮风下雨，母亲从不迟到早退，一干就是五年，受到矿工的欢迎和尊重。

1988年母亲被聘任为主管药剂师，记得儿时，家里墙上到处贴满了母亲"先进工作者"的奖状，既是对母亲工作的肯定和表彰，也是鼓励和鞭策，同时激励着母亲更好地工作。

母亲充满幸福地说："你父亲年龄比我大10岁，什么都惯着我、让着我，随便自由。"而我父亲则认为母亲做事利索，能把家中打理得井井有条，尤其对母亲工作、家庭两不误更是赞不绝口。

因此，父亲一直是勤勤恳恳工作，男主外、女主内是常理。但是在我家，不管是里还是外，都是母亲主张，父亲附议。

母亲还是勤俭持家的能手！她常说："吃不穷，穿不穷，打算不到必受穷！"她老人家一辈子勤俭节约、精打细算，她自己是很节省的，父亲有时吸点烟、喝点酒，母亲管束着我们，不允许我们染上一点。母亲那种勤劳俭朴的习惯，母亲那种宽厚仁慈的态度，至今还在我心中留有深刻的印象。在那个贫困的年代为了贴补家用，父亲开荒种地，母亲深夜还在灯下做鞋、缝补衣服，"新三年、旧三年、缝缝补补又三年"，一件新衣服，老大穿了老二穿，老二穿破缝补后老三穿，可怜的弟弟三平很少穿过新衣服。

母亲同情贫苦的人——这是朴素的阶级友爱，虽然自己不富裕，还周济和照顾比自己更穷的亲戚。

1974 年四伯父王致镐生病，父母把他接到西铭矿医院养病，体现出血浓于水的手足之情。

五伯父王致锐原在西山矿务局任会计师，1957 年被错划为右派，遣送回孝义老家，自学成医，喜欢针灸，母亲自费为他买好银针和针灸挂图，并经常周济他的生活，尤其是竭尽全力、千方百计地帮助他平反，落实政策、补发工资、办理退休，使他无忧无虑地安度晚年。

1979 年夏天，二姑夫李耀龙去世，父母找人给看了选择墓地，最后安葬在离西铭矿不远的卧龙山！

舅舅邓振琦1958年考入山西矿院上大学，母亲经常资助学费，使他顺利地完成了学业，在煤炭部地质局担任计划处处长后退休，现北京居住。

1958 年，母亲将 16 岁的三姨邓雪兰照顾到西铭矿参加工作，结婚生子，入党提干，担任西山矿务局建安公司党委组织部部长后退休，现西山太白巷居住。

有个邻居，单职工、孩子多，每月三号发工资，到月底便捉襟见肘、入不敷出，总说："王嫂，借给五块钱吧？"母亲毫不

犹豫地借给他，让他应急，此种情况持续了好几年。

母亲最大的特点是一生不曾脱离过劳动，干脆利落勤勉干练，把家打扫得干干净净，几乎一尘不染。大妹莉萍出生在 1962 年腊月二十九，那年没有年三十，母亲前一分钟还在家弯腰扫地，然后就生下我大妹，属虎仅仅只有一天。

由于父母是双职工，再加上母亲的勤俭持家、精打细算，我们家的生活很安逸、平和、宽裕，左邻右舍非常羡慕。

"文化大革命"中父亲被遣送回原籍。没有收入，母亲不灰心，她用自己每月 45 元的工资，独立支撑起这个不再完整的家，

母亲吃长寿面

我们是矿工儿女

2001年2月16日母亲七十岁生日，母亲家的亲戚合影

直至父亲平反，落实政策，补发了工资，日子才越来越好。

1969年，年仅十六岁的大哥和平辍学到西山矿务局工程处三队参加了工作，然而"天有不测风云，人有旦夕祸福"。工作中大哥不慎从六米高的焗炉房烟囱口摔下来，当时便昏迷不醒、人事不知，大哥是母亲的长子，更是骄傲，他孝顺父母、爱护弟妹，是我们的榜样，母亲的心中痛如刀割，但她没有倒下，把大哥接到西铭矿医院，在主管医师石大夫（我高中同学石斌的父亲）的积极治疗和母亲的精心呵护陪侍下，大哥逐渐康复，直至痊愈。

要说父亲的不幸是由于历史的原因，大哥的工伤是纯粹的意外，而我的遭遇对母亲来说则是慢性的折磨和无尽的牵挂。1976年正月里，凛冽的寒风中，母亲和我坐在大卡车上颠簸两个多小时后，到达我插队的地方太原市北郊区马头水公社庄头大队。

"儿行千里母担忧"，母亲一路上泪流不断，儿子长这么大，从来没有离开家单独生活过，能不能吃好喝好休息好，最后能不

左起：侄女王晓芳、儿子王飞雄、母亲邓玉兰、外甥女徐瑾、
外甥女张梦荫、侄女王婷婷

能回城参加工作……看着母亲伤心欲绝的样子，我心里暗暗下定决心，一定要虚心接受贫下中农的再教育，好好参加劳动，为母亲争气。半年后我被抽调到公社机关脱产担任知青专管员。1979年5月，我被招工回城分配到太原洗涤剂厂工作，彻底了却了母亲的心愿，舒缓了多年萦绕在母亲心头的愁云……

此时此刻，母亲的爱，点点滴滴涌上心头，她的音容笑貌，历历往事，恍然如在昨天。许多细碎的琐事，平时在不经意中流逝，今天才倍感珍惜和难以忘怀。

我深深感谢母亲，她教给我与困难做斗争的勇气和经验，使我在生活中从来没有被困难吓倒！母亲又给我一个强健的身体，一个勤劳的习惯，使我从来没有感到过劳累！母亲现在离我而去了，我将永不能再见她一面了，这个哀痛是无法补救的。

母亲是一个平凡的人，开心时，可以与她分享我成功的喜悦，受伤委屈时，可以回家向母亲诉说，母亲的话总是能驱散乌云，给我前进的动力，母亲就是我心灵永远的港湾。

"子欲养而亲不待"，再善良的人，终究逃不脱生老病死的自然规律，再多的不舍，也终究停不下母亲衰老的脚步，长留心间的是永远无法报答的亲恩。为母亲焚三炷香，独坐香炉前，回想母亲一生的悲欢离合，让泪水肆流，任思绪飞扬。2017年7月31日母亲病逝后，遵照老人家的遗愿，将她送回老家与父亲合葬，二老永远安详地在故土长眠！

　　我要深深感谢我的父母，是他们给予我生命，养育我成长，帮助我成家，娶妻生子，代代相传。养儿方知父母恩，如今我也儿孙绕膝乐，家和日子旺。祝愿天堂的父母双亲一切安好，儿子想念你们！

2022年10月1日

母亲八十岁生日

母亲与我爱人王亚军

我的父亲

闫秀兰

闫秀兰

我的父亲是河北人，出生于1931年7月。家里共有姐弟三人，那时家里贫穷，父亲八岁时父母就都相继去世了。当时伯父被国民党抓了壮丁，大姑给人家当了童养媳，姐弟三人从此就没人管了。父亲过起了行乞要饭的生活，一路逃荒到了太原。后来当了兵，参加了解放太原的战斗。听父亲讲，解放太原战役打得很激烈，父亲在这场战役中表现勇敢，经受了枪林弹雨的考验。

太原解放后，经人介绍父亲来到了太原市西山顶上的化客头村。在一户叫王耀荣的家里帮着做农活，混口饭吃。主家觉得父亲踏实肯干，是个好后生。就把父亲介绍给了村里一个叫闫二清的庄户人家。因闫二清两口子没有孩子，就把父亲收留下，当作自己的孩子了。从此，父亲改姓闫，为闫家顶门立户，传递香火。

化客头村和茭子沟家属区位于东西长约800米的一条沟里，化客头村位于沟的东边，茭子沟家属区位于沟的西边。从我记事起，村民与矿工都在这一片山沟里生活工作。我父亲起初在村里当民兵队长，成了家以后，因生活所迫就到了硫磺洞去干活了。

那时下洞运输硫磺矿石条件差，开始是从洞中向地面运送硫磺矿石，即靠人工用箩筐将装满约两百多斤重的硫磺矿石，从狭窄低矮的巷道中爬着拉出来，箩筐下面是二轴四轮简易的小铁车，这是当时的运输工具。人如牛马般出着苦力。

父亲闫来生

后来父亲又到地面冶炼硫磺工地做工，当硫磺在窑中燃烧冶炼时产生出的有害气体，时常熏得人喘不过气来。为了养家糊口，父亲不辞辛劳，起早贪黑，从没休息过一天，整整苦撑了一年多。

1956年，西铭矿招工，父亲成为了西铭矿茭子沟坑口最早的矿工。参加工作后，他虚心向老师傅学习请教，工作中不怕苦和累，积极要求进步，工作表现突出，受到了领导和同志们的一致好评，并于1959年光荣加入中国共产党。一年后在茭子沟担任开拓队队长兼党支部书记。

父亲带领全队职工承担着井下开掘巷道的重任，那时井下的条件非常艰苦。有一段时间施工面现场遇上积水，他经常和工人们一起站在水里指导打眼、放炮、支护、出渣，处理现场安全隐患。为了尽快完成矿上交给的掘进指标任务，他在井下加班加点是常有的事。针对井下施工中存在的困难和问题，除了在现场解决外，上井后还要召集大家开会分析原因、总结经验、吸取教训，提出整改措施。记忆中父亲那段时间很少回家，一头扎在井下工作面上。

那个年代国家正处于困难时期，细粮少，粗粮多，父亲总是把发下的部分白面饼子留给了青年工人，用他自己的话说，就是青年人在长身体，"好钢"一定要用到刀刃上。父亲和矿工兄弟们亲如一家，也特别受到尊重和拥戴。

1966 年"文化大革命"开始了,父亲住进了学习班,一边学习,一边劳动改造。记得那一年我们兄弟姊妹四个人同时都出水痘,母亲一人独自照顾着我们,几乎快撑不下去了。父亲向上级领导请假想回去照顾一下家里,结果也没有批准,这样的局面一直持续了很长一段时间。

父亲终于迎来了"平反",他被抽调到了山西大学和海军学校当了工宣队队长。父亲到了学校以后,我们一家人见面的时候就更少了。那时我们兄弟姊妹都还年龄尚小,村里的水井离我们家很远,吃水就成了一个大难题。每次只能是我和年幼的弟弟抬水,记得有一次在我俩因为抬水"分配不均"吵起来了,弟弟个子小,我俩抬的水桶一直往他的那边出溜,弟弟觉得很重,生气地将水桶重重放下。桶中的水洒了,溅了我一身,还把我俩的鞋浇湿了,如同在水坑里淌过一样,弟弟哭了,我也哭了。

这个时候恰好被居委会的主任看到,他了解情况以后,专门找了一个工人帮我们担水,这才解决了家里吃水的困难。

1979 年初,父亲结束了工宣队的工作之后,又回到了西铭矿,担任一采区生产副区长。同年五月,积极响应国家建设新矿区的号召,主动报名到当时负责古交矿区建设的 00444 部队。他说自己是一名共产党员,理所当然应该冲在国家建设矿山的第一线。

已过不惑之年的父亲,竟然穿上了军装,跨入了军营,来到部队基建工程兵 434 团。父亲被组织上安排当了 434 团某营分管生产的副营长,主要负责西曲矿井建设的生产管理工作。他带领战士们承担了西曲矿井 983 运输大巷等掘进工程的施工任务。

刚到西曲建矿时,生活条件很差,官兵们住了二年帐篷后,才住上活动房。当时的矿建兵是义务兵,以南方人居多。来到北方后,很多人生活不适应,父亲就耐心帮助和引导大家,做细致的思想工作。在父亲的带领下,队伍的积极性和战斗力明显提高。

当时井下的工作环境异常艰苦，刚开始掘进大巷时，工作面采用 7655 型气动凿岩机（风枪）打眼、人工装药放炮、耙斗式装岩机出渣及喷射混凝土支护的施工工艺。因为作业面供水不足，气动凿岩机只能干打眼，施工时现场粉尘飞扬，呛得人难以承受，直接影响着战士们的身体健康。那时也没有太好的防尘措施，父亲就想了个办法，让大家下井时各自带上一块毛巾和一壶水，当施工现场粉尘大时，把毛巾打湿后将口鼻捂住，可缓解因恶劣环境给战士们造成的危害。后来针对施工中存在的掘进速度慢，劳动强度大，粉尘浓度高等问题。应用新技术，组织从国外引进了先进的臂式液压凿岩钻车进行湿式打眼施工，提高了工效，加快了施工速度，有效改善了现场作业环境。

煤矿岩巷开拓施工面（工人正在使用气动凿岩机打炮眼）

由于井下作业劳动强度大，战士们结束井下工作回到地面时，衣服都被汗水浸透了。每到晚上，父亲吩咐他们早点休息，他把大家的湿衣服用火炉一件件都烤干，自己才去睡觉。那时候战士们年龄普遍偏小，南方人不太适应北方生活。战士们的口粮供给比例是白面百分之二十，大米百分之二十，其余为粗粮。食堂的炊事员也做不了粗粮，即使做出来战士们也不喜欢吃。父亲担心战士们这样吃下去会把胃口吃坏，于是他经常帮着炊事员粗粮细做。将玉米面发酵，再加入红枣，蒸成松软香甜的发糕，饭尽量做得让战士们可口爱吃。父亲把战士们当成自己的孩子。

基建工程兵434团用了五年零四个月的时间，圆满完成了上级安排的建矿任务。建成了年产原煤三百万吨的西曲矿井，西曲矿于1984年11月正式投产。

1985年5月，古交驻地部队基建工程兵434团全部撤改为古交第一工程处。父亲转业后在第一工程处担任安全科长，负责东曲矿建施工的安全管理工作。

1985年9月25日，古交矿区东曲矿井正式开工建设

1985年9月，父亲所在的第一工程处又承担了东曲矿的建矿掘进施工任务。巷道掘进采用了瑞典阿特拉斯钻装机组和我国第一台建设直径五米的全断面岩巷掘进机作业线，采用光爆锚喷、激光指向等新工艺、新技术。实现了安全高效施工。

我们是矿工儿女

东曲矿用了五年零两个月的时间，建成年产原煤四百万吨的特大型矿井，于1990年12月正式投产。

东曲矿建成后，古交第一工程处归属于东曲矿，父亲担任了东曲矿工会副主席，负责宣传工作，一直到光荣退休。

父亲在西铭矿和古交矿区建设中辛辛苦苦工作了42年，为企业发展和部队建设做出了重大贡献，在矿区建设指挥部立过一等功。多次被评选为矿、局级劳动模范。2019年荣获庆祝中华人民共和国成立70周年纪念章。2021年又荣获中央颁发的光荣在党五十年的纪念章。

2019年，荣获庆祝中华人民共和国成立七十周年的纪念章

2021年，荣获中央颁发的光荣在党五十年纪念章

父亲一生为党工作，从不计名利，任劳任怨，勤勤恳恳，无私奉献。获得了崇高的荣誉，给子女们做出了很好的榜样，让我们受到了良好的教育。父亲在家中与母亲相敬如宾，和睦相处。一生共养育了六个子女，他含辛茹苦，给子女们创造了良好的成长环境。在他言传身教、耳濡目染之下，子女们在各条战线上，都为社会做出了应有的贡献。

我与父亲母亲合影

2021 年 7 月，慈祥的老父亲病逝了。父亲带着对亲人的眷恋永远离开了我们，他 90 岁的人生戛然而止，那个勤劳善良而又坚韧不拔的伟岸身影只能在梦中相见了。但他的思想品德将是我们一生的财富和学习的榜样。

人生百年终离别，亲情永恒常思念。继承父亲的优良传统，做一个对社会对家庭有益的人，是我们兄弟姐妹始终不渝的共同信念。我们不会辜负父亲的谆谆教导，决心以父亲为榜样，为祖国的繁荣富强贡献自己的力量。

2022 年 12 月 8 日

我们是矿工儿女

我为母亲剪指甲

石 斌

我的母亲于 1958 年，跟随父亲响应国家号召支援煤矿建设，来到了山西省太原市西山矿务局西铭矿。那年夏天，她和父亲一路翻山越岭，分配到西铭矿荻子沟坑口卫生所。

石 斌

荻子沟坑口是西铭矿采煤的一个主要坑口，位于西铭山顶端。听母亲说："那天下着蒙蒙细雨，道路泥泞十分难走。当时的交通很不方便，我跟着你父亲先是坐着马车，到了西山脚下，后又徒步行走在杂草丛生，蜿蜒曲折的山坡上。一路爬山，历经两个小时才到达了荻子沟坑口。"

荻子沟坑口，三面环山，有一面较平坦的开阔地。因煤矿还在草创时期，职工宿舍就建在坑口一百多米的山坡下，有十几间简陋的工棚，卫生所就设在一间工棚里。你父亲在这里开始了他的工作，为矿工们看病，包扎伤口、换药等等。

20 世纪 60 年代后期，随着父亲工作调动，我们家搬迁到了大虎沟居住。在此期间，母亲在父亲的指导下，自学护理知识，后又参加了护士培训班，成为一名专业护士。与父亲同在西铭矿

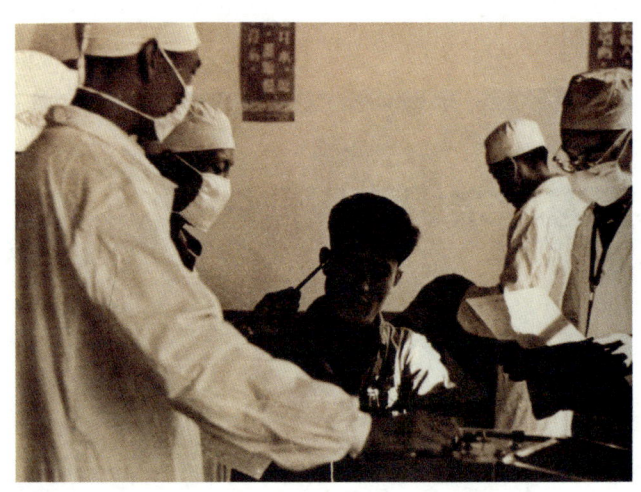

职工医院工作。

　　母亲天生有一双灵巧而漂亮的手，皮肤白皙，十指修长。她在工作中用这双手赢得了患者的好评！

　　有一次，一个中年妇女抱着一个发烧的孩子，来医院打针。孩子不停地在妈妈怀里挣扎："不要打针，不要打针。"我母亲上前抚摸着孩子的小屁股，细声细语地说："孩子，阿姨给你慢慢地打针，不会疼的。"有多少次，面对惧怕打针换药的小患者，母亲就是这样重复着安慰孩子们的话，一边安抚孩子的情绪，一边在不知不觉中，已经把针打完了。亲切温和的态度、娴熟利索的技术，得到了家长们的好评。

　　记得每次到学校给学生们打预防针，母亲都会参加。到了学校，总听到同学们窃窃私语，咱们让那个讲普通话的阿姨大夫打针吧，她又和气，长得又好看，打针又不疼，所以每次母亲都会超额完成预定的工作量。

　　有一年，我高中同学王绍涵买了双皮鞋，不太合脚，把脚后跟磨破了，疼得不能走路。是母亲给他处置换药的，不多日，磨破的皮肤就好了。王绍涵同学高兴地对我说："石斌，你妈妈换药时不仅动作快，而且很是轻柔，一点儿也不痛。"

看着母亲那双素净的双手，自然会想到她一生的辛劳与付出。母亲的这双手，体现了她的人生价值，也诠释了她对本职工作的热爱与坚持。这双手，时刻捧着一颗治病救人的赤诚之心，直到她光荣退休，医护工作画上了圆满的句号。

如今，年迈的母亲已93岁了。我因工作繁忙，不能常常在母亲身边尽孝。母亲已近失明，听力完全丧失，同时还有心脏病、哮喘及风湿病等多种疾病缠身。但她老人家，在我们晚辈面前，总是乐观顽强，独立地生活。见过了很多人发出"子欲孝而亲不待"的感叹。作为一个儿子，我不允许自己在将来空留这些遗憾。我作为从事临床一线工作的医生，对于自古延续的"忠孝不能两全"有着自己的观点和付诸行动的做法。不论工作多忙，总是雷打不动地坚持每周至少回家探望一次我的老母亲（出国开会例外），并亲自选食材下厨，换着花样做母亲爱吃的家常便饭。

平稳的生活，在2018年下半年被打破了。母亲两次摔跤，双侧大腿骨折，半年之内，经两次重大的手术后，使以前总要坚持活动的母亲，几乎丧失了一切独立行动的能力。尽管如此，母亲还坚持着在床上料理自己的事。

一天在我的再三要求下，躺在床上多日的母亲终于同意让我给她剪指（趾）甲了。我为母亲擦洗了手脚，备好了"工具"，当我看到母亲，因患风湿病而变形的手脚，心里有很多感触。

因为就是这双脚，把我们带入了人生的道路，带我们走南闯北，始终没有偏离过人生的坐标。就是这双手，在工作的40多年里，始终忙碌着而不曾停息。就是这双手，操持了我们这个家里的一切家务，为我们做了全天下母亲能为孩子所做的一切。

母亲的指（趾）甲，已经变得粗糙卷曲，并明显地增厚，我变换着各种体位，坐着、跪着、爬着、如同做一台高难度又精巧

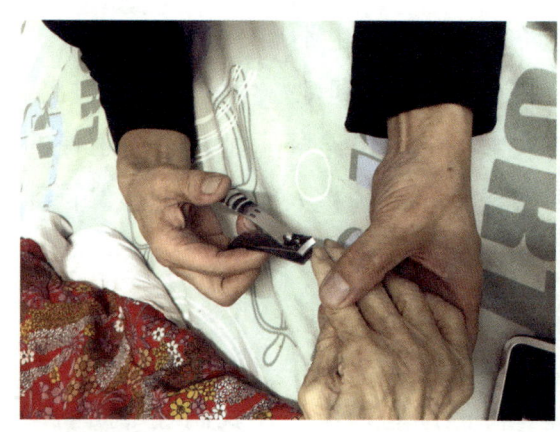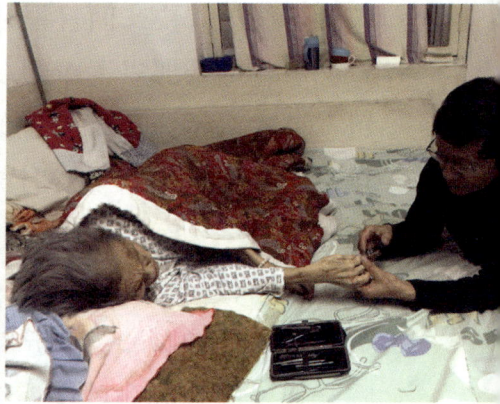

我为母亲剪指甲

的脑科手术。用了近一个小时的时间，为母亲精心修剪、打磨着指（趾）甲，当母亲触摸着光滑无痕的指（趾）甲，脸上露出了欣慰的笑容。

此时，我犹如完成了高难度的手术一样，满满的幸福感。这一剪一修一磨，凝聚了我对母亲发自内心的敬意和爱戴。我们每个人，都曾牙牙学语，蹒跚学步，在父母慈爱的目光下逐渐长大。那时因为我们过于弱小和娇嫩，离不开父母的呵护，对他们的依赖性很强。那时的父母，在我们儿女身上倾注了他们无限的爱与关怀。当我们有了自己的孩子，尤其现在有了我们的第三代后，眼看父母都老了——白发苍苍，步履蹒跚，已是风烛残年。

每当我看到母亲那苍老的脸庞，深陷的眼窝里那浑浊的眼睛。看到她佝偻的背影，颤抖的手时，顿时会从心里涌起一阵阵酸楚。母亲真的老了，并随着时间的推移，将会变得越来越老，甚至随时随地会离我而去。

客观规律，无法阻挡。我作为儿子，只愿在母亲的有生之年，多给她一点温暖，多给她一点儿关爱，多理解她那喋喋不休的话和让人不可理解的行为。多善待年老的母亲，就像小时候母亲能

我们是矿工儿女

包容我们那些让人难以接受的缺点一样。

"谁言寸草心，报得三春晖。"如今，我只要一有时间就回家陪伴在母亲的身边，哪怕只有一小时、一刻钟，或是几分钟。只为满足母亲说的一句令人心酸的话：唉……看一眼少一眼了。

2022 年 9 月 20 日

家世回首

对母亲的思念和告慰

高英明

高英明

斗转星移，寒来暑往，母亲已离开我们40余年了，我自己也已年近古稀。当儿孙承欢膝下，全家其乐融融时，便会不由得感叹道，可惜母亲没有福气活到今日，享受到儿孙们带来的天伦之乐。

父亲于1904年生于王封上南村的一个小村庄。父亲10岁时父母双亡，带着9岁的弟弟来到化客头投奔他的姑姑。靠着给人家放羊，去硫磺洞炼碎硫磺挣口饭吃。还到太原卖过炭，最终在化客头村落籍，买了一处院子，有五孔窑洞，还买了几亩河滩地。1914年，我的母亲出生在化客头一个贫苦农民家庭。母亲18岁那年，在媒人的撮合下嫁给了我父亲。婚后育有四女两男，我最小。

我出生在1956年，家住在村西头最高处。4岁时，不幸罹患小儿麻痹，右腿留下了残疾。我母亲常常背着我四处求医问药，母亲深深地爱着我，始终没有放弃治疗。那时去太原非常的不方便，得先从化客头步行半个多小时，下山到玉门，坐乘人车到斜坡，再换乘缆车下到斜坡底，然后走半小时左右到达西铭公交站，

我们是矿工儿女

父亲、母亲、哥哥与我合影

乘坐 7 路公交车（后来变为 16 路）才能到达太原城里。再走一小时左右，最后到达针灸医院。看完病每一次回到家中，天色早已黑了。母亲是小脚，走起路来很不方便。现在回想起来母亲当年不堪重负，背着我进城看病的每一次希望和失望，心中便涌起无限的思念和愧疚。

我 8 岁时，父亲在公社煤窑不幸遇难。父亲去世后，母亲大病一场，家里经济来源从此中断了。姐姐们已出嫁，哥哥比我只大两岁，生活重担落在了母亲肩上。从此母子相依，艰难度日。母亲从没下过地，没干过农活，也只好从头学起。春耕夏锄直到秋收，母亲付出了比常人更多的汗水。收秋是个坎，我兄弟二人年龄尚小，在邻居马乃英、王玉梅父母的帮助下，把秋粮收回了家。现在回想起这段往事，对同学父母的感激之情仍难以忘怀。

母亲一边供我俩上学，一边还得考虑生活来源，由于没有劳动力，挣不到工分。没法分到口粮。生产队研究决定，根据我家的实际情况，决定把基本口粮先分给我们家，粮食款先欠着。家里的生活来源长期没有着落，母亲便想尽一切办法，先是养了猪羊，又养了鸡和兔子，增加了经济收入，暂时缓解了生活困难。

母亲不是在家里忙，就是在地里忙，再也没有时间领我去就医，12岁的我，只能一个人下山到医院去看病。我记得去过闫家沟医院、山大一院、太原市中心医院。一直到上初二时，去二六四医院埋过羊肠线才停止了治疗。八年的四处奔波、寻医问药、花钱劳神，我的右腿残疾丝毫未见好转。

在20世纪70年代，生活物资匮乏。能吃饱肚子就不错了，想吃肉更是白日做梦，只有过年才有一点儿肉吃。可母亲却千方百计让我们品尝到至今难忘的美味。

我们村的供销社有时杀牛。我们小孩子就会帮忙把牛腿拉直，这样才好扒皮。完事后，杀牛的给我们两个牛蹄子，拿回家去，母亲经过开水褪毛，捣掉脚壳，再用烧红的火柱烫去未褪掉的毛，清洗干净，经过两个多小时的小火熬煮，就可以出锅了。捞出骨头把汤倒在盆里，有十斤左右。晾上一夜，看上去亮晶晶的，很富有弹性。切成片咬在嘴里，又筋道又解馋，比起现在的猪皮冻，味道不知好到哪里去了。

记得有一次杀牛，刚刚收拾完场面，已到中午，在地里干活的牛回来了，快到杀牛的地点时，四五头牛开始惊恐不安，哞哞地号叫着。它们可能是闻到了同类的血腥味，快速地跑到宰牛现场，围着血迹，眼睛瞪得有鸡蛋那么大，撅着尾巴不断地哀号，久久不肯离去。好像是为死去的同伴鸣冤，对人类残暴的控诉。人们远远地望着，不敢近前。最后有个胆大的，拿着棍棒才把它们赶走。可怜的牛儿呀，为人们辛苦劳作一辈子，最后落得这样悲惨的结局。这种场面，在我幼小的心灵中投下了浓重的阴影，以致终生挥之不去。

初中毕业后，当时北郊区北头高中由于师资缺乏，无法正常开课。我们这一届毕业生无法继续上学。恰逢西铭矿西山五中招生，我们有幸成了西山五中高二班学生。赵致真老师是我们的班主任。赵老师当年 20 多岁，一表人才，文质彬彬，讲起课来趣味盎然，我们都非常爱听。遗憾的是因为自己的身体原因，家离学校较远，精力跟不上，不能把全部的精力都用在学习上。

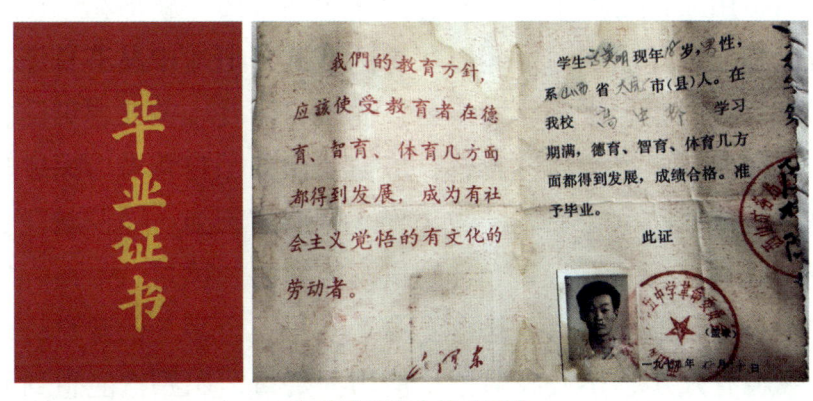

高英明的高中毕业证书

老师不仅教导我们学习，还很关心我们的生活。当他知道我们农村学生口粮一年只有 200 多斤，立即帮我们向上级申请了粮食补贴。按国家规定，每个高中学生每月口粮应为 35 斤。除去村里分的口粮，我们每个农村学生多领到了 200 来斤粮，真是雪中送炭！衷心感谢赵老师懂得用政策保护自己的学生，解决了我们吃不饱饭的大问题。

母亲含辛茹苦，省吃俭用供我读完了两年半高中。毕业后，队里推荐我当了民办教师。此时我哥哥也参军复员了，打这以后，我家生活有了起色，母亲总算是熬出了头。我们逐渐还清了欠生产队十多年的口粮款。

三年后母亲为我哥完婚，母亲对我说她攒下 500 块钱，要不给你哥 300，给你留 200？我说行。我都没想到母亲能攒下这么多钱。这都是母亲在油灯下熬出来的，从牙缝里省下来的。

母亲也 60 多岁了，因平时操劳过度，身体越来越差，还患上了偏头疼。想带她去医院看看，她却因为怕花钱不肯去。而是继续戴着老花镜，为我纳鞋底、做鞋垫，生怕她走后没人照顾我，不知熬了多少个夜晚，给我储备了十几双鞋和鞋垫。

母亲最放心不下的就是我，一直在操心着我的婚事，早早地就把结婚用品都置办下了。备有两床丝绸被面、新棉花，让工匠把窗户都换成了玻璃窗，用石灰抹了窑洞，把地也铺了水泥，还打了家具：立柜、平柜、写字台、橱柜、沙发、茶儿、椅子、双人床一应俱全。光是这些木料，母亲就准备了好几年。在那时找对象，时兴72条腿、三转一拧，所谓的"腿"是指木制家具的腿，三转一拧是手表、自行车和缝纫机，另加收音机。母亲慢慢为我备齐了一个新婚家庭的必需"硬件"。

我腿有残疾，不好找对象。但为办婚事，妈妈把能想到的都想到了，能办的也都办到了，还买了200斤小麦在瓮里封着（麦子上面放上报纸，上面撒上石灰，再用泥巴封口，这样就不会起虫子了）。把队里分下的软谷、麻油都攒了起来，连续两年养了两头猪。家里也收拾得窗明几净，很有时代感。好几年，都在找人四处打探，见到合适的，一定让人家帮忙说说。万事俱备，就等娶个好媳妇了。

院里邻居常夸我妈，你真了不起啊，把结婚用品早早都给你儿子准备好了，我们有机会一定帮忙。1981年经人介绍，我认识了一个临县姑娘，见面后双方都愿意，我母亲高兴极了，对我说："不管人家提什么条件咱都答应，只要人家愿意就行。"就在当年腊月，母亲为我俩体体面面、风风光光地举办了婚礼。媳妇是一个能干贤惠、温柔漂亮的好姑娘，能嫁给我，是我的福气。母亲终于松了口气，完成了她的夙愿。我看到母亲脸上终日挂满笑容，最知道她的心思。因为她总算替我的父亲完成了心愿，不仅带大了两个儿子，还给他最不放心的小儿子娶妻成家了。

婚后的日子幸福快乐，婆媳关系融洽。可母亲的身体越来越差，偏头痛也越来越严重了。为了不拖累我们小两口，母亲渐渐有了轻生的念头。第二年4月，趁我不在时，她自己梳洗完毕，穿上备好的老衣，悄然离我而去了。母亲好似完成了父亲交代的任务，可以放心去见父亲了。母亲的遗容很安详，没有一点痛苦，没有一丝遗憾。可我却如万箭穿心，悲痛欲绝。

母亲的一生，是平凡朴素的一生，含辛茹苦的一生，永远付出的一生。我心中千万次呼唤母亲："儿子不孝，未能供奉你颐养天年，儿子对不起你呀！如今儿子过得很好，你的两个孙子、一个孙女也都成了家。还为你添了两个可爱的曾孙子。我们高家是儿孙满堂，人丁兴旺，后继有人。你和爸爸都可以含笑天堂了。"

很长时间没有梦到母亲了。提起笔来，不禁回忆起母亲的点滴往事，可能是日有所思，夜有所梦吧。母亲的身影又悄悄地来到我的梦中，也不说话，只是温情地看着我，然后悄悄地离去。妈，是您还放心不下你这个瘸腿的儿子吗？

2022 年 12 月 10 日

怀念母亲

黄金花

  母亲张桂珍，有一个妹妹，姥爷姥姥就生了她们姐妹俩。母亲出生在一个贫穷的农民家庭，记事以来就知道姥爷姥姥身体不好。母亲从小就是一个乖巧懂事的姑娘，经常帮着姥姥做一些力所能及的事情。在田间地头割猪草、捡柴火，在家里缝衣做饭照顾妹妹和两位老人。穷人的孩子早当家，一双小手忙里忙外，从不叫苦叫累，常常受到姥姥和邻居们的夸赞。

  我的父亲是一名西铭矿的工人，1965 年因工受伤左腿截肢，失去了劳动能力，整天坐轮椅度日。煤矿事故率占据所有行业之首，在矿上家属区，依杖而行或乘坐轮椅的断肢者时有所见。一些拉家带口的失能工人，从出事那天起，家里的天就倾斜了，生活的重担完全压在了家属身上，日子过得异常艰难。

  父亲出事那年，哥哥和我年龄还小，母亲没有一个帮手。在矿区，家中挑水、拾煤、劈柴这些体力活都归男人们。我家的生活里里外外都由母亲一人操劳，非常辛苦。

  母亲外柔内刚。父亲从家中的顶梁柱突然变成了不会迈步的"残废"，需要安抚需要照料。别人总会用同情的眼光望着我和哥哥。但是母亲没让我和哥哥受过任何委屈，比爸爸没有受伤前对我们的照顾还要周全。上学时，无论是酷暑还是严寒，她总是

母亲与父亲合照

按时给我和哥哥做好热腾腾的饭菜，晚上写作业无论迟早，一直陪伴着我俩学习。饿了，给我俩煮东西吃；热了，给我俩扇风；困了，陪我俩睡觉。等我俩睡熟了，她才轻轻离开房间又去忙碌其他事情了。记得一次我感冒生病，母亲一直陪伴在我的身旁，细心地照看着我，为我量体温，用冷毛巾降温，喂水喂药，削个苹果给我吃，整日忙个不停，在她的呵护下我很快就痊愈了。虽然事情过去了很久，每当我想起母亲来，心里便热乎乎的。

我的母亲像大多数母亲一样爱唠叨，我有时也会感到厌烦。天气热了，叮嘱我少穿点儿；天气冷了，叮嘱我多穿点儿，有时我也不听她的话，那时候年龄还小也不太懂事，比较任性。但母亲从不生气，还是苦口婆心唠叨着，等我长大了以后才体会到母亲的心。母亲勤劳吃苦，把所有的心思都放在了我和哥哥的身上，我非常感激母亲。母亲是个普通人，可在我心里是她给了我全部的温暖和力量。

父亲腿截肢后，母亲并没有在人前悲悲切切的，她不让人觉得我们家很可怜，她不让自家娃娃变成可怜虫。谁都认为母亲刚强，她不仅把父亲照顾得好，更要把孩子照顾得好。

母亲是一位心灵手巧的人，爱好裁剪，且手艺精湛，裁剪的

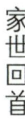

家世回首

衣服合身得体；褪色的衣服拆开调个面，就会变得焕然一新。母亲的刺绣曾让我在小朋友面前大出风头。记得有一次，刚过年不久，我穿着新衣服玩耍，不小心摔倒，崭新的衣服被划破了，哭着回家找妈妈。母亲用一块花布补在破洞上，又用丝线绣了绿色的叶子，红花配绿叶，感觉很美很漂亮，裤子膝盖处剪了个小熊缝补上，虽然说是补丁，但看起来像是特意镶嵌在衣服上一样，我很喜欢。来到学校同学们都羡慕不已，还以为我又做了一条新裤子。好奇的小朋友们用他们的小手摸来摸去，你瞧瞧，她看看，都觉得很漂亮。我为母亲的心灵手巧而感到骄傲。

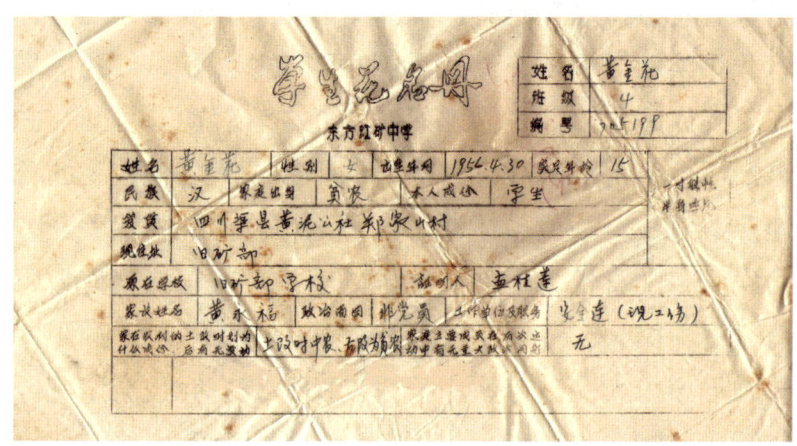

黄金花在"东方红中学"（西山五中前身）的登记表

母亲平日里帮着邻居们修改过不少衣服。那时候各家衣服"大改小"或缝补对拼旧衣服，比做新衣服的量大。想一想每年每个人一丈左右的布票，不够大人做一套衣服，所以缝补和大改小的活就多了。"新三年旧三年，缝缝补补又三年。"但是改衣服比做一件新衣服麻烦得多。而母亲每次都是有求必应，从未拒绝过任何人。找母亲缝补衣物的人需要排队。破损的衣服经她的手修改缝补后，就变得完好无缺。当然别人不会让妈妈白出力，有钱的给点儿钱，没钱的就把自家的好东西分送给我们吃。因此，我们小时候品尝过不少的土特产。它们称得上是那时候的"山珍美味"。

我记忆最深的是邻居王青阿姨家，农村户口，5个孩子，3个男孩2个女孩，只有叔叔一人上班，养活一家7口人，家里十分困难。男孩子调皮好动，穿的衣服常是破破烂烂，不是露胳膊就是露腿，穿的鞋不是露脚趾就是露后跟。母亲总是帮着把鞋给缝好，也经常给他们缝补衣服，就像对待自己的孩子一样。他们上学的书包，也是母亲用碎布块拼接的。当看着孩子们背上她亲自缝制的书包，母亲的脸上就会露出开心的笑容。

母亲还将哥哥和我穿小了的衣服拿去给王阿姨家的孩子穿。王阿姨很感激母亲，家里有什么事也常过来帮忙，生活中相互帮助，邻里相处十分和睦。父亲和哥哥生怕母亲累着，也常抱怨她，但不管家人说什么，她还是经常去帮助邻居们。平日里无论谁家有红白喜事，她总是忙前忙后，任劳任怨，无形中成为中心人物。

邻居们都夸赞母亲是个热心肠的人。

母亲的勤劳付出，父亲和哥哥都看在眼里，疼在心上。父亲虽然坐在轮椅上，但从不把自己当作"废人"，不知从什么时候起父亲就帮着母亲做一些力所能及的事：择菜；坐着手摇轮椅到厨房的水瓮里舀上水，放到洗菜盆里仔细清洗；有时还和面，给我们做白面裹红面的包皮面；还为母亲做糨糊，打袼褙，备做鞋底用。从这些日常生活的点点滴滴中，不难看出父亲对家的热爱和对母亲的关心。父亲的坚强与不服输也激励着母亲，温暖着母亲。

我和哥哥也感受到了这个家给予我们的温暖。我的哥哥黄金山从小就是一个很乖，很懂事的孩子。他很清楚地知道，他不能和同龄的孩子相比，他不能与父亲牵着手、去动物园看老虎、猴子、大象。但母亲总能实现他的心愿，让他坐在父亲的腿上，母亲双手推上父亲的轮椅，轮椅的靠背后挂有一个军用水壶，和母亲手

1975 年夏，黄金花抱着赵致真老师的儿子（虎子）

缝的花包包，包里放着干粮。用一整天的时间去太原市动物园。

父亲一条腿截肢，有段时间另一条腿也不如以前，所以越来越不想走出家门。善良的哥哥不想让父亲觉得日子过得了无生趣，就尽量地带父亲接触外面的世界。学校开家长会，哥哥推着轮椅让父亲参加，让父亲知道哥哥在学校的表现。学校开运动会，也让父亲去欣赏，看哥哥在运动会上的比赛。有同学说："金山，你父亲坐着轮椅，你还让他来。"哥哥很严肃地说："我爸爸是在矿山采煤时负的工伤，他来看我比赛，是对我最大的鼓励！"

当年哥哥不过十五六岁，对父亲体贴入微地照顾，陪伴着父亲走出了命运的低谷。

对母亲的辛苦劳累，哥哥都看在眼里。哥哥平日话语不多，为了减轻母亲的负担，他总是默默地承担起家里的力气活，从不叫我帮忙，如挑水，担炭，倒灰渣，从粮店往家买粮食。记得冬天储存白菜、土豆、胡萝卜都是他一人扛回家放到菜窖里的。

1970 年，哥哥在西山五中初中毕业后，西铭矿照顾困难职工家庭，哥哥参加了工作，被分配到西铭矿汽车队做了一名装卸工。由于哥哥工作认真踏实肯干，两年后光荣入了党，并考取了汽车驾驶证，成为一名西铭矿汽车队的司机。

也许从小经历了艰苦生活的磨炼，感受过众人对我家的帮助。长大后的哥哥，不仅对工作全心全意，而且对自己的同学，同事，

黄金花的家庭合影

朋友及左邻右舍，都能做到能帮尽帮，这都得益于家庭对他的培养和教育。

哥哥参加工作4年后，我也找到了工作，我们家的生活也逐渐地好了起来。每天下班，走进熟悉的旧矿部，第一眼就想看到母亲推着坐轮椅的父亲，能听到父亲母亲和邻居们和谐的欢声笑语。我常默默祈祷着：爸爸妈妈，我再也不让你们像从前那么辛苦了。我要让你们过上好日子，长长久久过不完。

但是1996年5月，母亲在医院查出了胃癌，坏消息传来，如晴天霹雳，让我整个人都蒙了。我不知道怎样安慰母亲，因为我说服不了自己，要接受这个残酷的现实。我又不能让母亲看到女儿流不完的眼泪。

邻居们得知母亲生病后，常常到家里探望帮忙，与母亲唠唠家常，安慰母亲宽心养病。和母亲相处的日子变得异常珍贵，能多为她做点儿点滴滴的事情，都成为一种幸福。直到1999年5月11日我永远地失去了母亲的那一天。邻居们得知母亲去世的消息，纷纷含泪送别，为失去这位热心助人的好大姐深感悲痛。

　　母亲是那样的慈祥和蔼，她给了我生命，给了我读书受教育的机会，给了我无微不至的关爱与照顾。她是位勤劳朴实、一生助人为乐的好母亲，她的言行品格是我永远学习的榜样。

　　母亲离开我已经 24 年了，这期间我多次想把心中的母亲书写下来，让我们的后代了解自己的奶奶姥姥这个平凡的老人怎样度过了自己的一生，却担心自己的那点儿笔墨顶多能把母亲这辈子的经历诉诸一二。今日动手，一是有这么多的同窗好友鼓励相助，二是再不抓住时机，母亲这辈子的勤劳善良和无私奉献，就永远无声无息地消失了，我将愧对母亲。

　　我不奢望得到他人对我母亲的赞扬，但我希望我的孩子有更多的地方像他们的外婆。

　　"妈妈，你永远在女儿金花的心中！"

2022 年 11 月 23 日

人生虽有憾，母爱永相随

冯晓栋

　　我的母亲王玉梅是工伤职工的家庭妇女。她忍辱负重，自尊自强，带着自己的两个孩子，一直奋斗在社会的底层，最后终于走出困境，一家人走向了新的生活。

　　母亲是左臂截肢的残疾人。她的不幸也是我们这个家庭永远挥之不去的痛！母亲的坚韧与顽强是常人无法想象的，她身残志不残，是我心中的骄傲。

　　母亲1974年从西山五中高中毕业，响应党的号召，上山下乡去文水县下曲公社梁家堡村插队。几年的知青生活，使她懂得了农村的艰苦，广阔天地锻炼了她的思想品德与奋斗精神。

王玉梅的高中毕业证书

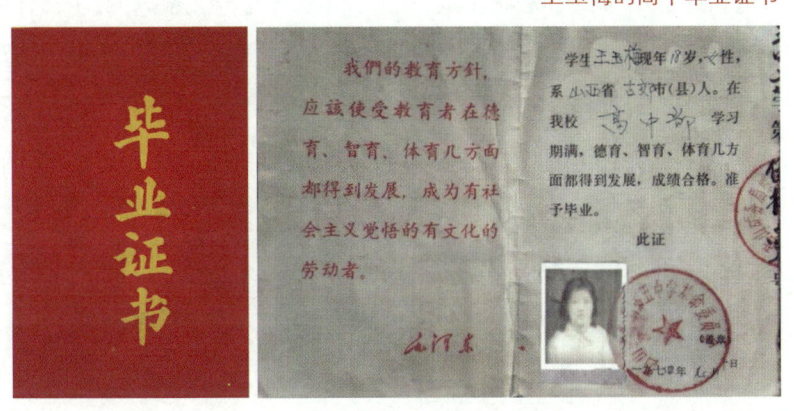

1977 年，母亲返城分配到了古交钢铁厂，在混料车间当了一名送料工人。这项工作很脏很累，为了保障炼钢炉原料的顺利供应，母亲干着和男同志一样的重活，从没喊过苦叫过累。母亲在工作中任劳任怨，每月都能出色完成任务，深受领导和同事们的好评。

1980 年 7 月，不幸降临在了我们家中，母亲在运输线上捡料时，不慎将左手臂卷入运转的皮带中，造成严重的工伤。虽经过反复治疗，医生却告诉家人说，母亲的左臂无法保留了，最终只能截肢。

失去左臂后，母亲变得沉默寡言了，面对伤残后带来生活变化及他人异样的目光，她曾一度失去了生活的勇气，甚至想到了结束自己的生命。家人的日夜陪伴和守护，朋友们百般的劝解和鼓励，使她逐渐重获了生活下去的勇气。

1982 年，妈妈和爸爸结婚了，婚后生育了我与哥哥两个孩子。爸爸是一名 00444 部队的工程兵，参加古交矿区建设，矿区建成后，"兵转工"分配到了西曲矿工程区。开始时，他是一名技术员，由于工作肯吃苦，技术能力强，不久被任命为副区长。我们一家人的生活充满了幸福快乐！

但是这种温馨美好时光并不长久。1994 年，爸爸在一次体检中查出了肝硬化晚期。这对我们家来讲就像天塌了一样！妈妈陪着爸爸，四处求医问药，跑遍各地医院，试过各种药方，花尽家中积蓄，但最终也没能挽救爸爸的生命。爸爸永远地离开了我们。

爸爸去世的那年，我 11 岁，哥哥 13 岁。家庭生活的重担，从此就落在了母亲一个残疾人身上。那时母亲的工资加工伤津贴，每月为 300 元，靠这点儿微薄的收入来维持一家三口的生活，困难可想而知。好在有年迈的姥爷姥姥不断接济，日子才一天天地挺过来。

不久，病弱的姥姥去世了。留下了风烛残年的姥爷，与两个未成家的小姨，残疾的妈妈，面对命运接二连三的打击，没有倒下和畏缩，身为长女和母亲，毅然挑起了全家老少6口人的生活重担。直到姥爷去世，两位小姨也都长大成人，各自组成了家庭。

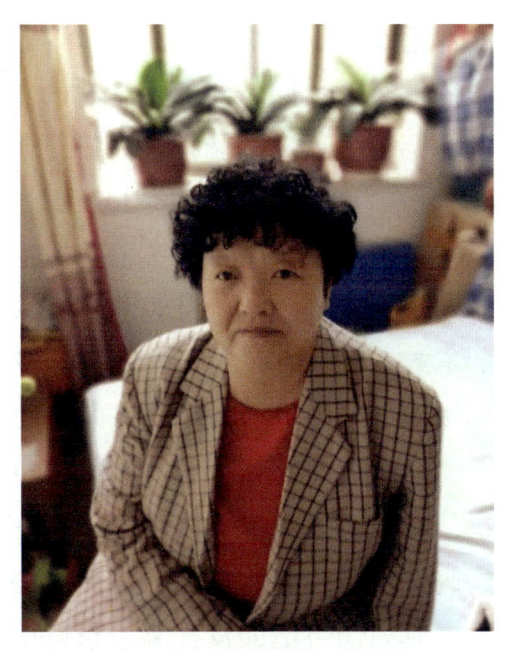

母亲王玉梅

从此后，母亲便带着我们兄弟二人生活。我们的衣服，靠她用一只手来洗，一日三餐她用一只手来做。最初她用木板压着菜，一刀一刀地切，后来学着不用木板压了。母亲琢磨出用一只手切菜的独特方法，并且对各种厨房烹调技艺渐渐掌握。我和哥哥眼看着母亲日复一日超越常人的辛劳，除了心疼和感激，更为母亲面对苦难决不屈服的志气而骄傲。

冬天来了，我们兄弟二人的棉衣照旧是母亲亲手来做，从来不求助于他人。母亲一只手拿针线，用膝盖撑着布料棉花，一针一线地缝。当时没有"被套"一说，每次被褥脏了要拆下来清洗，洗后晾干，再整整齐齐地缝起来。在母亲的操持下，我家总收拾得干净又亮堂。

看到别的孩子穿着光鲜的毛衣，母亲想给我和哥哥都买一件。但就那么点工资，根本买不起。于是她买来毛线练习自己织。她用双腿的膝盖夹着一个毛衣针代替失去的手，全靠一只手，一针一针为我俩编织毛衣，功夫不负有心人，在母亲非凡的努力下，两件毛衣终于都织成了，比起买来的毫不逊色。

母亲爱我们，我们上学时的衣服一向整洁干净，她尽力让我们在穿戴上不比同学差。一日三餐对我们兄弟二人的照顾特别细致。她常对人说，大人再苦也不能苦了孩子。一个身体残缺的母亲，宁吃千苦万苦，也不让孩子受苦，该要付出多大的代价啊。

母亲很刚强，她从没有在别人面前"卖惨"，更不愿以自己的不幸，博取他人的同情而获得帮助。女人们会干的事她都要学，妈妈们要干的事，她不会找任何借口推脱。

不懂事的我也曾向母亲提出过非分要求。有一次我去同学家玩，看到他家吃饺子，回到家，告诉母亲，饺子很香，我也想吃。妈妈没责怪我，她把馅拌好后没去找邻居帮忙，而是用一只手擀面皮放肉馅再把面皮捏紧。包好的饺子煮到锅里有包子那么大，但我们吃起来还是感觉格外的香！

还有一次，放学回来，我告诉母亲，同桌张晋把玩具汽车拿给我玩，很好玩，我也想要。母亲看着我，眼里涌出泪水。生活如此困难，哪有钱去买玩具呢？母亲不想让我幼小的心灵受伤，还是答应了。当时我为什么就不能体会到母亲的难处呢？

转眼我12岁生日快到了，我问母亲怎么给我过生日，我的同学过12岁生日时很隆重，买了很大的生日蛋糕，请了好多的亲戚朋友和同学，得到很多的生日礼物，让我很是羡慕。

母亲答应好好给我过一个生日了。生日的那天，我穿上了漂亮的衣服，吃到了生日蛋糕，虽然这个生日花去了好多钱，看到我们吃得那么香甜，母亲和我们一样，心里乐开了花。

岁月如梭，我们与母亲相依为命，在艰难的日子，母亲独自承受着千辛万苦，终于把我们拉扯大。读完初中、技校，母亲为我们找到了工作。又帮我们各自组建了家庭。我们的一切都是母亲给料理安排的。

俗话说："养儿才知父母恩。"每当我们夫妻俩为照顾孩子而忙碌的时候，就会情不自禁地想起母亲养育我们的不易和艰辛。每当母亲带领着孙子上街玩时，总是宠着他们，吃的玩的样样满足他们。我们看到便会阻止。母亲却笑眯眯地说，现在条件好了，一定要让孩子们有一个幸福的童年。这是母亲想对我们童年的悲苦在尽力弥补。

尽管命运对母亲如此不公，但她没有认命，没有认输，一辈子活得有志气、有担当、有尊严。在我兄弟俩的心里，母亲永远是世上最伟大、最完美的母亲！

2022 年 11 月 26 日

千针万线总是情

李三梅

我出生于 20 世纪 50 年代中期，那是一个物资匮乏但精神富足的时代，勤劳善良的一代人，用自己的双手创造着简单而稳定的生活。

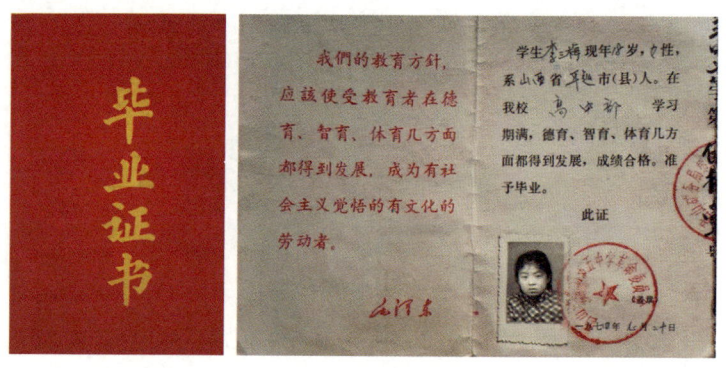

李三梅的高中毕业证书

在矿区，大部分妇女们是不出去工作的，一辈子围着自家男人，自家娃娃和自家锅台转。母亲却靠着一双巧手，开创了别样人生。

我的母亲中等身材，性格温和不善言辞，整齐利落的短发，干净得体的衣装，站在家属堆里，很是抢眼。

妈妈和别人最大的不同是——头脑聪慧、双手灵巧。她无师

我们是矿工儿女

自通会了裁缝这门手艺，并让家中6个孩子出门总是衣着光鲜，让人刮目相看。

裁缝是件辛苦活。从记事起，我从未见过母亲早睡，每当深夜醒来，总是看到她还在那盏15瓦的昏黄灯下，伴随着轻盈的咔咔声，操弄着她心爱的缝纫机。母亲剪裁缝补的，大多是我们兄妹6人的衣服。

家中的缝纫机上总是叠放着布和剪刀，母亲一有空，就抢着做一会儿。经母亲的手，各种布料变成一件件漂亮的衣裳。看到她从容不迫、飞针走线的样子，在我幼小的心灵中留下难以磨灭的美。我还不会用更细腻的语言表达自己的感受，却觉得阳光有多细密，母亲的心就有多细密。母亲对我们的爱就有多细密。

母亲不仅对自己的孩子精心打扮，对别人家的孩子也同样关心。记得邻居家男娃娃不小心，将衣服扯破了个口子，生怕回到家遭到家长的责备，躲在排房的旮旯处掉眼泪。我把他领回了家中。母亲和蔼地说："你脱下衣服，坐在凳子上，我一会儿就给你缝好。"只见母亲很快在筐里翻出一块布，用剪子麻利地剪开。巧的是，这布块正中还有一个漂亮的花朵图案。妈妈掀开缝纫机盖，蹬蹬蹬地踩动飞轮，几分钟就把衣服补好了，看上去真是"锦上添花"。男孩笑了。后来，他妈妈还特意登门感谢了我的母亲。

随着天长日久，母亲的手艺不断长进，被居委会推荐到小区的裁缝店工作。她除了上班时间勤勤恳恳工作，还热心教给邻居们裁剪和缝纫技能。同学杨春香对缝纫很着迷，只要有空就站在我母亲的缝纫机旁，看着她怎样给裤子上裤腰，怎样安口袋，怎样锁扣眼。难怪杨春香的针线活比我们都强。

随着妈妈的名声在外，上门求教的大姐、阿姨们也越来越多。每逢周末和节假日更加繁忙。只要有人找上门，母亲总是热情接待。有多少次，早晨一开家门，就见有邻居等候在门口，甚至还有从二工地、七里沟赶来"拜师学艺"的。不少人请母亲做衣服，有新娘新郎的结婚礼服，有场面上应酬的西服，有年轻人赶时髦的套装，有小巧玲珑的童装，还有老人们的寿衣。我的母亲总是来者不拒，哪怕加班加点也决不误事，让大家都能乘兴而来，称心而去。

邻居和朋友都喜欢和妈妈在一起，不仅仅因为家里有什么急活，还因为她们喜欢看妈妈怎样在布料上横一道，竖一道，画出衣片，看她在哪里斜半寸，哪里放五分。矿上的妇女大多没文化，写不下来尺寸，也不容易记住数字，所以更愿跟妈妈"现场见习"，更爱听妈妈"有问必答"。

俗话说"教会徒弟饿死师傅"，妈妈手把手把缝纫技术传授给邻居，"自力更生"的人多了，找她做衣服的就少了，这才是

李三梅全家照

我们是矿工儿女

妈妈最高兴的事。妈妈说："一个家里五六个孩子，个个都找裁缝做衣服，那要花多少钱。"邻居们都说妈妈本事好，心肠更好。

妈妈的好手艺、好人缘让我们家常常坐享邻居们的"礼尚往来"，当年买架缝纫机靠抓阄，后来市场供应充足，缝纫机大普及，左邻右舍的"高手""巧妇"不断出现。大姐、阿姨们最爱扎堆拉家常。我家自然成了互相交流心得、切磋技艺的场所。妈妈的谦以待人，虚以接物，从小培养了我们兄妹 6 人"合群乐群"的品德。

母亲进入耄耋之年，为人依然真诚善良，心境更加平和淡泊，直到 94 岁寿终正寝，用一生的千针万线遗爱人间。

如今我也已经步入老年，每每遇到困难，心中就会记起母亲的殷殷教导，耳边就会响起母亲缝纫机咔咔转动的悦耳声音。

2022 年 11 月 9 日

父爱泽后世　诚信可传家

张素萍

　　我的父亲生于 1916 年阴历十月初十。这个日期不是来自准确的记载，而是父亲根据他的哥哥姐姐讲述推算出的。后来 1916 年 11 月 5 日，便作为父亲的生日，堂堂正正写在户口本上了。父亲出生在山西省宁武县张家半沟村，爷爷奶奶以及两个伯伯两个姑姑一年四季在海拔 2739 米的寒冷的芦芽山中，耕种山药蛋、莜麦、玉米、豌豆、大豆、莲豆。生活贫穷常常挨饥受饿。

　　父亲兄妹日渐长大，跟着爷爷奶奶一年四季勤扒苦做，但全家人斗大的字认不得几个，经常被人愚弄和欺诈。于是我的爷爷和大伯、二伯发誓等我的父亲长大，一定举全家之力供他去读书认字。父亲 13 岁去读了私塾学校。这为父亲以后成为有文化的人奠定了良好的基础。

　　父亲在接下来的数十年里，在乡镇周边教书。经同学也是老乡的介绍，1951 年父亲来到今天的万柏林区化客头乡赛庄村当老师。

　　1956 年西铭矿建矿，父亲再次经人介绍来到西铭矿三岔口子弟小学任教。父亲书教得好为人也好，赛庄的村民不舍得父亲走，但又无奈，几家自发地为我父亲搬家。他们赶了一头小毛驴，在小毛驴的背上架着对称的柳树枝条编制的篓子，一个篓子里放着我不满 3 岁的姐姐张素卿（长大后在西山五中读初中，我高中班主任赵致真老师也是她的初中班主任），一个篓子里放着简朴的生活用品。

那时的三岔口，还不如赛庄村，好歹赛庄村还有人烟气息，一户一个小院，院子里有小孩的笑声，有大人的对话声，有毛驴高亢的嘶叫声和黄牛粗壮的低吼声。而三面环山的三岔口当时只有在一面坡的半中间，用土坯垒盖起的平房。人们三班倒，大白天有人在坑下挖煤，上夜班的人在土坯房中睡觉。毛驴和黄牛是没有的，因为工人们要下坑，没人为它们割草拌料。再说它们的嘶叫和低吼一定会惊醒夜班工人的休息。这里显得很是安静。同年 4 月我出生在这里。低矮的房间只有 12 平方米大，进得门走两步就可上炕，一门一窗的土平房是全家人安身立命的地方。

三岔口没有像样的教室，也没有多少同龄的娃娃们。从祖国各地投身建设矿山的矿工大都是年轻人。或者没有带来家眷的单身矿工。我父亲在西铭矿三岔口子弟小学的教师职业生涯很独特，任一到四年级的班主任，共有 26 名学生，其中女生只有 8 个。

4 个年级同时拥挤在一间 40 平方米的教室。每个年级占有一个角，依次为每个年级上课，一年级上完，去做作业。二年级上完，去做作业。三年级上完，去做作业。四年级上完，去做作业。讲完课后，父亲的结束语就是"仁恭礼法"。各人做各人的作业，不懂的地方，分别问老师。后来，我母亲告诉我们，父亲不爱多说话，但教起书来一套一套，喋喋不休，经他教过的学生，那背诵《三字经》《弟子规》《千字文》非常流利，而且在言行中也很有礼貌，很有教养。这些孩子长大后，都变得很有出息：学生王伟良在西铭矿掘进队任队长，耿安明在西铭矿工会文体部任部长，赵富贵在西铭矿井下运输队任队长，杨志杰在西铭矿公安科任科长，王亮珍在南寒西山菜站任经理，刘保生在三岔口粮店任

全家照

会计, 李秀芳(是我高中同学李三梅大姐)任三岔口子弟小学老师, 后调到大虎沟小学当老师, 李德胜(是我高中同学李德全的哥哥)应征入伍任海军某部大校(师级干部), 还有的成长为西铭矿采煤区电工的, 西铭矿汽车修理工的。一日为师终生为父, 他们一辈子不忘张老师对他们的教导, 虽然长大成人当了领导, 但无论在人前人后, 都用敬语称呼我的父母。"张老! 师娘您!"这种由衷的敬重, 让我们下意识地把父亲当成了榜样。

可惜像父亲这样优秀的老师, 却无奈改了行。随着我家人口逐渐增加, 尤其是还从老家来了一个同母异父的哥哥。父亲养育他到 18 岁准备参加工作体检时被查出患有"再生障碍性贫血", 从那时起就住进矿务局医院, 一住就是 4 年。后又转到山大三院一住又是 4 年。20 世纪 60 年代, 职工免费看病, 职工家属需要交 50% 的医药费。在这种情况下, 父亲的教师工资每月 32 元, 养活不了家中的 7 口人。为了每个月多开一些工资, 于是

我们是矿工儿女

向矿上提出申请，要求当一名到坑下的采煤工。但上级了解到父亲有文化，遂将父亲分配到西铭矿运输区，任务是验收每日煤炭生产量。工作场所是在七里沟坑口，或玉门坑口（这两个坑口父亲都工作过）。

坑下采煤的计量不是采用过磅称重，而是各采区、各采煤队采出来的煤炭，分别装入一吨煤的标准铁壳煤车。这些车之间用胳膊粗的铁钩连接。一列有20多个铁壳矿车，由机头里乘坐的一名司机，将长龙似的铁壳矿车拉出巷子停在坑口。

从坑下开出来的铁壳矿车等待我父亲的"检查和登记"。的确，父亲每每从距坑口大约300米的8平方米的房间走出，左手拿着一个小本本，右手握着一支圆珠笔，从机头旁走过。缓慢地边走边数着铁壳车的数量，一直走到车尾，然后将数量记在左手拿的小本本上。接着又从最后一个铁壳矿车，开始目测铁壳矿车内的容量，不时地还要踮起脚尖，嘴里嘟嘟囔囔这个矿车没有装满，那个矿车也不符合一吨煤的标准。然后，父亲对矿车的数量，容量做出标准的分析，登记后向主管部门上报。就这样周而复始

矿车将煤炭运出矿井

运煤的矿车　　　　　　　　　　　　　　　　　轨道乘人车

在运输区做着煤炭验收和统计的工作直至退休。

　　父亲经常对我们说，要不是爸爸有这点文化，能干上这么了不起的工作吗？玉门坑口的平行轨道纵横交错，下井往返的运煤铁壳矿车，和工人乘坐绿皮乘人车的机头上的架空线纵横交错。父亲的工作是三班倒，无论是黎明清晨，无论是夜深人静，无论是烈日炎炎，无论是雪花飘飘，无论是电闪雷鸣，无论是狂风暴雨。数十年如一日，从不迟到早退，细细数着从坑下出来拉煤的铁壳矿车，目测着每一铁壳矿车内煤的容量。

　　每当遇到矿上掀起高产活动，每个采煤区，每个采煤队都争先恐后得先进，这时的父亲就更不能有一丝马虎，更要有认真的工作态度和严格的标准，一视同仁从不偏袒。父亲认为井下的采煤工不容易，自己公平地统计矿工的劳动成果才对得起他们。父亲严谨的工作作风，感动了当时煤炭部树立的典型样板——一采区，采煤三队队长高三货（是我高中同学高鸿建的三叔）他夸赞父亲是个对工作认真负责、可靠可信的"验收官"。

我们是矿工儿女

父亲不善言辞，交结的人不多。有人认识他，他却不知道认识他的人是谁。父亲有文化，每当过春节，让我父亲写春联的邻居从腊月二十就开始排队，打招呼啦，"张老师给我家前后门，写两副春联，再写两个出门见喜的吉祥话。"父亲毫不犹豫在除夕之夜前一一写完。杨春香是我的发小，她的父亲每每看到红彤彤的春联张贴在她家门框两侧，总是感叹地说，"有文化真好。"今天想起来，很逗人，那个时候有很多三岔口人拿着刚刚寄来的家信，让我父亲念给他们听。然后会让父亲为他们代笔写回信。父亲虽然交际不广，但认识他的人就像信任自己的家人一样信任他。把快乐、把困境、把希求一股脑儿说给我的父亲听，父亲总是反复推敲后向他们远方的亲人转述他们的心愿。长大后我总是学着父亲的样，和同学朋友相处，从中得到许多被信任的快乐。

父亲不善言辞，但对我们子女的教育总有一套，从小就让我们背《三字经》《弟子规》《千字文》，并且还要给我们讲解，让我们理解其内涵。在西山五中的初中

父亲留下的红木算盘

高中阶段，我们往返路上需花费4小时，父亲让我们抓紧时间巩固温习学到的知识。教我们打算盘，背熟珠算口诀，至今父亲留给我唯一的遗产，就是红木制作的油光锃亮的算盘。

除了利用上学路上时间背古文背公式外，父亲对孩子的思想教育更是重视。

记得1971年的冬天发生了一件事。我的初中语文老师袁利森是个上海人，不知怎样节俭才积攒下一点细粮票，竟然委托我这个不到15岁的孩子，拿着他的7斤细粮票，2斤小米票，3斤

大米票，帮他在三岔口粮店购买粮食。我本来很谨慎，拿着拿着不知怎么丢失了，找不到了。我急得哭成了泪人。父亲没有责备我，而是拿起只有他会使用的16两的铁皮老秤，如数从我母亲积攒的细粮缸中称出，并嘱我只给老师送粮食不和老师谈粮票丢失的事情。这件事，在我的人生轨迹上刻画出了很深的印迹。父亲教会了我做一个有担当的人。

善良的父亲，面对比他小8岁的母亲带着一个没有血缘关系要吃饭，要穿衣的男孩，没有嫌弃，如同自己生的孩子。还好，三岔口到处是荒山野岭，我们从小就跟着父亲开垦荒地，种土豆、种玉米、种豆角、种萝卜、种谷子、种向日葵，过着田园生活，不然哪有面缸里积攒的粮食？父亲从小在家没有干过农活，重活，为了我们这个家，每天下班总要背些炭和木柴回来。更多的时候我们看到山的另一面坡上父亲那熟悉的身影，他就像一个蜗牛背着沉重的壳一步一步地前行，此时，我感觉到我站的高山，比不上父爱的山高。我真想快快长大，不想让父亲辛苦啦。

1973年，姐姐张素卿从古交铁建兵团应招有了工作，单位离

用土坯盖的房子

我们是矿工儿女

家较远，跑家的时间远超工作的时间。有邻居说，你二女儿同学武铭喜的父亲在矿房产科工作，找找他，兴许能从三岔口搬出。父亲望着同情他的邻居说："他的儿子能管了他的工作吗？我可知道老武是个有原则的人。"于是父亲在我的提议下，在众多人的帮助下，每天下班不回家，头顶发了黄的草帽，在位于斜坡底下火车站旁，西铭矿唯一的自行车存车处对面，就地取材挖坑和泥，脱土坯盖起三间小平房。为了盖房的效率，手被磨出血泡，血痂接连不断。我的高中同学武铭喜、王绍涵、李进贵、刘东生、薛文俊、李德全、李三梅、杨春香放了学，或者休息日，总是赶来帮忙。父亲感动地说："你的同学，真好，你高中的同学更好。"是啊，父亲在提示我们要记住别人对自己的帮助。

1968年春天，我同母异父的哥哥已经住了8年医院，为了节省汽车票，（每次每人往返票要8毛8分钱）父亲买了辆二手"人头牌"自行车，只要他有时间就前面大梁上坐一个小孩，后座上坐我母亲，往返6个多小时去山大三院看望住院的哥哥。哥哥非常懂事，夏天看到汗水湿透衣服的爸爸，冬天看到冻红脸颊的爸爸，无能为力的哥哥流着眼泪说："爸爸我拖累了您啦，亲生父

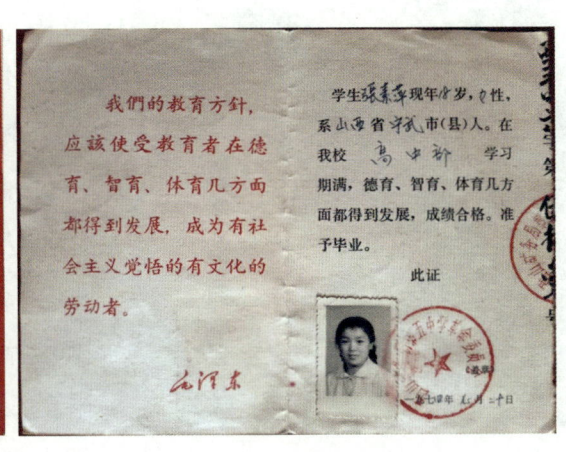

张素萍的西山五中高中毕业证书

亲也就不过如此，下辈子我报答您。"

　　8年的住院治疗没有挽救了哥哥，他26岁时离开了我们。父亲养育了他22年，没有得到任何回报，反而欠下了医药费达万元。西铭矿工会先垫付给医院，然后从我父亲的每月工资58元里扣10元慢慢还。父亲从此背上了万元巨债。1970年，刚满17岁、初中毕业的姐姐张素卿到了古交建设兵团，开山放炮，修建铁路。1974年我高中毕业，插队到了万柏林区赛庄村，我父亲曾经在这里当过5年教师。1975年12月我妹妹张素英也在西山五中高中毕业，跟随西铭矿集体插队到阳曲县矿务局林场。父亲默默地将我们姐妹三人陆续送出去，又默默地祈祷什么时候能回到他身边。父亲1976年底光荣退休，让他47岁才得到的宝贝儿子接替了他的矿工身份，成为西铭矿运输区的一名正式矿工。妹妹张素英1979年12月招回到西铭矿多经服务公司。

　　1988年，72岁的老父亲还在一直偿还我们同母异父哥哥生前欠的债。有好心的邻居说："现在矿工会主席张福祥是你孩子的老师，不妨写个申请，递交上去，让免了吧。"父亲笑呵呵地说："欠债还钱天经地义，不能让别人为难。况且我家在过去20多年中，前面的工会主席段斌贤（我高中同学段树平的父亲）对我家4个孩子们上学，都免交学费，过年

张素萍姐弟四人

1970 年，姐姐张素卿和部分老师同学合影
前排左起：潘金巧、孙少堂、邓可权、赵克诚、南小和（工宣队）、赵致真、周培昌、
张福祥老师
后排左一为姐姐张素卿

1971 年，姐姐张素卿和部分老师同学合影
前排左六张素卿
二排左起：孙少堂老师、邓可权老师、赵克诚老师、张凤山（工宣队）、赵致真老师、
于慈霖老师

1998 年 6 月 27 日，83 岁的父亲参加太原市老人迎接香港回归大会，表演了太极拳和太极剑

过节给予我家困难补助，现在我的生活比以前好多了，就不给矿工会添麻烦了。"我们姐妹兄弟听到父亲的回答，看着父亲的满头银发及额头上深深的皱纹，商量着余下的欠款如何由我们 4 个子女替父亲还清。

父爱泽后世，诚信可传家。值此 8 月 8 日"中国爸爸节"，再次回眸我记忆中的父亲。环抱着三岔口的西山，俯瞰着家乡的芦芽山，都高不过父爱这座高耸而浑厚的大山。

2023 年 8 月 8 日

我们是矿工儿女

妈妈和她的女子采煤队

孙　强

    20 世纪 60 年代末，有一群年轻利落的、操着不同口音的妈妈们潇潇洒洒来到位于西铭矿山顶上西面向阳的沟南家属小煤窑。这群妈妈们全部是西铭矿荻子沟职工家属，她们为了贴补家用，要在这里发挥顶起半边天的作用，但实践证明她们顶起了一片天，当然其中也有我的妈妈"双桂英"。

    妈妈，1930 年出生在山西省交城县一个农民的家庭，在她不满 10 岁时，我的姥姥去世了，不满 14 岁，我的姥爷也离她而去了。孤苦伶仃的妈妈无依无靠，不过，姥姥姥爷在世时给她订的娃娃亲，上门收留了我的妈妈，那就是与妈妈同龄不同村的我的爸爸。

    1950 年，满 20 岁的爸爸经老乡介绍带着我妈妈来到荻子沟坑口的小煤窑下坑采煤，住在简陋的工棚里，三年后，爸妈有了第一个孩子——我的哥哥。1956 年 1 月 1 日西铭矿成立，爸爸成为第一批西铭矿运输区坑下运输工。我家也从简陋的工棚搬到西铭矿为职工盖建的荻子沟家属宿舍区，拥有 9 户人家，且一厨一间约 18 平方米的排房。同年的 11 月我就出生在这间屋子里。在随后的 13 年中，我家又陆续增添了三个弟弟，一个妹妹。靠着只有爸爸每月工资 60 元，养活着 8 口人，很是捉襟见肘，于是 1969 年冬天，为了贴补家用，为了让我们生活过得好一些，为了减轻爸爸肩上的重担,妈妈毅然决定,将不到两岁的弟弟留给我们兄弟4人照料,跟随着菼子沟30名女人们报名到距家半个小时徒步爬坡、翻沟、荆棘满道,大小石头自然形成的、只能有一辆嘎斯车单行的沟南家属小煤窑。

从此,我的妈妈开始了如同爸爸一样的工作。30名女矿工们也是如此。

沟南家属小煤窑,地处西铭矿玉门坑口顶上一个向阳的山凹凹中,共有职工33个,其中有男职工3个,一个是矿长王正国,两个技术员分别是高景义、柴巨才。30名女矿工年龄大致在35岁左右。她们没有倒班制,全月白班,每天工作8小时。早上8点到下午4点。但每天要求提前15分钟到岗位,矿长要讲安全注意事项,技术员要讲工作安排任务。工资每日1.2元。那时,我在菼子沟子弟小学已毕业了,要去西山五中读初中了。我很清楚地记得,妈妈每天不到5点就从我们家的大通炕上爬起,让哺乳的弟弟吸完奶水,就边扣扣子边下炕捅开火,给我们一家大人小孩熬上一锅放点儿红萝卜丁的玉米面糊糊,和蒸些枣窝窝(枣是老家交城姑姑捎上来的)顾不上刷锅洗碗,就听到邻居阿姨喊:"二清妈(二清是我的小名),走咧。"妈妈穿好爸爸顶退下来的工作服,胶靴,拿个帆布包放着中午的干粮、水壶,跟在29个家属队伍里急匆匆地赶往沟南家属小煤窑。

下坑前,听完领导讲的内容后,女矿工们戴上有矿灯的柳壳帽,矿灯是放在充电架上用硫酸充电的,用皮带围在腰中间,约有2.5公斤重。那时没有防尘口罩,每人戴的是能罩住嘴巴和鼻子的原始口罩,脖子里再围一条毛巾,以防止坑内顶上的煤岩渣掉在脖子里和备用擦汗。8点准时走进坑内,从坑口要慢下坡走500多米,再平走1000米,才能到达采煤工作面。

由于这些女矿工大多数不识几个字，掌握不了打眼放炮采煤的技术要点，往往是技术员高景义、柴巨才让她们躲在安全的地方，等他俩打眼放炮后，听到"轰"的一声响声，只见眼前煤尘翻滚，一片模糊，口罩瞬间超出过滤能力，女矿工们不时发出阵阵的咳嗽声，接着就是煤炭落地的声音。工作面很低，要用铁锹将落地的煤炭装到带轮的平车上，一锹一锹弯腰低头很费劲，对身高1.67米的我的妈妈，往往碰头要多点儿。但还是坚持，再坚持。由三名矿工将装满煤的带轮平车，推拉到距工作面约400米转载平台处（铁元宝车装煤站）。

通过转载平台将容量为半吨的铁元宝车装满一车又一车后，由三个矿工再将元宝车推到坑底车场，再由坑内向坑口发出一个指令，坑口接到指令后，用直径3.5厘米粗的钢丝绳上的铁环与元宝车销口相连接，开动15马力绞车将煤车运输到坑外，由两个矿工将铁元宝车的煤翻倒在露天煤场，而后将露天煤场的煤用嘎斯汽车运到斜坡的大煤库。

矿工每天下坑必备的硫酸矿灯，必须到西铭矿玉门坑口存电室存电及提取，春夏秋冬的太阳升起和晚霞日落，人们总能看到有两个妈妈肩挑扁担，挂着对称的四对硫酸矿灯，约20公斤。慢步行走在玉门坑口到沟南家属小煤窑的往返山路上，嘴里哼哼的革命歌曲《我们走在大路上》。

当时沟南家属小煤窑，条件差，没有洗手池，更谈不上有澡堂，没有工作衣，更没有任何福利待遇，没有充电室，也有更衣室，更没有食堂。只有茅草围起，没有顶的男女共用的茅厕。每当从又潮又冷又黑暗的坑内走出坑外，被强烈的阳光照得睁不开眼时，还要使劲儿地伸开双臂，享受阳光的照射，感受自然界新鲜的空气。每当我想我妈妈时，下学跑到坑口，竟然不知道哪个是我的妈妈，她们随意地坐在坑口外的大小石头上听矿长讲话，只有站起来的那一瞬间，哦，那高高个子的就是我的妈妈，可见她们有多黑。

就这样周而复始地在沟南家属小煤窑干了18年，18年中作为一个女矿工，比男矿工付出得多得多。首先，下坑前要做好提前上厕所的准备，尽最大可能地不在坑下如厕；其次，如遇上经期，那难受程度是男矿工想象不到的痛苦，肚子痛，腰困，还有其他不适。

在坑下别说有热水，就连冷水也没有，只有每人在下坑前自带的一壶军用水壶的水，供午餐吃干粮时喝。一整天，别说坑下的矿工手黑、脸黑、口罩黑，坑上的矿工也照样黑，还遭受风吹和日晒。下班回家还要捎些炭回家。矿工们都是荬子沟的职工家属，在谈笑风生中各回各家，又各自忙自己家的事。

我的妈妈负担很重，养育着五男一女六个孩子。住房就是一大困难，但在妈妈工作两年后，房管所让我们家搬迁到两间约36平方米的房屋。

每当妈妈拖着疲惫的身子回到家，懂事的我们，总要提前为妈妈滚上一锅热乎乎的水，在排房门前把妈妈肩上的炭包取下，再把水倒入爷爷留下的唯一遗产铜制脸盆内，让妈妈洗一遍，再洗一遍。然后，将我们跟随爸爸开荒种地收获的玉荬、豆角、山药蛋煮好让妈妈先垫垫饥。我们从不惹妈妈生气，妈妈总没有脾气，她说："看到你们一个个不给家长惹事，我再苦再累也愿意。"

的确，妈妈下班后，不是打袼褙，就是搓麻绳。打袼褙是为了给我们做千层底布鞋，搓麻绳是为了让千层底纳得结实、耐穿，妈妈搓的麻绳，是在挽起裤子的小腿上，用劲地将两条细麻搓在一起，形成一个麻花辫。每当看到她发红的小腿，我们天真地问妈妈："疼吗？"妈妈说："不要紧，明天换这条腿搓。"有多

女矿工在井下作业

少个夜晚，在夜深人静时，为了不影响我们睡觉，妈妈独自坐在用纸遮住半个灯的灯光下，给我们兄妹6人纳鞋底、做鞋帮。妈妈的手很巧，又很利落，3个晚上就能做好一双鞋。

每当妈妈发了工资，总要给我们到化客头供销社买动物饼干，分到手后，我们不懂事地没有说谢谢妈妈，只是高兴地装进口袋去小朋友面前炫耀，舍不得吃掉。爸爸妈妈除了我们兄妹6人，还有一个爸爸的妹妹，我的姑姑，在老家交城体弱有病，妈妈总是让爸爸带些钱回去探望，妈妈丝毫不小气。和邻居们相处，也是如此。

1971年，我初中毕业，那年我15岁，个头有一米七八高，想找个工作，不想让妈妈再去下坑采煤了。不料，妈妈对我说："今天在小煤窑坑口，有很多人议论，西山五中要创建首届高中两个班，教书的老师很有才华，两个班的班主任都很优秀，你务必去报名读高中。"我听了妈妈的话，读完了两年半的高中学业。受到了班主任赵致真老师的熏陶，懂得了知识改变命运的道理。

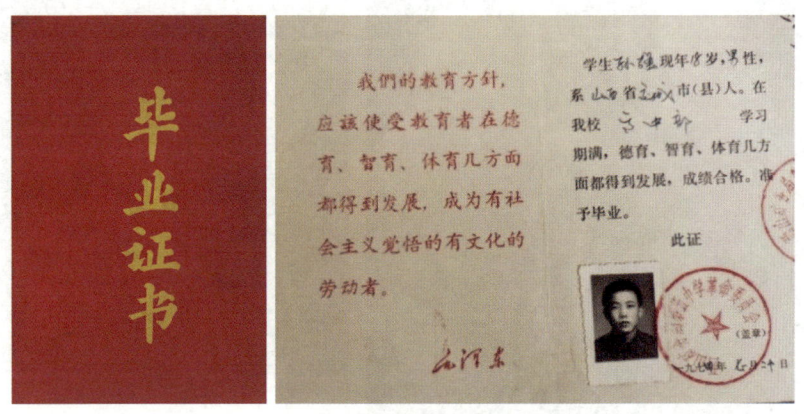

孙强的高中毕业证书

妈妈羡慕、崇拜有知识和有文化的人，经常让我去沟南家属小煤窑向矿长王正国学写毛笔字。每当过年，为矿工们赠送一副春联都出自我的手。小煤窑上的墙报、板报、标语都有我的笔迹，这都是妈妈对我的鼓励。

随着沟南家属小煤窑的不断发展壮大，慕名而来的家属们也越来越多，开始用敞篷嘎斯车接送上下班，后来得到了西铭矿的重视，派出了梁斌喜任总经理，负责小煤窑的发展。盖起了食堂、澡堂、会议室、活动室、阅览室、充电室及男女厕所。工人们有了福利，如发工作衣、雨靴、毛巾、口罩、肥皂，还有每日出勤1.9元的补助。

后来在家属小煤窑之后，又办起了家属白灰厂和家属金属网厂，1987年我妈妈也因积劳成疾回到家中养身体了。

我的妈妈因不符合当时给家属小煤窑职工分房和养老待遇条件，仍居住在矿上给爸爸分的房子里，还一直为我们6个子女的家庭无怨无悔地付出，看孙子洗尿布，抱外孙做衣服，妈妈还做

孙强儿子儿媳结婚时全家合影
左起：儿媳、孙强、妈妈（双桂英）、孙强
妻子、儿子。

左起：儿子、妈妈（双桂英）、儿媳

的一手好菜，每逢过时过节我们6个家庭20多口人，分两批与妈妈团聚。妈妈高兴地对邻居们说："我好幸福啊，我的子女对我非常既孝又顺。"看到妈妈喜笑颜开的脸，回想妈妈一生的艰辛付出，我们兄妹们有时也会流出伤心的眼泪。

妈妈每天总是第一个起床，最后一个睡觉。做饭、洗衣、打扫家，很少有休息时间。家里人口多，平时很少吃肉，逢年过节吃肉，妈妈也很少动筷子，说她不喜欢吃肉，我们当时真以为如此；但母亲老了，每天超负荷地操持家务，身体一天天虚弱无力，到医院一检查，营养不良，我们才恍然大悟，原来妈妈怕我们吃不好，舍不得吃肉，才故意说自己不喜欢吃肉，这就是伟大的母爱，至今想起，我都十分愧疚，没有很好地孝敬妈妈！

看着妈妈积劳成疾的身子和高高的个子弯腰驼背的样子，风湿病缠身的痛苦，到后来生活起居不能自理，还在卧床上关心我们，老大照看好你们的孙子，老二吃饭了吗，老三穿的衣服少了点儿啦，老四送孩子上学路上小心，老五在单位不要常常请假，把精力放在工作上，老六把你的小日子过好。就这样我们兄妹6人轮流服侍在她病床前，没有让含辛茹苦的妈妈感到孤独，尽最大的孝心让她老人家走好走完 89 岁的时光。

妈妈虽然没有文化，但做事、做人的道理装在心里，她对我们 6 个子女教育非常到位，3 个男孩留在矿上工作，我下乡插队 4 年，回到西铭矿大集体维护小煤窑的煤电气暖，配合维护玉门坑口北面二平峒坑下的安全。老三在采煤五队采煤，老五在运输区坑下做煤斗维修工程。妈妈尤其对我们三个人说："坑下的工作妈妈干过，只要遵守坑内规则，就能干好自己的本职工作。"这就是顶起我家一片天的伟大妈妈的最后留言。

忆母亲，一生坎坷，一生操劳。往大处说，是为社会添砖加瓦；往小处说，为这个家付出毕生精力。她没有文化，没有索取，只有付出，只有奉献，直到生命的最后一息。

母亲永远活在我的心中。

2023 年 5 月 23 日

我们是矿工儿女

知青岁月

青春的歌汇成河

张素萍

作为"50后"，许多人经历过知识青年"插队"，这些人的青春在农村度过。我和同龄人一样，高中毕业后的几年里，插队下乡，经历了一段知青岁月。

吃住在农民家里

1974年一个冬天的早晨，西铭矿的大卡车从矿区出发，在崎岖的山路上颠簸。卡车上坐着两个抱着厚被子的青年人，其中一个小个子姑娘就是我。中午时分，卡车停在太原市北郊区化客头公社赛庄村——这就是我"插队"的地方。

大队干部来了，老乡们来了，他们来迎接将要在村里生活的城里娃。忙乱中，有一个村里的姑娘说："她们很'作样'。"当时我真担心人家对我们有啥看法，后来才知道，"作样"是当地的

我们下乡居住的知青大院

方言，那姑娘是在夸我们漂亮呢。

赛庄村有三个生产队，我和同学赵玉仙分在生产二队。我们分别住进农民家里。房东是一个淳朴的老农，家里有 5 个孩子，他把我们当作自家孩子一样照顾。插队时，国家给我们带了一年的粮票，买回的口粮就放在房东家，我们一起做饭吃，相处非常融洽。

有一天，我发现房东的粮食储存在棺材里，感到非常奇怪。一问才知道这样能避免粮食生虫子。我突然感到，民间也有大学问，处处都有东西可学。

20 世纪 70 年代，村里有个口号："早见星，晚见灯，中午吃饭不回村。"可见那时劳动的艰苦。我和乡亲们一起挖土挑担，平整土地，天天从日出劳作到黄昏。农村的劳动量以工分计算，一个工是 10 分。一个全劳力一天可以挣 10 分，我身单力薄，每天只能挣 6 分。年底分红，一个工分掐 6 毛钱，我总共分得 61 块 5 毛钱。这是我用自己的双手挣来的钱，是我一生中的第一笔收入，这个数字印在了我心里。

当猪倌的苦与乐

农村的活计多种多样，哪一种都得有人干。除了做一般农活，我还做过代课教师，教语文；当过饲养员，喂猪。我负责的猪圈有 4 头猪，1 头大公猪八克侠猪是种猪，高大彪悍；另外 3 头是小猪。大猪和小猪分别圈在两个猪舍，中间隔一堵矮墙。

一天早上，我照例来到猪圈，意外地发现少了一头小猪。难道昨晚来贼了？赶紧报告了生产队长。一番调查显示出真相，原来是八克侠猪翻过矮墙吃掉了一头小猪。这件事完全颠覆了我的认知，我只知道大鱼吃小鱼，哪知道大猪也会吃小猪！

我就想，那大猪可能是饿了，或者是猪食不对味，否则它也

正在喂猪食

吃不下一头小猪啊，能不能在猪食上下点功夫呢？

后来公社举办了"养猪糖化饲料学习班"，我参加了一周的学习。之后，用学到的方法精心煮饲料，每次煮好，我都先尝一尝，然后在喂猪时观察，看看猪今天喜欢吃咸的还是喜欢吃淡的。尽量让猪爱吃、吃好。

另一件有关猪的事情也让我难忘。那年冬天，生产队一头母猪难产，眼看着就要出问题。当时工作队刚好有人当过兽医，在他的指导下，生产队领导让我给猪实施剖腹产。剖开猪肚子后，我用一双小手，从母猪肚里取出4头小猪仔。那年我只有19岁。事后村民都议论纷纷：一个城里来插队的小姑娘，给咱村的母猪做了剖腹产……

做合格的赤脚医生

20 世纪 70 年代有一部电影叫《春苗》，描写的是一个女知青在乡下当赤脚医生的故事，那个女孩就是春苗姑娘。1975 年，插队的第二个年头，我也被选中做村里的赤脚医生。到公社卫生院脱产培训实习后，我领到了上岗证，成为生产大队的赤脚医生。

村里有3个生产小队，每个小队有一名赤脚医生，我就是其中之一。我们的分工是每人负责4个月巡诊。巡诊的日子里，我背着"春苗"款的卫生箱，走家串户，了解村民的健康状况，登记各种基础病。白天忙得顾不上按时吃饭，晚上还在灯下学习理论知识。我把常用药瓶子上的说明都背下来，以便对症用药。

我不断地学习医药卫生的相关知识，提高自己的业务能力。同时苦练基本功，在自己身上找穴位、试针头，熟练掌握注射、针灸等技能。那时，村民们输液打针都愿意找我，他们说我打针不疼。面对乡亲们的信任，我心里涌起小小的自豪感。

也有过自己处理不了的问题。有一次接诊病人，把听诊器放在左胸，硬是听不到病人的心跳。我无奈地劝病人去医院检查检查，告诉他："你的心脏可能不在左侧。"话说出口，我有些忐忑，会是这样的情况吗？后来医院的反馈是这个患者的心脏真的在右侧。这也是我当赤脚医生时遇到的一件奇事。

计划生育助理员

1976年7月，经公社党委会研究，决定调我去化客头公社任计划生育助理员，负责全公社八个生产大队、11个村的计划生育工作。

去新岗位报到的那天，一进公社大门，就听说公社黄书记要见我，我赶紧躲到知青张丽萍宿舍的门后（张丽萍在公社负责知青工作）。黄书记知道后哈哈大笑说："这么胆小怎么能做好计划生育工作？这个工作要大胆、泼辣。"

那个时候提倡的是干一行爱一行。初搞计生工作，我是一窍不通，一无所知，好在我知道看报学习。学习党的计划生育政策，大量翻阅全国，各省市计划生育先进范例。另外从身边发生的先进事例学习，积极参加北郊区组织的学习团，赴河北省乐亭县，邢台地区学习取经，武装自己，全身心投入"天下第一难"的工作中，顶着村民们对这项工作的不理解甚至是讥笑："一个小小的大姑娘家，干啥不好，非干这伤风败俗的事。"难听的话不是一次两次传入我的耳朵。我义无反顾，继续干，还要干好。在短短的数月中，徒步从南到北，8个生产大队，11个自然村，挨门逐户：

1976 年，张素萍（右二）在太原市北郊区化客头公社门前与同事留影

在各村妇女主任配合下，摸清了有生育能力家庭的底数及生育、节育，帮助各村登记造册、卡片上墙、细化管理，按月、季、半年、一年动态管理。真正做到底清数明，问啥，啥知道。公社黄书记赞扬我："这女孩还可以，干得不错。"我是全区 14 个公社中年纪最小，文化程度较高（两年半高中学历），又是一名共青团员，况且是唯一知青的计划生育助理员，无理由干不好这项工作。

在公社工作的日子里，我兼任过公社广播员，声音传到 11 个自然村和公社所属企事业单位，大家说我是山东人，因我不会说标准的普通话，兼任过交换员，后期分管过知青工作。还与在马头水公社分管知青工作的高中同学王绍涵一起，参加北郊区知青工作大会，记得那次王绍涵同学被评为出席北郊区的先进知识青年，我好羡慕。

后来，我通过参加市里的考试，正式成为国家干部，结束了

6年的知青生活。当年黄书记的话一直留在我心里。那简短的话语使我领悟到应该放下面子、放开胆子，克服自身弱点去开展工作。那简短的话语也引导我在计划生育战线上踏踏实实干了20个年头。

"青春的岁月像条河，岁月的河啊汇成歌……"

每每回忆起插队的日子，这首歌就会轻轻地回响在耳畔。是啊，插队生活，就是我的青春之歌。

2022 年 11 月 12 日

我们是矿工儿女

梁家堡，我的第二故乡

薛文俊

  20世纪60年代后期，全国掀起了知识青年上山下乡的高潮。那时我年龄尚小，看着邻居家哥哥姐姐们下乡，心里很是羡慕。天真地对父母说："等我长大，有知识了，我也要当一名下乡知青。"父母看着我笑了笑说："好，等你长大了让你去。"

  1974年7月，我高中毕业了。结束了西山五中高中班两年半的学习，告别了我热爱的老师和同学，领到了红彤彤的高中毕业证书，并光荣地加入了共青团。此刻的我感觉自己长大了。在同年10月，根据西铭矿的政策，有照顾本矿困难职工家庭的招工指标，我家符合条件。父亲给我报了名，让我在矿上参加工作，当一名煤矿工人。儿时朦朦胧胧的记忆在我脑海里翻腾着，我对父母说："你们不记得了，四年前，我对你们说过等我长大，有一定知识了，也要成为一名知青。"终于，我说服了父母，放弃了到西铭矿工作的机会，与高中毕业班的同学张忠宝、李德全、王玉梅相约到矿知青办报了名。怀着激动的心情，1975年1月迈出了我人生的第一步，插队到山西省文水县下曲公社梁家堡村，响应党的号召接受贫下中农的再教育。

  记得那年冬天非常冷，恰是数九寒天的日子。我们在西铭矿知青办梁康富队长的带领下，离开了父母亲戚朋友，离开了生活

18年的西铭矿。乘坐着载有39名知青的大轿车，随行一辆装载行李的大卡车，行驶了3个多小时的路程，顺利到达了插队的地方梁家堡村。踏入了英雄刘胡兰的故乡，让我们心中肃然起敬。我们一行39名知青，要在英雄故乡的土地上贡献自己的青春，实现向英雄学习的夙愿。

到达了梁家堡村，村委会组织了隆重的欢迎仪式。大红的条幅标语"欢迎知识青年来我村插队落户"醒目地悬挂在大队部的正墙上。围观的村民们好奇地看着我们这些打扮入时，全身洋溢着青春活力的知青们。村民高兴地说，来了这么多的年轻娃，改变村子面貌的计划能加快了。我听后心里想，一定要做一名有用的知识青年，为振兴乡村贡献自己的一份力量。

中午饭吃得不错，记得是带有肉丁的刀削面。在带队队长的嘱咐下，在家长代表的叮咛下，生产队长将我们39名知青分到了各生产小队。我们高中班的4个同学分到第三生产小队。知青们集中居住在一家四合院的平房中，院内设有知青大灶。实行自己管理，推选出4名知青负责，我当选为事务长。

我们居住的每个房间都是一张大通铺，能睡6个人。我和张忠宝、李德全，还有另外三名知青住在了一个房间里。

那天夜里，月亮很圆，银光洒满了整个庭院。我睡在母亲为我新做的被褥里，透过窗帘的缝隙能依稀看到星星闪烁着亮光。寂静的村庄里不时还传来几声狗叫，我辗转反侧没有一点儿睡意，感觉今天的一切都是那样新鲜和令人激动。睡在我两侧的李德全、张忠宝同学说："牛牛（我的小名）快睡吧，明天还要早起上工了。"

我说："好的，早点睡吧。"但心里还是思绪万千、难以入眠，满脑子都是在农村好好干出个名堂的激情。

早上醒来，晨光已从窗帘缝隙中照射进来，打开窗帘，没看见朝阳却看到天空中呈现出的五颜六色的光影，很是漂亮。空气中弥漫着破晓时的寒气，在西铭矿生活了18年从未见过这样美丽的晨景。

知青们拿着统一发放的餐具，细心地在自己餐具上留下了标记。饭是管饱吃，没有定量。早餐后，生产队里的广播响了，接着传出了队长的声音："今天我们全体社员，去参加全县组织的挖'前进渠'大会战。"我们听不懂这是啥农活，只晓得农民是种地的，还挖什么水渠。接着队长又再说："知青同志们，你们是咱村的主力军，你们昨天的到来，为我村增添了前所未有的活力，从今天开始，你们可就是咱梁家堡的社员了。"随后，我们在生产队长的带领下，扛着从西铭矿带来的劳动工具：崭新的铁锹和镢头，跟随着队长有说有笑地走了大约六七里路，来到了"前进渠"的工地。

文水县自古以来，是以农业为主的，大兴水利建设为农业服务是冬季的主要工作。"水利是农业的命脉"，宣传标语贴满了整个文水县各个村庄的显要位置，用白灰书写在村里大道两旁的墙上，宣传车播放着加油鼓干劲的口号。在这样的氛围中，我们知青一马当先，初试锋芒，冲在兴修水渠的最前面。我们的工作任务是要挖一条贯穿全县南北的大水渠，名为"前进渠"，这条水渠修成后，将大大地提高全县农田的灌溉率。我边干边想，这也是为英雄刘胡兰家乡做贡献呢！

水渠很难挖，虽说是文水县地理位置属平原，气候不像西铭矿的冬天寒冷，但毕竟是冬末。我来插队时，母亲给我带了父亲发的工作手套，5副棉手套，5副线手套，没用了一个月就全部磨烂了。还把我手上磨出了血泡，贴上医用胶布根本不顶用，鲜血流出又结了痂。队长看到后说："你这孩子干活悠着点儿，该歇就歇会儿。大石头搬不动就不要硬搬，两个人抬；铁锹铲不了，就少铲点儿，这几天，我看到你埋头苦干，不吱声，我都心疼，如果你父母看到后，就会更心疼。"队长的话，我听着，心里也在想着，如果在矿上当一名矿工，有父母在身旁，就不用受这样的苦和累了，每月还能领上工资……

想到此时我的脸红了，错！不能后悔。到农村广阔天地锻炼接受贫下中农的再教育，是自己多年的愿望啊。年轻人吃点儿苦受点累又算得了什么呢！作为一个有志青年，应该是吃苦在前，享受在后才对啊！经过40多天的日夜苦战，"前进渠"终于挖成功了。看到全县贯通的"前进渠"内滚滚流动的河水，心情非常地激动。这条水渠的修建成功，我们知青也付出了辛勤劳动，得到了生产队领导的表扬和称赞。

春天，大地从冬眠中苏醒了过来。处处洋溢着"一年之计在于春"的忙碌气氛，我们在农民伯伯的带领下进行着春播。开始播种的各种农作物，有玉米、高粱、豆子、棉花。同时按照分工，有的知青给小麦施肥，有的跟着农民在麦田里套种玉米，我是放水浇地的。其实我们从来没有种过棉花，也许是难种吧。不多几日，下种后的种子开始在土壤里发芽出苗了，我每天好奇地去我种的庄稼地里，看种子的变化。哦，一天一个样，先是种子发芽，后破土，然后慢慢地出苗。不到一个月，遍地是绿油油的，绿色是多么富有生机啊。它是生命，它是向往，它更是希望啊。

听农民伯伯讲，幼苗长到6寸左右时要开始间苗，除草并施肥。间苗不是简单的体力劳动，而是对幼苗的精心挑选并培土，还要把幼苗周围的杂草除掉，使幼苗苗壮成长。

春天在人们的繁忙中悄然而去，夏天来了。我们搬进了两人一间的宿舍，居住条件好了许多，不用再睡大通铺了。夏季天亮得很早，清晨不到5点晨光就照进了我们的小屋，如果说春天的乡村风光旖旎，那么夏天乡村展示了它全部的丰姿盛装。

看到大片金黄色的麦田，长势喜人的麦穗。在微风中摇曳着它的身姿，麦子成熟的气息弥漫在空气里，炎热的天气也是考验我们的时候。当地有句谚语"男人怕的是割麦子，女人怕的是坐月子。"在夏日炎炎骄阳似火的日子里，我们每人头戴一顶草帽，脖子上搭着一条毛巾，和社员们一起抢收着麦子。当时村里没有收割机，只能用镰刀来收割，我们开始不会使用镰刀，也不会捆绑麦子，边割边搂边掉，速度很慢，看到社员们割得很快，我非常着急。热心的乡亲们教会了我割麦子，这是和老天爷抢时间的一场战斗。一旦遇到下雨，小麦就会发霉造成很大的损失。我们全体知青从早到晚抢着收割，尽管累得精疲力尽，火红的太阳晒得后背都蜕了几层皮，女知青也不顾白皙的脸庞被晒黑。数天下来全身都疼痛不已，但我们还是奋战在抢收的第一线，保证了小麦颗粒归仓。农民们说：这些城里的孩子真行，能吃苦，个个都是好样的。

秋天是一年中最令人喜悦的收获季节。看到农田里遍地都是颗粒饱满金黄色的玉米，仿佛听到火红的高粱穗在纵情高唱，雪白的棉花羞涩地在窃窃私语，急切地盼望着我们将它们收割回家……总之，从播种到秋收，我们天天照看着它们，自然知道这些成熟庄稼的心思。

春夏的辛勤付出，现在是得以回报的时候了。掰玉米、割高粱、摘棉花又成了广袤平原一道靓丽的风景。收割完庄稼，按照国家下达的指示任务，上缴了公粮，剩余的按比例分配给农民们，成为下一年的口粮。

冬天，是农活最轻松的时候，为了保证来年粮食产量的提高。还要大搞农田基本建设，平整土地，整修水渠；同时要学习党的政策理论，提高觉悟。

第二年，以知青为主成立了农场，专门培育各种农作物的种子。我和李德全、张忠宝同学抽调到治保股巡田，顾名思义是看护庄稼。这一年我们的同学王玉梅为了照顾父母，插队手续转到了古交的知青点冷泉村。我们所挣的工分是季节忙时每天22分，

冬季每天12分。梁家堡村没有汽车，有4台拖拉机，村集体有几十棵桃树和杏树，其他的就印象不深了。我们的到来，给这个贫穷偏僻的村庄带来很大的变化。

西铭矿没有忘记远离父母的矿工子弟，派工人运来水泥、沙子、砖块、木料帮助村里修建了水塔，解决了村民吃水的困难。我们在这里四年多的奉献成果载入了文水县地方志。

通过4年的下乡锻炼，学到了很多书本上学不到的东西。让我们在实践中积累了经验，磨砺了意志，增长了才干。到农村插队，挑粪、锄草、间苗、收割，这是我从小在矿区长大的孩子"接地气"的第一次实践。是在黄土地上的劳作，让我们贴近了勤劳朴实的父老乡亲。从此，我把农民兄弟当成了自己的亲人，感谢这块黄土地，滋养了我的青春，并让我的青春孕育得丰厚而坚实。使我得到了村民的尊重和组织上的认可，被评为文水县"十大知青标兵"。后又被推荐到吕梁地区"五七"干校培训学习，提高了我的理论政治水平。

年复一年，日复一日。这4年的人生历练，是我一生最宝贵的财富。当乡亲们说："文俊这后生好啊，劳动能吃苦，待人很憨厚，做事很踏实，人品也极好。"我认为这是对我最大的鼓励与鞭策。

1978年底，我被招工回到西铭矿参加了工作，当了一名煤矿工人，后又荣升为矿汽运公司生产经理兼书记，但常常想念着梁家堡村这块土地和这里的乡亲。

2016年5月29日，我们又组织知青回到阔别40年后的梁家堡村，看望了可亲可敬的父老乡亲，和我们曾经生活劳动过的

2016 年 5 月 29 日，1974 年在山西省文水县下曲公社梁家堡村三队插队知青与村干部合影

地方。村委会依然如同当年一样，欢迎了我们。不一样的是村民们自发地身穿节日的盛装，载歌载舞演起了家乡小调，扭起了迎亲的大秧歌。在一片其乐融融的气氛中，大队党支部及村委会还授予我们"荣誉村民"称号，这欢乐和谐的场景让我们至今难忘。

薛文俊获得梁家堡村荣誉村民证书

重回第二故乡

梁家堡村成为我们真正的"第二故乡"，我把自己的青春奉献给了这块黄土地，献给了梁家堡村及梁家堡的父老乡亲。当年那个朝气蓬勃的年轻小伙，已步入了耳顺之年，两鬓斑白，光荣退休。生活清闲了许多；但我们愿意饱含深情地再次去追寻那个年代，追寻难忘的青春印迹，难忘的知青友谊，还有梁家堡村民亲人般的骨肉之情。

如今回想起来那段已经远去的青春岁月，我没有因为虚度年华而悔恨，更没有因碌碌无为而惭愧。

岁月峥嵘，青春无悔，此生无憾！

2022 年 12 月 8 日

我们是矿工儿女

知青时光难忘怀

赵荣莲

1974年7月高中毕业后，我响应党的号召，知识青年到农村去，接受贫下中农的再教育。我对妈妈说，我要报名去农村插队。于是，在同年11月我办理了迁往太原市阳曲县高村公社河庄大队西庄村插队落户的手续。妈妈说："现在已经临近年关了，咱们该准备你要带的生活用品，再给你做套新被褥。"爸爸、哥哥、弟弟、妹妹全家行动起来，为我购置了牙膏、香皂、

赵荣莲

脸盆、毛巾等去农村生活的用品，妈妈还为我一针一线缝制了一床新被褥。

1975年春节后的一天，是我下乡插队的日子。我的妈妈和全家人起了个大早，我清晰地记得，妈妈言语少了，系着围裙忙碌在灶台边。按民间的一种说法，迎亲饺子送亲面，妈妈给我做了一顿香喷喷的打卤面，寓意平平安安顺顺利利。

由于我是单插生，没有像集体插队的同学们那样被隆重欢送，但是我们全家也一样隆重地把我欢送到太原火车站。一路上爸爸一言不发，妈妈含泪紧握着我的手说："荣莲，去了农村要保护

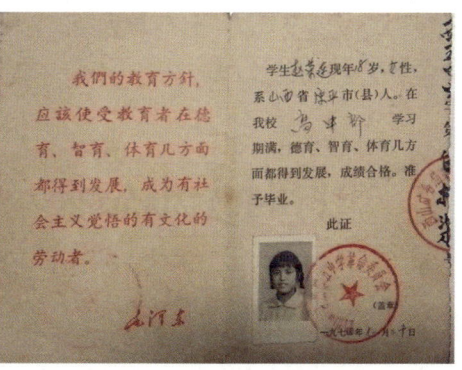

好自己，听生产队长的话，和当地农民好好相处，不要想家。"望着家人远去的背影，我扭头掉泪了。还好，有我的哥哥陪我到插队点，他扛着我的行李，手里提着用网兜装着的脸盆和生活必需品。我挎着军用书包，里面有咸菜，还有全家为我省下的挂面和白面做的馍馍干。随着火车徐徐地开动，不一会儿就到了阳曲县北白车站。下车后，徒步向西庄村走去。西庄村坐落在与忻州石岭关交界处的大山脚下，交通不便，只有开往大同的火车沿村而过。我和哥哥走走歇歇，十分费力地行走在通往西庄村的小路上。

　　西庄村到了，等候在大队部的生产队长，热情接待了我和哥哥。生产队长给我们介绍了西庄村，村里只有20多户人家，全都住窑洞。村中有棵老槐树，树上挂着一节两尺长的铁轨，那是用来召集村民出工开会时敲击用的。

　　生产队长把我分配到西庄村四小队，安排我和一个先去的知青住在村民的一眼窑洞里。窑洞墙上挂着，还有地上堆着各式各样的农具。

　　时间已到午饭点，热心好客的房东大娘，给我们备好了稀罕的小米土豆干粥，辣椒炒老咸菜。也许是一路奔波，饿了，我和哥哥吃得很香。饭后，我哥哥又陪我到大禹粮店，按照国家对知青的政策规定，购买了当月的28斤口粮。我哥哥把我一切安排好后，才乘坐当晚的火车回了太原。

因我是单插生，一切都是我自己做。一大堆难题摆在我面前。首先，不会用当地的煤糕做饭。想到在家我们用的是炭块，几根劈柴就能引着火；而煤糕等很久火也上不来，做饭成了难题。后来才知道，打煤糕可不是件容易的事。经过村子的装煤火车有时会抛洒些煤面下来，村民们便赶到铁路边，把从车皮上抖落下来的煤面清扫后装回家，再用山里的一种烧土混合在一起，制作成

下乡插队时使用的农具

煤糕。真不好燃烧啊！我用许多捡回来的树枝玉米秆引火，总也烧不着。人被烟火熏得泪水直流，泪水既有烟熏的原因，也有对妈妈的思念。自己不会生火做饭，临来时，妈妈给我带的饼子、馍馍干、挂面也吃得差不多了。吃完了咋办，我总是吃一次，心里问自己一次。

每天，当听到大槐树上挂的那个铁轨敲响，在伴随着队长的响亮声音："今天妇女们去平地，耙地里的茬子，拿上镬头，铁耙子，男人们往田里送粪。"于是男人和女人各自去干自己的活。跟着说说笑笑的女人们，我想她们早上一定吃饱饭了，包括队长，也吃饱饭了，要不然怎么能有那么大的劲儿喊话？

中午回到家，我依然是火生不着，更谈不上吃饭。在家之前没有做过农活的我，才干了一个上午就腰酸背痛，手也磨起了血泡。善良的房东大娘看到我每天只吃干馍泡水，认真地说："人

不能每天这样吃饭！你要不嫌大娘家的饭不好吃，就先和大娘在一起吃饭吧。我慢慢教你学着做饭。"就这样我将一个月的口粮交给了大娘，在大娘的指导下，我逐渐学会了生火做饭，能自力更生了。

我学会了把萝卜洗干净，切成丁或丝用辣椒拌起；学会了不用油炒菜。就是把青辣椒和西红柿切碎放入平坛锅里，放在火上翻动加热，再加入黑酱和盐就好了。平时我下工回来，不急了，用碗把红面、白面、玉米面掺在一起做抿尖。吃的时候，把平坛锅里的辣椒西红柿调上，大口大口地吃，直到把肚子吃得饱饱的。现在想起来仍觉得抿尖还是那么好吃，甚至称得上是世界上最美味可口的饭菜。

春天，雪前脚融化，后脚土地也解冻了。这时农民开始平整土地，为春播做着准备工作。不能延误谷雨前后种瓜种豆，播种各种农作物的时间。一天天的农活忙碌起来，农民伯伯们在前面赶着大黄牛，将地上翻出新的土壤，农民大婶把手中的种子均匀地撒在土壤里，我戴着手套跟随其后，用手把肥料抛撒，为夏苗生长提前打好底子。我觉得自己和春天一样，变得充满了蓬勃的生机和成长的渴望。

夏天，农田里到处洒满阳光。一层层梯田，绿油油的麦苗在微风下波浪般地起伏，非常赏心悦目。那天我起了个大早，吃过早饭，像往常一样，漫步在绿树成荫的小道上，欣赏着春天种下的庄稼。

铁轨敲响，队长洪亮的声音又响起来了。他告诉全体社员，今天的任务是薅谷子（间谷苗）拔草。

夏日的气温特别高，红红的太阳像火一样热。即使从树木的空隙中射下来，也使人感到抬不起头来的炎热，别说干活了，就是站在那里汗珠都直往下流。我和邻居大姐一组，每人三垄。抬

我们是矿工儿女

头望去，站在地的东头望不到地的西头，任务不轻啊。

我学着大姐的样子，脚放在两个地垄上，蹲下拔草间苗往前挪，拔一拔蹲着走一步，再拔一拔再蹲着走一步。还没有拔几米远，就累得满头大汗，浑身就像洗了澡一样，衣服都湿透了。脸红得像熟透的大红苹果，腿肚子疼得站不起来。再往前一看大姐已远超我好几米。"春种一粒粟，秋收万颗子……"我边干边想，体会到农民的辛苦和粮食的来之不易。大姐回头看我，喊道："不要急，慢慢来，歇歇再干。"我心有余而力不足，怎么也追不上大姐。热情的大姐完成了她的任务又回过头来帮我干。间苗的活累得我腰也直不起来，腿也迈不开步，浑身酸痛得很。大姐笑着对我说，干什么农活，就得练什么技能。此后，我经历了各种各样的农活，练就了一身好本事。

五月是麦收的季节，天刚蒙蒙亮，铁轨的声音又一次敲响，伴随着队长的喊声。我们拿着镰刀，村民们有序来到麦田里。割麦子要趁早，因有露水潮气麦子好割一些。有一次到了半晌午，麦秆打滑，我一不小心镰刀滑到我手上。队长见后，马上抓起一把土撒在我的伤口处。奇怪血不流了！队长告诉我，干什么活也要有小窍门，说着给我示范了割麦子。我明白了这次受伤不完全是自己不小心，而是自己还没掌握割麦子的要领。

秋天，是大地最色彩斑斓的季节。我喜欢在霜薄风清的早晨，漫步在田野，看到一片丰收的景象，内心充满了成就感。

收秋开始了，刨土豆、掰玉米、掐谷穗、割高粱、拔豆子。大马骡子和黄牛拉着车一趟趟地往晒场运输，边收割边打场。村民们忙得连饭都顾不上吃，拿块火烧边走边吃，抓紧时间打场子。当然，我在其中也学会了很多课本上学不到的农作知识。

冬天下雪了，呼吸着寒冷的空气。洁白的雪，在阳光下闪着耀眼而细碎的光，致使我的眼睛不由得迷眯一切变得特别的美好。

雪后放晴，欣赏着天空中飘过的朵朵白云。此时，又听到了铁轨的敲响声，队长又在喊，全体社员到大队部开会。社员三三两两相聚在一起，听队长的布置。高村公社组织各村各队，派人到新庄村大搞农田水利基本建设。修农田、挖水渠、垒大坝、知识青年是先锋队。我们村到新庄村有十多里地，社员们大部分骑自行车去，我也让我哥哥从太原寄了一辆永久牌自行车，战斗在农田基本建设大会战的第一线。大队给我们送小米土豆干粥，没有青菜更没有荤菜，大家都是吃腌制的萝卜咸菜。我吃饭慢，等到再去盛饭，饭就没有了。有一个大伯告诉我一个方法，你第一碗少盛点儿，先吃着，吃完后再去盛第二碗，你就能吃饱了。吃个饭都得有学问啊！

4年春夏秋冬，我的收获是丰满而扎实的。在这广阔的天地里学到了很多的知识，锻炼了自己。我还参加了大队组织的民兵训练，到解放太原的石岭关寻访故地。八一建军节，我们到著名的忻口战役阵地，与驻守在忻口战役的解放军一起欢度节日。解放军指战员教我们学射击、投弹，让我们隐藏在战壕里，发射了60型迫击炮和75式炮。震耳欲聋的炮声，使我们的心灵震撼。每年我只回家三四次。家里兄弟姐妹多，奶奶姥爷都年龄大了，需要照顾，父亲微薄的工资维持着全家十几口人的生活。

我每次探家，只能给家里带些小米、土豆、玉米面等农产品。母亲要给我带些副食，还要给我带5元的零花钱。我辛苦一年只挣到了口粮，连一分钱也分不到，只好接过了妈妈给我的5元钱。

1978年太原城建局招工，大队推荐了我。当我要回城的时候。村民们纷纷来送我，来时脚下的这条小径，如今已变成了宽阔的沥青大道。我不知道这条小径最早产生于什么年代，但知道它怎样变成宽阔的路，因为我参与了这条路的修建。

4 年的相处，与乡亲结下了深厚的友情，至今我都会经常回去看乡亲们，房东大娘依然热情地招待着我，但不是小米干粥了，而是那迎亲的饺子。

　　这四年知青的生活使我难以忘却。

2022 年 12 月 3 日

我的四年知青生活

李金娥

　　20 世纪 70 年代，全国各地掀起了轰轰烈烈的知识青年上山下乡运动。高中毕业在家待业一年后，我也毅然投入了这场运动。就此，我的身份从一名"待业青年"成为下乡知识青年。

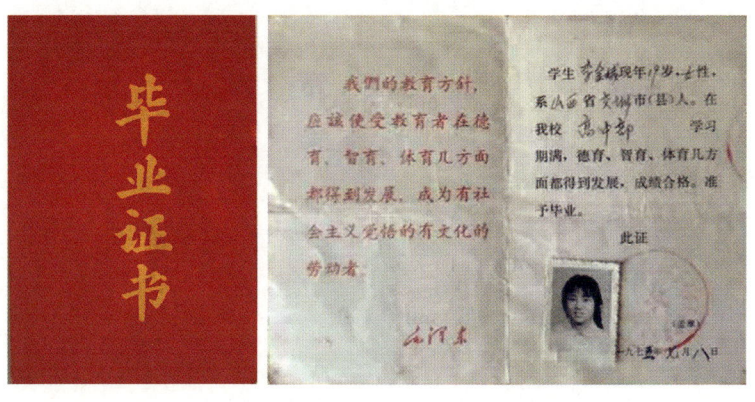

李金娥的高中毕业证书

　　1976 年 3 月 18 日，春节过后，乍暖还寒，我随同 30 个报名的青年，带着行李，在家人的陪同下来到西山矿务局办公楼前。那时候各矿都有一个专门的锣鼓队，矿山有了什么喜事就会架起锣鼓敲上一阵子。鼓手情绪很高，围着大鼓转着圈敲。本来是离别场景，硬是被喧天的锣鼓和招展的彩旗带来了不少的喜庆。

　　没有人哭泣。许多家长来送行，在他们反复的叮嘱声中，我

我们是矿工儿女

们上了一辆卡车。车开动后，寒风很快把我们冻僵了，大家都坐在自己的行李间蜷缩成一团。车行驶了约两个小时，翻过了几座山，来到了一个向阳背风的山坳里，到达了太原市北郊区马头水公社甘草峁大队。

下车集合后，进入村委会办公室。这是一间简陋的窑洞。大队书记迎接了我们，知青家长代表嘱咐了很多。村委会给我们安排了住宿，男知青住一间平房，大通铺；而女知青则分散到了各户村民家，开始了新的人生。

我们的到来，给山村送去了一派生机，一群年轻人早上起来，一排排蹲在门口洗脸刷牙，村民感到很新鲜，他们很羡慕我们的生活。按政策我们每个人第一年吃的是城市标准的供应粮，每月28斤，白面比例为25%，安排专人做饭。这样的集体生活，对村民来讲只能是一种奢望。而我们习惯了城市的生活，来到这里是很不习惯的。劈柴生火做饭，出工每日早出晚归。而我们也有苦衷，不习惯的早起，冬夜房间的寒冷，用水要到沟底水井去挑，厕所不分男女，不能洗澡，等等。按当时村里的状况，这一切都等着我们去适应。

生活起居安排好后，我们开始下地劳动。刚去的那时，正是春耕季节。队长安排我们一对一到田间干活，即一位农民带一名知青。当时我和一位年长的农民伯伯一起干活。也许听到我称呼农民为伯伯，你会觉得怪怪的，因为从没有离开过父母的我，除了自己的老师，还没有和任何成年人有过独立的社会交往，虽然年龄已成年，但从心底感到自己还是个孩子，称呼任何一个有些年岁的农民为伯伯，觉得自自然然。

没有多少调整和休息时间，我们就投入备耕中了。备耕是个系列活。首先是平整土地，用铁锹把地里的土坷垃拍散，还有垄地边的，既把去年被雨水冲坏，被人畜踩踏的地边修复拍实，这些活看看就可以跟着做了。

而"和粪撒粪"不知怎么做。农民伯伯们告诉我们，和粪就是将粪堆刨开，掺些土用铁锹搅拌均匀，撒到平整过的土地上。这活不仅脏而且也累，在村里年轻人和女人们是不愿干的，一般为上年纪的村民干得多。我与几位知青，自愿报名干这活，当时村民们用异样的眼神瞅着我们，低声议论着，说城里人是干不下去的。

农民伯伯与我们一边干活，一边告诉我们这些粪堆的来历。大粪是农民在村里茅坑掏的。也有农民们赶着驴车驮着两个大桶到矿区厕所淘的，由于山路不好走，粪水车上不了山，农民们要用肩一担一担挑到地里，倒入挖好的坑里，用土埋成堆待备耕用。所以各生产队对周边厂矿的厕所会派专人守候，防止粪水被别人抢先掏走，甚至为抢淘厕所发生冲突。当时我不理解怎么会发生这样可笑的事。参加和粪撒粪，我知道原来自己太肤浅了。

在搅拌粪堆时臭气熏人，呛得上不来气，还不时地恶心得想吐。于是农民伯伯又给我们讲："和粪撒粪要站在上风口。"但不管风怎样刮，这个活，都不好干！

腰很酸背很痛，手上打起了血泡，虽然活很脏很累，但我们还是每天坚持干。平整完土地，村民们改变了对我们的看法，认为我们是很能吃苦的城里人，接纳了我们。生活中的各方面都很照顾我们，收工回到家，开水也烧好了，有时有点儿稀罕好吃的也给我们送来。

当春播后不久庄稼出苗了，我们又开始锄草间苗。农民伯伯告诉我们株距有多远后，每人三垅开始了。当时我用锄头很不熟练，自然锄得很慢。我们同步开始，他们三垄全部锄完了，我锄的一半都不到，心里很着急。于是他们返回来帮我完成，让我很感动。特别是在五月间谷苗的时候更为艰苦，整天蹲着锄，头顶烈日，汗流浃背。这样一天下来腿酸困得站不起来，腰都伸不直。但我们也不肯落后，从不叫苦叫累，还是每日坚持着，直到全部完成间苗。

秋天到了，喜出望外，第一次看到了丰收的景象。情不自禁地想到，这是我们辛勤劳动的结果。庄稼被黄澄澄的谷穗压弯了腰，土豆刨出来比拳头都大，一窝就有六七个，每株玉米秆有两穗……丰收在望。收秋的每种活都很累很辛苦。割玉米秆，手和脸都被玉米叶划得一道一道的伤痕，渗出了血，疼痛难忍，晚上脸和手都不能洗。割谷子更是直不起腰来。就这样收工后，每人还得背几十斤庄稼带回到晒场上。

秋收之后，我们也没有闲着，还要忙着为第二年的春播打基础。又一个循环从备粪开始。大粪紧缺，还要自制补充一些肥料。队长分配割蒿草，割好后背回村里过秤，工分就是以蒿草的多少来记的。然后在挖好的坑中，一层蒿草一层土，加水沤制，第二年搅拌后运到地里当肥料。

当年山西昔阳的大寨是全国修地造田的一面旗帜，那里的"七沟八梁一面坡，层层梯田平展展"。我们"这里的山路十八弯"，地貌差不多，我们不甘落后。每年冬季要大搞农田基本建设，知青们觉得自己就是一个战天斗地的英雄，层层梯田，总有修成的那一天。

第二年，我们住进了新房，起居有了不小的改善；但在生活方面却陷入了困境，随着第一年后供应粮的取消，开始靠队里分的粮食生活。其中杂粮居多，小麦每人一年分了15斤。没有储存的菜，杂粮不好做，也不好吃，食堂就自行解散了。生活只能靠自己来解决，从家里带点挂面、熟食、咸菜，每天从地里干活回来，劈柴生火做饭，日子过得很艰难。

由于我平时干活任劳任怨，苦活累活抢着干，得到了村民们

的认可，年底评工分时我也得了高分。同年，我当了粮食保管员，空余时间我还是下地干活。这样村党支部肯定了我的成绩，第三年村党支部书记让我填写了入党志愿书。这是我向往已久的心愿，我很激动，我要谢谢组织对我的关怀。

四年的知青生活是丰富多彩的，是那个时代最珍贵的人生财富。我们每个人的命运跌宕起伏，与时代同行。有劳动中的酸甜苦辣，生活中的喜怒哀乐，知青之间的磕磕绊绊，思想上的起起落落，情感里的卿卿我我，相互之间互帮互助的往事，历历在目。知青的经历，成熟了我的心智，强健了我的体魄，提高了我的生存能力，铸就了我艰苦朴素的生活作风，知青的岁月使我终生难忘。

1979年我返城分配到太原市河龙湾百货商场，回到了阔别四年的城市，成为一名国企员工。

2022年12月8日

我们是矿工儿女

那里的土地，那里的乡亲

刘根生

2022 年 8 月 8 日，西山五中高二班同学在杜儿坪矿桃花沟欢聚一堂。从 1974 年高中毕业，我们已经阔别 48 年。今日重逢，互相紧握着饱经风霜的手，端详着堆满皱纹的脸，倾听着已经苍老的嗓音，千言万语真不知从何说起。

20 世纪 70 年代，全国上下掀起了一场知识青年上山下乡的热潮，我也积极投入了这场运动中。

知青生活时期的"家"

1975年12月，我与王绍涵、刘秀兰、白喜林等十几位同学离开了自幼生长的矿山，告别了呵护我们的父母，来到了太原市北郊区马头水公社庄头村插队落户。三年的知青生活，是我这辈子永难忘怀的。

马头水公社以种植苹果树为主。"一年之计在于春"。大地刚刚回暖，我们便开始为果树施肥，挖雨淋坑防止水土流失。果树受旱是不挂果的，春季里，我们每天都要从早忙到晚。

为争取庄稼有个好收成，保证全村基本的口粮。忙碌的备耕一刻不敢放松。土地经过平整后，将搅拌好的粪，均匀撒在田里面，经过耕锄犁耙，待清明后播种。看起来简单的劳动工序，做起来并不轻松。初次下地劳动，手上磨起了血泡，腰累得难以伸直。搅拌粪时，刺鼻的气味，呛得人难以喘气。队长对我们讲：果树和庄稼，全靠粪当家，施肥是丰收的基础。我们像村民一样，都做到了不怕脏、不怕累，每日任务完不成决不收工。

春播下种后，半月过去，嫩绿的玉米苗出土了，不多时就长到半尺高，该间苗除草了。村里种的不仅有玉米，还有谷子、高粱、土豆、麦子等各种农作物，庄稼活最讲究不误农时，再苦再累也要按节令完成。

人勤地不懒，眨眼间油绿的玉米长到了一人高。炎热的夏天到了，阳光似火，晒得人们大汗淋漓。特别是间谷苗时，整天蹲在地里，锄一锄，挪一挪，蹲得腿都站不起来了，有人便用单腿跪着喘口气。队长说再苦也要坚持。活干不完，如果遇到下雨，就会影响庄稼的长势和收成。

秋天到了，满山的苹果树都是硕果累累。女人们忙着从枝头上采摘，男人们将一筐筐苹果扛进库房，个个累得满头大汗，渴了吃个刚摘的苹果继续干，心里喜气洋洋，有说不出的甜美滋味。

收完苹果后，也到了庄稼收割的季节。队长吆喝着："趁天

准备出发重返马头水
刘根生（左）、王绍涵（中）、段树平（右）

气好赶快抢收了，遇上连阴雨，一年的收成就没了！”吆喝声就是命令。大家忙着“颗粒归仓”。男人刨土豆，女人跟着捡，然后送到地窖。掰玉米，掐谷穗，割高粱齐头并进。有收割的，有运输的，有在晒场干活的，有管粮食入库的。直到歇下来才觉得，脸上和手上被玉米叶、高粱叶划破后阵阵刺痛，双手都裂开了口子，洗脸洗手都咬牙忍着。渐渐地，我对劳苦已经习以为常不当一回事了。

　　紧张的秋收工作忙完了，但我们还不能歇息，又开始了农田基本建设。为了防止水土流失，把坡地进行平整。老百姓叫“起高垫底扒拉平”，这便是造出的层层梯田。

　　农村的活四季忙碌，三年中每年的 365 天，我们早出晚归，风吹日晒。皮肤都变成棕褐色，手上长满了老茧，与城里同龄人相比，我们好像比同龄人年长了几岁。

　　如果说“煤黑子”的称呼，始于有些人对矿工的轻视，或是出于矿工的自嘲。但是每天下班，摘下落满煤尘的安全帽，脱掉黑色的高腰胶靴，然后洗澡更衣，走上大街，和城里人并无两样。但是农民就不同了，饱经风吹雨打，不避酷暑寒冬，面部几乎变成了粗糙的深棕色。走在街上，一眼就能认出"农民"的身份。但我却为自己古铜色的面容感到骄傲。我很留恋那段知青的生活，并常常背诵起一句诗："谁知盘中餐，粒粒皆辛苦。"

谢谢了，马头水公社庄头村的土地和乡亲，我不会忘记自己曾经从这里出发，你们的精神和品质，为我的成长打下了坚实基础。

2022 年 12 月 5 日

我们是矿工儿女

从插队知青到巧手裁缝

康粉开

1968年12月，正值知识青年上山下乡的高潮。那个时候我只有12岁，还不懂其中的含义。看到邻居家有中学毕业的大哥哥、大姐姐，胸戴红花，在锣鼓声中，穿过欢送的人群，攀上解放牌大卡车，告别亲人和朋友们，奔赴各地农村。我好奇地问妈妈，他们要去哪里？妈妈说，等你长大就知道了。

我长大了，高中毕业后，也在一片喧天的锣鼓中，像当年的大哥哥、大姐姐一样，身披彩带，胸戴大红花，在亲朋好友的欢送中，怀着复杂的心情，插队落户到古交的一个村庄，接受贫下中农的再教育，开始了离开爹妈呵护的独立人生。

那时候，我一心一意想着要在广阔天地好好锻炼自己。白天跟在农民伯伯身后，耐心听他们讲怎样用镬头刨地，怎样施肥均匀，怎样正确撒种，怎样锄草不伤苗，怎样收割庄稼不抛洒。晚上还要参加大队组织的政治学习活动。当年，我确实分不清麦苗和野草，手不能提，肩不能挑。经过一年的辛勤劳动，年底分到21.6元，这是我有生以来凭着自己劳动挣来的第一笔钱。我第一时间报告了父母，他们非常高兴，嘱咐我干活悠着点，别累着。在以后的四年中，我学会了种菜养鸡，还到林业队去管理苹果树、梨树和核桃树。那时候，经济困难，物资匮乏，克勤克俭的农民

家庭，舍不得吃鸡蛋，都要攒着换钱，来购买生活用品。我还常常随着下学的孩子们，去山坡上割草喂兔子。我的知青生活非常丰富充实，农民们夸我是一个勤劳善良、有上进心的好知青，这样的生活年复一年，转眼间五年过去了。

1979 年，根据知青回城的政策，我被分配到太原服装厂工作。厂址就在热闹的"开化寺"，身份也由非城镇人口变为城镇人口。

我家住在西铭矿较偏远的三岔口，距离工作单位有 40 多里。

为了准时出勤，我总是早上 6 点离开家门，首先爬过一个小山坡，到达七里沟坐乘人车来到斜坡，从这里坐下山的交通缆车，到山脚下再步行到西铭公交车站，才能坐上通往市内的 16 路公交车。

到太原大南门下了车再步行 20 分钟左右，最终到达工作单位。两个小时的路程，有一半时间靠双脚赶路，被人戏称为"铁脚板"。路远，加上天气突变或路况不好，有时迟到了师傅也很少责备我，但自己心里十分愧疚，就挤用午休时间，把落下的活补上。

服装厂工作的流程繁杂，一件衣服要经过开裁、缝制、锁眼、

我们是矿工儿女

钉扣、整烫、检验、包装、验针、存仓，直到出货。整个厂都是流水线，一环扣一环，每道工序都有非常严格的制度和规定，来不得半点儿粗心和马虎。

我主要做的是缝纫工，但两年间，经历了流水线上的所有岗位，熟悉了缝制服装的各个环节。功夫不负有心人，我学徒成功了，终于可以独立地完成一套服装。当我穿上自己制作的衣服，喜悦的心情真的无法形容，我越来越喜欢上了这份工作，它给予了我人生更多的快乐和自信。

和一般自学成才的缝纫师傅不同，每当一块布料展现在我面前，首先我会用同样布料大的样纸做草稿。拿起画粉，按照量体后得到的尺寸，龙飞凤舞地在样纸上先画图样，也就是"打板"。它在服装的工业化生产中占有相当重要的地位，是服装从平面转向立体结构的不可缺少的技术环节。

版打好后按照样纸样裁剪面布和里布。烫衬，需要烫衬的位置，烫牵条，熨烫贴袋袋口，缝合贴袋的面布与里布，缝合好后在留口的地方翻到正面……它的精细要求难倒了不少人，而我却喜欢这种高标准严要求，所以我做出的衣服笔挺不走样，很受顾客欢迎。

我学会了裁剪技能，掌握了缝纫本领，不仅成了受大家欢迎的人，而且这个工作还让我收获了甜蜜的爱情，拥有了幸福的家庭。记得 20 世纪 80 年代初，我穿着粉色的小西装途经斜坡准备乘绿皮乘人车回

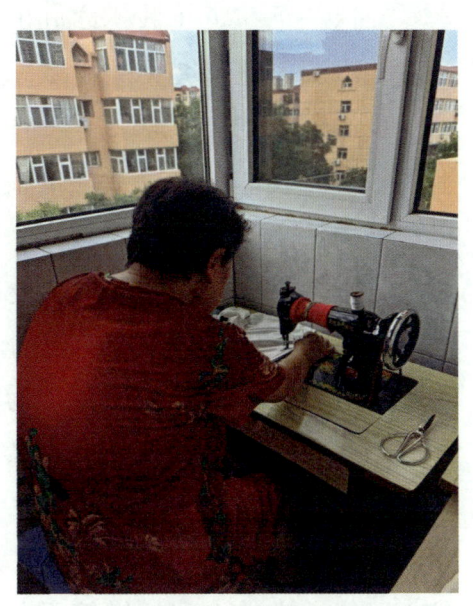

康粉开正在做缝纫活

康粉开缝制的格式坎肩

三岔口的家，有一位手拿铁锹好似在周围工作的大婶突然站在我面前说："姑娘，我观察你多日了，你穿的这件上衣是在哪里买的，样式好看，做工细致。"这个热情的陌生大婶让我心中猛地一跳，片刻后，我说："大婶，这件上衣不是买的，是我自己做的。"大婶连连点头，笑着说："好，好，我看上了。"我非常莫名其妙地看着微笑的大婶。

数日后，我父亲的一位工友，给我牵线搭桥介绍男朋友，哦，原来对方是我的同年级校友王炳伟，小名二小子，在西铭矿汽车队工作（是一名接送矿上下班职工的大巴司机）。他毕业于西山五中初中四班，我毕业于西山五中高二班。我俩都曾是班主任赵老师的学生，这一下拉近了我们之间的距离。于是我应邀去了他家，进门才知道那个在斜坡关注我多日的大婶是王炳伟的妈妈。

我的老公老实憨厚，后来悄悄地对我说，他们一家早就"盯"上我了，对我印象很好，评价很高。能从学校毕业后独立在农村自食其力接受贫下中农再教育，回城后分配到服装厂掌握服装裁剪，学缝纫是很辛苦的。我能吃得苦学到了裁剪技术，并且在城里上班还能做矿工的儿媳，他的全家人都很高兴。

寒来暑往，我的裁缝技术为很多邻居朋友服务过。记得那一年，二小子的一位朋友要去相亲，没有一身如意的衣服，我下班后挑灯夜战，为这个朋友赶制了一身合体的衣服。小伙子回来说，那姑娘不仅看上了他，还看上了他穿的这一身精制的衣服。夸得我心里美滋滋的。我还继续不断提高自己的裁缝技术，我设计、

我们是矿工儿女

裁剪、缝纫的样式坎肩深受邻居们的喜爱。

从插队知青到工厂裁缝，这是我平凡的人生经历，农村的艰苦生活，锻炼了我吃苦耐劳的精神。服装厂的严格训练，让我掌握了对社会做奉献的一项实用技术。

我不善言辞，更不擅笔墨。但很愿意响应赵老师的号召，写下这篇短文。感谢高二班的同学们给我的鼓励，为我加油，再加油！感谢老师在我们的青少年时代对我们的教育和几十年来对学生们的牵挂。

2022 年 11 月 27 日

多彩人生

让科技的光辉普照煤海

王万冬

　　我是矿工的子弟，骨子里就有矿山的情结。1974 年 1 月，18 岁的我，离开了培育我高中两年的母校——西山五中，带着对人生的美好憧憬，招工来到西山矿务局官地煤矿。

　　入矿报到后，参加了两周的新工人岗前培训，学习操作规程，接受安全教育。培训结束后我被分配到采煤五队当了一名采煤工人。

王万冬

　　在那个激情燃烧的年代，"抓革命、促生产"的口号喊得震天响，矿山是沸腾的。人人参与夺高产，创纪录、比贡献、争献礼……工人们大干、特干、拼命干，个个干得热火朝天，我也是其中的一员。每日披着星星进坑，踏着月光出坑。在艰苦的环境下一干就是三年多。采煤一线的工作使我掌握了很多劳动技能，获得了许多实践经验，给我今后做好本职工作奠定了牢固的基础。

　　官地矿隶属于西山矿务局，始建于 1960 年（从当时的白家庄矿分割出来），位于西山矿务局西南部，矿井为平硐式。投产时设计生产能力为年产 90 万吨，可采煤层 2#、3#、6#、8#、9# 共五层。属高瓦斯矿井。多年来，随着规模化发展的需求改建，2016年核定生产能力为年产390万吨。目前是一座大型现代化生产矿井。

官地煤矿井口

20世纪70年代初期，官地矿井下采煤工艺技术还相对落后，机械化程度偏低。没有综采面，仅有普通机采和炮采。机采工作面除采煤机割煤外，其余工序均为人工操作，工人劳动强度大，安全生产难以保障，严重制约着煤炭产量的提升。采掘生产工艺分别为：采煤用煤电钻人工打眼放炮落煤，大铁锹擢煤、刮板输送机运煤、摩擦金属支柱或坑木支护顶板；煤巷掘进用煤电钻人工打眼放炮落煤，装煤机、电煤溜子运煤，木棚或金属棚支护；开拓岩巷掘进用气动凿岩机人工打眼放炮破岩，爬斗机出渣，人工料石砌碹。

随着国家建设对煤炭需求的增长，煤炭开采装备技术也需要提升。1974年西山矿务局首次引进两套英国产伽立克液压支架，配套的是MK—Ⅱ型采煤机、安德森250型输送机和190型转载机。

同年 11 月，第一套综合机械化采煤设备在官地矿 601 队（也称东风民兵连）12308 工作面试验，从而改变了矿井落后的采煤工艺，提高了矿井原煤产量，减少了顶板事故。是当时官地矿生产上仅有的一个综采工作面。

我所在的采煤五队，上班实行三、八工作制，早、中、夜三班轮流作业。每次下井前要开班前会，由队干部组织政治理论与安全知识学习和工作安排。会后大家换上工作服，戴好矿灯自救器和工具，穿好雨靴整装出发，从井口乘坐带铁轮、由黑色机头牵引、在双窄轨上行走的绿皮人车（后来机头变为黄色，人车变为红色），半小时后到采区附近下车，再步行 20 分钟左右到达回采工作面。

当时工作面开采 8#（15 尺）煤层，顶板较坚硬。采用刀柱式一次采全高采煤法。工作面采长 90 米左右，采宽约 20 米，用圆木支护顶板。上下工作面之间留设 5—7 米煤柱。当采完上个工作面后，两人一组将拆开的每节 380 斤重的溜槽及刮板大链，一节节、一串串地搬运到运输巷开切眼附近，以备掘巷使用。然后人工对采空面进行回柱放顶，随后倒入已掘好的切眼中进行采煤作业，周而复始。

采煤面采用煤电钻人工打眼放炮落煤，两人一组大铁锹攉煤，一根细钢丝，把圆木棒叉子和簸箕形铁锹连接。其中一人双手抓住铁锹上部手把，另一人站在工作面运行的煤溜子链板上或溜子一侧，将叉子顶在溜子链板上，由链板牵引着大铁锹，把落下的煤送到溜子上，经运输巷转载机至皮带上，快速运到地下采区煤库，然后通过矿车运到地面煤库。最后通过火车运送到工业、发电、冶炼钢铁、热力等行业国家需要的地方。

工作面运煤巷原为沿顶留底煤掘进、木棚支护。受工作面采动影响，超前巷道承压后，地段低的地方直不起腰。影响正常生

多彩人生

产时，还要对低巷道段打眼爆破拉底，进行二次掘进维护，费工费时又费力。

我与工人们一样，打眼、放炮、攉煤、支护、运料、放顶、送饭、搬运设备，领导安排做什么，我就按要求去完成。在煤壁上用煤电钻人工打眼、装药、连线放炮，每次操作都得小心翼翼，稍有不慎，就会出事。无论采煤面还是掘进头，生产循环爆破后烟雾弥漫，煤尘飞扬，呛得人一时喘不过气来。若炮声震动顶板压力加大时，工作区木支柱压得吱吱响，给人有恐惧感。支柱必须支设牢固，否则容易倾倒伤人。在工作中稍有忽视安全，就会导致冒顶或人身事故发生。

回柱放顶是个危险活。当上个工作面的煤采完，并将金属煤溜子移至下个面开切眼处，而后对采空面进行回柱放顶。每次放顶先用钢丝绳将20来根支柱围在一起，再用副巷中安设的回柱绞车将一根根支柱拉倒。在有经验采煤八级工老师傅的安全监护下，两人一组把一根根再复用的木支柱从采空区抬出来，运到副巷指定点，搬运距离30—120米。由于十五尺煤顶板是较坚硬的石灰岩，回柱后大面积顶板一时半会儿也不垮塌，黑压压一片像个大礼堂。若遇顶板大面积垮塌时，将产生岩层断裂声和巨大的风力，存在着很大的安全隐患。

曾记得，1974年我刚下井的第一个班是背炸药。早上5点半开完班前会，穿好工作服，从副井入口步行约400米到井下火药库，领取约20多公斤炸药，背上炸药返回到原巷道，向前行走约五里路程才能到工作面（中途要经过一段约200个台阶的陡坡）。到工作面后放下炸药，喘口气擦把汗与工友们继续干活。劳动中使我最为发愁的是扛木柱子，木支柱是采掘工作面支撑顶板防止坍塌用的，每根木柱子长4—5米，重约50公斤以上，超过了我的体能。每次搬运距离少则100米，多则二三百米，副巷内低矮狭小，有的地方直不起腰，还要上坡下坡过水沟，空手走都费劲，再加上50公斤以上的东西，一个人要搬运，困难程度可想而知。我人小力单扛不起，只好在高点的巷道中两人一起抬着走，低巷道中两人腰间挟着走，或你前我后拉着走，磕磕绊绊才能运到使用的地方。每天都重复着干同样的活，但我从不叫苦叫累。

那个年代，由于落后的生产流程和原始的煤巷坑木支护，事故时有发生。记得刚上班不久的一天，我与同事在有断层地质构造的采煤工作面放顶回柱子，当放顶面积还剩300平方米时，正巧送饭工来了，大家一起来到副巷吃干粮喝水，猛然间"轰隆"一声巨响，顷刻间，工作面及巷道里煤尘滚滚，工友们的安全帽被强烈的风流吹出几米之远——工作面顶板塌落了。当煤尘散后，再看刚离开工作面剩余未放的顶板已全部垮落，让人很是后怕。若再晚出来几步，用矿工们的话说，我们就得和阎王爷会面了。

又一次事故是由于当时只追求高产而忽视了支护安全，导致工作面局部顶板塌落，当场压住四个人，其中一位河南籍老工人当时就停止了呼吸。在现场经历了生命瞬间消失的残酷现实，我的心被震撼了。站在工友出事的地方，我沉痛的心情久久不能平静，暗下决心，要钻研技术，改善井下落后的采煤工艺，改善工人的作业条件。三年多的采煤生涯，井下艰苦的工作环境，使我深深体验到了煤矿工人的艰辛，从而给了我战胜困难的决心，也成为我对知识渴求的动力，对科研技术的追求。

一个偶然的机会，当时，矿务局缺乏采煤一线技术人员。计划从各生产矿井采煤一线招录一批有工作经历的青年矿工，到西山矿务局职工大学学习深造。我得知信息后，及时向队部报名应招。1977年7月，经单位推荐和入学考试合格，我有幸被西局职工大学采煤专业大专班录取，学制三年。三年来我不负众望，刻苦学习认真钻研，学到了采煤专业理论知识，采煤新工艺及采煤新技术，渴望应用于生产第一线，改变落后的生产条件，提高劳动生产率，从而使矿工的安全也得到保障。

1980年11月从西局职工大学采煤专业毕业后。我从官地矿调入西山矿务局科技处（现为西山煤电集团公司技术中心）采煤研究室工作，成为名副其实的煤矿科技工作者。从而承担起采煤研究与技术管理工作，从报到第一天起，我就暗下决心，立志煤矿科技，奉献青春年华。

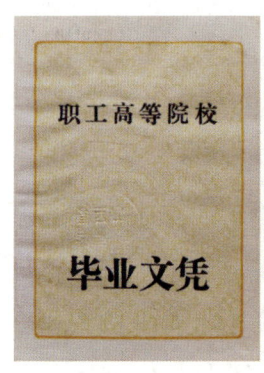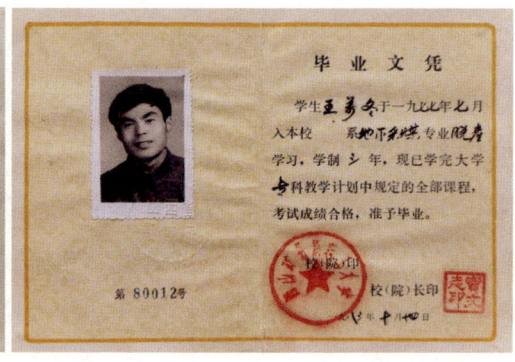

王万冬的西山矿务局职工大学地下采煤专业毕业文凭

当时西山矿务局科技处与科研所是一套人马两块牌子，对内称科技处，对外称科研所，既是科技开发实体，又是科技管理职能部门。"管研并举，以管为主"，主要是针对生产、建设、多种经营三大产业支柱，组织攻关、推广技术、开发新产品，消化吸收引进新技术，为采煤等各生产环节搞好技术服务，为企业创造更高的经济效益。我在科技处的工作重点，围绕西山矿区采煤、掘进、开拓、支护、通风安全方面存在的技术难题，通过开展科技攻关、技术创新项目的研究应用，使井下采煤生产工艺发生了巨大改变。

1981年到科技处不久，我从事了煤矿顶板分类和采场矿压观测的研究。为了尽快胜任好本职工作，经领导安排，我同年先后参加了两次业务知识"充电学习"，一次是由山西矿院主办的山西省煤炭系统《矿山压力》专业培训班四十天的学习。又一次是由山东矿院主办的全国煤炭系统《顶板管理》专业培训班一个半月的学习。通过以上两次专业培训学习，掌握了新的煤矿支护理论及现场实际应用知识，充实了自己的专业知识，为后续工作打下了理论基础。

在日常工作中，针对当时西山矿区煤矿顶板事故频发，难以保障安全生产的背景下。与同事们一起，先后深入西山矿区西铭、杜儿坪、官地、西曲等生产矿井采煤工作面，采集不同煤岩层位的煤岩样试块，进行岩石力学性能试验。大家都不怕苦和累，每次下井，每人要携带每块重达20多斤的煤岩试块，从工作面步行2—3公里路后乘矿车出井，然后将岩块运回科技处实验室。在当时单位不具备试验的条件，还与同事一起乘火车将岩块带到北京煤科总院开采所试验室进行试验，并参观学习先进技术。后来科技处购置了矿压试验设备，成立了自己的矿压试验室，承担了西山矿井煤岩试块加工及混凝土试块的试验任务。至此，我在试验室也做了许多岩样及金属材料的试验工作，为矿井设计、顶板分类及新产品开发提供了科学依据。

1982年开始，为提升矿井机械化水平，改善作业环境，我带着科研任务，与同事们深入井下，先后承担了《白家庄矿高档普采工作面的试验》《杜儿坪矿7#、6#煤层沿空留巷及矿压观测》《官地矿光爆锚喷新技术推广》《官地矿一次采全厚大采高综采液压支架试验》《西曲矿2#煤层22103面矿压观测》等课题研究。重点在采场矿压观测方面做了许多工作，测得了大量的矿压原始数据，掌握了现场第一手资料，为科学管理顶板、矿井设计、综采设备选型及工作面合理布置提供了科学的理论依据。有效降低了矿井顶板事故，确保安全生产。

多彩人生

在白家庄矿推广第一个高档普采工作面项目中。我参加了采场矿压观测研究、采煤工艺培训讲义编写等工作。试验期间，随着采煤面的不断向前推进，采场支柱及观测点也随之变化，需要经常下井对工作面观测点仪器进行反复布置、人工测取数据，常是白天下井观测、晚上加班整理数据，经过历时三个月的努力，最终提出矿压观测报告。先进的生产技术与旧的生产流程相比，煤炭产量翻了一番。机械化技术的应用，提高了工效，加快了工作面推进度，减轻了工人重体力劳动，改善了工作面顶板的维护状况、促进了安全，取得了明显的经济技术效果，同时为全局高档普采工作面推广积累了丰富的经验。我参与编写的"高档普采矿压观测研究"论文在《煤炭科学技术》1985 年 12 期中发表。

我还参与了在官地矿岩巷中推广光爆锚喷新技术。光爆锚喷与普通爆破相比，提高了围岩的稳定性，减少了掘进超挖量和出矸工作量，加快了施工进度，节省了炸药和混凝土材料消耗。对西山矿区岩巷中推广应用

20 世纪 80 年代，煤矿高档普采工作面

该技术具有示范效应。

为适应煤矿新技术的发展，需要不断掌握新知识。1986 年 9 月至 1988 年 3 月。利用业余时间，我参加了由煤炭部委托煤炭科学研究总院主办的全煤系统《矿山压力、岩层控制、支护技术》

我们是矿工儿女

刊授进修班学习。通过一年半的刻苦学习，进一步提升了自己的专业技术水平，为即将开展的煤巷支护改革打下了基础。

从1988年起，国有统配大型煤矿全面开展的质量标准化考核达标工作，对西山刚起步的井巷锚杆支护改革，起了积极的推动作用。当时，我和同事们正在杜儿坪矿井下进行支护改革试验。矿工们听说要在煤巷搞锚杆支护，说是不用木棚支护顶板，而是用一根细细的钢筋铁棍子把一层层顶板串起来，就能支住顶板吗？人们都不信。这项新的锚杆支护新技术，对于工人来说是难以接受的新生事物，他们不听你说新技术如何好，而是看你真正使用效果如何。试想一下，在黑压压的顶板下，不打柱子，而是用锚杆把顶板挂住，谁敢相信？谁又敢在这样的空顶下拿性命开玩笑？

面临新技术的推广应用，我们科技组同志与矿生产科选择了杜儿坪矿地质条件最差的62305、12805综采面巷道。在这两条长约各1000米的巷道内用锚杆分段做试验与木棚支护对比，试验期间我们常下井到现场，一边实地操作安装锚杆，一边给工人们讲解这项技术的优势。一连几十个日夜，巷道锚杆和木棚各支护段经过一段时间承压及受采动影响后。巷道里出现的两种支护方式的对比，让工人看到木棚支护费工费时，还出现有顶板压塌、木棚压坏的现象，而锚杆支护段顶板却基本完好。事实终于说服了工人们。他们兴奋地说："锚杆支护的确安全可靠、轻便省劲。"当时的局矿领导拍板给予支持，并在杜儿坪矿召开了锚杆支护现场会，使锚杆支护技术得以在全局推广。

试验成功后，我和同事们把主要精力都花费在巷道锚杆支护技术的研究试验与推广上。开展研究期间，查阅了大量的相关资料，在认真分析各类锚杆支护特点及调研的基础上，对锚杆进行井上模拟试验和井下不同地质条件下的试验工作，获得了大量可

多彩人生

靠数据，这里凝聚着大家的心血，每次下井搞试验，每人至少要携带十多公斤重的拉力仪器、安装工具及材料，来回步行几公里。由于在井下受各种因素的影响，往往要反复多次进行试验，直至试验成功。为了搞好试验，获取可靠准确的数据和信息，经常加班加点查询资料、整理记录、核实数据，工作到深夜也是常有的事，科研工作必须严谨细致，自己亲自采得的数据才感到更踏实，更可靠。每一个通过试验的科研项目要投入生产，必须保证项目符合现场条件，适应生产所需才行。

我们把重点放在矿井巷道支护改革的研究和实践应用。尤其在开发试验、推广应用树脂锚杆支护新技术，难采煤层破碎顶板巷道锚杆支护研究试验，W 型钢带的试验与推广，煤巷锚杆支护成套技术研究等项目上，为现场提供了合理的设计参数，使巷道支护成本降低，材料节省，劳动强度减轻，作业环境改善，从而扩大了其使用范围，取得明显经济效益。以推广煤巷锚杆支护一项为例，经核算每年就可为企业节约支护费用近千万元。该项技术成果，分别获省部级科技进步二等奖。

1998 年开始，为加快岩巷掘进速度。课题组成员先在镇城底

我们是矿工儿女

354

1999年3月，我与同事及太原市电视台记者摄影师们在屯兰矿煤巷掘进面支护调研时留影
左一：秦斌青（时任科技处副主任）
左三：王万冬

矿开展了"岩巷中深孔周边定向爆破技术试验"，为了搞好本次试验，我们与中国矿业大学教授学者七八天吃住在现场，收集整理试验数据，对掘进面炮眼布置、装药量及其他工艺不断进行探讨研究。经现场应用，有效解决了岩巷施工中存在的巷道爆破成型差，掘进速度慢、效率低、支护成本高等一系列技术难题。后来又在东曲、官地等矿开展了"岩巷安全快速掘进综合技术研究"，取得了显著的经济技术效益。与原浅孔普通光爆工艺相比，岩巷月进尺比原来提高30%以上，该项成果达国际领先水平。2007年分别获省部级科学技术三等奖。

　　2000年之后，在科研探索的道路上，我没有松懈，没有止步，这是一条勇往直前的路，2007年针对西山矿区煤岩巷掘巷速度慢等问题，编写了一万余字的矿区巷道快速掘进技术可行性研究报告；2010年参与编制山西焦煤集团公司"十二五"规划技术创新"煤炭生产技术部分"（讨论稿）；为促进矿井质量标准化建设，参加了西山煤电集团公司组织的矿井安全生产质量标准化季度检

多彩人生

查创新项目的检查评比验收。

　　与同事们一起，围绕如何提高煤炭资源回收率、降低矿井生产成本，提高生产效率，我主要参与了科技部"十一五"科技支撑项目，晋兴斜沟煤矿《年产千万吨矿井大采高综采成套装备及关键技术》，国家级项目《镇城底矿厚煤层高效全厚开采新技术开发》，省级项目《屯兰矿大断面巷道沿空留巷关键技术研究》，企业重点项目《官地矿近距易燃煤层采空区残煤综放复采技术研究》《西山矿区巷道支护成套技术应用研究》《白家庄矿 6 号煤

2005 年 11 月，西山煤电白家庄矿 6# 煤层 36703 蹬空综采面

2014 年 10 月，西山煤电杜儿坪矿南九采区 73903 全锚支护巷道整体效果

2014 年 4 月，西山煤电西曲矿北二采区 29205 正巷锚带索组合支护

层蹬空开采技术研究》等技术难题项目研究。

以上项目成果，均取得了明显的经济技术效益，为西山矿井安全生产提供了技术保障。提升了煤炭产量，提高了矿井煤炭资源回收率，降低了生产成本。提升了西山巷道支护整体水平，提高了单进，降低了掘巷成本，减轻了工人劳动强度，解决了巷道支护中存在的共性问题。

我从事科技工作36年来，参与推广新型技术有70多项研究成果获奖。其中获省、部级科学技术一等奖2项、二等奖10项、三等奖3项，煤炭工业"十大"科技成果奖1项，国家能源局一等奖1项、二等奖1项、三等奖2项，科技部新产品奖1项，省经贸委二等奖2项，山西焦煤及西山煤电特等、一等、二等、三等奖60多项。合作完成3项国家实用新型专利技术。通过多年来的努力与付出获得了很多荣誉。1986年光荣加入中国共产党。1997年起，先后任西山煤电集团公司技术中心开采研究室副主任，

左图：2002年3月，"西山矿区回采巷道锚杆支护技术研究"项目成果获山西省科技进步二等奖

右图：2003年4月，"左螺旋锚杆支护技术研究"项目成果获山西省科技进步二等奖

多彩人生

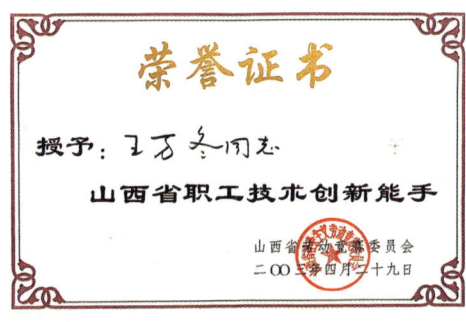

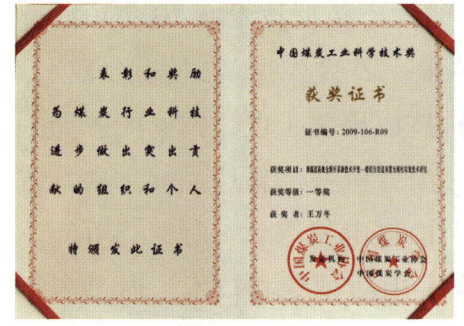
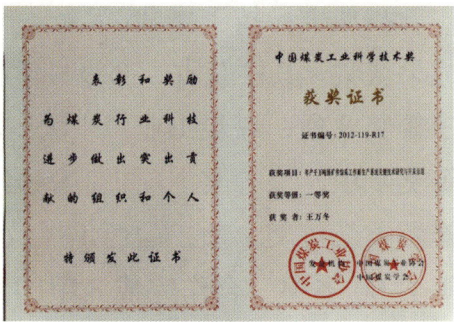

2009 年，"厚煤层高效全厚开采新技术——错层位巷道布置无煤柱综放技术研究"项目成果，获中国煤炭工业科学技术一等奖

2012 年，"年产千万吨级矿井综采工作面生产系统关键技术研究与开采示范"项目成果，获中国煤炭工业科学技术一等奖

主任。1997 年晋升为采煤高级工程师。曾获得山西省"五一劳动奖章"，市局级"十佳科技标兵"，特级劳动模范，科技功臣等称号。荣誉面前，我不骄不躁，更加坚定了我在改革发展的路上勇往直前。

1983 年以来，我在《煤炭科学技术》《煤矿支护》《山西焦煤科技》等相关专业刊物上发表 21 篇科技成果论文；撰写的"网壳锚喷支护新技术在软岩动压巷道中的应用""岩巷全断面一次爆破技术在官地煤矿中的应用"等 3 篇论文，分别在相关专业学术论文集中编录。

一路走来，为了让科技的光辉普照煤海，我倾注了全部的心

血和智慧；改革创新见证了应用科学技术是企业发展的方向。岁月如歌弹指过，光阴似水不再来。2016 年 11 月，60 岁的我光荣退休了。现仍在继续发挥我的余热，为煤炭事业再做贡献。

2022 年 12 月 18 日

多彩人生

神经外科生涯四十年

石　斌

石　斌

我父亲出生在辽宁省葫芦岛的一户贫困人家。幼年时的父亲就显现出与一般孩子的不同，记性好悟性高。1957年父亲毕业于辽宁阜新卫校，后来成为一名外科医生。

父亲从小勤奋好学，还写得一手漂亮的钢笔字。从我记事以来，父亲对我要求就很严格。记得从一年级开始，除了完成课堂作业外，还必须每天练习写字，一百个字写两遍。这是从一年级至五年级父亲给我安排的特殊作业。还让我经常坚持跑步，加强体能锻炼。

听父亲讲：1958年他响应党和国家的号召，支援矿山建设。他被分配到山西省太原市，西山矿务局西铭矿职工医院工作。当时母亲为了照顾父亲，陪同他一起来到了西铭矿。

我从小就看到父亲在救死扶伤的工作中，任劳任怨不辞辛苦地忙碌着，看到他为病人解除病痛的责任与喜悦时，心里就特别的羡慕父亲的工作，长大了也想当一名医生。

1974年，我高中毕业了。先在西铭矿做过一年半的临时工，

矿山修理部翻砂车间

后又做了一名正式的翻砂工。从高中毕业到参加工作期间，我仍没有放弃学习。

1977年，国家恢复高考制度后，我通过努力复习，1978年终于实现了我梦寐以求的愿望，迈入了山西医学院的大门，成为一名大学生。

我入学时，父亲语重心长地对我说："小斌，要好好学习，进了医学院的大门，那可是学无止境的课堂，你要专攻一科，学成后为患者治疗疾病解除痛苦啊！"我大学毕业后，被分配到了山西省人民医院工作。

1983年，我进入山西省人民医院工作后，选择了神经外科这个专业。医院让人觉得是略带神秘又望而却步的临床科室。当时人们讲，神经外科工作的三大特点，一是病情急死人，二是工作累死人，三是治疗结果气死人。

病情急死人，就诊者多为行动不便或昏迷不醒的病人，很急。工作累死人，神经外科以手术治疗为主，手术平均六到八小时，最长者达20多个小时，很累。治疗结果气死人，当时的医疗条件，设备及技术有限，流传民间讲，开颅做了手术，十个就有九个死，剩下一个是傻子，气死人。

因此，那个年代的神经外科医生受着脑力和体力的双重压力，自然淘汰率约为百分之四十，全国神经外科专职临床医生不足五千人，当然这已是不堪回首的往事了。如今我从事了整40年的神经外科，已经历了经典神经外科，显微神经外科及现在的微创神经外科，正在步入未来的网络智能大数据神经外科，这是神

多彩人生

经外科发展的必然，也是医学发展的趋势。

神经外科，主要涉及的是中枢神经系统——脑和脊髓。而脑和脊髓神经是人体最复杂、最精密的器官。目前人类对它的认识，只能讲仍在起步阶段，对于脑疾病的发生发展规律，疾病与人脑功能的关系，以及脑疾病的预后，还有太多的未知等待探索研究。而在脑研究领域（现称脑科学）神经外科医生具有得天独厚优势，因为神经外科医生是唯一能够接触、操作，甚至获取活体人体脑组织的医学临床工作者，当然也使我们对人类疾病的认识由浅至深。

客观地讲，目前医学对疾病治疗的能力是很有限的，总体讲约三分之一的疾病不知道病因也无法治疗。另三分之一的疾病知道致病原因，却无法治疗，仅有三分之一的疾病既知道原因也能得到有限的治疗。

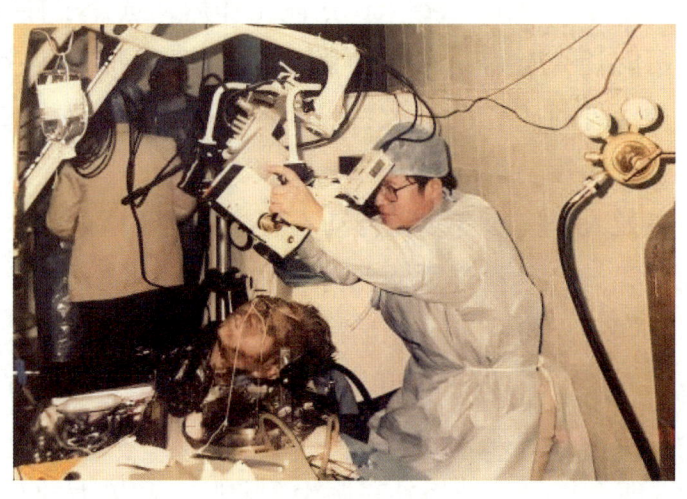

石斌在主持脑外科手术

这正应了美国著名结核医生特鲁多的墓志铭（墓旁碑文）。有时去治愈，常常去帮助，总是去安慰（To Cure Sometimes, To Relieve often, To Comfort Always.），神经外科的疾病更是如此，

我们是矿工儿女

不容乐观，轻者致残，重者丧失宝贵的生命，这种悲观的现状，目前仍没有突破性的进展。

以往神经外科，仅仅集中在颅脑创伤，脑肿瘤，脑血管病上，所以也俗称脑外科，相对比较单一。如今已经有了突飞猛进的发展，具体讲当今的神经外科已发展分支为：颅脑肿瘤、颅脑创伤、脑血管病、神经重症（NICU）、脊髓脊柱神经外科、功能神经外科、小儿神经外科、周围神经外科、精神神经外科、脑脊髓先天性疾病神经外科以及康复神经外科等等。

这些亚专业的发展，给神经外科医生提出更高的要求，如何做一名较为合格的神经外科医生，除了具备扎实的医学及神经外科专业的基础知识和健康良好的社会人格外，从长远看跨学科，跨领域的交叉研究越来越多，神经外科医生，一定要紧跟新时代医学发展的步伐，及时掌握相关的新知识、新技术，与时俱进，

石斌在学术研讨会上发言

在美国霍普金大学校门及校园照

石斌（中）同美国教授在交流

多彩人生

不要仅局限在神经外科治疗领域，及时将新知识新技术运用于临床，随时准备迎接新的挑战，这样才能攻克神经系统的重大疑难疾病，我在这方面一直没有放弃努力。

我的学习，经历了小学、初中、高中、少体校以及大学，随后无数的培训班，交往的师生无数，但赵致真老师是最让我敬佩和敬仰的师长，没有之一。当时的环境下，可称亦师亦友。由于知识的不对称，我与赵老师深入的交流，并不是很多，他那渊博的知识，和敏捷开阔的思维，以及对事物认识理解的深度是我难以企及的。但他为人正直，爱憎分明，刚正不阿的品性，却影响了我的一生。

还记得我被录取医科大学后，赵老师对我的教诲，大意是"要学医了争取攻克癌症"，很惭愧至今没有达到这个目标。我从医整整 40 年了，深深体会到这是一门永无止境的学科。尤其是我从事神经外科专业，更是一个脑力体力及精力都消耗很大的科室。

随着年龄增长，为保持充沛的精力，我几乎推掉了所有不必要的社交及应酬。我在工作中始终保持着充沛旺盛的精力，得益

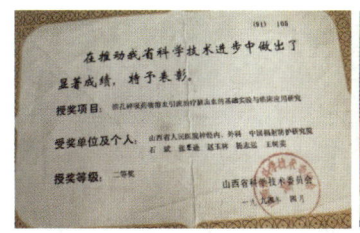 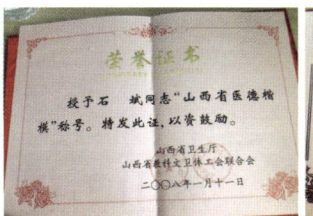 

石斌获奖证书

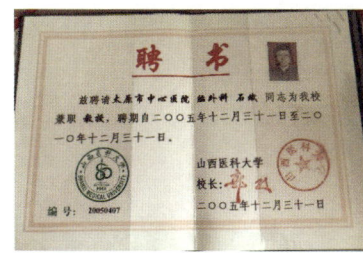 

石斌专家聘书

于从初中到现在坚持不懈地身体锻炼，强健的体能是我在做手术中的有力支撑与保证。在不断的学习以及和国内外同行的交流中，使自己深刻认识到医学永无止境，好在临床医学这个专业达到一定高度后，就可以退职但永不退休。

　　只要坚守在这个舞台，就可以一如既往，做一个对社会有用的人。我将继续奋斗在医疗战线的前沿，对此付出不懈的努力。

石斌的学术专著《神经外科进修医师问答》

2022 年 12 月 25 日

多彩人生

冰山雪莲

段树平

你竞放在冰川上，
你俏立在雪山崖，
你那摇曳的身姿映彩霞，
伴我在冰天雪地守边卡。
你是雪山独秀的景儿哟，
你是战士最喜爱的花儿。
雪花为你而骄傲哟，
舞姿飘飘漫天洒。
大雪山啊雪山大，
太阳炽热难融化
你在峭壁石缝把根扎，
化作清泉走天涯。
你是冰山晶莹的画儿哟，
你是我心中思恋的花……

说起雪莲花来，她的娇艳和名贵是众所周知的。但我要说的是另一种雪莲，她在新疆天山山脉的雪山上和石缝中亭亭玉立，当地维族老乡称她是"白莲"或"石莲"，由于其药用价值高于一般的雪莲且非常难以采撷，其珍贵与人参和灵芝相比毫不逊色。据说，千万年前，终古不化的积雪和形态各异的冰川构成了一个晶莹剔透的神秘世界，这里唯一的生命，就是一朵朵盛开的雪莲花……

段树平

巍巍天山，峡谷森林密布，高峰白雪皑皑。它是多姿的，又是神奇的。1976年，我在新疆军区通信团无线电集训队任一班长，整天与收发报机、电键、密电码打交道，亲自登上雪山采摘雪莲，就成为我入疆以来的一个美好的愿望。这不仅因为从小就在电影《冰山上的来客》中知道了"雪莲"，参军后，更知道雪莲是新疆美丽的象征，听过关于雪莲的许多传说，对雪莲产生一种圣洁而向往的感情。

段树平在新疆天山角下站岗放哨

多彩人生

1976 年 4 月，段树平带新兵抄报示范　　　1975 年 8 月某天，段树平正在执行任务

遥望远处的雪山，多次暗暗下定决心，至少在离开部队之前，一定要寻找机会攀上雪峰，找到梦寐以求的雪莲花，否则会留下无穷的遗憾。

那些日子，我们的团部在新疆乌拉泊，无线电集训大队驻防后峡基地。这里的夏日高温可达 42 摄氏度，而冬季最低气温却低于零下 38 度，可谓严寒刺骨，滴水如冰。无风则已，有风至少七八级。风雪夜后的清晨，大雪堆积在门口能有一人多高。

时至 8 月，北疆的初秋时节仍然是烈日炎炎，有一天正是我值班，收到了一封后勤部发来的急电："预期大雪封山将要提前……后方医院急需雪莲、当归等中药材……"我的思想立刻活跃起来，这可是既能爬雪山，又能采雪莲，还能立功受奖的好时机呀！激动得我一夜没睡好觉，就连做梦都在爬雪山。

第二天，我主动向集训队领导请战外出，理由是带两个班的新兵学员上山训练，同时给后方医院采集药材——他们已经多次提出这样的请求了。

区队长欣然同意，在星期天主动上山训练当然是好事，他强调："要注意安全，按时归队。"并要求："带出去多少人，必须带回多少人，少一个就'军法论处'。"

那天清晨，天高云淡，阳光明媚。整装待发的战士列成两行，一班由王班长率领，另一班由我挂帅，二十四名新兵精神抖擞，背着送给牧民的蔬菜，迈着整齐的步伐，唱着嘹亮的军歌，走出军营，行进在大路上……

当路经维吾尔族和哈萨克族牧民的毡房和帐篷时，我们把大白菜、马铃薯和常用药品留给牧民们，热情好客的牧民捧出热腾腾的奶茶和香喷喷的烤肉招待我们，姑娘们跳起欢快的舞蹈，小伙儿们唱起了豪放的酒歌，毡房内外洋溢着犹如节日般的欢乐气氛……

美酒佳酿也没能留得住战士们的脚步，他们的心早已飞向了雪岭高峰……

天山"雪线"越来越近，我们的心情越来越激动，两队新兵喜气洋洋，士气高昂，一直到了雪线区域才停住脚步。我和王班长互相约定，以哨声为号，一声为登山命令，二声按各自方向采集雪莲，三声为返回出发地集合。

我和王班长又一次检查了战士们的装备，分发了食物和水，再一次明确了返回的时间、地点后，随着一声哨响，战士们冲进了大山中。

刚上山坡，有一种说不出的兴奋，对雪莲花的渴望占据了每个人的心灵。大家争先恐后登山，目光搜寻着雪莲，就是看到红嘴红爪白羽毛的珍禽——"雪鸡"，也无暇一顾。殊不知山坡上根本不会有雪莲，雪莲花只在陡峭的山崖上和狭窄的石缝中傲然挺立，在洁净的雪峰间盛开怒放。

大家齐心协力向更高的山崖攀登，你拉我，我拽你，山越来越高，坡越来越陡，气温越来越低，空气越来越稀薄，爬上海拔4500米时，不适的感觉开始明显，让人喘不过气来，这便是常说的高山反应。突然，一位战士欣喜地高喊："看，雪莲！"大家

1976年，段树平任新疆军区通信团无线电集训队一班长，带新兵在新疆天山采雪莲时与学员合影
前排左二段树平

放眼望去，高山峭壁的冰雪中，一株洁白的雪莲在微风中摇曳着婀娜的身影，仿佛在向战士招手，大家一拥而上，幸福之感油然而生。小小的雪莲花，晶莹的花瓣，浅绿的叶子，纤细的枝干，就像一名美丽的维吾尔族少女。

对于城市兵来讲，从来没有见过这么高的雪山，从来没有见过这么茂密的森林，从来没有见过这么漂亮的雪莲花。战士们有的手舞足蹈，有的将大把的雪塞进嘴里，喜出望外的心情是难以表达的。

站在高山环顾四周，远处层峦叠嶂，连绵不断。洁白的雪莲这山坳一枝，那山顶一株，清秀挺拔地显现在积雪中和石缝里，战士们忘情地东寻西觅，纷纷翻山越岭，朝着花的方向爬去。

山越爬越高，路越走越远。我正忙于采摘雪莲花，也没有顾

我们是矿工儿女

及大家，当我将雪莲花装满了编织袋时，我回头一看，不见了战士们的身影，顺着山坡往下走，只有皑皑白雪，我突然意识到：迷路了。我拼命吹响了铜哨，离我不远处发现两名战士也在高声呼喊，我们吹着喊着往山坡下走，还是没有瞧见其他人的身影。

我们几人不能再分道扬镳，只敢结伴而行。当走到山谷时，横在面前的是又一座高山。怎么办？继续前进还是原地等候？眼看已经是下午六七点钟了，再有个把小时太阳就要落山了，如果天一黑，那可就麻烦大了。

"班长，怎么办？"

"继续往前走，在这儿停留太危险了。"

"我实在太累了……"一位战士躺在地上，胸部急促起伏着。另一位战士蹲在地上呜呜地哭起来……

我看着疲惫不堪的战士，自责的心一阵隐痛，都是我的错误，才导致与大部队走散。战士又累又饿又渴，实在不能再走了。看来，只能休息一会儿，吃点食物喝点水再走。

稍微休息后，我们又踏上了返回的路程，走啊走，翻过一座座山，越过一道道岭，虽归心似箭，无奈方向不明，迷失了回营的道路。

天山的黄昏虽然美丽，但寂静中透出了阴森的气息。天渐渐黑了，脚踏在积雪中，让人感到冰冷的刺激渗进了骨髓。"加——快——步——伐——"我催促着战士们紧跟着我，生怕又一次走失。

听说这山里常有黑熊和野狼出没，还伤过维吾尔族老乡，于是，我把仅有的五发子弹全部压进手枪的弹夹，并将一发子弹顶上了枪膛，以防万一，正是这支枪给我们壮了胆。我们急速行进着，越走越累，越感到肩上的背包沉重。身上的东西，边走边扔，只有30多枝雪莲在袋中不舍得丢掉。又走了一程，我听到了水的流动声，太好了，我们的营房后边有一条河，这水一定是流到我们营区的那股清泉，它能引导我们回到军营。可是要靠近这水渠就得从陡峭的绝壁跳下去，这样做太危险了。没有任何升降工具，只有一根细细的背包带儿能够帮助我们，我们凭借一棵小树，顺着山崖绝壁一个一个滑下去。细细的背包带勒得手生疼，甚至划破了手皮。然而水渠不是路，水渠两边也没有"人行道"，盘根错节的树根、枝杈、荆棘、石块阻挡着前进的方向，我们拨开一人多高的野草和杂乱的荆棘树枝，深一脚浅一脚向前摸索着，衣服裤子都被野草上的露水打湿了，手臂也让荆棘和树枝划破了，微风一吹，我们浑身冷得发抖。这时，在半山腰发现有一个岩洞，刚刚能容纳我们，又累又困的战士实在走不动了，想进洞暖和暖和，于是，我捡了些树枝插在洞口，做好了暂时栖身的准备。

天色更黑了，只有天边的繁星眨着眼睛，我疲惫地坐在洞口，把手枪紧紧握在手中，只有这支枪能为我们壮胆。一名战士从背包里拿出一个冻得硬邦邦的馒头递给我，我又递回去，递来递去，谁也没有吃一口，最后又递到了我手里。我试着把馒头掰开，但根本掰不开，用石块砸也砸不开，只能用小刀一点儿一点儿刮……三人轮流刮一点儿用舌头舔一点儿，干吃。水壶里的水已冻结成了冰坨，一滴水也倒不出来，真是有点儿电影"上甘岭"的感觉。

过了一段儿时间，我感觉风愈来愈大，风夹着雪片倾泻而下。我知道，这是天山的一个特点，一天的时间内经常会有四季的变化，可我从来没有领略过这么大的狂风暴雪。

我观察着这里的地形，又看了看洞穴里几个战士，心想，这里山峰峭拔，地势险要，野兽常常出没，再加上这么大的风雪，只有一把手枪和五发子弹，万一出了事怎么办？想到这儿，我感到了恐惧。身为电报班长，此时也无法发出 SOS 呼救信号了。我和战士们说："这里不能久待。我们必须坚持走回去，不然，我们会像电影'冰山上的来客'中阿米尔一样，冻僵在冰山上……"于是，我们整理行装，顶着茫茫的风雪，摸索着向山下走去……

不知翻过了几座山、几道岭，忽然发现对面山上有一丝亮光。仔细辨认，是灯光，太好了！这灯光就像给我们注射了强心剂，顿时激起了我们的信心和力量。

我们急速向灯光奔去。对面的灯光时隐时现，但房屋的轮廓清晰可见，狗的叫声也越来越清楚。可真要翻山越岭到对面，又谈何容易。我们深一脚，浅一脚，跌倒了，爬起来，再跌倒，再爬起，一直朝着灯光的方向挪动……不知过了多长时间，好不容易到了房子前，才见到了一名不懂汉语的维吾尔族青年。

这是一座森林检查站，设在林区的半山腰。一个人，一间房，一条狗，就担当了哨卡的作用。

维吾尔族青年得知我们是解放军后，非常愉快地给我比画着下山的道路，经他指点，我们很快地下了山，并顺利地找到了公路。

这时，区队灯火辉煌，全队的官兵已整装出发，手电筒照射着满山遍野，战友们的呼唤声四处回响。我们看到繁星般的手电筒灯光，听到了战友们的声声呐喊，顿时热血沸腾，热泪滚滚……

我们终于回到了军营！

当李区队长看到我们几人"狼狈"的样子时，并没有责备，而是微笑着说："段班长，先打扫一下你们脸上的战场，"并高声喊道，"通讯员，立即通知炊事班，准备开饭——"

看着一大锅香喷喷、热乎乎的汤面抬了上来，我们心情更加激动。原来，王班长按约定时间在集结地没等到我们几个人，只好带领战士们提前下山，直到傍晚仍不见我们归队，这才报告了区队长。于是，区队接二连三派人寻找，天黑后全区队出动搜索，因此，全队推迟了吃饭的时间。当我们回来后，大家才感到饿了。随即，军营中的锅碗瓢盆交响曲演奏了起来……

雪莲，一枝一枝摆在营房里，晶莹剔透的花瓣绽开了甜甜的微笑。看着这些花，官兵之情，战友之谊，一直荡漾在我的胸中。那情景直至今日，仍难以忘却。

　　1977年3月，我告别了新疆及天山，告别了战友和军营，复员回到了家乡。但是，我的那些战友们有的依然生活、战斗在天山脚下，把生命的坐标点选择在海拔5500米的高原上。他们就像雪莲花一样，傲霜斗雪，巍然屹立在冰天雪地中，只有"嘀嘀嗒嗒"的无线电发报机的电键声伴随着他们的心脏在不停息地跳动……

　　　　你竟放在冰川上，
　　　　你俏立在雪山崖，
　　　　你那摇曳的身姿映彩霞，
　　　　伴我在冰天雪地守边卡。
　　　　你是雪山独秀的景儿哟，
　　　　你是战士最喜爱的花儿。
　　　　雪花为你而骄傲哟，
　　　　舞姿飘飘漫天洒。
　　　　大雪山啊雪山大，
　　　　太阳炽热难融化
　　　　你在峭壁石缝把根扎，
　　　　化作清泉走天涯。
　　　　你是冰山晶莹的画儿哟，
　　　　你是我心中思恋的花……

　　　　　　　　　　　　　　2022年11月7日

我们是矿工儿女

一个电工教师的成长历程

陈维俊

1971 年，我在清徐县初中毕业，考试成绩第四名，县高中要招生七名，我完全可以上县里的高中，只因村里关系复杂，正直善良的母亲不经意间"冒犯"了有权势的人，致使我没能走进县高中的大门。

1972 年 3 月，听我姨夫说，西铭矿西山五中创办首届高中班，想让我到那里去读高中。和我父母商量好后，又征求我的意见，当然我非常愿意再学习。于是在开学后的几天，我就坐在了西山五中高二班的教室，开始了来之不易的两年半的高中生涯。

我不善于言谈，默默关注着班上同学和老师的一切举动。班内共有同学 46 名，其中男生 29 名，女生 17 名。班委有 6 名，我的同桌是一位比我讲话还少的班委高鸿建。

班主任赵致真是我的语文课老师。英俊潇洒，知识渊博，毕业于武汉大学中文系。我最爱听他的课，他讲课如同讲故事似的，把我们带到课文的意境中。他在黑板上写的板书，让我看后一目了然。他讲话很有风趣，不紧不慢，温文尔雅，轻松自如，飘逸洒脱。印象很深讲的课文，有《捕蛇者说》《祥林嫂》《方腊起义》，他背着手在教室里一边来回走动一边讲解。直到现在，我还会常常回想起来当时课堂上的情景：同学静静听讲，老师侃侃而谈，讲到文章的美妙之处，师生同时发出会心的笑声。这种学习氛围，至今仍旧让我们感到赵老师的语文课不仅教给了我们知识，而且让我们享受到了学习的快乐。

政治课老师于慈霖是一位山东人，有时说话听不懂，字写得非常快，把黑板写满后，讲一讲再写。当时的黑板在北面的墙上很反光，晃得眼睛有时看不清上面的字。只有下课后，向同桌的高鸿建补笔记，我有时请班长马乃英重新给我讲。

本来是想读完两年半的高中学业，但是1973年10月，西山矿务局招工，听说招工不招在校生，所以我在10月4日就退学了，回到清徐老家。当时我哥哥在西铭矿工作，我又以职工子弟的身份，符合招工条件。1973年11月22日，乘坐着30余人的大卡车，从清徐县开往官地矿。此时此刻我成为一名官地矿的职工。

刚到官地矿，我们住在准备盖库房的能容纳一百多人的大宿舍，接下来，我们这些新工人要参加学习班，进行上岗前的培训学习，掌握煤矿安全规程及井下注意事项等。

在学习班期间还组织我们下井实战学习，在低矮狭小的井下巷道里，搬移铁柱子。一根铁柱子有140斤重，只能由一个人搬移，我第一次感受到累的滋味。还有几次是在地面填埋暖气沟，当时天寒地冻，暖气沟的两旁土堆上有一层厚厚的冰，只能用镐头刨松，才能用铁锹铲土，一镐下去只能刨个白点，没有干过重体力活的我，一天下来累得精疲力尽。年轻人累了一天，好好休息一晚上，明天照样生龙活虎。数月的学习班结束后，我被分配到官地矿二采区掘进队。

井下工人实行24小时三班倒，早班、中班、夜班。我上早班，凌晨不到五点起床，洗漱吃饭。5点半岗前学习，接受任务。更换工作服，戴好安全帽，头顶矿灯，7点开始下井。到了井下掘进头，工序是先打眼后放炮再出煤。每个小组有五六个人。放炮后，落下的煤由四个人一起往一吨矿车上装，装满两节矿车后，由两个人把矿车煤推到储煤点，再由钢丝绳提升绞车送到运输大巷，由电机车牵引着煤车运送地面煤库。出完煤后，要修整工作面，那就是用木头架棚子。井下的木头又粗又湿，锯一根合适的木头相当费劲。架完棚子，还要为下一班工作做准备，在掘进工作面上接轨道。

井下工作很辛苦，每次升井洗澡用矿上发的上海肥皂，把眼睛蜇得很疼啊，我就回清徐供销社买了迎泽肥皂，你们还别不信，用迎泽肥皂洗脸就不难受了。我开玩笑地说，这还真是一方水土养一方人，我们北方人用不惯南方人的肥皂。

就这样，我凭着年轻不怕吃苦的劲头，每月出满勤干满点，我所在的掘进队，连年提前完成任务，连年被评为先进集体，我也连年被评为先进工作者。

1980年9月，通过认真刻苦的自学，我考取了山西广播电视大学。两年后的1983年8月毕业，此后又回到官地矿综采队实习。

煤矿掘进工作面，工人们把矿车煤推到储煤点

70 年代，煤矿木棚支护巷道

队长让我当上了电工，跟着有经验的师傅吊挂电缆。遇上电缆短路，重做电缆接线盒。我虚心学习，耐心请教，确保工作面安全生产，确保了该工作面日出煤量达 3000 吨。

1984 年 7 月，实习期满以后，我被分配到官地矿职教办搞教学工作。当时职教办刚成立了不长时间，教职员工少，专业的老师更少。虽然矿上连续办了几期由综采电工参加的技术骨干和有一定实践经验的工人参加的学习班，但由于理论知识底子薄，需要在这个方面继续加强。

我虽然是职教办的专职教师，在读广播电视大学期间，也只是学习了电工原理，对综采电工，电子技术基础仍不太了解。在一次举办综采电工班即将开课前的一个星期，职教办主任给了我一本厚厚的综采电工原理书，让我去讲课。我的心非常忐忑，要面对的是有实战经验的老同事，有的还是我的师傅，怎么办呀！

"好办好办好办！"我反复默念，给自己加油。

通过自我鼓励，我用五天时间，将书的首页到尾页翻看数遍。

我们是矿工儿女

重点的知识用红笔勾画，遇到不理解的理论难题，就请教老师傅们，各个击破，提高自己。

开课了，我操着清徐乡音，给参加综采电工的学员们开讲，由于学员的文化程度参差不齐，在讲课时费时费力。鉴于这种情况，我加强了图示，例如供电系统工作原理图，将图表挂在讲台上，系统地讲解，有时先让学员提问，然后再解答。通过这些方式，每期学员学到的知识，都达到了教学计划，学员都能独当一面完成工作中的综采电工的任务。我为学员感到高兴，而学员却都夸我讲的课通俗易懂，理论联系实际，教学效果好，很实用。职教办主任也给了我鼓励，我非常高兴。我们职教办，为采煤生产培养了一批又一批的技术骨干。

在职教办工作 30 余年，我于 2016 年光荣退休。回想起自己的成长之路，它起源于西山五中高二班时打下的基础，并且受班主任赵老师的影响，这么多年坚持认真学习刻苦实践的结果。

感谢老师，感谢我的西山五中高二班，在我无望之时接受了我，让我生命的航船蓄势待发，送我生命的航程行稳致远。

2022 年 11 月 28 日

不畏千般苦，长伴百药香

马乃英

初秋的午后，我静静坐在药房一隅，微风徐来，带来阵阵的药香。甘草的微甜，薄荷的清凉，桂花的浓郁，轻轻吹过我的面庞，拂过我的发梢。令人肺肠如涤，神清气爽，不禁又回忆着我与药为伴的一生。

小的时候，我就与药结下了不解之缘。我的母亲体弱多病，我就要常去买药。我家住在茭子沟，有一个医疗所，能简单处置和包扎伤口。至于药物，就仅有几种阿司匹林、银翘解毒片之类。茭子沟东面的化客头公社卫生院，不仅地处偏远山区，也同样缺医少药，往往是父亲下班后进城给妈妈买药。

在我上初中时，给妈妈买药的事就全都交给了我。我常去西铭卫生所"抓中药"。如果药方配不全，还得去闫家沟卫生所。从家里到西铭矿卫生所，往返30多里路，崎岖的山间小路，往返要三个多小时。每次都累得我满头大汗，精疲力竭。在年少的记忆中，为母亲治病的焦虑和渴望，深深印在心中，于是对治病救命的药，也产生了虔诚的敬畏和神圣的向往。

1974年高中毕业后，响应时代召唤，我回乡插队，两年后返城，居然被分配到古交药材公司。这真是应了"命运眷顾""心想事成"的祝福。记得报到那天，我一大早从乡村来到县城。大街上熙来攘往，喜气洋洋，春节快到了，人们都在忙着购置年货。

我穿街走巷来到金牛大街古交饭店旁，找到了我的工作单位——古交药材公司。想不到这里便是我人生航船出发的地方！

刚进大院，我就被一阵阵扑鼻而来的药味深深陶醉了，仿佛置身于百花丛中，让数九寒天充满了春意！再往前走，看到院子里人们步履匆匆。有来自各医疗单位前来采购药品的，有来自乡村的农民，背着自己在山上采挖的药材准备出售的。他们或等候在仓库的门前，或围拢在院里的磅秤旁。工作人员在紧张地忙碌着。有出库打包的，也有搬箱称重的。收购的各种药材分别装进麻袋和自制的"席包"里。所谓"席包"，就是把席子对折，用麻绳缝成一个圆柱形，然后用麻绳将它的一端抽紧，成为一个圆底，将把药材置入其中，每放一层药材便用木棍压实，直到装满封口。打好的席包按不同的药材分类，堆放到临时的货棚里。层层叠叠，很是壮观。公司领导就在挥汗如雨的人群中参加劳动。

得知我们是前来报到上班的新同志，领导便披上外衣，边给我们介绍了公司的概况，边带领我们去看仓库的药品，并告诉我们公司业务繁忙，要求我们尽快熟悉本职工作。

古交药材公司是国有企业，也是古交唯一的药品经营机构。担负着古交矿区20多万人的药品保障供给，矿区五大医院、十五个公社卫生院的药品供应。任务艰巨，业务量大，于是内部实行轮岗实习制度，就这样，懵懵懂懂的我开始了实习工作。

医药行业的专业技术性很强，由于我不具备相关的基础知识，工作难度很大。仓库中林林总总的药品看得我眼花缭乱。药品名听上去千奇百怪，读起来更是佶屈聱牙，记起来也难分难辨。如西药山梗菜碱又叫洛贝林，尼可刹米又叫可拉明，中药破骨脂又叫补骨脂，木蝴蝶又叫千张纸，等等。连品名都稀里糊涂，何谈它们的功效？公司老同志看着我们心急如焚的样子，便在工作中手把手教给我们各种"诀窍"。为了尽快熟悉药品，我利用午休时间，将当日销售单上的药品名称，重新抄写到笔记本上，晚上回家反复地学习熟记，虽然不像在学校时背诵唐诗那么有意境，但却值得投入更多的情感，下更大的功夫。我终于很快就熟悉了业务。能够独立地工作了。

师傅很赞赏我锲而不舍的学习精神，夸我是他带过的最出色的徒弟。一年的实习完成后，我分配到了零售部。很快就成了药店的业务骨干。就在我对药品悉心钻研的时候，公司会计退休了。

我被调入新的岗位——财务科。会计可是公司的"财神"，要以资金的来源与资金的占用，来核算企业经济活动全过程的得失盈亏。与零售岗位性质完全不同。拿起算盘的那一刻，我似乎回到刚入职的情景。又是"零基础"，我该如何从头学起。

当时没有计算机，财务科只有一把算盘。成本核算四则运算，乘除法最少有四到五位，我只会简单的乘法，除法完全不会。繁杂的业务成本核算，成了我面前的一道鸿沟。

等到同志们下班了，我就会继续留在单位，一句句熟记珠算口诀，噼里啪啦苦练算盘操作，经常要到很夜深。除了熟练掌握打算盘的技能。我还积极参加各类专业培训，虚心请教老同志，很快便掌握了会计的基本原理，顺利完成各类报表的申报。为提高自己的专业水平，我在完成本职工作的同时，又报考了会计函授学校，全面系统地学习了会计的理论知识，终于成了一名具有合格文凭的会计师。

1986年，随着新型矿区建设的快速发展，人流量迅速增长，药店的陈旧设施和经营规模适应不了市场的需求。公司决定对旧店改造并创建新店，另开两个大型的药店。上级很看重我的能力，将这个开创性的艰巨任务交付给我，于是我又成了零售药店负责人。

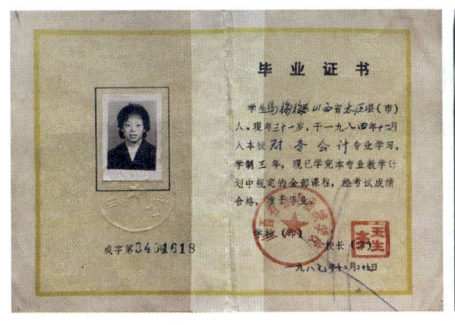
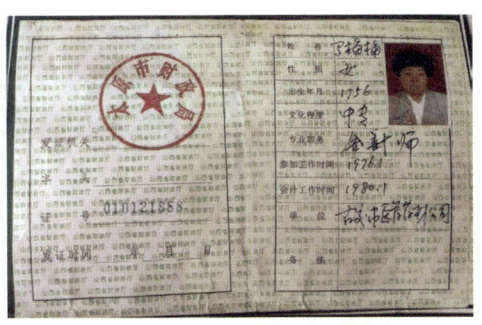

马乃英（马梅梅）的山西省会计函授学校财务会计专业毕业证书

马乃英（马梅梅）会计师证

　　"创家立业"的压力。"一把手"的重任，对于我是前所未有的。人才为本，我首先对十几名职工进行了岗前培训，认真学习医药的基本知识。新店开业后，职工队伍阵容整齐，个个在工作上得心应手，人人都成为完全合格的营业员。

　　长期以来，服务行业有个非常响亮的口号，叫作"百问不厌"，一般服务行业着重强调的是服务态度，在医药行业，对顾客仅仅强调"笑脸相迎，热情相送"是远远不够的。必须有着专业的技

马乃英负责的古交药材公司药店

能知识，才能提供更有效的服务，取得社会的信任，留下良好的口碑，让我们的店成为患者购药的首选。我们店里的年轻人都是"文革"时完成初高中学习的，基础知识并不系统和扎实，所以远远经不住"百问"，于是结合日常工作我们开展了持久的职工业务培训新计划。

当时古交地区有些成年人的文化程度，还读不懂药品的"说明书"，什么药理药性禁忌，需要营业员一一说明。因此出售中成药和西药时，员工都要能背出说明书，做到"有问必答"。抓取中药，配一个处方，都要熟悉每味中药的性能，甚至产地及炮制过程。至于中药的配伍禁忌，"十九畏十八反"等更是要默记在心。

工作上严格要求，职工们刻苦地努力学习，使我们的药店渐渐声名鹊起，成为了地区的名店。自然经济效益和个人收入也很可观。大家其乐融融，工作积极性高涨，钻研业务的劲头倍增。我们还参加了上级公司组织的岗位练兵，技术比评、"蒙眼识药""中药一抓准""中药包装"（当时中药都是用纸包）等专业技能比赛。我所带领的药店连续荣获技能评比先进集体，自己也荣获"技术标兵"称号。这让我激动不已，从此更加热爱这个行业了。

在时代浪潮中，个人命运常常是难以预料的。十年后的1995年，随着改革开放的发展，药店的经营模式不再是国企一家独大。多家批发公司如雨后春笋纷纷兴起，相形之下，国企药业长期靠行业垄断，在市场经济的浪潮中渐渐失去了竞争力，逐步走向了破产的边缘，当年的辉煌也一去不返了。审时度势，我忧心忡忡，既为公司惋惜，也为自己发愁。如果没有了收入，家庭生活如何支撑，孩子的学费从哪里来？我们陷入了困惑和迷茫之中。

一个偶然的机会，我发现了商机。有次我领着孩子逛街，看见了书店里进进出出的父母们，手里都拿着一沓一沓的书，这都是为孩子买的书。家长们望子成龙心切，都希望孩子通过读书获得知识，取得人生的成功。父母舍得这项智力投资。

我和孩子走进书店，更感到琳琅满目，大开眼界。各种儿童读物、同步练习、学生词典、唐诗三百首等等，应有尽有。我也给孩子买了本练习册，临走时孩子还依依不舍，嘟囔着："要是我们家有个书店就好了，想看多少书就有多少书。"孩子对知识的渴望，深深触动了我。"临渊羡鱼，不如归而结网。"于是我萌生了开书店的想法，后来在家人的帮助下，终于办起了万达书店。

我的万达书店起初以经营儿童读物、学生用品为主，逐步扩大到小说、名著、工具书等等。用现在潮流的话说，就是我"创业"了，也赚取了人生的第一桶金。

其中付出的辛劳自不待言。一包包、一捆捆、沉甸甸的书全靠手提肩扛，手上勒出了血痕，肩上磨出了老茧。但心里有着艰

马乃英开办的万达书店

苦创业的信念，有着不向命运低头的倔强，也是甘之若饴，乐在其中的。从一个国有企业的中层领导，到个体经营的角色转变，磨砺了我的意志，锤炼了我的精神。经济上的创收，使家庭生活得到了保障，孩子们读书的梦想也实现了。心中唯一的遗憾，是似乎那个充满药香味的地方离我越来越远了。

1998年，医药体制改革尘埃落定。公司全员下岗，承包经营。铁饭碗没有了，大家陷入恐慌。得知这个消息，我怦然心动了。原来我真正情有独钟的，仍然是那个药香四溢的地方。得益于我在国企时对各个岗位的熟悉，又有成功创业的经验，我相信自己能够做好。于是顺应着对医药的不解之缘，我重新返回了这个行业。清香的药香味对于我，可谓"才下鼻尖，又上心头"。

我带头承包了药店——舒康药店（原药材公司二药店）。其他同志在我的影响下也承包了三个药店。我们既是多年的同事朋友，又是行业的竞争对手。业务上互相帮助，困难中互相鼓励，

马乃英负责经营舒康药店时工作照

马乃英（二排左二）与药材公司二药店同事留影

我们是矿工儿女

终于共同走向了成功之路。兜兜转转，一干就是 20 多年。

我曾记得，2003 年非典前后，零售药业风生水起，我的生意也是红红火火，整个行业欣欣向荣，但也滋生了不少乱象。不法分子唯利是图，假劣药品鱼目混珠，为了让老百姓吃上放心药。国家市场监督管理又出台了新措施，全面贯彻《药品管理法》和《药品质量管理规范》，对药品的监管也愈加严格，我又面临着新的挑战。

马乃英正在进行中药配伍

首先要求药店无论在软件建设和硬件升级上，都要建立符合标准的计算机管理系统，实现药品质量的可追溯性；药品名为药品的通用名，如感冒通片，通用名为氯芬黄敏片，吗丁啉片，通用名为多潘立酮片；药品实行分类管理，分为处方药和非处方药；相应各岗位人员也有新的要求，如新增中药调剂员，处方审核员，各岗位人员的上岗证。

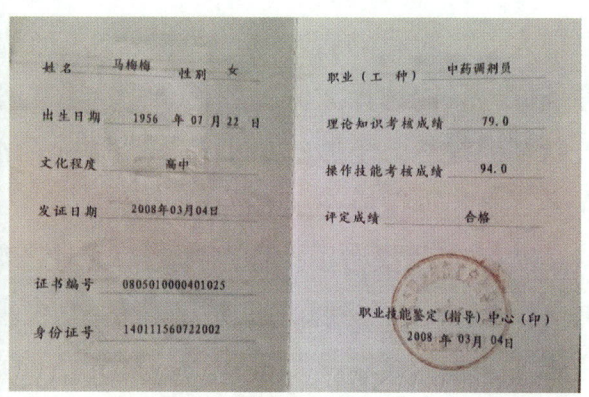

马乃英（马梅梅）中药调剂员证

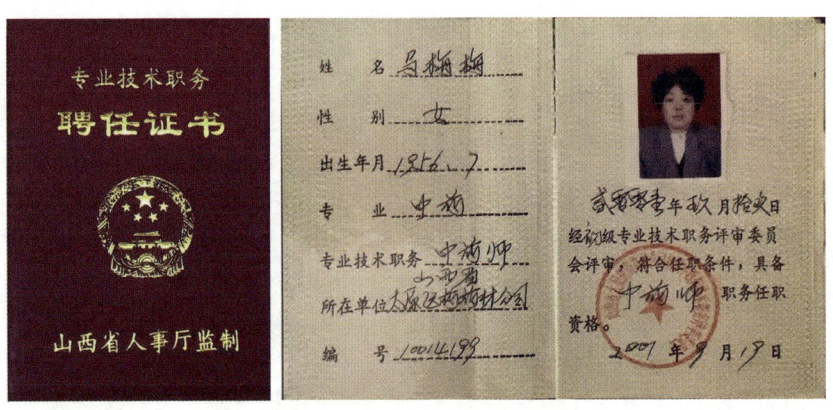

此时我已50多岁，对计算机完全陌生，更谈不上操作应用了。只能再一次从零开始。首先我自学入门，参加专业培训，请教懂电脑的同事，凭着自己的勤学苦练，经过半年多的实践，很快建成了标准化的药店，并通过了《药品质量管理规范》认证。

2012年，根据国家药品安全"十二五"规划，对药品经营企业准入门槛再次提高，企业法人必须是执业药师。这可把我愁坏了，难道我这个老兵真要解甲归田了吗？几十年创业的成果就这样付之东流吗？执业药师资格是全国统考，四门课程两年通过。它包括药事管理与法规，中药学综合知识与技能，中药化学，中药鉴定学，中药炮制学，中药药理学与方剂学。知识面广，难度也很大。当时我的店友——药材公司三个店负责人，因不符合报考条件，只能选择放弃，黯然告退。我心里也是五味杂陈，难做决断。但最终，不服输、不信邪的顽强精神又占了上风。我决定在半百之年再拼搏一次。

2013年我报考了执业药师，每天业务繁忙，白天没有时间看书。下班后便学习到深夜。笔记、练习、模拟，一瓶又一瓶的墨水，一张又一张的试题，写得我手腕都无法伸直。两年的刻苦努力，换来了"考试一次通过"，拿到了执业药师资格证书。我是古交地区药店唯一的大龄考生。连我的孩子们都大感意外，佩服不已，更受到众多朋友们羡慕和赞扬。

2015年我取得了执业药师资格证，具备了开办药店的资格。我的身份彻底改变了，由药店的承包人成为企业合法的经营者。药材公司第二药店注销后，重新申报了自己的药店——舒康药店。

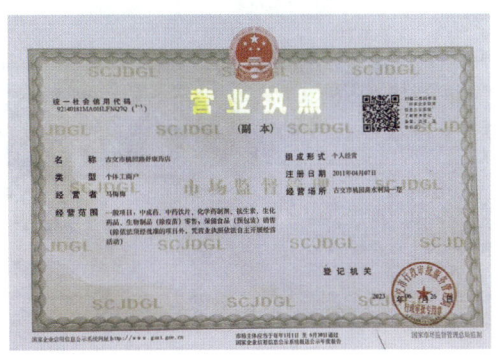

舒康药店营业执照

如今我已经66岁，"老牛自知夕阳晚，不用扬鞭自奋蹄"。我仍在执掌着自己的舒康药店。这里距省城太原近一个小时的车程，穿越山洞隧道，面对汾河流水，经营着中成药西药两千余种，中药饮片1300余种。每当走进自己的药店，我还会像年轻时那样，神清气爽，忙碌不停。这里不仅仅为附近的居民和周边的乡镇服务，还面向长途车站和市内公交南来北往的流动人群。我的经营理念是，将自己学到的药学知识回馈人民，充分体现我执业药师的价值。在经营舒康药店的十几年中，也为社会提供着就业岗位。

古交市区的药店虽谈

马乃英开办的舒康药店

多彩人生

执业药师指导患者合理用药

营业中的舒康药店，马乃英指导店员中药配伍

不上星罗棋布，但也可以说是每条街上都有。有的相隔一百多米，有的仅仅相隔十几米。但我的药店经常会有川流不息的人群前来，因为我会定期不定期地讲解如何合理用药，使患者买药放心，用药合理。

我们的服务吸引了来自各方的人群，天真的小姑娘，进了药店就高声喊："马阿姨，我妈妈的老毛病犯了，她说您知道她应服什么药，让我来找您。"拄拐杖的老人，在药店的台阶下，喊着，"马大夫在吗？我的药吃完了，你给我送出门口吧！"小朋友进店愁眉不展，喊奶奶我不吃苦药，于是我就给拿带水果味的儿童颗粒药，告诉他药是草莓味，像吃糖一样。有一次，在我药店附近的工地上，一位河南籍工人气喘吁吁地跑到药店说："我的工友扭伤脚脖子，疼得不能走路。"我立即拿上筋骨伤喷剂，伤科跌打片与这位求救的工人连走带跑赶到了工地，用碘伏消毒后，将药喷到伤处，口服了伤科跌打片。缓解了扭伤的疼痛。还有一次，一个外地游客脸色苍白，直冒冷汗，我询问症状后，判断可能是低血糖。立即给他喝了两支百分之五十的葡萄糖，使身体得到恢复，这位顾客后来还特意登门道谢。

疫情肆虐时期，我积极组织货源，确保药品的满足供应。带头和员工轮班24小时营业。按照专家发布的预防新冠病毒的处方，为群众配制中药。得到社会广泛好评，还受到了上级监管部门药监局的表扬。

不畏千般苦，长伴百药香。50年间，我经历了沧桑岁月和时代变迁。在国企的发展中，我从普通职工，成长为财务科长，零售药店主任，公司副经理，公司经理，实现过人生的辉煌。此后经历了开办书店的短暂插曲，最终又回到最钟爱的医药本行。

在历史的大舞台上，我是参与者和见证者。

我与药的独特缘分，实现了我有始有终的梦想，成就了我无憾无愧的人生。

2022年11月2日

不是只为那本城市户口

闫补云

心若在，梦想就在，梦想仿佛是黑暗中的指路灯，照亮了前程和方向。

年轻的时候听老人们说，上了年纪的人爱回忆，常常半信半疑，随着年龄的增长，自己体会到还真是那么回事，现在我经常回忆起过去的事。特别是一个农村女娃全凭一己之力，不怕吃苦受累，闯过了一个又一个的难关，历经半生之旅，最终实现了儿时的梦想。

如今许多往事仍历历在目，每一次的回忆都会感动自己。当我把亲身的经历诉诸文字，是想告诉更多的人，一直心怀梦想，才有可能把梦想变为现实。

我生在农村，长在农村，是一个土生土长的农村人。但是翻过一座山就是西铭矿，在矿上工作的人属于城镇户口，住房、交通、粮食供应由国家按规定确保。那时候农村人都羡慕城里人，想得到一个城市户口。但是得到户口指标非常不易。

上高中的时候，我曾经和一位男同学发生争执。他鄙夷地叫我"乡里娃"，使我受到很大刺激，不禁流出屈辱的眼泪。这件事也激励我更加立志发奋，努力学习，期待着"知识改变命运"。可以说，将农业户口转为城市户口，是我从小追逐的梦想和人生

我们是矿工儿女

1976 年 6 月，在古交山村当代教老师时师生留影

奋斗的目标。

　　1974 年夏天，我高中毕业迈入社会。找到的第一份工作，是去古交一个偏僻的小山村当代教老师。我很喜欢这个教师职业，它不仅让我看到自己童年快乐生活的影子，还让我重温学生时代的美好经历。

　　1976 年，随着古交矿区的建设。我告别了近两年的代教工作，报名去了古交建筑工程队，经过三个月的实习、技术考核和勤学苦练，成功地被录取为修理车间一名车工。心想正式工作有了，离实现奋斗目标更近啦。此时的心情就像古交的汾河水，湍急的河流冲过山峦，终于要归大海的感觉，展现出来的是一种平缓和

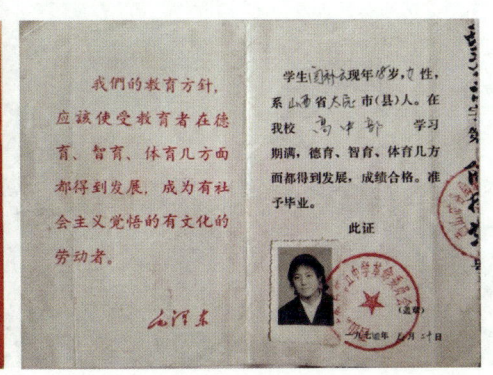

闫补云的高中毕业证书

辽阔。朝也想，晚也盼，什么时候才能将自己的农村户口转为城市户口呢？就这样我在古交建筑工程队又潜下心来，任劳任怨工作了四个年头。

1980年我24岁。在我们农村，与我同龄的女孩几乎都为人妻为人母了。当每次回家探亲时，父母和家人总是催我考虑谈婚论嫁的事。

面对近70岁的年迈父母，工作中迫切需要解决的户口问题还遥遥无期，未来的路怎么走？自己的家在太原，父母亲也在太原，将来发展的路只能还是太原。主意拿定后，我毅然决然地辞掉了旱涝保收古交建筑工程队的工作。经人介绍回到太原，结婚生子，只为了照顾父母。等待时机再寻找适合自己的工作。

1986年得知我家附近有一家《晋利印刷厂》招聘工人，便于照顾家，于是我就报了名，并被录取，因当时的大环境重视高中生文凭，所以我被分配到办公室，做成本预算和校对文稿工作。

这个印刷厂的主要业务是印刷书刊杂志、表格单据、稿纸名片等，如遇彩色印刷的封皮业务还得到其他彩色印刷厂加工。厂里的业务与效益挂钩，经济效益时好时坏。当订单断档时，工人们的工资都成了问题。当时，我们印刷厂面临着瘫痪的处境，厂长焦急万分，在众多的员工中，看准我能认真工作有机智办事的能力，推荐我负责承揽业务。我明知是件苦差事，还是硬着头皮答应了厂长，决心挑起这副重担。

我相信天无绝人

闫补云在晋利印刷厂工作照

之路，相信人具有无限的能动性和创造力，决心要为印刷厂打破困局，创造效益贡献力量。当厂长主持召开隆重的职工大会，宣布我为业务经理。我开始担负起新的使命，决心不辜负全厂的托付，通过自己的努力，为全厂职工谋福利。

为了工作更加高效，行动更加便利，我买了辆新的永久牌自行车。无论是烈日炎炎的夏天，还是寒冷刺骨的冬天，在太原市附近的工矿、企业、医院、学校都留下了我的自行车轮迹。但效果仍不理想，能承揽上的业务大多数是印量小、利润低，对厂里全面的扭亏增盈，只能是杯水车薪。

我反复思索，天天骑车找业务，新买的自行车轮胎破了补，补了破。论辛苦，我做到了。两个年幼的孩子留给老人照看，家务活也没时间操持，但业绩还是上不去。好在我始终不服输，思前想后找原因，鼓足勇气，下定决心，要跑得更快点儿，走得更远点，走遍太原城去招揽业务。在日复一日的奔波中，遭遇过无数的冷落和碰壁，自己总结出一些经验教训，终于承揽到了业务票据印量极大的单位——农业银行总行的订单。

一开始与农业银行总行洽谈业务，靠着自己的诚信。通过多次耐心的自我介绍，不厌其烦地反复沟通，农业银行先是给了些小量的业务，考验我们是否能信守合同，确保准时、高质量完成印刷任务。我们每次交货都获得高度赞赏。农业银行总行终于建立了对我们的高度信赖。彼此的合作关系不断提升。给我们的订单越来越多，印刷量也越来越大。

随着农行的业务量一家独大，各种其他业务也源源不断流向我们印刷厂，厂里经济效益随之也越来越好，不仅保证了全厂职工的工资，还相应地提高了福利待遇。随着业绩的提升，自己的业务提成与工资待遇也大幅提高。年终考核时，得到了全厂职工的赞扬。当我领到荣誉奖金时，厂里的同事们称赞我是能干的女

晋利印刷厂

1988.6

闫补云骑着摩托车穿梭在大街小巷承接印刷业务

强人，为厂里打了翻身仗，我在印刷厂有了一定的知名度，自己很有成就感。同时也暗暗下决心，继续脚踏实地，谦虚谨慎，把业务进一步做大做强。但骑自行车的速度已经满足不了业务量增大的速度。于是1988年6月，购买了一辆木兰牌摩托车。从此，我骑着木兰牌摩托车穿梭在大街小巷有印刷业务的单位。

随着从农业银行承揽回来的业务量越来越大，厂里的印刷机器设备陈旧老化已经不堪重负了。书的封皮需要彩印、许多票据需要彩印，厂里没有彩印设备，这类业务必须转包给外厂印刷，不仅增大了成本，还无法保证交货时间与质量。而且彩印业务量在逐渐增加，我大胆向厂里建言献策——更新设备，购置一台彩印机。只有这样才能保证业务需要，维护印刷厂的信誉。

由于当时新旧班子换届，调整后的领导没有采纳我的建议，以致前期开创的大好局面逐渐丧失。工作上得不到充分支持，费尽周折揽回的业务未能受到重视，当我按年初厂里规定的奖金制度，提成领取报酬时，新厂长给我一句话："全厂女职工属你工资高，奖金提成拿得最多。"说明他没有将我的付出和回报挂钩。又缺乏对印刷厂发展壮大的规划，后来还把我的工作岗位调动了。

我们是矿工儿女

我的工作积极性受到挫折，甚至萌生了退出"是非之地"的想法。

不久后，一位朋友告诉我，万柏林区由残疾人开办的河西福利印刷厂效益不好，缺业务、缺骨干，职工的工资开不了，处于瘫痪状态。需要一个有能力的人去接这个厂子，待遇条件优厚。我心想，这不正是自己施展能力和抱负的好机会吗！我要用自己的经验和理念，重新开创出新的局面。

我怀着为残疾人做点实事的心态。要让处于困境中的河西福利印刷厂起死回生。经再三考虑，前去河西区与民政局有关领导递交了我的工作简历，谈了我的构想。得到了他们的认可。我当即提出自己的两个条件：一是我要成为国营单位的正式编制，二是答应给我们全家转为城市户口。也得到了河西区民政局有关领导的应允。

1996 年，我被河西区民政局任命为河西区福利印刷厂厂长。

它是个地方国有企业，全厂职工有 173 人，退休的就有十四人，劳保五人，停薪留职 25 人。实际上班为 39 人，除管理人员外，能带任务干活的工人才 24 人，不带任务的 31 人，剩下的多为老弱残，虽经努力，但工资负担远远超过了创造价值，他们只能尽其所能，做一些有限的工作。但厂里有个最大优势，就是能享受国家的"免税"待遇。

上任后我召集全厂职工开了个见面会，表述了我愿带领大家攻坚克难的决心。随后我亲自出马打响了开门红的第一炮。承揽回一批省人事厅印量四万五千套四本书的《公务员培训》教材。虽然利润不大，但印刷量很大。签订协议后，我又重返农业银行总行，不仅凭过去的交往和人脉，更靠农行对我人品的了解和信任，便把大批的业务交给了我们厂子。

顿时全厂上下的职工都忙碌了起来，大家脸上露出久违的笑容，处处生机盎然，自发地在车间悬挂上了大红条幅"大战百天见成效"。各车间职工喜气洋洋加班加点，根本看不出他们是残疾人，"枯木朽株齐努力"，个个争先恐后，奋战在第一线，当然我也很感动。如果只有我的运筹，没有他们的努力，这个厂还是救不活的。大家齐心协力很快经济效益有了明显的提升，保证了职工的工资，让企业绝处逢生，面貌改观，解决了大家的生计之忧。我得到了全厂职工的信任，受到了河西区民政局领导的好评。

1996 年 2 月 16 日新春茶话会
图左一朱洁、左二闫补云、左三为河西区民政局局长高升云、左四张继义

河西福利厂残疾人多，事也多，我的角色既是厂长又是业务员，不仅要解决生产生活中出现的各种疑难问题，还有业务洽谈承揽方面的事务，除此之外，还要经常到区上参加各种会议，日常应酬也很多，我觉得劳累常伴随着快乐，特别是从事残疾人救助事业，需要慈善为怀，大爱无疆，因此我对河西福利厂的工作，常怀着一种特殊的成就感和自豪感。

两年来，在我坚持不懈地努力下，福利厂生产蒸蒸日上，管

太原市河西区民政局优秀十佳企业代表合影留念（前排左五闫补云）

理上井然有序，效益节节攀升，职工工资每月能确保正常发放。上级领导肯定了我的工作能力与业绩，鼓励让我填写了入党志愿书，培养我为预备党员。

正当我鼓足干劲，准备"更上层楼"的时候，区里决定印刷厂由一家主营洗涤剂日化品的神龙公司兼并。在上下达成协议过程中，日化行业与印刷行业不同行，常常出现矛盾冲突，日化的经营范围与印刷厂经营范围格格不入，面临的局面是我万万没有想到的，困难也是无法解决的，再说我对日化行业也不通晓，便萌生了自己创业的想法，决定选择退出。于是向民政局领导提出申请。局领导同意了我的想法，支持我的决定，并承诺兑现我进厂的两个前提条件，实现了我的梦想，我有了城市职工的身份，我全家人都转成了城市户口。

决定了走自主创业的道路，不但要有胆有识，有魄力有勇气，还需要有很好的创意和策划。经过这么多年的摸爬滚打，让我养成了良好的职业习惯和不服输的精神，为我的创业打下了坚实的基础。于是民政局又帮我申请注册了《昌源福利印刷厂》营业执照。也能享受到国家的免税政策，我如鱼得水，干得有声有色，感觉到自己开拓创新的路越来越宽，超前的意识，与时俱进的步伐越

多彩人生

闫补云在联系印刷业务　　　　　　　　印刷厂车间

走越顺畅。

　　一路走来，回想自己的创业历程，虽然艰辛，但也是一段美好的生命之歌。人啊，有追求、有梦想就应该放手去追寻，记忆里我承包过印刷厂与酒店，做过工程项目，开过投资担保公司，并且都做得有声有色。感谢命运之神的眷顾，在自己的不断努力下，在自己的坚持奋斗中，我追逐到了儿时的梦想。如今的我，幸福满满，其乐融融。

2022 年 11 月 28 日

我们是矿工儿女

我的人生伴侣李进贵

贾果凤

李进贵是我四十二年相濡以沫的伴侣，也是我的发小。我们都曾住在大虎沟桥西，双方父母相熟。我们小学在同一个学校，初中在同一个年级，高中又在同一个班。但我们却不是"自由相恋，两心相许"而走到一起的。在那个时代，男女同学之间还很"封建"，

前排左三：西铭矿工会主席李善武（李进贵父亲）

每天循规蹈矩上学放学。我的眼里从来没有多看过任何一个男生，更不懂得谈情说爱。直到1977年，我俩都参加工作三年后，别人给我介绍对象，见面后才大吃一惊，怎么是他呀！我们俩虽然从来没有多说过话，但应该是互相了解的，并且彼此具有好感。

进贵出生在一个革命干部家庭，父亲李善武是西铭矿的一位离休干部，参加过解放战争。进贵出生时，父亲还在外地工作，等到父亲回到家时，他已经会满地爬了。父亲见到自己的宝贝儿子，格外高兴和疼爱。后来进贵的父亲调到西铭矿工作，当上了工会主席，但李进贵从不在别人面前显摆自己家庭的优越，他从小到大，都是左邻右舍眼中的好娃娃、乖孩子。

1975年，进贵分配到西铭矿运输区当装卸工，他爱岗敬业、团结同事，很受工友们和领导的好评。我当时在西铭矿多经公司工作，也是干劲十足，蓬勃向上，我们这对老相识、新相知，一对西铭矿的双职工，就这样迈进了婚姻的殿堂，开始了甜蜜幸福的生活。

贾果凤、李进贵夫妻照

进贵的父母虽上了年纪，但身体健康，慈祥和蔼，进贵非常孝敬父母。他们家庭结构简单，进贵只有一个姐姐。而我是名副其实的"家大口阔"，兄弟姊妹七人，我又是长女，最小的妹妹当年只有五岁。父母虽说是西铭矿的双职工，但无论从哪方面讲，家庭条件都不能和进贵家比。我不愿意让进贵承担我家的重负。他却深情地说："我爱你，就爱你的全部，接受你的全部，当然包括你的家庭。你是长女，我是长女婿，让我和你共同承担家里的一切"。

四十二年的婚姻岁月里，他时时兑现着婚前的承诺，默默地为我们的"小家"和"大家"做出奉献。我的五个妹妹，一个弟弟，无论从先后上学、工作、到结婚、生子。他总是又出钱又出力。哪家有事，他都挺身而出，充分体现了老大的担当和风范。我家里需要经济帮助时，他总是慷慨解囊，毫不迟疑。而他自己却处处节俭，从不追求物质享受。进贵对儿子严格要求，从小鼓励他好好读书，树立远大理想。儿子考上大学，他很欣慰，儿子在单位工作表现突出，他很骄傲，他有一双孙儿孙女，在学校学习也非常优秀，各门功课名列前茅，他很满足。

进贵在工作中任劳任怨，以身作则，从不计较个人得失。记得有一次他对我说，单位派他和同事（也是同学）李德全一起出差采购物资，正常情况下需要七天时间，他们提高效率，只用了三天就完成了任务，匆匆返回单位，从没有动过顺便玩上两天的念头。我问他，你们迟回来几天，领导会有意见吗？他说："公家的钱，公家的时间，都要完全用在工作上。"这话听上去平平淡淡，但给我留下了深刻印象。

2003年，他报名到偏远的兴县斜沟建设新矿区，一去就是三五个月不能回家，因他工作繁忙，有好几年春节，都是我带着孩子们到他那里过年。大年三十，我们做好了年夜饭，他还在工作现场巡视。

2016年，进贵光荣退休后，我才得知他先后获得过优秀共产党员、劳动模范、红旗标兵等光荣称号。由于工作需要，他的岗

全家照

位无人替代，再加上领导的挽留，进贵虽然退休，最终仍选择留在那个偏远的矿区工作，继续发挥余热。那时，他已经有患病的征兆，但却从未放在心上。我带着他的病历影像片找专家看，大夫惊讶地问："病人呢？病情这么严重，怎么还不来住院？"面对大夫的质问，我深深自责，我对进贵的关心太少了。

进贵去世后，我唯一的弟弟泣不成声："姐夫，我的命是你给我捡回来的，我在病危时，是你第一时间联系了大夫，呼叫了救护车，你为我争取了抢救生命的黄金时间。"我的父亲去世时，进贵想方设法满足父亲的遗愿，将父亲骨灰送回祖籍五台县大山沟的祖坟。在随后逢年过节时，我的母亲又提出，要把我父亲的骨灰再迁回太原方便祭奠，进贵又毫无怨言顺从了我母亲的要求。我母亲逢人便说，她有一个胜似儿子的好女婿。在进贵病重期间，我母亲哭着说，无论花多少钱也要把他的病治好。直至今日，我不敢对母亲说，他的女婿已离开我们百日了。

进贵的忠厚善良和古道热肠是人所共知的。他经常说："尊重别人，这是一种教养。助人为乐，应该成为习惯。"谁家婚丧嫁娶，乔迁之喜，他都跑前跑后。在他病重期间，得知西山五中高二班同学阔别48周年聚会的消息，还专门给筹备组提议，到西山的桃花沟聚会，说那里风景优美，气温宜人。我懂得他的心，他是多么渴望参加聚会啊！进贵，我含泪告慰你的在天之灵，得知你去世后，你的同学、同事以及朋友们不顾新冠疫情的肆虐，第一时间驱车前往几百里外的和顺为你送行，全班同学们遵从你的心愿，把聚会地点定在桃花沟。听到这些消息，你一定会含笑九泉吧！

永别了进贵，我42年相濡以沫的好伴侣！你的一生是那么平凡而又光彩照人。在我的心里，你没有走，你的音容笑貌与我同在；你的优秀品格将成为家训。无论前方有多少艰难，你都会激励我带领儿孙们一路前行！

2022 年 11 月 12 日

我的老师和师傅

刘东生

退休已六年，再也不用起早贪黑为工作忙碌了，坐在书桌前，静静地拜读高中班主任赵致真老师赠送我们同学的《播火录》，越看越着迷，我的思绪随着书中的文字，渐渐进入了科学的海洋，身临其境。正如内容简介所提到："焕彩生辉的文字，制作精良的视频，丰富珍稀的图片，这本书三位一体地展现了数码时代纸质媒体的全新姿态。广阔恢宏的视野，引人入胜的故事，深邃明澈的思考，使这本书成为普及世界近代科学史的一部力作。这是一首'科学不朽'的颂歌！"当看到赵老师和师娘高老师及赵老师和老妈妈的合影照片，我凝视了很久很久……

刘东生近照

回想往事，从离开西山五中高（2）班到走向社会参加工作，影响自己一生的是班主任赵老师和实习饭店的温师傅。

清楚记得，赵老师比我们大十来岁，但他渊博的知识，却让

我们是矿工儿女

我们永远敬佩无比。实习饭店的温师傅不善言辞，但他在工作中，身教胜于言教。

回到高中时代，赵老师给我们代语文课，老师讲课总是通俗易懂，娓娓道来，轻松自如，他带领我们去矿修理部学工，去小西铭村，罗城大队学农。在劳动之余，我们好奇地问："赵老师您是怎么从武汉来到西铭矿呢？"赵老师像一个大哥哥一样，用磁性标准的语音，给我们讲述了他1967年武汉大学中文系毕业后，最初知道是分到煤炭系统，后来明确属山西煤管局，结果拿着武汉大学开具的介绍信，来西山矿务局报到，局人事处再把他分配到西铭矿，最后来到西山五中任老师。听着老师的讲述，看着老师的表情，隐约感到武汉大学是多么遥远，像老师这样的年龄也一定想念他的城市和亲人，从老师的经历联想到了自己。想到自己高中毕业后，也要离开家，奔赴社会，独立生活。一定要像老师一样有一个良好的心态面对一切。

高中时期，班委会由马乃英，石斌、武铭喜、高鸿建、段树平和我六人组成（1972年12月，段树平同学参军入伍，离开学校），马乃英担任班长，兼团支部书记，她经常放学后召集我们班委开会，研究班级工作，出现问题及时纠正解决，加强了班级的凝聚力。引导同学们齐心协力，按照老师的提议，以居住地划分课外学习小组，同学们互帮互学，学习成绩大大提高。班里的工作也搞得有声有色，多次得到了学校的表扬。

1976年12月27日，旧矿部居委会主任通知我有一个上学的指标，问我去不去。我心里想，上学是多好的事，又可以坐在教室里学习了，于是欣然答应，居委会主任马上给我开了介绍信，接着让我去到大虎沟公社再转开介绍信。

我刚进公社大门，工作人员说这个指标今年年底作废，催促我赶快拿上介绍信，到河西区委招生办，到了招生办工作人员在文件柜最底层翻出了招生报名登记表，让我回家贴好一寸照片，再到河西区委招生办盖章。我哪有一寸照片啊，我父亲连夜找人到北寒照相馆加急给我照了照片。

第二天，我早早地把完善的表格送到河西区委招生办，从河西区委招生办开好介绍信，到太原市服务局报到。拿着介绍信先后到了饮食公司和晋阳饭店报到，几经周折才知道上学的指标是学烹饪的，这难道不是跟赵老师从武汉大学到西山五中任教师的过程一样吗？不管怎样我总算是有了工作。

当时，我们这批学员集中住在晋阳饭店，工作学习在原来帽儿巷林祥斋饭店，后改为"太原市厨师培训班"。

厨师班面案组毕业照，前排左一刘东生、左四温师傅

我们学习班是理论和实践为一体的模式，开学后，我分配到面案一组，我的师傅姓温是寿阳人，他是一个不苟言笑严肃认真的人。20世纪60年代被委派到人民大会堂食堂工作四年，回到太原，负责太原市的厨师培训。温师傅要求我们每天早上5点到岗，

蒸大米、和面准备中午营业，下午 3 点到 5 点是理论学习。经过一段时间的学习和实践，我逐步得到了温师傅的认可，温师傅慎重地把面案室钥匙掏出来给我。

次日，我按时早上 5 点来到了饭店，我傻眼了，温师傅不知几时已在门口等候着，从那天起，我就约同组的学员们，提前半个小时到工作场地，一天也不能迟到。

不久温师傅开始教我们做各种花样面点，在学习的过程中，师傅只教一次，如不符合标准就直接毁掉重新做。学员们只能反复练习，每天手、背、腰、胳膊酸痛，但学员们之间相互取长补短，将做的花样让师傅过目，师傅指出不足之处我们再认真反复练习，直到师傅露出笑脸我们才敢长出一口气。

刘东生制作的面点

看到一块和好的面团，通过我们的手，变成了水里游的鱼，山坡上跑的鸡、羊、猪、兔，还有树上将要展翅的小鸟，枝头正在盛开的鲜花，我们的心里真是甜美。面点上桌客人一片的惊呼赞叹，我们才领悟到严厉的师傅对徒弟的良苦用心。

深秋入冬季，大型的锅炉要检修一个月，饭店日常销售的主食，只能在小型的回风灶大锅上蒸，师傅分配我去蒸大米，要求早上 3 点将 200 斤大米蒸上锅，确保五点职工们上班前准时进餐。

没想出了问题，蒸的大米夹生了，售出去的大米饭遭到顾客的强烈不满，饭店经理找师傅谈话，师傅回来后找我谈话，叮嘱我明天注意点。

出乎意料的是第二天蒸出的大米还是夹生。经理又叫师傅谈

编辑工作中合影
左起：王万冬、刘东生、
张保明、王绍涵

话，师傅回来后很严肃地对我说："你把火烧得大点儿！"我心想煤面子怎能烧起火来，反复琢磨了一下午，哦，想好了。第三天，将洗好的大米放在锅上盖好笼盖，用少许的煤油洒到了煤面上填到灶火口，火马上就熊熊燃烧起来，这次大米饭蒸得很成功。是的，哲学里讲，干什么都要掌握火候，我之所以两次蒸的夹生米饭是火候不足。

正当我沾沾自喜时，同志们告诉我，由于我的两次夹生米饭，损害了饭店的名气，造成了不良的影响，上级要点名处理我，是师傅把我保下来，我非常惭愧。我特别感谢师傅，从那时起，暗暗下决心要认真学习努力工作。我感到师傅在不苟言笑严格教学的同时，他有一颗爱护每个徒弟的热心肠。

记得 1978 年正月，我们高二班同学王绍涵在太原市北郊区马头水公社插队，时任公社农建大队大队长，来实习饭店看望我，春寒料峭，穿的旧棉袄，斜背着军用挎包，手里提着一把崭新的军号，说是刚从桥头街乐器商店买的，负责召集专业队员开饭出工用。老同学相逢，十分高兴，我招待他饱餐一顿，他高兴而来，

我们是矿工儿女

410

满意而去。我看着他渐行渐远的背影，心里想着，一样的老同学，他远在大山里的农村插队，而我却在城里工作，更应该加倍珍惜这份来之不易的工作。

往事历历在目，赵老师和温师傅的教诲，使我得到了长足的进步，通过自己的认真学习与严谨的工作实践，我成为一名合格的面点师。

1981年夏天，我调回了西山矿务局机关文印室工作，负责全局各部委各科室的文书打印，我是门外汉要从零开始学习，于是我默默地认真学习埋头苦干，容不得半点儿差错，往往为了圆满完成对上对下的文书打印而加班加点，常年的辛勤工作，得到上级领导的称赞。多次被评为局机关的劳动模范，这些荣誉的取得都与赵老师、温师傅的教育培养有着密不可分的关系。

赵老师和温师傅是我一生都无法忘记的人，感恩老师，感恩师傅的培育和教诲。

2022年12月4日

从采煤工到安全员

周四虎

一、艰难成长

1955 年，我出生在小卧龙村。这是一个贫穷的小山村，坐落在山西省太原市万柏林区（原北郊区）王封乡东南坡上。村里只有几十户人家，300 来口人。但这小小的村庄，留下了我许多的童年回忆和成长足迹。

父亲是一名西铭矿的煤矿工人，母亲务农。记得小时候父母对我们兄弟几人管教甚严。也许是父母没上过学，吃尽了没文化的苦头吧，特别想让自己的儿女成为一个有文化的人。常常在我们耳边灌输要好好学习，告诉我们把书念好了长大才能干大事情。父母的一片苦心，我又能理解多少呢？

当时的农村生活非常艰苦，繁重的农活占据了母亲的大部分时间，但她只要有点空闲，总是督促我和弟妹们的学习。她不识字，但是每天用自己的方法检查我们作业完成情况：每次我们先向母亲复述作业内容，然后要一页一页指给她看。还有什么不懂不会的，让我们记下来，第二天再向老师请教。

家中的农活，父母很少让我们参与。有一次准备往地里送粪，睡前父母商量好："明天早些起来，不要叫醒娃娃们。让他们多

我们是矿工儿女

睡睡，好攒下精神念书。"爸爸好好上班，妈妈好好种地，家中的娃娃好好上学，这就是家里各就各位的一贯秩序。看到父母把一筐筐玉米、一担担土豆辛苦地从田里收回家中，却不让我们帮忙，心中很觉得不安，更感到责任未尽。

上初中时，"文化大革命"开始了，停课闹革命的风潮也席卷了我们这个小山村。知识无用论的流毒蔓延，导致我们村孩子们的学业荒废。我很庆幸，父母一直非常重视我们的教育，当我和弟弟也准备像同学们一样不去上学时，父母亲说："别人家的孩子上不上学咱管不了，你们兄弟几个一定要好好去上学。"他们毅然决定让我和弟弟去西铭矿就读初中。

然而，从家里到西铭矿读书，往返路程有30多里啊！而且不是平坦的路，出家门后要爬两个小山头，翻两个山脊梁，才能到达学校。每天天不亮，辛劳的母亲就起床了，看着我和弟弟吃完早饭，还要亲手将准备好的午餐装到我们书包内，并嘱咐我们路上小心，到了学校好好学习，认真读书，听老师的话，和同学们好好相处，不要吵嘴打架——总之，母亲心目中一个好学生的品行标准，都要重复一遍又一遍。我和弟弟从小就比较听话。一直遵循着母亲的教诲，从不敢有丝毫违背。

放学后，我和弟弟回到家，大多是太阳都落山了。遇到刮风下雨，遇到下雪的天气，道路就特别难行。特别是冬天季节，天黑得早，当我们放学回到家时，已是伸手不见五指，父母总是倚门守望，直到我们平安回到家。真是可怜天下父母心啊！

但我们只是日复一日、起早贪黑地去上学，并没有学到多少知识，因为学校也在忙着搞"斗批改"，到处是写大字报，老师们上课没有正规的教材，也不知道谁是革命派。我正当14岁的年龄，本来爱贪玩，加上每天来回30里的路程很吃力。学习劲头慢慢松懈了，学习的热情也没有那么高涨了。

多彩人生

后来学校走上正轨，矿上从全国各地分来一批名校的大学生担任我们的老师，西山五中面貌焕然一新。而我的学习却越来越吃力。有一天下午放学后，家住菱子沟的班长马乃英同学和我们结伴回家，她也需要徒步翻过一个小山头，不过，我走到菱子沟才是我回家路程的一半。路上她对我说："四虎，这段时间我看到你整日沉默寡言，有什么心事呢。"原来班长早已看出我低落的情绪。沉默良久，我才忐忑不安地说出了心里话："班长，我的学习跟不上，听老师讲课，有时也理解不了，布置的作业不会做，也不敢问同学，更不敢问老师。这样的学习成绩，我觉得很对不起父母，不想学了。"班长听后说："对学习要树立信心，相信自己只要坚持，一定能赶上。"一路上给了我很多鼓励，让我再次树立起学习的信心。

在西山五中就读高中时，我们的班长仍是马乃英同学。班委武铭喜同学，还有多位初中、高中共读的同学，如段树平、张保明、高改潮、刘根生、郭保旺、黄金花。班主任赵致真老师是我们最尊敬、最佩服的老师。赵老师德才兼备，知识渊博，平易近人，言谈举止都对我们产生了影响，他的学识人品甚至影响了我以后的人生道路。

很遗憾，由于家庭原因，我没有完成高中学业。上高（2）班的第一学期，母亲不幸得了癌症。父亲整日在医院看护母亲，弟妹们较小，家里无人照顾。我含泪辍学回到家乡小卧龙照顾弟妹，料理家务。还到生产队务农挣点工分，为父母分担生活压力，尽我的一片孝心与责任。当我告别课堂及同学时，心里觉得一下被掏空了。

1973年11月，西山矿务局招工。我以职工子弟的身份被录用，分配到官地矿采煤一队当了采煤工。

当时井下采煤的设备及工艺相对落后，井下工作面条件差，用的是 MLQ1-80 型单滚筒采煤机割煤，煤电钻人工打眼放炮开缺口，大铁锹攉煤、刮板输送机运煤、摩擦金属支柱配铰接顶梁支护顶板。工作面除采煤机割煤外，其余工序都是人工操作。

在队里，我的年龄最小，但是工作强度与别人一样，打眼、放炮、攉煤、支护、放顶，领导安排的活，我就按要求去完成。工作中让我最头痛的是抱铁柱子，一根重达 120 斤以上，我根本抱不动，只好和工友两人一起抬。这样的工作一下干了就是一年多。

1975 年，官地矿要推荐一批工作表现好，家庭政审合格的职工上大学，我通过层层考试、面试，最终从 20 名推荐名单中入选。完全达标的只有两名。我是其中一名，很荣幸地来到山西矿业学院采矿系读书。

这时候我想到了我的父母和我的老师，还有鼓励我坚持学习的班长，是文盲的父母对文化的重视，是老师对我的耐心教诲，是班长在我打退堂鼓时拉了我一把，才让我获得了这个上大学的机会，直到现在我的心中还充满了对父母、老师和班长的感激。

我很珍惜这次机会，面对新的环境，新的学业，我埋下头来，认真学习，刻苦钻研，坚持做到不把任何疑难问题拖到下节课。

放学后，有的学员打篮球去了；晚上有的学员看电影去了，而我还在教室里，宿舍里翻阅书籍，重温我在课堂上做过的笔记，反复推敲书中阐述的相关机械的工作原理。

时间没有虚度，三年的勤学苦练，我的学习成绩常常名列前茅，并多次得到学校的表彰，被评为优秀学员。

二、安全为天

1978 年毕业后，我又回到原单位——采煤一队任技术员工作。一年后调到矿总调度室任技术员。

那时没有电脑，指挥生产的依据主要靠图纸。我的任务是，对全矿采煤、掘进、开拓、机电、运输的图纸，必须做到每旬更新。为领导提供准确的生产管理依据。

为掌握第一手资料，我经常深入现场，做到心中有数，及时填写。保证了每项新数据的正确。由于工作认真，踏实肯干，1986年任矿调度技术主管工程师。

在矿调度的这三年间，我的工作受到矿领导的肯定和同事的好评。在大学我学的是采矿，回矿后的11年一直从事与采煤有关的工作。而且干得很顺手，我希望自己能在这个岗位长期干下去。

在煤矿长大的孩子，对一些公共活动场所特别宽大的无障碍路面都很熟悉，因为矿上出现生产事故不是什么陌生的事。自然公共场所设计者，都知道坐轮椅的伤残矿工需要宽阔平坦的路面。

煤矿的五大自然灾害是瓦斯、煤尘、水、火、顶板。在矿上最可怕的事故是瓦斯或煤尘爆炸以及井下透水。而杜儿坪矿三年内就发生了两起重大事故。

1985年"2·10"，杜儿坪矿发生了瓦斯爆炸，人员伤亡很大。这次矿难是西山人至今都难以忘记又不愿提起的痛心事。当年因为这次事故，矿务局局长被撤职，分管安全的副矿长，通风区的领导，一排人受到处分。瓦斯检查员因三天对工作面瓦斯漏检被判刑……

1988年5月18日，杜儿坪矿36300工作面回采时来压，使煤柱压疏，产生裂隙后，出现煤壁渗水，几天后煤柱裂隙增大增多，相邻工作面采空积水通过煤柱裂隙进入36300工作面，导致停产两个圆班（一个圆班为早午晚三个小班）。

这些重大事故会长期在矿工心中投下阴影。

1989年，西山矿务局的安全管理大整改进入到一个新的阶段，我从采煤队被调到一采区任安全区长。

从我第一天上班开始，就发现领导遇到工人的违规操作时，会急得"大骂"：什么"你小子不要命了"！什么"你个记吃不记打的东西"！等等，有时带班师傅也会为徒弟的错误操作不停地骂骂咧咧。安全工作条例是有的，甚至可以背下来，但有些条款过于笼统，对新工人来说，遇到特殊情况便失去了章法。同时让领导失去了工作依据，任谁都会急得上火骂人发脾气。

基于过往经验，我着手制定和健全了生产现场的各项管理制度。井下安全生产的第一责任人是矿工本人。我们的规章制度包括工作流程的所有环节及正确操作方法指南。

工人犯错少了，领导终于向"制度管人"靠近了一大步。煤炭生产不是流水线上的产品生产。井下情况复杂，并且工作面随时发生着变化。带着巨大的心理压力，我把"零事故零隐患"当作自己的工作目标，经常到井下作现场调研，对一些施工复杂难度大，存在安全隐患的工作面，我和工人们一起探讨解决方案。采取改进措施，保证矿工的安全生产。

2000年，我又被调到矿安监处任检查科长，调度信息科长。级别未动，工作管辖的范围却增加了不少。全矿有多少种工种？每个工种的生产包括多少环节？每个环节可能会发生什么样的安全事故？要逐条定出可操作并可查对的安全操作指导和管理条例。删减大而不实的空洞口号，充实让矿工听得懂、可照章作业的规程。

暴雨诱发的地质灾害，包括山体滑坡、泥石流、地面塌陷、地裂缝等地面灾害，都和几百米以下矿井里的工人生命安全息息相关。井下人的双脚远远跑不过追赶在身后的山水；而井下瓦斯或煤尘爆炸的后果更具毁灭性。作为安检工作者，我不敢有丝毫的马虎，从雨后的大山到所有的通风口的检查，地下敲打煤帮，

井下支护顶板　　　　　　　　　　　井下工作面测量

做到有效防范重大地质灾害的发生，是最好的结果。但万一呢？万一灾难突发了，怎样做可以减少损失呢？要备好退路——这要分开说，一是自救的判断和方法，二是突发灾害后的应急救援工作能立刻高效有序展开，从死神手中抢救自己的工友是首要任务。我深入基层、深入矿井，在充分调查研究的基础上，制定了《官地矿重大灾害应急救援预案》。观察煤壁水滴，瓦斯的日检，工友们把生命托付给我，我不敢有丝毫的麻痹松懈。

　　多年的矿山安全管理，细化管理成为我的一个工作重点。特

救援队员在井下灾害施救现场

我们是矿工儿女

矿工在井下支护顶板　　　　　　　　井下瓦斯监测

　　别是矿井各工种岗位《手指口述》操作手册。在工作中，要求现场作业人员在操作过程中大声说出注意事项，对操作程序和安全规程做到边口述、边指点、边操作，提醒自己的同时，告知操作伙伴需注意的地方，形成一个安全识别、确认和操作的闭环流程。此手册在西山煤电集团公司内得到全面推广。

　　1980年，云南一座煤矿发生一起恶性瓦斯爆炸，根本原因是工区书记和采煤队长根据"老经验"，擅自修改国家关于煤矿安全条规，把矿井瓦斯在空气中的含量从1.5%调高到3%，工作面的标准从1%调高到1.5%造成的，于是我矿推出了"行为管理铁规"。管理分为《铁规红线》和《铁规黄线》。《官地矿"安全红线铁规"管理制度》，规范了领导干部行为准则和一线工人的规范操作。该管理制度随后在西山煤电集团公司内得到全面推广。

　　随后我主持起草并大力推行了一系列安全考核制度：包括《官

矿工入井前安全宣誓

地矿各级干部问责制度》《管理人员下井及带班制度》《各级干部安全绩效考核制度》《安全质量标准化检查考核制度》《全员安全风险抵押制度》《各级人员安全质量结构工资制度》《职工个人安全技能账户管理制度》。

安全为天！安全为天！安全为天！重要的话不止说三遍，在官地矿，不管是官，不管是民，"安全生产""安全管理"终于从响亮的口号变成了影响每个人经济收入高低的金标准。

2015年我退休了，回顾自己的人生历程，从一个山凹凹里走到今天，的确不易。年幼无知不懂学习的重要性，学习基础不扎实，但庆幸在西山五中读高中时有好的学习氛围，有班主任赵老师的熏陶濡染，尽管我在班里算不上学习好的学生，但骨子里却埋下了奋发学习的终身之志，成为以后得以在山西矿业学院深造的坚实基础。

我在官地矿长达 42 年工作中，有 24 年负责安全管理，制定出一系列重实际、可操作的安全管理等项制度。我到井下随队生产，到运输区，通风区，掘进队跟班劳动，天天殚精竭虑考虑用什么条条款款"约束人""管理人""制裁人"，受到不少非议。但是退休后，井下工作了几十年老伙计们能够一个不缺，全胳膊全腿聚在一起时，大家从心里感激我制定的"金科玉律"，都是为了保护每一个矿工的生命和安全。

我心中感到踏实和欣慰，只因在自己的工作岗位上，我实现了真正的人生价值。

2022 年 11 月 14 日

多彩人生

过去未来共斟酌

王根弟

王根弟

岁月如梭，不经意间我已走过了六十多个春秋。人随着年龄的增长，生活空间的缩小，回忆渐渐多了起来。

往事虽已久远，有些如白云飞鹤，无影无踪；有些仍记忆犹新，历历在目。

记得小时候，我的家在当时的城里面，就是太原市铁匠巷23号院（现在迎泽宾馆后面的巷子里），院子里住着六户人家。我家有爸妈和我们兄弟姐妹六人。

父亲王志仁在城外郊区的东风汽车修理厂上班，八级喷漆工，任喷漆车间主任。母亲王爱兰是一名家庭妇女，大姐王秀珍在太原跃进缝纫厂工作，哥哥王石虎在太原衡器厂工作，二姐王秀桃在铁匠巷上小学五年级（即现在的成成中学）。三姐周玉环一岁多就给了我二姨家，姓了周，妹妹王秀凤四岁，我那时是六岁。

1962年的初春，马路街边的柳树还未见抽绿，天气仍旧寒风刺骨。由于自然灾害等原因，国家经济困难，物资供应紧张，到处都在挨饿。为减轻和缓解城市生活压力，政府实施了称之为"六二压"的政策。

我们是矿工儿女

今天大约很少人听说"六二压"了，简单说，就是把城里干部和工人的家属送回到原籍农村，另辟一条生路，以求城乡"两活"。按当时的条例，我们家并不在压缩返乡的范围。

听父亲单位的老师傅讲："当年是你父亲为了起到共产党员的模范带头作用，自己报名申请让家属返乡的。"父亲的政治思想觉悟由此可见一斑！

但是，父亲的这个决定太重大了，带来了家庭的巨变，从某种意义上说：也彻底改变了母亲、二姐还有我和妹妹的整个人生。

二姐回忆说：搬家的那天是1962年3月20日的上午，父亲早早地就等在门口。一辆解放牌卡车，停在了铁匠巷23号院的大门口。车门上写着"东风汽车修理厂"几个大字，车上下来三个人，一位是司机吴师傅，后面还跟着两个小伙子，都穿着一身浅蓝色的工作服，胸前衣袋上方印着白色的"东风汽修厂"字样，显得特别的醒目。

二姐王秀桃

父亲迎上去和司机吴师傅寒暄着。说是搬家，其实没有什么可搬的东西。前一天晚上，母亲和大姐、大哥早已把所要拿的衣服被褥打包完毕。剩下的就是锅碗瓢盆，一个吃饭用的方桌、两把太师椅，几个小板凳，两个不到一米的小木箱，一个四腿两抽屉的简易写字桌，还有一口一米高的水缸，没一会儿工夫，所有的东西就搬上了卡车。这就是一个七口之家的全部家当。

母亲看着曾经居住过的简陋低矮的房屋，再回头看看这些收拾好的杂七杂八的东西，胸中涌现出一种难言的酸楚。我也不知是为了这曾经熟悉温暖的家，还是为什么？心里五味杂陈，有说不出的眷恋和惆怅。

多彩人生

1963春节全家福

1963 年春节，全家合影

父母亲和邻居们一一道别。二姐回忆说：看到母亲泪流满面，依依不舍的情景，她的心情非常难过，也禁不住哭了出来。这里毕竟是全家居住生活了 20 多年的地方啊！

就这样，母亲带着二姐、我和妹妹，回到了父亲的祖籍——太原西山化客头公社化客头村。

化客头公社管辖的范围共八个村庄。有新道村，北头村、大卧龙村、大窊村、赛庄村、白道村和宋家山村。化客头村坐落在西山山顶上，村子并不算大，有住户 100 多家，人口约 600 人。

因为是公社所在地，所以有邮局、卫生院、学校、供销社、饭店和派出所，基础设施还较齐全，其他村庄就没有这样的条件了。

从我城里的家到化客头村，大约有 40 里的路程，当时道路并不平坦，尤其是从西铭村开始，一路爬坡，坑洼不平，蜿蜒曲折，

化客头村村口

卡车行驶得非常艰难。大约开了一个半小时，终于到达了目的地化客头村。

卡车来到村口时，映入眼帘的是一座门洞，是汽车进村的必经之路，说它是门洞，其实是一个三层楼高的建筑，门洞上面盖有一大间房，青砖青瓦，古色古香，看似年代久远。它孤独地伫立在那里，迎来送往，显得沧桑斑驳。后来听村里的老人讲：这座建筑叫阁儿上，门洞上面的那间房是供奉河神爷的，里面还有一尊河神爷像。虽已多年不见香火，但依然肩负着自己的神圣使命，保佑着一方平安。

回到了故乡，这是父亲出生的地方。二姐说，她没有丝毫亲切的感觉，只有陌生与好奇。那些从未见过的大山和层叠错落的窑洞——大多数人家居住的地方，让她仿佛来到了另一个世界。我和二姐的感受是一样的。命运也和母亲开了一个最大的玩笑，她怎么也没有想到，自己会在 41 岁，突然从城市来到这个完全陌生的偏僻山村，带着她的孩子们，开始了人生旅途上最艰难生活。

母亲个子不高，略显瘦弱，眼睛不是很大，但是目光柔和，说话总是面带微笑，给人的感觉特别随和善良。母亲是一双小脚，

虽不像小说中描写的"三寸金莲",但也大不了多少。听母亲讲：她出生的年代是封建社会，小时候就被父母亲裹足了，那个年代所有的少女都是同样的命运。直到解放前夕才把脚解放了，母亲也是那个年代的受害者。

父亲在城里工作很忙，很少回家。生活中的全部难题都摆在了母亲的面前，日常生活的用水，做饭生火的煤炭，都成了大难题。当时我还小，抬水抬煤的活全是母亲和二姐在做，那时二姐也才12岁啊！

村里没有自来水，村里理发店旁边有一口水井，取水用辘轳摇上来，我们家每次非得有人帮助才行，光凭母亲和二姐的力气是不够的。

家里用的煤是从沟南村旁边的那个煤场（属于西铭矿茭子沟矿区家属煤场）抬回来的，煤场离家的路程往返有三公里多，大部分都是崎岖不平的山路，特别难走，真不知道母亲和二姐是怎

父亲母亲和侄子王东

我家的化客头故居
左起：二姐王秀桃、王根弟、妹妹王秀凤

样把煤抬回来的。每当想起这些往事，我心里总是酸酸的，倍感母亲的艰难不易。

大概到了我12岁那年，这种状况才逐渐改变。挑水抬煤的活计落在了我和二姐的身上，母亲终于可以轻松一点了。又过了两年，我已经是个小男子汉了，从此担水挑煤全由我承担，母亲和二姐基本可以撒手了。

记得有一次父亲从太原专门带回来两个水桶，供我挑水之用。一桶可盛水约十多斤重，挑一担水得有三四十斤。当时这个重量对我而言已是极限了，但我仍咬着牙勉强挑起来，一种男子汉的血气激励着我，我要为母亲撑起家里的一片天。

农村的生活与城市大不一样，一年之中的口粮都是在秋天分配。记得当时的主要粮食是玉米、谷子，还有土豆，其他的杂粮也有一点。玉米和谷子是在村里的打晒场发放，土豆种在什么地段，便就地分发。这可难住了我们这样没有壮劳力的家庭了。印象最深的一次，是从一个叫"有只垴"的山地分土豆。接到通知后，我随着母亲赶往"有只垴"，足足用了一个多小时。看到村民们正在从山地里往外挖土豆，要等土豆全部挖出来后，才能按户分发。

天色渐渐地暗了下来，山风吹在身上感到阵阵寒意，心情也越来越焦虑，暗中想快点分吧，回家的路还很远呢。

终于等到叫我母亲的名字了，生产队长喊着："你家土豆八十斤"，母亲把土豆分别装进两个大小不一的口袋里，把小口袋费力地放在我的肩上，母亲在村民的帮扶下背起了那个大口袋，我跟着母亲扛着土豆，向家的方向走去。

夜幕降临，天色黑了下来。山区的道路原本就难行，路很陡，高低坑洼，崎岖狭窄，我和母亲深一脚浅一脚地艰难走着，母亲时不时地喊着我，小心脚下，踩稳了再迈步。

踏着月色，扛着沉甸甸的土豆，从家里出来已有将近四个小时了，没有水喝，没有东西吃，又饥又渴。走一段路休息一会儿，再走一段路再休息一会，感觉背着的土豆越来越沉重了，肩膀压得很疼，两只小手使劲地抓紧袋子口，生怕从肩上掉下来，眼泪却情不自禁地流下来了。

就这样我和母亲忍受着饥渴，又走了两个多小时山路才回到了家。山村的夜晚寂静寒冷，不知道是晚上几点钟了。进门一头扎到了炕上，便什么也不知道了。

事隔多年，每当我想起这段往事，心里还很不是滋味，更心疼母亲那些年所遭受的苦难！更不由感叹农村生活的无情现实，一个家庭如果没有男劳力的话，就会寸步难行。难怪农村重男轻女的现象特别严重了。

时间来到了1964年的9月，我和小伙伴们已到了入学的年龄。1965年的9月，我在化客头小学读二年级了。化客头小学校离我家很近，只有几百米的距离。

当时村里条件差，小学校是村里一座旧庙改建的，人称奶奶庙。它是一座约有200多平方米的四合院，前面是一座门楼，也是大门，进去后是一座大殿，有十多个台阶。右手旁是三眼窑洞，东西两侧各有三间大瓦房，院中央偏东有一个水泥做的乒乓球台，这就是我人生的第一个学校，最初受到启蒙教育的地方。

记得在我三年级（1966年）下半学期的一天，村里突然热闹了起来，大喇叭播放着革命歌曲，大队部的墙上贴满了大字报，革命标语随处可见。学校停课了，生产队里天天开会学习，批判牛鬼蛇神，批斗地富反坏右。村里的老地主姜二牛也被戴上高帽游街，我们学校的张文炎老师、张春兰老师也被揪出来，小学生和老师们都投入了这场"革命洪流"中。

闹哄哄的几年过去了，1970年的秋天，我来到了北头村上初

我们是矿工儿女

中。化客头公社只有北头村设有初中班，八个村的小学毕业生都在这所学校完成他们的初中学业。

那个时候上学很不正规，经常停课，老师带着学生到田间地头去劳动，接受贫下中农再教育，教学质量本来就差，特别师资短缺，导致后来上高中，我和矿上的同学比就相差甚远，不在一个起点上。

1971年底，我初中毕业了。1972年春天，我和同村的初中同学张万亮、王万冬、高英明、张当正、闫补云、陈拉弟（大卧龙村）七人有幸一起进了西山五中高中班。西铭矿第一批高中有两个班。我和王万冬、高英明、闫补云分到了高二班，张万亮、张当正、陈拉弟分到了高一班。

直到此时，我才感到自己的人生开始和社会与时代接轨。西山五中由一批全国名校分来的大学生担任老师，他们朝气蓬勃、见多识广，无论言行举止，都让我们感到新鲜和向往。我们高二班的班主任赵致真老师风度翩翩、学养深厚，两年多的朝夕相处和耳濡目染，对我一生的成长产生了无可取代的深远影响。

作为一个"农村学生"，我有幸加入了这个矿工子弟为主的班集体，并和同学们建立的终生的友谊，这个机缘和幸运，弥补了我当年因"六二压"所失去的温暖和欢乐。

1974年7月高中毕业后，我又回到了村里务农。在专业队开采过石头，给生产队里的牲畜割过草，最脏最累的活是去西铭矿玉门挑大粪！我还凭着所学的知识，给生产队出黑板报，参加文艺宣传队，也为生产队干部写发言稿，我的踏实肯干赢得了干部群众的一致好评。

当年秋天，北郊区教委要在化客头小学设置两个初中班，学校打算招聘五名民办教师。消息传开后，我也内心萌动，很想报名应聘，但觉得底气不足，这时恰遇好朋友张莉萍，她是在我村

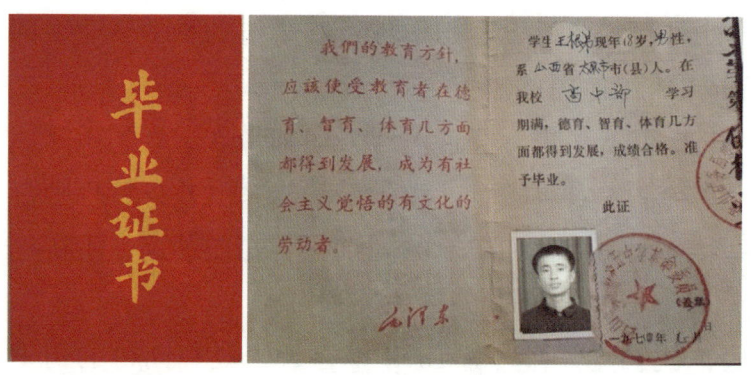

王根弟的高中毕业证书

插队的知识青年，听说了我的想法后，热情鼓励和支持，我终于报了名。当时的应聘条件，是高中以上文化程度，劳动表现好，还必须是贫下中农出身。经村委会的一致通过和北郊区教委最终审定，我最后成为一名正式的民办教师。

我被学校安排为初一班的班主任，带初中一年级的语文。高兴之余，更多的是忐忑不安，教书育人，责任重大，怎么才能把课教好？我深感仅凭现有知识储备是不够的，唯一的办法就是努力学习，掌握更多的知识，虚心向老教师求教，才能不"误人子弟"。

学校因老师短缺，体育课、音乐课、地理课全由我一人带，就这样也没感觉到工作量有多大，精力总是很充沛，浑身总有使不完的劲。我不禁再次回想起西山五中的岁月，回想起老师们教学时的一丝不苟和举重若轻。

在民办教师的岗位上，我通过自己的努力学习，勤奋工作，赢得了学生家长和同事们的认可。在1975年底学校年终评比中，我获得了"优秀教师"的光荣称号。这份荣誉既是对自己辛勤劳动的肯定，也是对自己的鞭策和鼓励。

1976年6月，我的父亲即将退休，按政策，当年"六二压"的回乡子女，可以有一人顶职。父母亲决定选我回城。我却对自

我们是矿工儿女

己心爱的教师岗位恋恋不舍了。经过激烈的内心挣扎，最终还是听从了父母的安排。依依惜别了家乡的同事和学生，亲人和朋友，又开启了新的人生之路。

从 1962 年 3 月返乡算起，我在农村生活、学习、工作了 14 个年头。这期间，我从一个懵懂无知的少年，成长为一名有理想有追求的教师，多少坎坷，多少眼泪，也有过多少慰藉，多少成功，让人不禁吟唱起"悠悠岁月，欲说当年好困惑"。

在时代的大潮中，个人总是脆弱无奈的，命运总是变幻无常的，但我们却可以尽到自己的努力，争取光明的前景。我自己虽然"故事不多，宛如平常一段歌"，但愿意在这里写下来，让子孙们"过去未来共斟酌"。

2022 年 9 月 1 日

多彩人生

琐琐碎碎忆往昔

白喜林

我的父亲1918年出生在山西省阳泉市平定县庙沟村，在家中是老大，下面还有两个妹妹。他14岁时，我的爷爷去世了，父亲就承担起了家庭的重担，到了阳泉煤矿工作。父亲是高小毕业，经媒人介绍，21岁与我母亲结婚，那年我的母亲18岁。我的母亲温雅贤惠，孝敬婆婆，父亲勤劳俭朴，淳朴善良，小家庭过得和睦美满。

1956年，西铭矿建矿，经姑父吕起富介绍，1957年我们一家从平定县庙沟村迁到了西铭矿荬子沟，只有大哥依然在老家平定县读初中。

举家迁徙那天，父亲挑着一根扁担，后面是全部的家当——锅碗瓢盆，还有仅有的一床被褥，前面还挑着年仅3岁的二姐。12岁的二哥背着包裹，7岁的大姐紧跟其后。母亲抱着刚刚六个月的我。后来听母亲讲，来西铭矿的前一天我刚刚接种了牛痘，由于一路颠簸，胳膊已肿得像萝卜一样粗。

几经周折来到了西铭矿，经过老虎嘴，一路上山，山路蜿蜒曲折，极为陡峭，因为常年无人行走，两侧长满了荆棘、刺梅。父亲带着我们艰难地向上爬行，走走停停，经过大虎沟，最后才到了化客头，找到了一处废弃的又黑又小的房子住了下来。

我们是矿工儿女

记得进门就是一张土炕，一家六口便挤在这张炕上，父亲在旁边支了一个木板，这张床就成了 L 型，又能多挤下一个人，家里就满满当当的了。1960 年妹妹出生，家里就更加拥挤了。

我们搬过几次家，后来搬到了茭子沟 1 排 6 号，这是我住了十几年的地方。新家宽敞了许多，有一大一小两个房间可以住人，还有一个小小的厨房，居住环境得到了改善。这里是茭子沟的中心地段，门前就能看到学校，右边有职工食堂，正面对着大礼堂，是放电影、唱大戏的地方。

我家门前有一条小河，站在我家门前，透过大礼堂窗户，能模糊看到里面在一闪一闪放电影。茭子沟的平房有 13 排，后沟有六七排，学校上面有一个小坡，是两排老师宿舍。石头房也有好几排，还有医务室大院，单身大院。唯一不足的就是没有商店和粮店。我们买东西要去化客头村供销社，买粮要去龙泉沟粮店，粮店离家有半小时的路程。那时买粮，只能每月一次，按照国家配给的指标去买供应粮。

在我的记忆中，父亲勤劳持家，艰苦朴素，左上衣兜总别着一支钢笔，右手拿着一杆烟袋锅。父亲写得一手好字，邻居们写信都要来找他代笔。父亲心灵手巧，一根根荆条在父亲手里不一会就变成了一个箩筐。他不仅会编箩筐，扎笤帚锅刷，还会织手套，织袜子。在我们眼里父亲什么都会做。这不仅为家里省下不少开支，而且让孩子们总是穿戴得齐齐整整。

在矿上，我父亲干的是送水工，把很重的一大桶热水背在肩上，送给井下矿工们。等大家都喝上热水后，父亲再出坑，一天来来回回跑三趟。

父亲因为在阳泉煤矿当过会计，所以来到茭子沟矿后，也让他每到月底抽出两天时间，给工人们核算工资。父亲的工资只有每个月 58 元，抚养着我们兄弟姐妹六人，常年入不敷出，大哥的学费也经常需要姑姑帮忙解决。而当时的下坑工人每个月能拿到九十元，相比之下比邻居的收入差了很多，所以全家人的生活极为节俭。

为了改善家庭经济状况，父亲又在附近山坡上开垦了好几块荒地，春天种上了各种农作物，有豆角、土豆、玉米、红萝卜、南瓜，还有向日葵、大葱。到了收获的季节，我们姐妹们去地里掰玉米，挖土豆，摘豆角，开心极了。那时家家户户也都种一点儿自留地，我家煮了玉米也会给邻居送上一些，他们有好吃的也会给我们送过来，邻里关系十分融洽。

虽然父母手头很紧，但是孩子们却过得很快乐。那个年代最热闹的事，就是化客头村一年一次的赶庙会（农历七月十九），由于化客头村当时没有剧院，所以只能到附近的荬子沟大剧场唱戏。演员们会提前一天来到村子里住下。庙会的当天，十村八寨的亲戚都会来这里看戏，那时村里常常请有名的晋剧演员来唱戏，山西人最喜欢那种腔。当时听大人说"宁可跑得丢了鞋（hái），也不能误了程玉英的嗨嗨嗨"。程玉英、王爱爱也都来过我们这里演出。过庙会时，各种卖货的都会提前在河滩搭好棚子，从戏院到河道的岔口处一路排开，有的卖杂货，有的卖布匹，有的卖针线，还有打饼子、炸油条的，卖各种水果土产日杂，应有尽有，琳琅满目。

唱戏有时候三天，有时候五天，那是我们儿时最欢乐的时光。那时的我们无忧无虑，春天我会和苏左仙、范福珍一起去山上挖野菜，摘槐花，夏天我们会一起上山摘杏吃，还会跑到很远的地方去玩耍。平时没事的时候，我还会去搓麻绳，有时候也学着妈妈的样子，拿个鞋帮和针线做切口、包边，完工之后交给母亲，母亲便会用她的巧手做成全家的鞋。

到了秋天，我们会一起上山，捡村民收割后地里遗漏的玉米、豆子、土豆。这些额外的收获不管多少我们都很高兴。带回家去，母亲会马上为我们蒸煮，我们守着锅台，不时掀开笼盖用筷子扎一下，看看是否蒸熟了。食物到嘴，便会大口小口吃个肚圆。

冬天我们在家门口的河道里滑冰，在房前屋后跳格子、踢毽子。记得有一次，我和二姐把家里公鸡尾巴上的毛都差不多拔光了，就是为了做鸡毛毽子。有了漂亮的毽子，我和二姐心满意足了，大公鸡却饱受惊吓，连窝都不敢进了。

我家东侧是食堂，从学校出来有一座小木桥，是直接通往食堂的。这里成了我父亲在家养病后常去的地方。茶余饭后，他总会拄着拐棍，去食堂看书看报，和几个老人谈论国家大事。几月几号，人造卫星上天了，几月几号，原子弹爆炸成功了，几月几号，尼克松访华了。每逢重要新闻，父亲总会兴奋地把报纸借回家，告诉我们这些消息。

从家出来下个小坡，走不远就到了学校。那时我们上学，设置的课程有语文、算术、音乐、体育。不像现在的孩子那么紧张，写完作业后，我们女同学一起在校园内玩跳绳、踢毽子、打沙包、吊羊拐，开心得不得了。直到快吃饭了还没有尽兴。男同学玩玻璃球、打元宝，顶拐拐。遇到下大雨，河道里都是水，我们就过不去了，必须从小木桥上走。这座小小的木桥默默负重，坚牢不移，日复一日承载着荩子沟来来往往的人群，见证了荩子沟的变迁兴衰。

后来荩子沟煤矿搬到了七里沟，居民也陆陆续续迁走了许多，往日的热闹也冷清了下来，食堂就剩下一个师傅，专给几个小学老师们做饭了。随着荩子沟煤矿的搬迁，父亲上班的路程也变远了，需要从步行半个多小时的山路到玉门，再坐乘人车到达七里沟。一般需要个把小时。

1966 年"文化大革命"开始了，记得我们批判"三家村"，

1966 年全家福

大礼堂的墙上贴满了大字报和漫画。当年大姐才 16 岁，加入了红卫兵组织，跟着赵春华老师去北京大串联，还在天安门受到毛主席检阅，后来她们又去革命圣地韶山参观。13 天后，她们回来了，给我们姐妹三人带回来一双玫红色的尼龙袜子，还有小金橘、果脯。最让人高兴的是带回了毛主席像章。别在胸前，金光闪闪，别提多开心了。大姐带回来的袜子，我非常珍惜，平时藏起来，只有过年才拿出来穿一次。

　　好景不长，父亲从 1966 年就因长期过度劳累，患上了高血压，发展成半身不遂，从此后家庭的经济更加拮据。父亲卧病在床，全靠劳保工资生活，一个月只有 35.6 元。家里生活的重担就落在了我们身上，10 岁的我和 12 岁的二姐只能抬着箩筐去抬煤、抬烧土和煤泥。大哥学习成绩很好，以优异的成绩考上了太原重机工程机械学院，也就是现在的太原科技大学，成了当时菱子沟唯一的大学生。二哥学习也很优秀，但看到家里困难，吃饭都成了问题，于是初中毕业就去找工作，挣钱补贴家用，最后到了太原

我们是矿工儿女

玻璃瓶厂。大姐也学习优秀，父亲生病后她正读初二，也决定退学找工作，缓解生活压力。

1969 年，由于学校改为五年制小学，所以我就直接和上一届小学毕业生一起上了初中。我被分到了西山五中初一年级二班，班主任是石兴奎老师。记得刚来学校的那天，映入眼帘的就是南、北、西三排平房，中间的场地凹凸不平，到处都是杂草、垃圾、石块、土堆。我们开学的第一件事，就是在老师带领下进行大扫除。经过一天的忙碌，校园变得整洁了。随着学校扩建，我们承担起了建校劳动。所以在校的时间半天学习半天劳动，有时一班、二班上课，三班、四班劳动，互相轮流调换。那时我们自己动手和泥、托坯、烧砖、烧石灰，给师傅们打下手。经过我们的辛勤劳动，教师办公室及上面的一排教室终于建成了。

初中时期，我们还去南屯汾河边学过农，插过秧。很快两年过去了，我就初中毕业了。

当时有相关规定，16 岁以上可以下乡去农村插队。不够年龄的就上了高中，我们是西铭矿的首届高中生。学校配备了最高水平的老师给我们代课，我们的班主任是赵致真老师，他博学多才，教给我们很多新知识。时间过得飞快，1974 年 7 月，我结束了两年半美好的高中生活。1975 年底响应国家号召，上山下乡，被分到了太原市北郊区马头水公社庄头村，在这里我和刘秀兰同学同吃同住，度过了难忘的知青岁月。

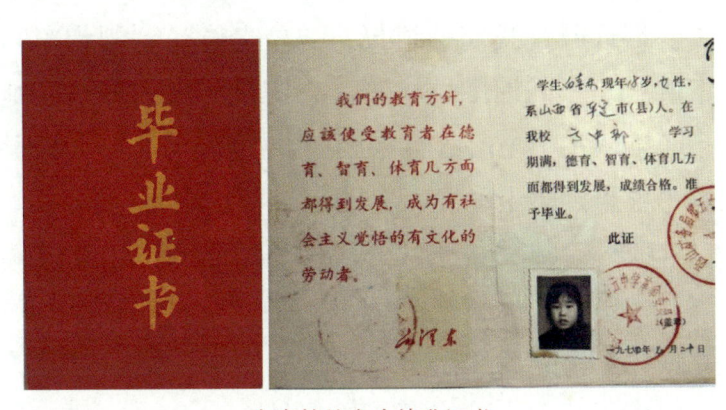

白喜林的高中毕业证书

　　1979 年前后，知青陆续回城工作，刘秀兰同学分配到下元五交化商场工作，我分配到太原市玻璃瓶厂工作。起初在六车间，工种是洗涤工。由于六、七、八、九车间都是新车间，所有人员需要送出去培训。我们在平板玻璃厂实习了半年后，就被安排到北京、秦皇岛参观学习。

　　从外地回来后，我们就成了车间试运行的核心人员。需要观察仪表的显示，电机的温度，各个接口处的跑冒滴漏现象，确保安全生产。我们的任务，就是给制瓶车间提供纯净的煤气。由于在工作期间兢兢业业，尽心尽责，我被评为三八红旗手。

　　1984 年，车间要抽调一批工作踏实、经验丰富的骨干，去组建余热锅炉车间。我被上级领导选中。一同调过来的都是老员工了。邢怀叶是我们的组长，一位老党员。刚到车间附近，映入眼帘的就是车间周围坑坑洼洼、脏乱不堪的场地，她带领我们推着平车，从各个角落收集来废砖，把车间门前门后都铺上了砖头路，平平整整，干干净净，车间周围环境焕然一新。

　　我们余热锅炉车间的工作，就是要把熔化玻璃后的热能收集起来，经过鼓风机送进锅炉，供给全厂的生产、蒸箱、暖气、澡堂使用。每年为工厂节约资金一百多万元。锅炉的运行对水位控制要求很高，水位表要始终保持在二分之一到三分之二之间，我们就需要不断地观测水位表，时刻保持正常水位。

老组长邢怀叶退休了，我成了这个组的组长，但一直不忘记以邢怀叶师傅为榜样。我带领着整个班组继续走在前列，多次被厂里评为先进集体，我也多次被评为先进工作者。我的刻苦努力受到领导和员工一致好评。车间主任曾在一次党小组会上说，有人写了入党申请书但不合格，而合格的人却没有写入党申请书。会后有个新党员告诉了我这个消息，第二天车间书记也向我透露这个消息，我说我年龄大了，怕不合适，书记鼓励我说，信仰是没有年龄限制的。随后我于1996年递交了入党申请书，车间书记是我的入党介绍人。1998年我从预备党员转为了正式党员。2000年又被评为优秀共产党员。

在市场经济大潮中，我们厂因为没有成功实现改革转型，今天已经不复存在了。我也从"内部退养"到2006年正式退休。结束了工作的生涯，但我们那些"激情燃烧的岁月"是不能忘怀的，我们对祖国建设做出的贡献是不能抹杀的。

我这一辈子经历了很多，有欢笑也有泪水。从高中毕业后到农村插队，回城后参加工作，在工作中努力学习，吃苦耐劳，追求进步。虽没有什么大的成就，但也无愧于心。退休后带带孙子，出去锻炼锻炼身体，和老同事们跳跳广场舞，感恩这个美好的时代，让我的生活充满了幸福和快乐！

2022 年 12 月 3 日

苦乐尽在奔波中

张保明

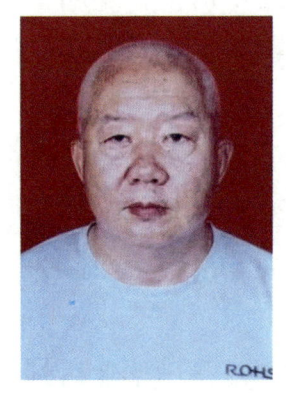
张保明

1957 年，我出生在太原市北郊区王封煤矿一个工人家庭。父母亲虽然不识字，但是对我却寄予厚望。我懂事后，下定决心不辜负父母的一片良苦用心，好好安排自己的人生。

一、求学之路　翻山越岭

我的父母虽然没有文化，可是他们会规划。那时候办事情需要登记信息只凭口说不用查验任何证件，再说国家也没有发证件，所以还未达到入学年龄，他们就早早让我上了学。

上学后他们把所有的时间精力都放在我的身上，虽然不能辅导我写作业，但经常督促我学习、练字，至于对错他们也看不懂，只能由我说了算。那时，他们不仅仅知道有文化才能有体面，而且知道学习知识的重要性。

没想到我才念到三年级，"文化大革命"的浪潮也席卷到了王封这座小小的煤矿，我所在的小学校停课了。我不能上课学习了，每天只能随父母参加劳动，到自家房子所在的山坡上开荒地、

我们是矿工儿女

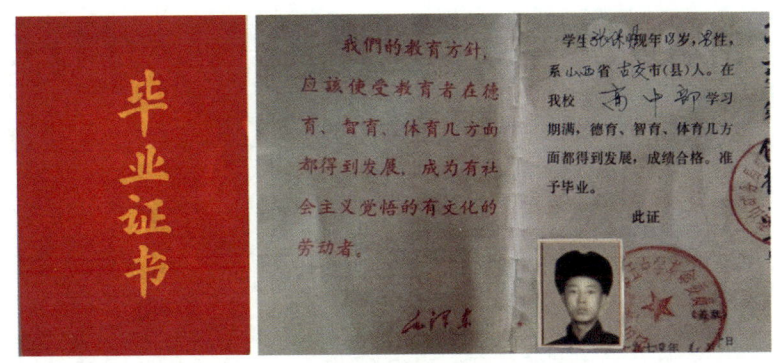

张保明的高中毕业证书

挑粪、锄地、掰玉米。三年后，父母想尽办法让我转学到西山五中就读初中，直到高中毕业。

西山五中离我家大约有15里远，开始我们几个同学一起"跑家"去上学了，"跑家"是山里人的话。那时候路上偶尔能看到拉煤卡车，根本没有公共交通工具。我们上学一天来回30里路，天天靠两条腿连走带跑，我想"跑家"的词是不是就这样创造出来了。

我们上学很辛苦，每天天不亮就出门了，沿着崎岖山路，上山下坡，走一趟就得一个多小时。到了冬天就更加辛苦了，尤其是下雪后天寒路滑，被雪掩盖下的路面深一脚、浅一脚的，有时候连滚带爬地赶路。

记得有一次，走到半山沟前面有堆毛草，周围都是白雪，只有那堆毛草发黑，一阵风吹来它会随风晃动——"是狼吗？"我们几个十一二岁的孩子吓得谁也不敢往前走，等到天亮才看清是堆毛草。之后我们一路飞奔，赶到学校还是迟到了一节课。

为了安全也为了节约时间，家长们商议后我和申遇发等同学在离学校近的大卧龙村租了间房子、开始还放学后按部就班到坡下的大虎沟食堂买饭，后来为了节约时间学习，我们自己做饭，省下时间学习，我的学习成绩迎头赶了上来。

多彩人生

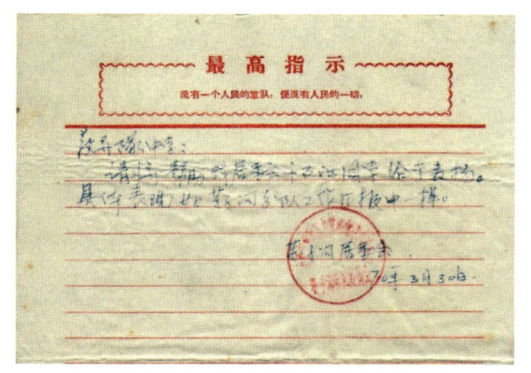

我知道王封煤矿的闭塞，上高中后，只要回家，我都主动去大虎沟公社为王封居委会捎带文件、报纸等。充当义务通信员，公社邸主任还专程到学校对我提出了表扬，送了锦旗。高中毕业时我光荣地加入了共产主义青年团。

二、生活艰辛　百难备尝

1974 年，我高中毕业了。我没有机会继续上学以实现父母的心愿。走出校门，一头栽到了生活的最底层。

十六七岁的我年纪也算不小了，但那时候找个固定的工作是没有一点可能的。家中并没有因为我的毕业，生活上有什么改善。为了不吃闲饭，我就跟着王封的民工队去修路，临时住在新道村。离我家较远，很不方便。在那个年代，铺路用的石子要靠人工用锤子砸，砸好后要堆成梯形方便技术人员量方，测定工作完成情况，一天下来手上磨的都是水泡。除了砸石子，就是搅拌三七土，汽车把白灰卸到路边，人力平车把黄土推到一起，一铁锹一铁锹地拌匀放到路边铺路。有时平车车胎破了、轮轴坏了也是自己修。干了大约两三个月，感觉不适应，我离开了那里。

我找的第二份工作是在王封煤矿的马路边上扛着大铁锹，给拉煤的卡车装煤，装一吨煤赚六毛钱，几个人装完后按数量平分。那个年代的车大部分是解放牌，也不超载，所以装一车煤也只有两块四，如果每人每天能分到三四块钱不仅高兴而且感到挺自豪的。

不过从早到晚守在马路边，有多少煤尘吸到肺里，一天下来和坑下工人一样黑得只剩两只眼白，而且鼻腔里都是黑的，连吐口唾沫都是黑的。矿工子弟对这种劳作，没人叫苦喊累嫌脏。

1975年9月，王封公社教委办通过居委会要找一名代课教师（磺厂村小学缺一名教师），居委会推荐了我。我想，虽然离我家远一点条件差些，但要比装车好多了，抱着这种想法，我就背着行李来到了磺厂小学。

这个学校是占用过去一个地主家的院子，其中两个教室，一间办公室带宿舍，平常大队活动也在这举行，一到五年级都有，就是过去农村的复式班。我去了既是校长又是老师，一个人要讲五个年级的课，下课放学还要批改作业，一个人干好几个人的工作。所以我和村干部提出申请又增加了一名民办教师。我代课是公社发工资，民办教师是由大队记工分，年底分红。学生放学回家了，民办教师也走了，我一个人留在那么大的一个院子里，感到很孤单，所以也就经常往家跑，路上得40分钟到一个小时，就这样坚持干了一年多。

三、分配工作 珍惜岗位

1976年底，根据当时政策，我办理了留城手续，所以不需要上山下乡。那个年代，"街道办事处"还叫"人民公社"，用工也是有计划的，要通过计划申报批准才能招工。大虎沟公社下设一个工业办公室，需要工作人员两名，向上级打了报告，通过河西区协调把河西工业局的招工指标给每个公社下放了两名。因为我上高中时，和大虎沟公社有历史渊源，经常无条件帮公社与居委会传递文件报表等，给大虎沟公社领导留下了很好的印象，加之我也符合招工条件，所以大虎沟公社优先录取了我。我感到非常幸运。当时，工作的性质、身份区别很大，有国营、全民、大

多彩人生

集体、小集体等，我属于大集体人员。

我刚参加工作先负责统计工作，公社的统计还是比较简单，责任也小，"三分统计，七分估计"，是当时的顺口溜。我干这统计工作不久后，公社又招进了新同志，组织上让我把统计工作交给了新同志，我去接管了出纳工作。这项工作可就比较复杂了，责任也大，业务量大。当时在西铭矿干活的临时工，家属工厂的工人，还有支架厂的临时工，都是由公社发工资，也就是说，这些人的劳务输出我要先按他们的报工表结算回来，做好工资表再把钱发出去，多的时候五六百人约三四万元，少的时候四五百人两三万元。那个时候的钱，面值大的才十元，发工资还不能用大面额的，每个人的工资不等，甚至还有元角出现在工资里。例如，×××同志的工资三十四元五角。我们到银行提钱时，还得想办法换成有零有整。每次到南寒银行提钱都是一个大提包，两个人提着坐公交车再坐缆车，有时下雪，公交车上不了终点站斜坡，我们要从西铭村往上走。当时拿那么多钱，又乘坐公交车还有步行路，没想到有多危险，想到的是责任多重大。

到了1978年底，因为公社没有交通工具，当时的计划经济也审批不了汽车的购买，想买车就要通过各种渠道自己想办法，所以当时单位领导就通过关系购买了一台老旧的道奇车。随后，我向领导提出了工作调动的申请，说我不想在办公室搞业务工作，让我去学开车吧。等领导商量后同意，我就开始跟西铭矿车队的师傅学着对车辆进行维修改造。汽车修好后就从太原植保厂借调了一名司机，我跟着师傅起早贪黑地边干边学，早上要提前烧开水，把车发动，等师傅来了就能出车，晚上收车要把水放干净，检查完后把车停好才能回家。经过刻苦学习认真钻研，逐渐掌握了开车的要领，半年后领取了驾驶证。

记得在1979年6月的一天，高中同学王绍涵在太原市北郊区马头水公社插队被分配回城参加工作，公社留有箱子和行李铺盖，箱子较大，自行车带不了。请我开车帮他拉回大虎沟家里，当时我刚取得驾驶证，驾车技术不熟练，而且旧车改装车况不好，再者大虎沟到马头水是山上的土路，况且还是夜行，让我多少有些畏难情绪，不敢去。但想到同学有困难才需要帮忙，我下班后就连夜帮他把行李拉回来了，王绍涵特别感动！如今已经过去了40多年，但他每每提起，总是说："保明好兄弟，友谊地久天长！"

　　1979年8月，我们敬爱的班主任赵老师工作调往武汉，我们几位同学为赵老师送行，想合影留念，当时大虎沟没有照相馆，我开的道奇车，老师坐在副驾驶位置，车上站着高鸿建，王绍涵，武铭喜，李进贵，石斌，芦亮亮，雷德庆（外班的），我们一行九人在北寒照相馆与老师合影，留下了珍贵的瞬间。现在，再看到这张老照片，心中充满了深深的思念，仿佛又重新回到了课堂，就不由得想起艰难但又快乐的高中时代……

1979年夏天，欢送赵致真老师调回武汉工作留念
前排左起：高鸿建、王绍涵、赵老师、武铭喜、雷德庆
后排左起：张保明、李进贵、石斌、芦亮亮

多彩人生

四、改革开放　与时俱进

随着改革开放的发展和变化，我们原来的"大虎沟人民公社"变更为"大虎沟街道办事处"，当时的道奇车改装成的嘎斯车也已经报废，原来交通管理的安全联组也改为交通安全委员会，由于该组织没有专门的编制，我就兼任了安全委员会主任。在改革开放的浪潮下，好多人下海经商，我也试着办了停薪留职。先承包了街道办的知青饭店，随后又买了大货车跑起了煤炭运输，业务发展扩大后，又组建了"大虎沟汽车运输队"。奋斗数年后，由于工作需要，在1995年又返回到"大虎沟街道办事处"工作。

2003年，随着形势的发展，每个街道办事处要求设立"最低生活保障所"和"劳动就业保障所"。由于我工作认真，勤奋好学，组织上将我的身份转为事业编制，这是当时街道办事处唯一的指标。同时我还兼任了低保所所长的职务。为困难人群服务，让他们享受到政府的温暖。

2006年，万柏林区实施撤乡并镇，我工作了多年的"大虎沟街道办事处"被撤了，新成立了"神堂沟街道办事处"。我们原班人马搬到了神堂沟，工作任务还和原来一样，只是辖区换了，地方换了，从"大虎沟"转战到了"神堂沟"，就这样我用40年的青春年华在这"两条沟"里工作到2017年光荣退休。

我的少年时代，总在翻山越岭，为求学而奔波；及至稍长，因为家境贫寒，为生活而奔波；后来当了司机，整天开着汽车，为生产而奔波；最后成为干部，又遇上机构变动，因体制而奔波。如今终于可以不再奔波了。回首半个世纪的人生，苦乐尽在奔波中，我的老年生活，又如何能习惯于从此安静下来呢？

2022年12月26日

丹青绘晚霞

郭效卿

2016 年秋天的一个傍晚，我和几位即将退休的好友坐在一起喝酒闲聊天，大家的话题转到了退休后的生活安排上。有的说："忙乎了大半辈子，以后可以无拘无束地享受人生了。"有的说："退休后，带上家人天南地北地走走。"有人问我："你有什么打算？""我想学国画。"我答道。"国画那可是国粹呀，你有这方面的基础？""没有。"好友的眼睛里满是狐疑。

想学国画可不是我心血来潮一时的兴起，面对退休后属于自己的人生怎能没有认真地规划呢？国画是我一次偶尔看美术展览时开始关注的，之后我借阅了很多这方面的书籍和画册，逐渐对国画这门艺术产生了浓厚的兴趣。我喜欢国画具有的民族风格，喜欢国画山水的通透、灵动与大气。欣赏那些古往今来的国画大师，譬如顾恺之、吴道子、八大山人、石涛、张大千、齐白石等。自己没有这方面的基础是事实但可以学。人生处处都是起跑线，只是看自己有没有勇气迈出第一步！

打听到西山老年大学春季招生的消息后，我第一个跑去报了名。听说是西山五中以前带美术的老师荆杰代课，老师是母校的又是熟人我心里自然很高兴。当时我就迫不及待地给荆老师打了个电话，告诉他我这个学生可是零基础，并询问画国画需要准备什么用具，我好及早准备。荆老师笑着说："别急呀，慢慢来，以后咱们一起学习。"一阵寒暄之后，他告诉我需要准备什么样的毛笔、墨、生宣纸、国画颜料和颜料盘等用具。

开学了，荆老师讲的第一课是墨分五色。墨不是黑的吗？怎么能分出五色来？我在心里嘀咕着。荆老师用毛笔先在墨盘里蘸了浓浓的墨画在纸上，宣纸上呈现出一团黑墨，然后再蘸少许水画在第一笔的旁边，比较第一笔墨色略微浅了些，一直画到第五笔，墨色已经很浅很浅了。荆老师告诉大家，画国画离不开焦、浓、重、淡、清这五种墨色，再加上干湿，这是画国画的基础也是根本。接着又给我们讲了怎样用水用墨一笔画出三种墨色。我一边认真地听老师讲课，一边跟着老师在宣纸上反复地练习，心想国画基础必须记牢学扎实。

国画分花鸟、山水和人物三大系列。我们先从花鸟画开始学起。荆老师在讲台上拿着书给我们临摹花鸟，我们在下面一笔一画地跟着学。老师画完后，走到下面为同学们指导。回到家后，我按照课堂上老师讲的，对书中的国画作品进行认真读帖，再一遍又一遍地反复在宣纸上练习，直到自己满意为止。后来临的帖多了，自己开始大胆地尝试着画一些老师没有讲过的相对复杂的画面。我们绘画班的班长张春花和我说："你是咱们班学得最好的同学！我已经学了好几年了也没画到你现在的程度。"荆老师也到处说我这个学生如何给他长脸。

西山老年大学的绘画课每周只上一次，一次两个小时，再加上两个假期，上课的时间少得可怜。后来因为我迁居后，路途遥远，再去上绘画课已经不可能了，上了不到一年的课就这样停了下来。

没有地方学怎么办？现在互联网这么发达，能不能从网上找找看。网上只要有人发出来画国画的视频，我都会复制下来反

我们是矿工儿女

郭效卿学习国画习作《春江水暖》

复观摩学习。看不到视频，就从国画画册里或在手机上找名家作品学习临摹，画错了就自己分析寻找原因，并把画错的地方不厌其烦地重新画几遍。这个方法非常管用，我的绘画水平有了显著提高。

为了开阔学习国画的视野，我还在手机上添加了山西省图书馆和太原美术馆的公众号，只要馆内有国画展出，我就会第一时间跑去观摩。遇到好的作品，我会细细品味画家的构图思路，品味画家是如何为画留"气口"，品味画家在关键部位的用笔技巧。

随着自己对国画学习的渴求，我开始尝试着从学花鸟画、山

郭效卿学习国画习作《硕果》

水画转入到学习人物画。我心里清楚人物画学习最难，难就难在必须要有扎实的人物素描基础和人物塑形的功夫，这就是为什么好多知名国画家偏重于花鸟或山水，而没有人物画作品的原因。开始学习时，因为自己没有任何这方面的基础和经验，只能按照老办法一味模仿。结果可想而知，不是眼睛不对称，就是鼻子不知怎么安放，面部没有立体造型，面部上色就更不用提了，一句话一塌糊涂！

我不甘心啊，失败了再重来，试着改变思路，结果还是失败。模仿几次失败几次，画废了的宣纸一张张被扔掉。那段时间里我不想去书桌旁，也不想再拿起笔，连画花鸟和山水的心思都没有了，整日心里乱糟糟，心情颓废到了极点！

一次，在社区的合唱团里唱歌时，一位跟我熟悉的歌友告诉我下载个网上老年大学，看有没有教人物画的。这个消息让我如获至宝，回到家后我立刻操作下载，从里面真的找到了国画人物画教学。按要求我报了名交了费用，按指定时间开始线上上课，一周上三节课，共16节课。第一节课讲的正是素描基础，别提我有多开心了。

老师姓周，是位南方人，普通话里夹杂着方音，声音很清亮。周老师给我

郭效卿学习观摩国画

们讲，面部器官在画纸上的比例为"三庭五眼"（眉毛、鼻尖和下巴之间的距离是等距的，眼睛一线的宽度为五只眼的距离）；人体比例为"七站五坐"（人站立时的尺寸为七个头部距离，坐着的尺寸为五个头部距离）。我在心里暗暗责怪自己真笨，为何不早点学到这么重要的基础知识。讲面部上色时，我的眼睛都不敢眨一下，生怕遗漏了任何一个步骤。哪个部位该上色哪个部位该用水，线条怎样虚实结合，面部光线怎么处理。我当时的感觉仿佛从迷雾中见到了光明！

虽然画人物的方法和技巧知道了些许，但是要想在宣纸上画出好作品，可不是那么简单容易的，只有多练多实践才是硬道理。我开始给自己压担子加重量，先学习少数民族人物画，逐步扩展到画小孩和成年人。在一次次成功与不成功的绘画中总结出经验，寻找出失败的原因与不足。

多彩人生

郭效卿学习国画习作《综采队长》

郭效卿学习国画习作《矿山女工》

郭效卿学习国画习作《开饭了》

2023 年 5 月，我们高（2）班的同学要出版一本回忆录，班主任赵致真老师让我学画一组反映煤矿生活的国画，给我发来了好多诸如李延生等当代知名画家写矿山的国画作品。我是既高兴又担忧，毕竟自己学习人物画的时间很短，又没有深厚的功底，自己只能尽力尝试着画。不管怎样，虽然画得不够理想，还是画出了自己的真实水平，我想同学们看到后会理解与支持的。

经过退休后这几年的国画学习与实践，我的体会和感悟有很多很多！国画是一门艺术，凡是艺术学起来都不易。学习国画的人是孤独寂寞的，一天到晚伏在桌案上，那份辛苦、那份执着、那份追求，是大多数人不敢想象的。不过人们也很难体会到其中的乐趣，苦中的甘甜，那就是当我沉浸在挥毫泼墨的过程中，那种天人合一、时空不再的感觉是那么美妙，那么让人陶醉其中！

2023 年 6 月 7 日

多彩人生

后　记

马乃英

面对着电脑屏幕上这份近五百页的书稿，作为主编，我的心中是五味杂陈的：一场大考即将交卷的喜悦？一座大厦即将封顶的骄傲？一场马拉松到达终点的轻松？……我们终于成功了！

2022年8月8日，我们西山五中高二班同学阔别48年后，在杜儿坪矿桃花沟欢聚一堂。远在北京的班主任赵致真老师已届79岁高龄，闻讯后给每个同学赠送了一本他的新作《播火录》，并挥笔写下了贺词"一生兄弟姐妹，友谊地久天长"。当赵老师看了我们聚会的录像和制作的"美篇"后，又郑重其事地说："你们应该把自己发言的内容加以充实和扩展，写成文章，然后出一本书。"

我们听了老师的建议都大出意料，彼此面面相觑，不知道如何回复。老师多年来写了不少书，是否对自己的学生也估计太高了？

"人贵有自知之明"，我们虽然都很勤奋刻苦，各有所长，但更清楚自己先天的不足。孩提时代，我们在"读书无用"的大环境下，并没有喝几年墨水。即使赵老师一行大学生给矿山带来了新鲜空气，培养了我们最基础的写作能力，但离"著书立说"仍然相去甚远。

赵老师显然看出了大家的心思，他鼓励我们说："不要把写书看得很神秘。你们每个人都有自己独特的生活，都有时代变迁的印记，只要写出亲身阅历，写出真情实感，就有出书的理由。"并亲自确定书名为《我们是矿工儿女》。

不仅仅因为"师命难违"，其实我们也已经跃跃欲试了。活了快七十年，对于社会，对于人生，对于子孙，谁没有一肚子话要说。那么，就干起来吧！我这个"班长"只能勉为其难，再次挂帅。何况面对我们存续了50年的班集体，为她效力的机会也将越来越少了。

我们首先把相对写作能力强、热心为大家服务的同学选出来，成立编委会。然后对全班同学摸底排队，广泛动员。谁能动笔，谁有困难，尽量不让一人落下。至于组织联络、查阅资料、电脑操作、筹集经费，都需要逐项落实。这是在运筹一个工程项目。

张素萍笔头快，她毅然放弃了赴加拿大探望女儿的计划。这本书的多篇文章都有她加工润色的心血；王万冬科学功底深厚，事关煤矿技术表述和电脑录入编排，全部由他承担；武铭喜号称西铭矿的"一口清"和"百事通"，大凡时间、地点、人名的混淆歧异，主要靠他审定；王根弟倾情投入，争挑重担，是编委会的中坚；王绍涵热心热肠，四处撒网，寻找重要的历史照片和文献。第一轮稿子收到后，编委们便开始分头阅读，集中讨论，反复修改，直到49篇文章尽入彀中。我家的客厅，则是编辑组默认的集合点和会议室。名厨刘东生同学则常来伺候锅灶，让编委们享受到五星级饭店的口福。

最令人感动的是赵致真老师，从全书的结构框架、封面设计、出版社联系到文稿审读都亲力亲为，特别翻箱倒柜找出当年老照片，并用自己高配置的电脑设备，将许多发霉的旧底片扫描成清晰的电子版正片。出身煤矿的师母高淑敏老师，则逐篇披读和修改文稿，俨然是我们"编外"的编委会成员。

年轻时就读北岳文艺出版社的书，想不到今天能在这个山西省的"文化殿堂"出书。我们庆幸自己临老了，还沾了些许文化气息。一本书的问世，也是一个生命的降临。我们的初衷当然是留给自己和子孙后代、亲朋好友读；但会不会有更多的知者和识者，就看机缘和造化了。

　　而一个足够老的群体，在足够短的时间里，推出一本足够厚的书。这在即将步入老龄化社会的今天，也许还有更多的隐喻和启迪。

2023 年 8 月 8 日

2023 年 4 月 8 日，《我们是矿工儿女》编委会部分成员合照
一排左起：王根弟、武铭喜、王绍涵
二排左起：刘东生、张素萍、闫补云、马乃英、王万冬

《我们是矿工儿女》作者

赵致真班主任老师

马乃英班长

武铭喜班委

段树平班委

石 斌班委

刘东生班委

高鸿建班委

薛文俊

时长青

张素萍

闫补云

芦亮亮

王万冬

周四虎

李进贵

张保明

王绍涵

王根弟

徐美珍

李德全

郭效卿

贾果凤

王福仙

闫秀兰

徐国英

王玉梅

李三梅

杨春香

陈维俊

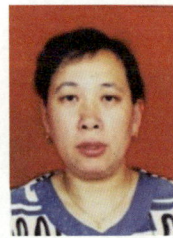
黄金花

康粉开

刘更生

孙　强

李金娥

赵荣莲

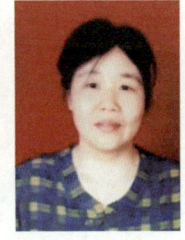
白喜林

高英明

《我们是矿工儿女》编辑组

2023 年 12 月 8 日